Seras-tu là pour moi ?

Périlleuse alliance

LISA CHILDS

Seras-tu là pour moi ?

Traduction française de
HÉLÈNE COLOMBEAU

BLACK ROSE

HARLEQUIN

Collection : BLACK ROSE

Titre original :
COLTON 911: BABY'S BODYGUARD

HARPERCOLLINS FRANCE
83-85, boulevard Vincent-Auriol, 75646 PARIS CEDEX 13
Service Lectrices — Tél. : 01 45 82 47 47 - www.harlequin.fr
ISBN 978-2-2804-5085-0 — ISSN 1950-2753

Composé et édité par HarperCollins France. Achevé d'imprimer en février 2021.
par CPI Black Print - Barcelone - Espagne
Dépôt légal : mars 2021.

FSC www.fsc.org MIXTE Papier issu de sources responsables FSC® C159065

Pour limiter l'empreinte environnementale de ses livres, HarperCollins France s'engage à n'utiliser que du papier fabriqué à partir de bois provenant de forêts gérées durablement et de manière responsable.

1

Elle fixait sur lui de grands yeux écarquillés par la peur et par la mort. Des yeux qui semblaient implorer son aide, comme le faisait tout haut son frère Donovan.

— S'il te plaît, Forrest. La police de Whisperwood a besoin de ton expertise.

— Ça n'a rien d'une affaire classée, fit-il remarquer en montrant le corps étendu au milieu des monticules de terre.

La compagnie pharmaceutique Lone Star Pharma avait dû suspendre les travaux d'agrandissement de son parking lorsque les ouvriers avaient mis au jour le cadavre. Ce dernier ne se trouvait pas là depuis très longtemps : le processus de décomposition était à peine entamé. Forrest aurait préféré rester à l'écart pendant que les techniciens traitaient la scène de crime, mais ses frères, qui étaient venus le chercher jusqu'au ranch de leurs parents, avaient tenu à ce qu'il la voie de près. Il comprenait mieux pourquoi, à présent : ils voulaient le convaincre de prendre l'enquête en main.

Forrest les observa l'un et l'autre tandis qu'ils le dévisageaient avec espoir. Bien qu'adopté, Donovan ressemblait davantage à Jonah qu'aucun des deux frères biologiques de ce dernier. Cheveux très bruns coupés à ras, prunelles presque noires… Forrest, lui, était châtain aux yeux noisette.

— Ce n'est pas le premier corps qui fait surface récemment, souligna Jonah, l'aîné.

— C'est vrai.

Plus d'une dizaine de personnes avaient perdu la vie à Whisperwood dans les inondations et les rafales de vent provoquées par l'ouragan Brooke. Malgré la rapidité de son passage, celui-ci avait été particulièrement meurtrier.

— C'est pour ça qu'on est là, ajouta Forrest. Pour retrouver les victimes d'une catastrophe naturelle. Et cette femme n'en fait pas partie.

Ses frères étaient membres des Cow-boy Heroes, un groupe de recherche et de sauvetage à cheval créé quelques années plus tôt par des ranchers et des secouristes. Forrest avait proposé de les aider dans leurs efforts ; ce n'était pas auprès de la police de Whisperwood qu'il s'était engagé.

Peut-être la jeune femme décédée avait-elle été portée disparue après la tempête, mais, de toute évidence, elle n'était pas morte noyée ni assommée par une branche d'arbre. À la lumière des projecteurs, Forrest distinguait des ecchymoses sur son cou, ses bras et ses jambes.

Quelqu'un l'avait probablement étranglée. Voire pire.

Un frisson lui parcourut le dos malgré la chaleur de cette soirée d'août.

— Oui, on a clairement affaire à un meurtre, confirma Jonah. Comme pour le corps que Maggie et moi avons découvert il y a un mois. Et ce dernier relevait incontestablement de ta compétence.

— Plus maintenant, répliqua Forrest avec amertume.

Une fusillade l'avait obligé à quitter prématurément la police d'Austin. À cause des broches qui maintenaient en place les os brisés de sa jambe, il n'avait pas eu d'autre choix que de démissionner de son poste au service des affaires non résolues. Et ce handicap physique expliquait aussi pourquoi, en tant que bénévole pour les Cow-boy Heroes, il était relégué dans un bureau où sa seule occupation consistait à répondre au téléphone quand les gens appelaient pour signaler la disparition de proches ou d'animaux d'élevage. Il aurait préféré cent fois être sur le terrain avec ses frères, à rechercher pour de vrai ces personnes et ces bêtes. Bon sang, il aurait aimé encore plus reprendre son travail… Mais jamais il ne réussirait les tests médicaux, avec sa jambe en miettes.

— Je sais que les enquêtes te manquent, observa Jonah, comme s'il avait lu dans ses pensées. C'est l'occasion de t'y remettre. Le chef est prêt à te signer une dispense spéciale.

Forrest serra les mâchoires.

— Je n'ai pas besoin qu'on m'accorde de faveurs.

— C'est à moi que tu rendrais service, intervint Donovan. J'allais partir en lune de miel quand ce corps a été découvert.

Donovan travaillait à la brigade canine de la police de Whisperwood ; il n'aidait les Cow-boy Heroes que sur son temps libre.

— C'est une mini-lune de miel, lui rappela Forrest. Tu seras vite rentré.

— Mais je risque d'être distrait à mon retour, objecta Donovan. Bellamy est enceinte.

— Quoi ? C'est génial ! s'exclama Jonah en donnant une tape sur l'épaule de son frère. En voilà, une bonne nouvelle !

Et celles-ci étaient les bienvenues, après tout ce qui s'était passé depuis l'ouragan.

— Félicitations, renchérit Forrest. Vous avez bien mérité votre bonheur.

— Merci.

Donovan avait un sourire jusqu'aux oreilles, mais il se rembrunit lorsque son regard retomba sur le cadavre à leurs pieds.

— Cette fille a besoin de l'attention pleine et entière d'un enquêteur. Malheureusement, tous les policiers de la ville sont déjà bien pris, avec la tempête et ses conséquences.

Et avec l'autre corps qui était remonté des profondeurs de la terre à cette occasion, songea Forrest. Celui de la sœur du chef de la police. Avait-elle vraiment été assassinée par un autre homme qu'Elliot Corgan ? Ou bien le tueur en série se moquait-il d'eux depuis sa tombe ?

Forrest n'en aurait pas été surpris venant d'un sadique comme lui. Au cours de sa brève carrière, il avait croisé le chemin d'un certain nombre de meurtriers, et la plupart avaient pris autant de plaisir à jouer au chat et à la souris avec les autorités qu'à tuer leurs victimes.

Il jeta un coup d'œil sur la jeune femme décédée. Une chose était certaine : Elliot Corgan ne l'avait pas tuée, elle. Forrest ne croyait pas encore aux revenants. À moins que…

— Tu enquêtes déjà, remarqua Jonah d'un ton amusé. On croirait entendre tourner les rouages de ton cerveau.

Forrest fusilla son frère du regard, sans pour autant le contredire. Oui, les pensées se bousculaient dans sa tête. Cette victime faisait-elle partie des personnes restées introuvables depuis le passage de l'ouragan Brooke ? Quelqu'un avait-il profité de la tempête pour l'assassiner, en se disant que la police mettrait sa disparition sur le compte des inondations ?

Le chef Thompson était en train de discuter avec les agents postés autour de la scène de crime. Ignorant les questions des journalistes massés derrière la rubalise, le premier flic de Whisperwood s'avança vers Forrest et ses frères. Thompson faisait ce travail depuis longtemps ; son expérience se lisait dans les rides de son visage – et dans la manière dont ses épaules s'affaissèrent lorsqu'il regarda le corps de la jeune femme. Il secoua la tête en soupirant, laissant son stetson retomber sur ses sourcils.

Après seulement quelques années dans la police, Forrest avait compris qu'on ne s'habituait jamais à la mort, et encore moins quand celle-ci avait été violente. Le chef venait de le lui prouver une fois de plus.

Ce dernier fixa sur lui ses yeux bleus perçants.

— Alors, tu acceptes ?

Forrest regarda ses frères, qui lui souriaient et semblaient l'encourager en silence. Ils pensaient sans doute qu'il avait besoin de se remettre en selle. En se faisant tirer dessus, Forrest n'avait pas seulement perdu son travail. Il avait aussi perdu sa fiancée. Et cette expérience lui avait appris à ne plus jamais risquer son cœur.

Quoi qu'il en soit, la proposition du chef lui permettrait d'exercer de nouveau le métier qu'il aimait, ne serait-ce que pour quelque temps.

— Oui, j'accepte, répondit-il.

Mais il ne le faisait pas pour lui – n'en déplaise à ses frères. Il le faisait pour cette femme, qui méritait d'obtenir justice, et pour toutes les autres qu'il fallait protéger de ce meurtrier.

— Il est tellement mignon…

Bellamy embrassa le front du bébé qu'elle portait dans ses bras. Il avait des cheveux fins comme du duvet et de la même couleur chocolat que ceux de sa maman, et avait aussi hérité d'elle ses grands yeux marron.

Rae sentit son cœur se gonfler d'orgueil maternel.

— Oui, il est à croquer, confirma-t-elle.

Elle étouffa un bâillement. Son fils avait beau être adorable, il la tenait éveillée toute la nuit avec ses crises de colique. Le lit de Bellamy était si confortable qu'elle y aurait bien fait une sieste au milieu des piles de vêtements.

— Je te rappelle que tu as une valise à finir, dit Maggie à sa sœur en lui prenant le bébé des mains. Tu es censée partir en lune de miel demain matin.

— J'attends juste que Donovan revienne de la scène de crime.

— Alors comme ça, ils ont découvert un autre corps ? s'enquit Rae en frissonnant.

La tempête avait fait douze victimes. Et, parmi les personnes portées disparues, il y avait eu Maggie… Dieu merci, les Cow-boy Heroes l'avaient retrouvée en vie. Jonah Colton ne s'était pas contenté de sauver l'ancienne reine de beauté : il était tombé follement amoureux d'elle.

Rae ne put s'empêcher de ressentir une pointe d'envie, qu'elle refoula aussitôt. Elle était bien assez occupée, avec son fils de deux mois, ses cours de droit et son nouveau travail d'assistante juridique, pour avoir le temps de caser un amoureux dans sa vie. Connor était le seul homme dont elle avait besoin.

Elle sourit en le voyant serrer son petit poing autour d'une des magnifiques boucles blondes de Maggie. Comme tous les autres mâles de Whisperwood, il semblait irrésistiblement attiré par la jeune femme. Rae aurait pu être jalouse, mais Maggie était aussi belle intérieurement qu'elle l'était physiquement. À cet instant, elle faisait des grimaces au nourrisson, qui la dévisageait, fasciné. Levant les yeux vers Rae, elle reprit une expression plus sérieuse.

— D'après ce que le chef a dit à Jonah, la mort de cette personne n'a rien à voir avec l'ouragan.

— Est-ce qu'elle était… comme celle que vous avez retrouvée ? demanda Rae.

— J'espère que non.

Le cadavre en question avait été momifié. Sans l'avoir vu, Rae en avait fait des cauchemars. Elle n'imaginait pas ce que Maggie avait traversé, entre le traumatisme de cette découverte et les menaces dont elle avait fait l'objet.

C'était la multiplication des crimes à Whisperwood qui avait poussé Rae à passer les tests d'entrée aux écoles de droit, alors même qu'elle était déjà enceinte. Personne – à part elle – n'avait été surpris de ses résultats, si brillants qu'elle avait pu choisir son établissement. Évidemment, elle avait décidé de rester dans sa ville natale, près de ses amies. Depuis que sa mère était morte, elle n'avait plus qu'elles et Connor.

Bellamy se mordit la lèvre.

— Peut-être qu'on devrait attendre avant de partir…

— Non ! s'exclamèrent Rae et Maggie d'une même voix.

Surpris, Connor se mit à pleurer. Sa mère bondit du lit pour le prendre dans ses bras.

— Tout va bien, mon chéri. Tout va bien, murmura-t-elle en lui caressant doucement le dos.

Très vite, ses sanglots s'apaisèrent. Rae le berça jusqu'à ce qu'il s'assoupisse.

— Tu t'occupes tellement bien de lui, commenta Maggie.

— C'est vrai, approuva Bellamy. Je n'en reviens pas de tout ce que tu arrives à faire seule.

— Tu en as fait beaucoup aussi de ton côté, répliqua Rae.

Voyant Maggie se rembrunir, elle regretta aussitôt ses paroles. Elle ne voulait pas créer de tensions entre les deux sœurs, qui avaient déjà eu suffisamment de conflits à régler.

— Je n'ai jamais été seule, souligna Bellamy. Tu étais là, Rae.

Elle se tourna vers Maggie.

— Et toi aussi. Seulement, je ne me rendais pas compte de tout ce que tu faisais pour moi.

— Rae a raison, répondit sa sœur. C'est toi qui t'es occupée de nos parents quand ils sont tombés malades. Tu as bien mérité cette lune de miel. Profite de ton bonheur, et ne laisse pas Donovan annuler votre voyage.

— Ne t'inquiète pas, il a bien l'intention de partir. Jonah et lui vont essayer de convaincre Forrest de se charger de l'enquête.

— Ah, c'est donc ça qu'il mijotait…

Maggie était en couple avec le plus âgé des frères Colton.

— Il m'a dit qu'il allait chercher Forrest, ajouta-t-elle.

Rae détourna les yeux en entendant ce nom. Elle avait commis une erreur en invitant Forrest Colton à danser au mariage de Bellamy et de Donovan. Mais en tant que demoiselle d'honneur, elle avait voulu s'assurer que tous les invités passaient un bon moment. C'était seulement pour cette raison qu'elle l'avait approché – pas parce qu'il était incroyablement séduisant, avec ses traits ciselés et son air ténébreux…

Quand même, il n'était pas obligé de lui répondre aussi sèchement. Elle savait qu'il boitait depuis qu'il avait été blessé en mission. Cependant, comme il travaillait pour les Cow-boy Heroes, elle s'était dit qu'il ne devait pas être gravement handicapé. Il aurait pu se contenter de la tenir dans ses bras et de se balancer doucement d'un pied sur l'autre – ce n'était pas comme si elle lui avait demandé de faire un pas de deux ou une danse en ligne avec elle…

D'accord, elle aurait dû le laisser tranquille. Mais il lui avait paru tellement seul, même au milieu des siens ! Cela lui avait rappelé sa propre solitude, qui lui pesait parfois malgré la présence de son fils et de ses amies. Il valait mieux ça néanmoins que de tomber amoureuse d'un homme qui finirait de toute façon par l'abandonner.

— Je croyais que Forrest ne restait pas, observa-t-elle. N'est-il pas censé repartir avec les Cow-boy Heroes pour aller sauver les victimes d'une autre catastrophe naturelle ?

— Whisperwood a encore besoin d'eux, et pas seulement pour leurs compétences en recherche et sauvetage, répondit Maggie. On a un meurtrier dans la nature.

— C'est bien pour ça qu'on devrait reporter notre lune de miel, insista Bellamy.

— Non, répétèrent Rae et Maggie, en veillant cette fois-ci à ne pas trop élever la voix.

La jeune mariée soupira.

— D'accord, mais vous devez me promettre toutes les deux d'être prudentes. Je sais que Jonah te protégera, dit-elle à sa sœur. Mais toi…

— Je me débrouille, ne t'inquiète pas, lui assura Rae.

Bellamy caressa la joue du bébé endormi.

— Mais tu dois aussi prendre soin de Connor, fit-elle remarquer. Et suivre tes cours de droit. Ça m'inquiète de te savoir ici toute seule, en pleine campagne.

— Je ne suis pas toute seule.

— Ce n'est pas ce petit gars qui va te protéger des méchants, répliqua Bellamy. Pas avant quelques années, en tout cas.

— Une bonne vingtaine, tu veux dire, renchérit Maggie en riant.

— Je n'ai pas besoin d'un homme pour me protéger.

Aucun représentant de la gent masculine n'avait tenu ce rôle dans sa vie. Son père avait eu davantage tendance à les mettre en danger, elle et sa mère, qu'à leur apporter une quelconque sécurité – du moins sur le plan financier.

— Je n'ai pas besoin d'un homme tout court, précisa-t-elle.

— Tu l'as prouvé en ayant ce petit bout toute seule, répondit Maggie. Je t'admire.

— Moi aussi, ajouta Bellamy. Mais je crois que je me suis plus amusée que toi en concevant le mien.

Rae la regarda, les yeux ronds.

— Qu'est-ce que tu viens de dire ?

— Je suis enceinte.

— C'est génial !

— C'est fabuleux, abonda Maggie, tout aussi émue. Je suis ravie pour vous deux.

— Donovan et toi allez être de super parents, affirma Rae.

— Je vais te rendre folle avec toutes mes questions, la prévint Bellamy.

Les deux jeunes femmes se connaissaient depuis leur petite enfance – à tel point qu'elles avaient parfois l'impression d'être sœurs. Bellamy aussi avait perdu sa mère, ce qui les rapprochait encore davantage. Il ne se passait pas un jour sans que Rae pense à la sienne, et Georgia lui manquait d'autant plus aujourd'hui qu'elle était maman à son tour.

— Tu ne me rendras pas folle du tout, dit-elle. Par contre, je ne saurai peut-être pas toujours te répondre.

La majeure partie du temps, elle avait le sentiment de tâtonner dans le noir. Ce n'était pas évident de trouver son chemin en tant que parent tout en reprenant ses études à trente-cinq ans.

— Tu sauras mieux lui répondre que moi, en tout cas, répliqua Maggie. Tu es la personne la plus intelligente et la plus indépendante que je connaisse.

Rae eut du mal à contenir les larmes qui lui piquaient les paupières.

— La plus intelligente, je ne sais pas… Les études de droit s'avèrent plus difficiles que je ne l'imaginais.

— Parce que tu as eu un bébé il y a deux mois et que tu travailles à côté, rétorqua Bellamy en contemplant le visage de Connor, plongé dans un sommeil paisible.

Si seulement il pouvait dormir comme ça la nuit, songea Rae.

— C'est dur, mais j'y arriverai, dit-elle, comme elle se le répétait souvent pour se donner du courage.

Bellamy eut un petit rire.

— Plus que ton intelligence, je crois que c'est ton obstination qui te fait tenir.

Rae lui rendit son sourire. Elle ne pouvait pas dire le contraire.

— J'aimerais juste que tu ne sois pas entêtée et indépendante au point de te mettre en danger, continua Bellamy. Tu me le promets ?

— Bien sûr. Je ne prendrai aucun risque, ni pour moi ni pour Connor, répondit Rae. Arrête de te faire du souci pour moi. Occupons-nous plutôt de te préparer pour ta lune de miel !

— Vu qu'elle est enceinte, elle doit déjà savoir que les bébés ne naissent pas dans les choux, plaisanta Maggie.

Leurs rires réveillèrent Connor de sa sieste impromptue. Cette fois-ci, cependant, il ne pleura pas, mais regarda intensément Bellamy, penchée au-dessus de lui. La jeune femme était comme une tante pour lui, et Maggie était en bonne voie d'en devenir une elle aussi.

Rae songea une fois de plus qu'elle n'avait besoin de personne en dehors de ses amies et de son bébé. Pourtant, lorsqu'elle reprit sa voiture pour rentrer chez elle, une sensation étrange l'étreignit. Et cela ressemblait fort à de la peur.

L'écran de la télévision jetait une lumière bleue sur la pièce plongée dans le noir. Depuis son canapé, il regardait le reportage diffusé en direct du parking de Lone Star Pharma.

Le corps de la femme avait donc été découvert... De rage, il frappa l'accoudoir.

Les journalistes étaient maintenus à l'écart de la scène de crime par le cordon de la police. La caméra zooma sur les hommes qui enquêtaient. Les Cow-boy Heroes.

Que diable faisaient-ils là ?

Il prit la télécommande et monta le son.

« Le chef Thompson a fait appel à Forrest Colton, un ancien inspecteur chargé des affaires classées à Austin, expliquait le reporter. Colton a reçu une dispense spéciale des services de police de Whisperwood pour mener l'enquête sur ce meurtre et sur le cadavre momifié découvert il y a un mois. Le policier détient le meilleur taux d'élucidation d'Austin. On peut donc espérer une arrestation du coupable dans les prochains jours. »

Il poussa un juron.

Non, il n'y aurait pas d'arrestation. Forrest Colton avait peut-être eu de la chance à Austin, mais il n'aurait pas la même à Whisperwood.

S'il le fallait, il l'éliminerait.

2

Une semaine s'était écoulée depuis que ses frères l'avaient entraîné sur les lieux de la découverte du corps. Une semaine tellement frustrante que Forrest regrettait d'avoir accepté cette mission, aussi temporaire fût-elle.

L'ouragan avait causé de nombreux dégâts, tant sur le plan matériel que d'un point de vue humain. Beaucoup de personnes avaient perdu un proche, leur maison ou leur gagne-pain. Toutes les ressources de la police de Whisperwood étaient mobilisées. Et comme les techniciens en identification criminelle étaient en sous-effectif et déjà débordés, rien n'avait avancé autour des deux scènes de crimes. Quant à la coroner… Elle n'avait même pas encore sorti les cadavres de leurs tiroirs, à la morgue. Les autopsies n'étaient pas pour tout de suite.

Tant qu'il n'avait pas plus d'informations, Forrest n'avait pas envie de faire le tour des familles de disparus pour leur montrer les photos de la jeune femme morte. Il ne voulait pas leur imposer à toutes une épreuve aussi douloureuse. Pourtant, l'une d'elles y serait forcément confrontée, une fois le corps identifié…

Tout le monde attendait de lui qu'il fasse des miracles. Mais ses mains étaient aussi liées que celles de la pauvre victime, retrouvée avec les poignets attachés dans le dos.

D'une tape sur l'encolure, Forrest encouragea son

Quarter Horse qui avançait péniblement sur le terrain inégal. Malgré ses nouvelles responsabilités, il continuait de travailler bénévolement pour les Cow-boy Heroes. Ceux-ci n'en avaient pas fini avec Whisperwood et ses environs, durement frappés par les inondations.

L'eau avait enfin commencé à baisser, laissant derrière elle de grandes étendues boueuses comme celle dans laquelle son cheval dérapait à cet instant. Ignorant la douleur qui lui vrillait la jambe, Forrest serra les cuisses pour éviter de chuter tandis que sa monture trébuchait.

— Holà, tout doux, murmura-t-il.

Un soupir de soulagement s'échappa de ses lèvres lorsque l'animal retrouva son équilibre. Voilà pourquoi il se contentait généralement de répondre au téléphone... Mais, comme ses frères, Forrest avait quasiment appris à monter avant de savoir marcher ; cela faisait partie de son ADN, et il lui était inimaginable de s'en passer.

Il aurait tant aimé participer aux sauvetages ! Seulement, il arrivait que sa jambe ne supporte plus son propre poids. De là à y ajouter celui d'une bête ou d'une autre personne... Forrest poussa un nouveau soupir – de résignation, cette fois-ci. On ne pouvait rien y faire.

Il avait fini par accepter son sort. Et il aidait autant que possible, en patrouillant à cheval, par exemple. Toutes les personnes disparues n'avaient pas encore été retrouvées ; peut-être les eaux de l'inondation avaient-elles dissimulé leurs dépouilles.

Non pas qu'il tienne absolument à découvrir d'autres cadavres, mais cela faisait partie des missions de l'association. Les proches des victimes avaient besoin de savoir ce qui leur était arrivé, de voir leur corps, éventuellement, et de les enterrer pour pouvoir faire leur deuil. C'était pour cela que Forrest voulait que la jeune femme décédée soit identifiée au plus vite : pour pouvoir apporter un peu de paix à sa famille, en attendant de retrouver son meurtrier.

Et il le retrouverait.

Dans un regain de détermination, il talonna son cheval pour quitter la zone marécageuse. La chaleur faisait miroiter les bardeaux noirs d'un toit, non loin de là. Forrest était parti du ranch familial alors que le soleil dépassait à peine de l'horizon, et l'astre n'avait pas eu le temps depuis de s'élever bien haut. La journée allait encore être chaude, et c'était tant mieux. L'eau finirait de s'évaporer et révélerait ses secrets – carcasses d'animaux… ou cadavres humains.

Son cœur s'emplit de regret à l'idée de toutes ces vies perdues. Puis il s'arrêta de battre lorsque Forrest reconnut la maison vers laquelle il se dirigeait.

C'était celle de Rae Lemmon, la meilleure amie de sa nouvelle belle-sœur. Voilà plusieurs années que Forrest n'habitait plus à Whisperwood, mais il se rappelait que cette propriété appartenait à la mère de la jeune femme.

Peut-être n'était-il pas arrivé ici par hasard… Dans ce cas, pourquoi ? s'interrogea-t-il. Cette fille était belle, indubitablement. Justement, elle n'avait aucune raison de s'intéresser à un handicapé comme lui. Si elle l'avait invité à danser au mariage, c'était uniquement parce qu'elle avait eu pitié de lui, ou par obligation envers son amie.

Le même sens du devoir, sans doute, qui le poussait aujourd'hui à venir s'assurer que tout allait bien pour elle. Après tout, elle faisait presque partie de la famille. Et si les Colton se montraient attentifs au bien-être de tout le monde, ils prenaient particulièrement soin de leurs proches.

Forrest était bien placé pour le savoir, lui qui avait été bichonné et chouchouté par les siens après avoir été blessé. Sauf par sa fiancée, bien sûr. Elle, elle lui avait rendu sa bague.

Ce souvenir le fit grimacer. Il ne pouvait pas vraiment lui en vouloir. Comme elle le lui avait fait remarquer, elle n'était pas tombée amoureuse d'un estropié, c'était donc injuste d'attendre d'elle qu'elle reste avec lui. En plus, ils n'avaient pas encore prononcé leurs vœux – et Forrest comprenait à présent que le passage « dans la santé et dans la maladie » n'en aurait pas fait partie.

Alors qu'il ruminait ces pensées, son cheval continua d'avancer vers l'arrière de la maison. Le champ étant surélevé par rapport au jardin, Forrest avait une vue plongeante sur ce dernier. Un arbre s'était renversé dans une mare au milieu de l'herbe. Étaient-ce ses racines qui avaient soulevé ce monticule de terre, à côté ? Le tas semblait presque trop net, comme si quelqu'un avait creusé un trou à la pelle.

Peut-être Rae Lemmon avait-elle pensé accélérer ainsi le drainage du terrain…

Cependant, en s'approchant, Forrest constata que la fosse n'était pas remplie d'eau. Quelque chose en occupait le fond. Une forme enroulée dans des tissus maculés de crasse.

— Qu'est-ce que c'est que ça ? grommela-t-il.

Alors qu'il mettait pied à terre, sa botte glissa sur le sol boueux. Il se rattrapa de justesse à son cheval – Mick était bien dressé, comme toutes les montures des Cow-boy Heroes. Forrest le remercia d'une caresse, avant de se tourner vers le trou. En se penchant pour regarder à l'intérieur, il dérapa de nouveau.

Cette fois-ci, il n'avait rien pour se retenir. Sa jambe blessée céda sous lui et il tomba dans la fosse à côté du tas de tissus.

Il comprit vite que ce n'était pas un tas. C'était un corps, avec des bras, des jambes et une tête soigneusement emballés. Une momie, comme celle que son frère Jonah avait trouvée. Contrairement à cette dernière, cependant, celle-ci ne semblait pas avoir été mise au jour par la tempête. Quelqu'un l'avait déterrée, ou n'avait pas eu le temps de finir de l'ensevelir.

Mais pourquoi ici, dans le jardin de Rae Lemmon ? Forrest sortit son téléphone de sa poche pour prévenir la coroner et une équipe de la police scientifique. Avec un peu de chance, il parviendrait à s'extraire de là sans détruire d'indices…

Comme il enfonçait la pointe de sa botte dans la paroi pour se hisser hors du trou, une motte de terre dégringola tout au fond. Forrest y vit briller quelque chose au soleil. Cela ressemblait à des objets métalliques, comme des pièces de monnaie ou… des boutons ?

Restait à savoir s'ils avaient appartenu à la victime ou au meurtrier.

Rae ferma les yeux et savoura le silence. Bientôt, elle serait obligée de se lever pour aller travailler, mais elle avait encore quelques minutes de répit. Après la nuit que Connor lui avait fait passer, elle avait bien besoin d'un peu de calme. Il s'était enfin rendormi.

Selon le pédiatre, il souffrait de coliques, et Rae s'en sentait responsable. Le stress des études, du travail et de son statut de mère célibataire avait affecté sa production de lait, si bien qu'elle était obligée de donner des biberons de complément à son bébé. La veille, le médecin lui avait conseillé de passer au lait infantile à base de soja. Elle comptait en acheter en allant déposer Connor à la crèche.

Épuisée, Rae sombra dans le sommeil, jusqu'à ce

qu'un bruit la ramène brusquement à la réalité. Ce n'était pas le léger *bip* de l'alarme, mais quelqu'un qui frappait lourdement à une porte. Craignant que son fils ne se réveille, elle se précipita hors de sa chambre sans prendre le temps d'attraper son peignoir. De toute façon, les seules personnes qui lui rendaient visite étaient Maggie et Bellamy. Peut-être cette dernière était-elle rentrée de sa lune de miel. Ceci dit, elle avait son propre trousseau, et elle savait où était cachée la clé de secours…

Désorientée par le manque de sommeil, Rae courut vers la porte d'entrée. Il n'y avait personne sous le porche. Et s'il y avait eu quelqu'un, il aurait sûrement sonné.

Les coups redoublèrent. Ils venaient de l'arrière de la maison… Rae entendit Connor pousser un petit gémissement dans son sommeil. Il ne tarderait pas à être complètement réveillé. Agacée, elle se dépêcha de traverser le salon et la cuisine.

— Chut ! commença-t-elle à dire en ouvrant la porte.

Mais elle étouffa une exclamation de surprise lorsqu'elle reconnut l'homme qui se tenait sur le seuil.

— Qu'est-ce que vous faites ici ?

Et à une heure aussi matinale ? ajouta-t-elle en pensée. Elle devait avoir une mine de déterrée, avec ses yeux cernés et ses cheveux en bataille. Sans parler de sa tenue…

Elle jeta un coup d'œil sur son T-shirt trop grand, qu'un ancien petit ami avait oublié chez elle. Au moins, il lui avait laissé un souvenir confortable de leur relation. Non pas qu'elle en ait attendu grand-chose… Son expérience avec son père lui avait appris que les hommes ne restaient jamais longtemps, et tous les amoureux qu'elle avait eus depuis avaient confirmé ce principe.

Ce n'était pas pour rien qu'elle avait choisi d'avoir un

bébé toute seule. Elle n'avait pas besoin d'un mari. Elle n'avait pas besoin d'un homme. Mais celui-ci…

Il était tellement séduisant, même couvert de boue ! Car, oui, ses vêtements en étaient maculés, et il en avait jusque sur la joue. Rae fronça les sourcils, soudain inquiète. Derrière les épaules (très larges) de Forrest, elle apercevait un cheval noir qui piaffait dans l'herbe détrempée.

— Vous êtes tombé de cheval ? s'enquit-elle. Êtes-vous blessé ?

— Bien sûr que non, je ne suis pas tombé de cheval, répliqua-t-il brusquement, comme si elle l'avait insulté.

Peut-être parlait-il toujours sur ce ton… Il avait employé le même lorsqu'il lui avait dit qu'elle ne pouvait pas être sérieuse en l'invitant à danser.

Rae se sentit rougir. Elle ignorait en revanche si son embarras était lié à ce qui s'était passé ce jour-là, ou au fait qu'elle se présentait aujourd'hui devant lui sous une apparence on ne peut plus négligée. Vu comme il la regardait, cela ne lui avait pas échappé. Il devait être horrifié.

— Alors, que faites-vous ici ? répéta-t-elle.

— J'ai appelé la police.

— Je croyais que c'était vous, la police.

Elle avait appris aux informations – et par le bouche-à-oreille – que le chef Thompson et les frères de Forrest avaient réussi à le convaincre d'enquêter sur les meurtres.

— C'est pour ça que je l'ai appelée, rétorqua-t-il. Je dois boucler votre jardin. C'est une scène de crime.

Malgré la chaleur, Rae eut soudain la chair de poule.

— Une scène de crime ? De quoi parlez-vous ?

— J'ai trouvé quelque chose sur votre propriété, expliqua-t-il.

— Et que faisiez-vous chez moi, au juste ? le coupa-t-elle. Avez-vous un mandat ?

Ce fut au tour de Forrest de rougir.

— Je connais mes droits, poursuivit-elle. Si vous n'avez pas de mandat, alors votre présence est illégale.

— J'inspectais les dégâts de l'inondation, se défendit-il. Votre jardin est visible depuis ce champ, là-haut.

Le terrain en question appartenait aux Colton, deuxièmes plus grands propriétaires terriens à Whisperwood après les Corgan.

— Donc, vous faisiez seulement le tour de vos terres, conclut Rae. Vous n'étiez même pas là en votre qualité d'homme de loi. Comment osez-vous ?

Sa honte s'était soudain muée en colère. Non seulement ce goujat l'avait envoyée paître lorsqu'elle lui avait gentiment proposé de danser, mais en plus il venait fourrer son nez chez elle. Peut-être le manque de sommeil la rendait-il aussi un peu irritable…

— Vous vous êtes permis de pénétrer sans autorisation dans une propriété privée, continua-t-elle. Quand vos collègues arriveront, je leur demanderai de vous verbaliser !

— Rae…

— Ce n'est pas parce que vous vous appelez Colton que vous êtes au-dessus de la loi, monsieur.

— Je le sais bien, rétorqua-t-il, énervé à son tour.

Ses yeux noisette lançaient des éclairs.

— Vous non plus, vous ne l'êtes pas, mademoiselle Lemmon.

— Je fais des études de droit, repartit-elle. Et je travaille déjà comme assistante juridique. Je connais la loi sans doute mieux que vous.

— Ça m'étonnerait : je vous rappelle que j'ai été flic pendant des années. Mais vous teniez l'épicerie, avant. Pourquoi cet intérêt soudain pour le droit ? s'enquit-il.

Rae plissa les yeux. Il lui avait à peine adressé la parole au mariage de son frère. Pourquoi se montrait-il si curieux à son égard, subitement ? Il semblait en savoir plus sur elle qu'elle ne l'imaginait.

— J'ai envie d'agir contre la criminalité qui a explosé à Whisperwood, répondit-elle, sur la défensive.

— Dans ce cas, vous devriez me laisser enquêter dans votre jardin.

Rae s'aperçut qu'elle n'avait même pas cherché à savoir ce qu'il avait découvert... Décidément, cet homme la perturbait.

— Qu'avez-vous trouvé ? demanda-t-elle sans se démonter.

— Un corps.

Elle porta une main à sa bouche, choquée. Personne ne pouvait avoir été assassiné dans son jardin, là où elle avait pensé que son fils jouerait plus tard – là où elle avait elle-même joué pendant toute son enfance.

— Ce n'est pas possible, murmura-t-elle.

— J'ai bien peur que si.

— Mais... Mais je n'ai rien entendu ! Et je n'ai rien remarqué d'anormal non plus.

— Quelqu'un qui ne vous aurait pas donné de nouvelles depuis un moment, par exemple ?

Elle secoua la tête. Son père avait bien disparu des années plus tôt, mais il l'avait fait de son plein gré. On ne l'avait pas assassiné, même si Rae en avait parfois eu envie en voyant sa mère souffrir.

— Et dans votre jardin, vous n'avez rien noté de bizarre ? insista Forrest. Un endroit où la terre aurait été retournée ?

— Non. Bon sang, pourquoi quelqu'un enterrerait-il un cadavre chez moi ?

— Je ne sais pas s'il a été enterré là récemment, ou s'il vient juste d'être déterré, précisa Forrest. Il est peut-être là depuis un moment.

— Comme le corps momifié que Maggie et Jonah ont découvert après l'ouragan ?

Rae eut un frisson de dégoût. Son amie et le frère de Forrest étaient tombés par hasard sur ce cadavre. S'agissait-il aussi d'une momie, cette fois-ci ?

— J'en saurai plus quand les techniciens de la scientifique seront arrivés, répondit Forrest.

Des sirènes se firent justement entendre au loin, et leur hurlement se rapprocha tandis que plusieurs voitures de police venaient se garer dans l'allée, gyrophares allumés. Sans grande surprise, Connor se mit à pleurer.

— Qu'est-ce que c'est que ça ? demanda Forrest, alarmé.

— « Ça », c'est mon fils, répliqua Rae, avant de filer dans la chambre du bébé.

Le chef rangea son téléphone dans sa poche en soupirant. Assis derrière lui sous le porche de sa maison, Hays Colton laissa échapper un rire amusé.

— Forrest a toujours eu le sens du timing, observa-t-il. Tu viens le trouver ici et il t'appelle pile à ce moment-là, comme s'il avait deviné que tu le cherchais.

Thompson secoua la tête.

— Ce n'était pas le but de son appel.

Il se retint de faire remarquer à Hays que le « timing » de son fils n'était pas toujours parfait, puisqu'il avait failli mourir en recevant une balle dans la jambe… Forrest avait malgré tout de très bons réflexes, car il aurait pu être touché en pleine tête ou en plein cœur. Au moins, il avait survécu, ce qui n'était pas le cas du tireur.

— Que se passe-t-il ? demanda Hays, soudain inquiet. Il est arrivé quelque chose à Forrest ?

— Non, il va bien.

— A-t-il identifié cette pauvre fille du parking ?

— J'aurais préféré qu'il appelle pour m'annoncer ça, répondit Archer Thompson. Ou, mieux encore, pour me dire qu'il avait arrêté le meurtrier. Mais il a découvert un autre corps.

Une personne de plus à identifier, alors que la coroner avait déjà du travail par-dessus la tête…

— Je suis désolé, murmura Hays en se levant de la balancelle pour tapoter l'épaule de son ami.

Thompson appréciait le geste, mais il n'avait pas besoin de compassion. Il avait besoin de réponses, à propos du meurtre de sa sœur et des cadavres qui ne cessaient de faire surface depuis quelque temps.

Avec un soupir, il s'arracha lentement au rocking-chair. Ses vieilles articulations le faisaient souffrir. Mais l'âge n'avait pas non plus épargné Hays… Après avoir passé la plus grande partie de sa vie à cheval, le vieux cow-boy ne se tenait plus aussi droit qu'avant.

— Mon fils trouvera le meurtrier de ta sœur, assura-t-il au chef.

Thompson avait envie de croire qu'elle avait été tuée par Elliot Corgan, car il aurait ainsi la satisfaction de savoir que le salaud était mort en prison. Mais Corgan avait nié toute responsabilité dans ce meurtre, et il ne pouvait certainement pas avoir assassiné la jeune femme dont le corps avait été retrouvé une semaine plus tôt sur le parking de la compagnie pharmaceutique.

Il y avait donc un autre tueur à Whisperwood. Et, tant qu'il ne serait pas capturé, les morts continueraient de surgir.

3

Forrest tourna la tête vers la petite maison d'où s'échappaient des pleurs incessants. Une ombre passait et repassait devant la fenêtre de la cuisine.

Elle avait un bébé.

Quelqu'un avait dû le lui dire, mais il l'avait oublié, l'esprit occupé par les conséquences de l'ouragan puis par son enquête. Il reporta son attention sur la scène de crime. Les techniciens s'affairaient à mettre sous enveloppes les boutons corrodés qu'il avait découverts, tandis que la coroner procédait à la levée du corps. Ces gens savaient ce qu'ils faisaient ; ils n'avaient pas besoin de lui, et encore moins de sa supervision.

Il décida de rejoindre la jeune femme à l'intérieur. Alors qu'il s'apprêtait à frapper à la porte de derrière, il la vit à travers la vitre qui faisait les cent pas avec son bébé dans les bras. Comme elle avait les mains prises, il se permit d'entrer.

Rae Lemmon lui décocha un regard noir par-dessus la tête de son bébé – de toute façon, rien de ce qu'il faisait n'avait l'air de lui plaire. Il paraissait clair à présent qu'elle ne l'avait invité à danser que par obligation. Elle n'avait sans doute pas assez d'estime à son égard pour avoir pitié de lui.

— Étaient-ils vraiment obligés d'arriver ici toutes

sirènes hurlantes ? demanda-t-elle d'un ton irrité. Ce n'était pas une urgence, que je sache.

— C'est vrai, reconnut-il.

Il n'y avait plus rien à faire pour la personne retrouvée enterrée dans le jardin. Rae Lemmon, en revanche, semblait avoir bien besoin d'aide.

Des cernes sombres entouraient ses yeux bruns, sans rien enlever cependant à sa beauté – bien au contraire. Elle paraissait à la fois vulnérable et diablement sexy dans son vieux T-shirt qui épousait ses formes généreuses.

— Il venait juste de s'endormir, ajouta-t-elle avec un tremblement dans la voix.

Forrest baissa les yeux, gêné. Les policiers auraient pu se montrer plus discrets, en effet. Ce n'était pas la peine de rameuter tout le voisinage.

Par chance, aucun journaliste ne les avait suivis. Il s'en félicitait, car les relations avec la presse n'avaient jamais été son fort. Il s'apprêtait à s'excuser au nom de la police lorsqu'un carillon retentit.

Était-ce le bruit de la sonnette ? Forrest grimaça, craignant qu'un reporter ait finalement intercepté son appel au poste.

— C'est mon téléphone, précisa Rae. Je l'ai laissé dans ma chambre.

Et elle lui tendit l'enfant qui hurlait toujours.

Forrest se figea d'effroi. Il n'avait aucune expérience des bébés. Il ne savait même pas comment les porter. Fallait-il leur soutenir la tête ? Il plaça une main sous la nuque du nourrisson, qui tourna son petit visage vers lui.

Ses cris cessèrent aussitôt, et ses beaux yeux sombres s'agrandirent. Avait-il peur de lui ?

En tout cas, il ne pleurait plus, ce qui était toujours bon à prendre. Forrest pouvait de nouveau s'entendre penser. Il entendait aussi la voix assourdie de Rae dans la chambre voisine. Elle parlait peut-être au papa…

Pendant un moment, il n'osa pas bouger, pétrifié à l'idée de faire tomber l'enfant. Rae le détesterait encore plus. Et il s'en voudrait à mort.

Mais le bébé était tout léger et facile à porter. Il n'y avait pas de raison que Forrest n'y arrive pas… Il l'installa dans le creux de son bras gauche pour lui permettre de continuer plus confortablement son observation. Car le petit être gardait les yeux rivés sur lui, comme s'il se demandait à qui il pouvait bien avoir affaire.

— Je suis l'inspecteur Colton, murmura Forrest de sa voix grave.

Le nourrisson le dévisagea intensément. Peut-être Forrest lui rappelait-il son père ? Il ne se souvenait pas d'avoir vu un homme avec Rae au mariage. Celui-ci s'était probablement fait discret pour qu'elle puisse jouer son rôle de demoiselle d'honneur. Ou alors, il était resté à la maison pour garder leur fils, âgé d'à peine quelques semaines à l'époque.

Forrest avait été loin d'imaginer qu'elle venait d'accoucher. Il l'avait trouvée si ravissante dans sa robe bleu marine !

Cette femme l'intriguait. C'était par curiosité qu'il s'était approché de chez elle ce matin. Il aurait dû se méfier… Depuis la rupture de ses fiançailles, il savait que les relations amoureuses n'étaient pas faites pour lui. Mieux valait se concentrer sur sa famille.

Justement, il devait se préparer à accueillir son futur neveu ou sa future nièce, à être un bon tonton pour le petit cow-boy ou la petite cow-girl que Bellamy et Donovan s'apprêtaient à avoir.

— Et toi ? demanda-t-il au bébé. Seras-tu un cow-boy ? As-tu envie d'apprendre à monter à cheval ?

Malgré son inexpérience, Forrest savait que l'enfant était trop petit pour le comprendre, et encore plus pour lui répondre, mais celui-ci semblait fasciné par sa voix. Ses grands yeux s'agrandirent encore. Avec ses traits délicats et ses cheveux châtains, il était le portrait craché de sa mère.

Il se mit à gazouiller, et une petite bulle s'échappa de ses lèvres. Forrest fronça les sourcils. Y avait-il un problème ? Où était passée Rae ?

Il avait été plus à l'aise en découvrant le corps momifié dans le jardin qu'il ne l'était maintenant avec ce nouveau-né dans les bras. La victime ne pouvait plus être sauvée ; la seule chose qu'il fallait faire pour elle, c'était trouver son meurtrier.

Mais ce petit d'homme…

Il était fragile, et Forrest pourrait lui faire du mal sans le vouloir. Cette perspective le terrifiait.

Pourquoi Connor ne pleurait-il plus ? Que lui avait fait Forrest Colton ?

Par la porte entrouverte de sa chambre, Rae épia l'homme qui se tenait dans sa cuisine. Il avait placé l'enfant dans le creux de son bras musclé et Connor le dévisageait sans bouger, comme envoûté.

Voilà bien longtemps qu'elle n'avait pas eu droit à ce genre de regard de la part de son fils. Avec elle, il pleurait presque tout le temps. Que trouvait-il de si fascinant à Forrest Colton ?

— Rae, vous êtes toujours là ?

— Oui, Kenneth, je suis là, répondit-elle.

Elle coinça le téléphone entre son épaule et son oreille pour tenter de s'habiller en même temps qu'elle écoutait son collègue du cabinet d'avocats.

— Voulez-vous que je vienne ? lui proposa-t-il.

— Non.

C'était un mot qu'elle lui avait souvent répété depuis qu'elle avait été embauchée. Non, elle ne voulait pas aller boire un café. Non, elle ne voulait pas dîner avec lui. On ne pouvait pas vraiment parler de harcèlement : il lui répétait régulièrement qu'il était heureux avec sa femme et qu'il voulait juste qu'elle se sente bien accueillie chez Lukas, Jolley et Fitzsimmons.

— En tout cas, sachez que je suis prêt à vous défendre si les fouilles menées chez vous soulèvent le moindre problème juridique, insista-t-il. Vous faites partie de la famille, maintenant.

Moins que lui, cependant, songea Rae. Kenneth était le gendre de maître Fitzsimmons.

Au sein du cabinet, il était ce qu'on appelait un « chasseur d'ambulances » : grâce à un récepteur scanner, il surveillait les communications radio de la police pour tenter de récupérer des clients. C'est comme ça qu'il avait appris que la coroner et une équipe de techniciens avaient été envoyées chez Rae.

— Je vais bientôt partir, lui dit-elle. Je dépose Connor à la crèche et je file au bureau. À tout à l'heure, Kenneth.

Dès qu'elle eut raccroché, elle enfila une longue robe d'été à la place de son T-shirt de nuit, puis appliqua un peu d'anticernes sous ses yeux. Une touche de mascara, et elle se dépêcha de rejoindre Forrest Colton dans la cuisine.

Il leva la tête vers elle et la fixa un long moment. Avait-il remarqué son maquillage ? S'imaginait-il qu'elle s'était faite belle pour lui ?

De nouveau, elle se sentit rougir.

— Excusez-moi, j'étais obligée de répondre, dit-elle.

— C'était votre mari ?

Rae ne put s'empêcher de rire.

— Pas le mien.

— Celui d'une autre, alors ?

— Je vous en prie, ne me faites pas passer pour ce que je ne suis pas… C'était un collègue. Il a entendu votre appel et il s'est inquiété.

Forrest Colton fronça les sourcils.

— Comment ça, il a entendu mon appel ?

— Il a un scanner. Ce n'est pas illégal.

— Et vous ? reprit Forrest. Avez-vous entendu quelque chose, hier soir ?

— Je vous ai déjà dit que non. Il n'y a que lui qui fait du bruit, la nuit.

Elle montrait Connor, qui s'était endormi dans les bras de Forrest. Quand ce dernier baissa les yeux, un sourire se dessina sur ses lèvres. Cela changeait radicalement de la grimace d'horreur qu'il avait faite lorsqu'elle lui avait confié le bébé…

— Comment s'appelle-t-il ?

— Connor. Connor Lemmon, ajouta-t-elle, voyant qu'il attendait la suite.

— Vous n'êtes pas mariée ?

— Je croyais que c'était clair.

Si elle l'avait été, jamais elle ne lui aurait proposé de danser. Visiblement, Forrest Colton était encore plus vieux jeu qu'elle.

— Vous savez, on n'est pas obligée d'être mariée pour avoir un bébé, fit-elle remarquer.

— Le père n'a pas voulu vous épouser ?

Rae resta sans voix. Ce type n'était pas seulement vieux jeu, c'était un mufle.

— Le père ne sait même pas qui je suis, rétorqua-t-elle.

Malgré sa colère, elle ne put s'empêcher de rire devant

la mine choquée du policier. Surpris par le bruit, Connor commença à s'agiter, mais Forrest Colton le berça doucement et il se rendormit aussitôt. Comment se faisait-il que cet homme parvenait à apaiser son fils alors qu'il la mettait en boule ? s'interrogea Rae. Personne ne l'avait jamais exaspérée autant que lui.

— J'ai choisi d'avoir un enfant toute seule, expliqua-t-elle. Avec l'aide d'un donneur, bien sûr.

Avant qu'il tire d'autres conclusions peu flatteuses à son égard, elle ajouta :

— J'ai fait appel à une banque de sperme.

— Ah.

Tout le monde ne comprenait pas sa décision, mais elle s'en fichait. Elle aimait tellement Connor – même quand il l'empêchait de dormir ! Elle s'approcha pour lui caresser la joue.

— Vous avez donc *choisi* d'être mère célibataire, murmura Forrest.

Rae n'aurait su dire s'il approuvait ou non. De toute façon, cela lui était égal. Elle ne voulait pas d'un compagnon ou d'un mari auquel elle serait obligée de rendre des comptes et qui risquerait de l'abandonner, sinon de la décevoir.

— Connor est le seul homme dont j'ai besoin dans ma vie, précisa-t-elle.

— C'est dommage.

Elle redressa brusquement la tête. Se pouvait-il qu'il s'intéresse à elle, finalement ?

— Je veux dire… Il serait plus sûr que vous ne soyez pas seuls ici, Connor et vous, bafouilla Forrest.

— On croirait entendre Maggie et Bellamy, répondit-elle en soupirant.

— Elles s'inquiètent pour vous, elles aussi ?

Rae acquiesça. Et les deux femmes ne savaient pas encore qu'on avait découvert un cadavre dans son jardin…

Mais pourquoi Forrest Colton se souciait-il de sa sécurité, tout à coup ? se demanda-t-elle. S'il avait des vues sur elle, il ne se serait pas montré aussi désagréable. Son inquiétude était sans doute uniquement professionnelle.

— Mes amies me connaissent, dit-elle. Elles sont mieux placées que personne pour savoir que je suis capable de me débrouiller seule, sans la protection d'un homme.

— Je ne dis pas forcément que vous avez besoin d'un homme, mais de quelqu'un. Vous vous destinez à être avocate, pas policière.

— Vous pensez vraiment que je suis en danger ?

Dans ce cas, son fils l'était aussi…

— Je pense qu'il y a un tueur qui se balade à Whisperwood, et que personne n'est en sécurité, répondit-il.

Rae éprouva le besoin de reprendre son bébé. Quand ses doigts frôlèrent le bras musclé du policier, elle ne put s'empêcher de tressaillir.

Connor se mit immédiatement à pleurer. De toute évidence, il préférait être porté par Forrest Colton… Il avait de quoi être frustré, avec elle. Cette nuit, elle n'avait pas réussi à l'apaiser comme une mère aurait toujours dû être capable de le faire. En tout cas, même malade, Georgia avait su la réconforter et la rassurer. Elle lui manquait tellement… Jamais Rae n'avait eu à ce point besoin d'elle.

Car elle avait peur, et pas seulement du tueur. Peur d'avoir pris plus de responsabilités qu'elle ne pouvait en assumer…

Elle était seule.

Il avait passé la journée à surveiller la maison. Il avait

vu les policiers relever les indices dans le jardin, il avait vu Rae partir le matin, puis revenir le soir alors que les agents avaient plié bagage. Il ne restait plus qu'elle sur place.

Elle et son bébé.

Il attendit dehors que toutes les lumières soient éteintes. Alors, il s'écarta de l'arbre contre lequel il était appuyé et s'avança vers le pavillon. À côté des marches qui menaient au porche, un gros pot en fer débordait de géraniums rouges, rappelant ceux des jardinières accrochées aux fenêtres. Il le bascula pour passer la main dessous.

Un sourire étira ses lèvres lorsque ses doigts se refermèrent sur une clé, fixée sous le pot grâce à un aimant. Satisfait, il grimpa le petit escalier et traversa le porche. Des planches craquèrent sous ses pas et la porte grinça quand il l'ouvrit ; retenant son souffle, il attendit un moment sans bouger, mais aucun bruit ne perturba le silence qui régnait dans la maison.

Celle-ci n'était pas grande : un salon, une cuisine et deux chambres séparées par une salle de bains. Il se dirigea vers la seconde, dont la porte était ouverte. La lumière de la lune se reflétait sur les étoiles fluorescentes collées au plafond, et un rayon caressait le visage du bébé endormi dans son berceau.

Il pénétra dans la pièce. Alors qu'il observait l'enfant, son cœur se serra. Cela lui répugnait d'en arriver là, mais il n'avait plus le choix.

D'une main tremblante, il attrapa dans sa poche un couteau à cran d'arrêt et fit sortir la lame. Puis il se pencha sur le petit lit.

4

Archer Thompson était complètement dépassé, et il en avait bien conscience. S'il avait recruté l'enquêteur d'Austin, Forrest Colton, ce n'était pas seulement parce que l'ouragan Brooke mobilisait tous ses effectifs. C'était surtout parce qu'il était lui-même trop proche d'une des victimes.

La gorge nouée, il regarda la photo sur l'étagère de son salon. Sa sœur Emmeline à seize ans. Si jolie…

Si douce.

Le premier corps mis au jour par la tempête avait été le sien, tant d'années après sa disparition. La situation était-elle la même pour la femme que Forrest avait découverte sur la propriété de Rae Lemmon ? Sa famille s'était-elle demandé pendant des décennies où elle était passée ?

Et l'inconnue du parking ?

Cette dernière était morte récemment, mais elle devait sans doute déjà manquer à ses proches, qui la croyaient peut-être emportée par l'ouragan. Pourtant, elle avait été tuée comme toutes les autres. Et Elliot Corgan ne pouvait pas être coupable, puisqu'il était mort.

Il avait juré qu'il n'avait pas touché à Emmeline.

Qui, alors ? Qui d'autre aurait pu vouloir faire du mal à l'adorable jeune fille qu'avait été sa sœur ?

Oui, le chef était trop impliqué émotionnellement pour trouver le meurtrier. Ce n'était pas le cas de Forrest Colton. Lui serait capable d'examiner tous les faits avec objectivité. Il savait prendre du recul, sans quoi il n'aurait jamais résolu autant d'affaires à Austin. Rien ne le détournerait de sa tâche.

Forrest était distrait. Il ne cessait de penser à Rae Lemmon et à son enfant. Malgré l'entêtement de la jeune femme, il aurait dû insister pour poster un policier chez elle. Il aurait pu prétendre que c'était le protocole, qu'il fallait protéger la scène de crime.

La maison de Rae était si éloignée de la ville ! Certaines terres des Colton jouxtaient sa propriété, mais l'habitation la plus proche appartenait aux Corgan. Et l'un d'eux, Elliot, avait été un tueur en série. Comment avaient-ils réussi à cacher cela à la presse pendant tant d'années ?

Grâce à une décision de justice ?

Auquel cas, ils avaient dû soudoyer le juge… Avaient-ils également payé quelqu'un pour commettre d'autres meurtres, afin qu'Elliot Corgan paraisse innocent ? À cette pensée, Forrest sentit son sang se glacer dans ses veines.

Mais pourquoi se donner cette peine maintenant, alors qu'un deuxième membre de la famille Corgan avait été arrêté ? James, de son prénom, avait tenté d'assassiner son ex-femme, Maggie Reeves-Corgan, ainsi que le frère de Forrest, Jonah – lesquels étaient depuis fiancés. Par chance, James n'avait pas eu autant de succès que son grand-oncle en tant que meurtrier.

Les vieux dossiers de l'affaire Elliot Corgan s'entassaient sur le bureau de Forrest, dans le box qu'on lui avait assigné au poste de police de Whisperwood. Après les avoir épluchés un par un, il avait acquis la même certitude que le jury à l'époque : Elliot était coupable de tous les meurtres qu'on lui imputait.

Tous, sauf un.

Une des victimes, bien qu'étranglée, n'avait pas été retrouvée avec un foulard rouge enfoncé dans la bouche. C'était aussi la seule à avoir été momifiée.

Comme la sœur du chef Thompson…

Et comme le corps retrouvé dans le jardin de Rae.

Forrest était convaincu qu'il y avait eu deux tueurs dès le départ, avant même qu'Elliot Corgan ait été arrêté et condamné à la perpétuité. Le second avait-il recommencé à tuer ? S'en était-il pris à Elliot ?

Jonah et Maggie avaient interrogé ce dernier en prison ; juste après leur passage, il s'était suicidé. Forrest partageait les doutes de son frère à ce sujet. Il pensait plutôt que le second meurtrier était venu faire taire Elliot Corgan, de peur qu'il ne révèle son identité.

Si cet individu avait pu s'introduire dans une prison de haute sécurité, il n'aurait eu aucune difficulté à pénétrer dans une maison éloignée de tout.

Forrest réprima un frisson. Il ne faisait pourtant pas froid dans cette grande salle où chaque bureau était séparé des autres par de petites cloisons. La climatisation fonctionnait à peine. Les policiers de garde étaient partis en patrouille, si bien qu'en dehors des agents affectés à l'accueil le bâtiment était quasiment désert.

Il ferait mieux de rentrer s'il ne voulait pas que ses parents s'inquiètent. Voilà des années qu'il était parti de chez eux, et ils se faisaient du souci comme pour un ado qui dépasserait l'heure autorisée. Pourtant, il ne rentrait jamais bien tard. Il n'avait nulle part où aller en dehors du travail. Mais c'était peut-être ça qui les inquiétait.

Forrest se massa la jambe. Il était resté trop longtemps

assis et la sentait tout ankylosée. Ses parents craignaient sans doute aussi qu'il soit à nouveau blessé. Comme il l'avait été et l'était encore…

Lorsqu'il se leva, sa jambe se mit à trembler, menaçant de céder, mais il bloqua l'articulation de son genou et contourna le bureau d'un pas raide. Il commençait à s'en éloigner quand le téléphone fixe sonna. Poussant un soupir, il fit demi-tour en boitillant pour décrocher.

— Inspecteur Colton.

— Dr Bentley à l'appareil, du cabinet du médecin légiste, annonça sa correspondante. Nous avons identifié la victime.

— Eh bien, c'était rapide…

— Je parle de celle retrouvée chez Lone Star Pharma, précisa le Dr Bentley. Ça risque d'être un peu plus long pour l'autre, malgré son excellent état de conservation.

Forrest repensa à Rae et à son bébé, seuls dans cette maison alors qu'un corps momifié venait d'être découvert dans leur jardin. Son estomac se contracta. Malgré tout, il se devait d'accorder toute son attention à la famille de la victime du parking.

— Êtes-vous au cabinet ? s'enquit-il.

— Oui, inspecteur.

— Je vais passer pour jeter un coup d'œil sur le rapport d'autopsie.

Les proches de la jeune femme auraient sans doute envie de savoir ce qui lui était arrivé. Et qui l'avait tuée. Malheureusement, il ne pouvait pas encore leur donner de nom, mais il le ferait. Il fallait arrêter ce sadique avant qu'il s'en prenne à d'autres personnes.

L'image du joli visage de Rae se présenta une fois de plus à son esprit. Elle lui avait dit qu'elle pouvait se débrouiller seule. Elle était forte et pleine de ressources. Et pour avoir été acceptée en école de droit, elle devait être intelligente. Trop intelligente pour prendre des risques. Il n'avait aucune raison de s'angoisser.

Mais ces autres femmes avaient peut-être cru elles aussi qu'elles n'avaient besoin de personne pour les protéger. À présent, elles étaient à la morgue. Forrest n'avait pas envie que Rae Lemmon s'y retrouve à son tour.

Malgré la fatigue des nuits blanches accumulées, Rae n'arrivait pas à dormir. Le sommeil continuait de lui échapper. Et, cette fois-ci, Connor n'y était pour rien.

Il était parfaitement silencieux – à tel point qu'elle en eut la chair de poule. Était-ce normal ? Bien sûr que oui, s'admonesta-t-elle. Lui aussi était épuisé, peut-être même plus qu'elle, car c'est lui qui avait pleuré pendant des heures ces derniers jours. Il dormait sans doute profondément, comme elle aurait tant aimé pouvoir le faire.

Contrairement à Connor, cependant, elle n'ignorait pas qu'un corps avait été retrouvé sur leur propriété le matin même.

De qui s'agissait-il ? Le meurtre avait-il été commis ici, dans son jardin ? Ou carrément dans la maison ?

Elle chassa bien vite cette pensée.

À son retour du travail, les techniciens étaient déjà repartis, en laissant leur ruban jaune autour de la scène. Non pas qu'elle eût la moindre envie d'y mettre les pieds…

Forrest Colton reviendrait-il faire des prélèvements ? Avec l'accueil qu'elle lui avait réservé aujourd'hui, nul doute qu'il lui présenterait un mandat de perquisition, cette fois-ci. Ce type l'agaçait comme personne, et elle ne comprenait pas pourquoi.

Rae se retourna dans son lit, mais ses pieds se prirent entre les draps. Alors qu'elle les repoussait, elle se figea.

Elle avait entendu un bruit. Comme si le plancher avait craqué.

L'instant d'après, Connor se mit à hurler. Ce n'étaient pas ses pleurs habituels, causés par les coliques qui le réveillaient d'un sommeil déjà agité : cela ressemblait davantage à un cri de terreur – peut-être teinté de douleur.

Rae bondit du lit, s'entrava entre les draps. Elle s'en dégagea tant bien que mal et fonça dans la chambre de son bébé. Si elle avait rencontré quelqu'un en chemin, elle lui serait passée dessus comme un bulldozer, tant elle était pressée d'atteindre son fils.

Il n'y avait personne dans la chambre, mais elle perçut comme un reste de présence, une odeur. Quelqu'un était venu ici. Elle se précipita vers le berceau.

Allongé sur le dos, Connor battait des bras et des jambes en hurlant à pleins poumons. Rae le prit contre elle pour le consoler, tout en vérifiant qu'il n'était pas blessé. Son petit corps était en sueur et tout contracté de colère, mais il semblait sain et sauf. Alors qu'elle lui caressait le dos pour tenter de le calmer, quelques cheveux restèrent collés à sa paume. Se les était-il arrachés à force de s'agiter ?

Peut-être devrait-elle appeler un médecin. Ou l'emmener directement aux urgences…

Elle continua de lui murmurer des paroles apaisantes en le berçant doucement. Son cœur battait presque aussi vite que celui de Connor. Bientôt, il se détendit, et ses pleurs terrifiés laissèrent place à de petits sanglots.

Rae put de nouveau entendre ce qui se passait autour. Et cette fois-ci, ce n'était pas le plancher qui craquait, mais la porte d'entrée qui se refermait.

Il fallait appeler la police.

Et si l'intrus lui avait volé son téléphone ou son sac à main ? Rae s'en fichait, tant que son bébé n'avait rien.

Tout en le gardant serré dans ses bras, elle retourna dans sa chambre et, d'une main tremblante, alluma. Son portable était toujours branché sur la table de nuit. Alors qu'elle allait s'en emparer, la brise qui entrait par la fenêtre ouverte fit remuer une feuille de papier posée sur son oreiller. Et, avec elle, une petite mèche de cheveux châtains, doux et fins comme ceux d'un bébé.

C'était ceux de Connor, comprit-elle avec horreur. En examinant la tête du nourrisson, elle trouva l'endroit d'où ils avaient été coupés : juste au-dessus de son oreille gauche.

Dieu merci, son fils n'avait pas été blessé, mais il aurait pu l'être. Il aurait même pu être kidnappé. Pourquoi ? Pourquoi avait-on fait cela à son bébé ?

Rae ramassa le papier et lut le message griffonné dessus.

Débarrasse-toi du flic ou tu peux dire adieu à ton gamin. Pour toujours.

Quel flic ? se demanda-t-elle, paniquée. Forrest Colton ? Cela avait-il un rapport avec le cadavre retrouvé dans son jardin ?

Elle n'y était pour rien ! Ce n'était même pas elle qui l'avait découvert, ni même qui avait prévenu la police…

Impossible d'appeler à l'aide, à présent. Celui qui était entré chez elle et lui avait laissé ce mot pouvait très bien être dehors, en train de la surveiller. Et que ferait-il si elle ignorait son avertissement ? Reviendrait-il pour lui prendre son bébé ?

Pour le tuer ?

5

Elle avait un nom, à présent. La jeune femme retrouvée morte lors de l'excavation du parking s'appelait Patrice Eccleston et était âgée de vingt-deux ans. Ses proches avaient signalé sa disparition peu après que l'ouragan Brooke s'était abattu sur la côte du golfe du Mexique.

Ils n'avaient su dire avec précision quand ils lui avaient parlé pour la dernière fois, ni à quel moment elle avait pu être enlevée ou faire une mauvaise rencontre. Quoi qu'il en soit, elle n'avait aucune raison de traîner autour de Lone Star Pharma.

Forrest était de nouveau sur place : il devait dégager les lieux pour que le chantier puisse reprendre. Mais, avant cela, il voulait s'assurer que rien n'avait échappé aux policiers, aucun détail susceptible de les conduire jusqu'au meurtrier de Patrice.

Son cadavre ayant été découvert en fin d'après-midi, le relevé des indices avait duré jusque tard dans la nuit. Qui sait, les techniciens avaient peut-être raté quelque chose…

Contrairement aux autres victimes, celle-ci n'avait pas été embaumée. Le tueur avait-il été interrompu ? Était-il trop vieux pour manipuler les corps comme jadis ?

Il fallait être fort pour porter Patrice, une femme jeune et en très bonne forme physique. Nul doute qu'elle s'était débattue. La coroner le confirmait d'ailleurs dans son rapport d'autopsie, qui faisait état de diverses contusions et meurtrissures. La pauvre Patrice s'était bien défendue, mais elle avait perdu.

Restait à savoir qui avait gagné. Qui l'avait arrachée si tôt à la vie.

Le ruban jaune pendait entre les fins piquets de métal plantés autour des monticules de terre et de la tractopelle. Pourquoi la jeune femme avait-elle été enterrée ici ? s'interrogea Forrest. Et pourquoi elle ? Connaissait-elle son meurtrier, ou s'agissait-il d'un étranger qui l'avait choisie au hasard ?

Tant de questions sans réponses…

Forrest enjamba la rubalise. Comme son pied s'enfonçait dans la terre fraîchement retournée, il repensa à la fosse creusée sur la propriété de Rae Lemmon. Bizarrement, là-bas, le corps semblait avoir été exhumé intentionnellement, alors que celui de la sœur du chef Thompson avait été mis au jour par la tempête, et celui de Patrice Eccleston à l'occasion de travaux. Comment expliquer ces différences ?

Il s'approcha de l'endroit où le cadavre de la jeune femme avait été retrouvé. À l'aide d'un des piquets, il entreprit de fouiller le sol tout autour… et son outil improvisé buta contre un objet métallique enfoui dans la terre. Le cœur battant, Forrest dégagea ce qui ressemblait à trois pièces, ou trois boutons.

Il se pencha pour les examiner de plus près. Les cercles dorés étaient presque identiques à ceux qu'il avait découverts dans le jardin de Rae Lemmon. Pourtant, le meurtre de Patrice était récent, alors que celui du corps momifié remontait sans doute à plusieurs dizaines d'années… Peut-être ce dernier avait-il simplement été déplacé ?

Forrest devait découvrir ce qui reliait tous ces crimes. Et ce que Rae Lemmon venait faire dans le tableau.

Même après avoir fermé toutes les fenêtres et barricadé la porte d'entrée, Rae n'avait pas réussi à dormir. Elle sentait encore la présence de l'inconnu, persuadée qu'il se tenait à proximité pour la surveiller. Pour voir si elle allait passer outre ses menaces.

Cela l'avait tellement démangée, pendant la nuit... D'appeler la police, ou au moins ses amies. Mais celles-ci auraient insisté pour qu'elle prévienne les autorités ou, pire, Forrest Colton. Et Rae ne voulait pour rien au monde risquer la vie de son fils.

Sans doute aurait-elle trouvé le sommeil plus facilement si elle n'était pas restée dans la chambre de Connor, recroquevillée dans le fauteuil à côté de son berceau. Malgré sa frayeur nocturne, il n'avait pas eu trop de mal à se rendormir. L'incident n'avait peut-être été pour lui qu'un mauvais rêve.

Si seulement c'était le cas, songea Rae. Mais le mot et la mèche de cheveux prouvaient malheureusement le contraire.

Cela ne pouvait pas se reproduire. Aucun autre étranger ne s'approcherait de son bébé d'aussi près.

Une image lui traversa l'esprit – Connor confortablement installé dans les bras de Forrest Colton. Son fils avait paru tellement satisfait, après sa mauvaise nuit ! Une chose était certaine : il n'avait absolument pas perçu le policier comme un étranger.

Pourtant, il faudrait bien que ce dernier le redevienne. Qu'il garde ses distances avec eux.

Pendant que Connor dormait, Rae avait pris une douche et s'était habillée. Elle n'était pas pressée de retourner travailler, mais elle n'avait pas le choix. Elle était seule à payer les factures, la crèche, la nourriture et le reste.

Par chance, sa mère lui avait légué la maison à sa mort, l'année précédente. Georgia l'avait achetée avant de rencontrer le père de Rae et avait toujours refusé d'ajouter son nom sur le titre de propriété. Elle craignait sûrement qu'il la perde, d'une façon ou d'une autre. À la place, c'était elle qui l'avait perdu : il était parti quand elle était tombée malade.

Rae en avait déduit que les hommes n'étaient pas dignes de confiance. Elle s'était promis de ne jamais avoir besoin d'eux. Et elle avait bien fait, car aucun de ses petits amis n'avait daigné rester.

Elle se pencha au-dessus du berceau pour effleurer des doigts la joue de Connor. Ce petit homme-là, en revanche, elle en avait besoin. Elle ne s'imaginait pas vivre sans lui, quand bien même il ne partageait son existence que depuis deux mois.

Et elle ferait tout ce qui était en son pouvoir pour qu'il ne lui arrive rien.

Dehors, le grondement d'un moteur se rapprocha puis un véhicule s'arrêta dans l'allée. Pourquoi n'avait-elle pas entendu ce bruit, hier soir ? L'intrus était-il arrivé à pied ? Ou à cheval, comme Forrest Colton le matin même ?

Connor ouvrit les yeux et la regarda d'un air ensommeillé. Il avait dû voir la personne qui lui avait coupé une mèche de cheveux. Si seulement il pouvait parler…

Rae le souleva dans ses bras avant d'aller jeter un coup d'œil sur la voiture qui venait de se garer devant chez elle. Un gros mot lui échappa quand elle vit le SUV de la police et l'homme qui en descendait.

Forrest Colton.

Il n'y avait personne alentour. L'inconnu était-il parti ?

S'il se cachait toujours quelque part, il constaterait que le policier était là malgré son avertissement. Il penserait qu'elle n'en avait pas tenu compte. Qu'elle s'en fichait.

Saisie d'angoisse, Rae serra Connor si fort qu'il se mit à pleurer. Inutile de prétendre qu'il n'y avait personne chez elle. C'était trop tard, Forrest avait dû entendre les cris. Il appuya sur la sonnette.

Rae retira la chaise qu'elle avait coincée sous la poignée de la porte et entrouvrit celle-ci.

— Que voulez-vous ? lui demanda-t-elle froidement.

L'espace d'un instant, il sembla surpris par son accueil, puis il regarda Connor, qui pleurait toujours.

— Ah… Il vous a encore empêchée de dormir ?

— Pas lui, répondit-elle sans réfléchir.

Forrest Colton haussa un sourcil intrigué.

— Qui, alors ?

— Cela ne vous regarde pas.

— En l'occurrence, si, répliqua-t-il. Depuis hier, votre propriété est une scène de crime. J'ai besoin de savoir qui y a accès. Quelqu'un vous a-t-il rendu visite ?

— Mes amies viennent me voir régulièrement. Vous les connaissez – Maggie et Bellamy.

— Qui d'autre ?

— Je ne sais pas. Je n'ai vu personne d'autre.

Ce n'était pas faux, même si un individu était bel et bien venu. Elle en avait la preuve. Et il fallait qu'elle se débarrasse de Forrest au plus vite.

— Si vous permettez, je dois me préparer pour aller travailler, dit-elle en commençant à refermer la porte.

Il glissa son pied dans l'ouverture pour l'en empêcher.

— Vous êtes déjà habillée, observa-t-il.

Elle crut déceler une pointe de déception dans son regard, mais elle avait sans doute rêvé. Il ne pouvait pas l'avoir trouvée attirante dans son vieux T-shirt. Aujourd'hui, elle portait un pantalon de tailleur noir et un chemisier boutonné jusqu'au cou. Les associés du cabinet d'avocats avaient un code vestimentaire assez strict – même Kenneth Dawson, malgré ses pratiques à la limite de la légalité.

— Je dois habiller Connor pour l'emmener à la crèche, précisa-t-elle.

Son fils avait cessé de pleurer mais se tortillait toujours dans ses bras. Il devait commencer à avoir faim. Et sa couche était sans doute mouillée.

Forrest l'étudia du regard.

— Vous êtes sûre que vous allez bien ?

— Très bien, répondit-elle un peu vite. C'est juste que je suis pressée. Je vous l'ai déjà dit, je n'ai aucune réponse à vous donner. Je ne sais pas comment ce corps s'est retrouvé dans mon jardin. Je ne sais rien !

Elle tenta de pousser la porte avec son épaule.

— Vous avez besoin d'aide, affirma Forrest en résistant.

Elle se figea. Était-il au courant ?

— Ne soyez pas têtue à ce point, poursuivit-il. Je sais que vous pensez pouvoir vous débrouiller seule…

— Parce que c'est vrai, l'interrompit-elle, piquée au vif.

— Vous avez peur de quelque chose, c'est évident, insista-t-il en montrant la chaise près de la porte.

— Je vous rappelle qu'un cadavre a été découvert chez moi.

— Vous n'aviez pas peur, hier.

— Je n'avais pas encore eu le temps de réaliser.

— Acceptez de vous faire aider, Rae.

— Je n'ai pas besoin de votre aide !

— Je n'ai jamais dit que j'étais volontaire. Je pensais à vos amies, Maggie et Bellamy.

Rae sentit le rouge lui monter aux joues. Évidemment, il ne lui proposait pas de la protéger personnellement… Il n'avait même pas voulu danser avec elle ! Si elle lui racontait ce qui s'était passé cette nuit, il se contenterait de confier l'enquête à un autre policier. Il avait mieux à faire que de perdre du temps à retrouver le type qui l'avait menacée.

— Bellamy est en lune de miel, lui rappela-t-elle.

— Ils reviennent aujourd'hui. Et Maggie ne partirait pas…

— … Sans Jonah, le coupa-t-elle.

Ce dernier n'était pas un policier à proprement parler, mais il faisait partie des Cow-boy Heroes ; pour l'inconnu qui lui avait laissé le mot, cela revenait sûrement au même.

— Vous n'aimez pas mon frère ? s'enquit Forrest, sur la défensive.

Elle poussa un soupir.

— J'aime beaucoup Jonah. Notamment parce qu'il rend Maggie heureuse. Et justement, je n'ai pas envie de troubler leur bonheur avec mes histoires. Surtout après toutes les épreuves que Maggie a traversées à cause de son ex-mari.

— Je sais que mes frères ne considéreraient pas comme une intrusion le fait que vous demandiez de l'aide à vos amies, répliqua Forrest. Et même si je ne connais pas encore très bien ces dernières, je suis sûr que cela ne les dérangerait pas non plus.

— Au contraire, admit-elle.

Elles seraient même ravies de l'épauler… Sauf qu'elles la harcèleraient pour qu'elle se confie à la police – et à Forrest Colton en particulier, puisque l'enquête qu'il menait dans le jardin de Rae semblait être à l'origine des menaces qu'elle avait reçues.

Mais pourquoi ?

Rae brûlait de savoir qui avait été enterré là et par qui cette personne avait été tuée. Elle voulait que le coupable soit jugé. Mais elle n'était pas prête à risquer la vie de son bébé pour cela.

— Je dois bientôt m'en aller, répéta-t-elle. Je vous demande de partir.

Forrest Colton ne bougea pas d'un pouce.

— Tout de suite ! s'écria-t-elle d'un ton désespéré.

Mais il bloquait toujours la porte de son corps massif, et elle n'avait pas le moindre espoir de l'en déloger. Un silence se fit tandis qu'il plongeait les yeux dans les siens, comme pour chercher à lire au fond de son âme. Imperceptiblement, il pencha la tête vers elle.

Rae retint son souffle, soudain gagnée par une puissante émotion. Cette fois-ci, ce n'était pas de la peur. C'était… une attirance physique à l'état pur. La même qu'elle avait éprouvée sans se l'avouer au mariage de Bellamy, face à cet homme meurtri mais formidablement sexy.

Rae lutta contre la tentation de presser sa bouche contre la sienne. Il lui aurait suffi de se hisser sur la pointe des pieds et de basculer légèrement la tête en arrière… Mais qu'en penserait l'intrus de cette nuit, s'il l'épiait toujours ? Elle n'osait pas l'imaginer… Un petit gémissement de frustration s'échappa de ses lèvres.

— S'il vous plaît, murmura-t-elle. Laissez-moi tranquille.

Forrest Colton se redressa brusquement et recula d'un pas, comme si elle l'avait giflée. Enfin, elle put refermer la porte entre eux – et elle le fit avec tant de force que Connor se remit à pleurer.

Lorsqu'elle sortit de chez elle un quart d'heure plus tard, Forrest était au volant de sa voiture, toujours garée dans l'allée. Il n'y avait plus la moindre trace de désir dans son regard, seulement de l'irritation.

— Que faites-vous encore ici ? s'enquit-elle.

— J'ai ce mandat que vous me demandiez, dit-il en agitant une feuille de papier par-dessus sa vitre baissée.

Elle fronça les sourcils.

— Un mandat ? Mais vous avez déjà fouillé mon jardin…

— Le jardin, pas la maison.

— Vous voulez inspecter ma maison ?

— Oui, et ce document m'en donne le droit.

Rae accorda à peine un regard au mandat en question.

— Si ça vous chante, soupira-t-elle. Mais vous ne trouverez rien.

Elle remonta les marches du porche pour lui ouvrir la porte. Aucun risque qu'il découvre la lettre de menace : elle l'avait soigneusement rangée avec la mèche de cheveux dans un sac en plastique, qu'elle avait glissé dans son sac à main.

— Je vous demande juste de bien refermer en partant, ajouta-t-elle, tout en sachant que c'était une précaution inutile.

L'étranger avait réussi à entrer chez elle sans qu'elle n'entende rien. Était-il toujours là ? Si oui, comment réagirait-il en voyant Forrest Colton fureter dans la maison ? Mettrait-il sa menace à exécution ?

Ses yeux s'emplirent de larmes. Elle se détourna de Forrest et cligna furieusement des paupières pour tenter de les refouler. Mais il avait dû les voir, car il lui saisit le bras.

— Qu'est-ce qui se passe ? demanda-t-il de sa voix grave, soudain empreinte d'inquiétude.

— Je…

Tais-toi, s'ordonna-t-elle.

— Vous pouvez me parler, vous savez, murmura-t-il, comme s'il avait lu dans ses pensées.

— Je dois y aller.

Elle se dégagea et courut jusqu'à sa voiture. Avec un peu de chance, l'inconnu avait assisté à la scène, et il avait compris qu'elle faisait tout ce qu'elle pouvait pour se débarrasser de Forrest Colton.

Mais peut-être…

Peut-être ne voulait-il pas seulement le voir s'éloigner. Peut-être désirait-il le voir mort.

6

Forrest n'avait pas cessé de penser à Rae depuis qu'ils s'étaient quittés devant chez elle ce matin. Bon sang, il n'avait pas cessé de penser à elle depuis qu'il l'avait vue au mariage de Bellamy et de Donovan…

C'était peut-être pour ça qu'il était venu chez eux. Pour savoir comment s'était passée leur lune de miel, bien sûr, mais surtout pour en apprendre plus sur la jeune femme qui le fascinait et l'exaspérait tout à la fois.

Il avait failli l'embrasser, ce matin. Son pouls s'emballait au seul souvenir de ses lèvres, si proches des siennes… Il avait presque goûté la fraîcheur de son haleine. Heureusement, il n'avait pas cédé à la tentation. Cela aurait pour le moins manqué de professionnalisme.

S'il ne la considérait pas comme suspecte, il avait tout de même trouvé un cadavre dans son jardin, et quelque chose lui disait qu'elle en savait plus que ce qu'elle voulait bien admettre. Elle avait paru si effrayée !

Ceci dit, elle avait des raisons de l'être. Un tueur sévissait à Whisperwood. Il fallait absolument que Forrest l'arrête.

— Je crois qu'on l'ennuie à mort avec nos histoires, observa Bellamy en riant.

— Il est comme ça quand il résout une enquête, répondit Donovan. Tellement concentré que le monde autour de lui n'existe plus.

Son frère n'avait pas tort, songea Forrest. Il était comme ça, habituellement. Mais là, son esprit était entièrement focalisé sur Rae Lemmon. Comment prétendait-il attraper un meurtrier, dans ces conditions ?

À moins qu'elle ne connaisse l'identité du tueur... Était-ce pour cela qu'elle avait été si pressée de se débarrasser de lui ce matin ? Essayait-elle de protéger quelqu'un ?

— En plus, il travaille sur deux affaires, continua Donovan en parlant de Forrest comme s'il n'était pas là.

— Deux ? répéta Bellamy, étonnée. Ah oui, la sœur du chef et la femme retrouvée sur le parking. Mais avec autant d'années d'écart entre les deux meurtres, il y a peu de chances qu'il y ait un rapport.

Forrest n'en était pas si sûr. Cependant, il se garda de partager ses soupçons avec Bellamy, qui n'avait pas l'air de posséder tous les éléments. Il avait informé son frère au sujet de la découverte qu'il avait faite chez Rae Lemmon, mais Donovan ne semblait pas encore avoir annoncé la nouvelle à sa femme. Et elle ne l'avait pas apprise non plus de la bouche de Rae.

Pourquoi celle-ci refusait-elle de chercher de l'aide auprès de ses amies ? Pourquoi était-elle si résolue à tout faire toute seule ?

— Qu'y a-t-il ? demanda Bellamy en regardant les deux hommes tour à tour. Il est arrivé autre chose ?

— Je ne voulais pas te contrarier, commença Donovan. Surtout en ce moment.

— Je suis enceinte, pas malade ! Je peux supporter d'être contrariée. Et ça vaut mieux pour toi, parce que je le suis, maintenant !

— Euh, je ferais mieux d'y aller, murmura Forrest en se levant de sa chaise.

Bellamy le força à se rasseoir.

— Qu'est-ce qui se passe ? lui demanda-t-elle.

Forrest jeta un coup d'œil à son frère, qui approuva d'un signe de tête.

— J'ai trouvé un autre corps.

— Mon Dieu…

— Dans le jardin de Rae, précisa-t-il.

Bellamy se tourna vers son mari, furieuse.

— Et tu ne m'as rien dit ?

— C'est arrivé hier, intervint Forrest, qui ne voulait surtout pas créer de tensions dans leur couple.

— Tu ne te sentais pas bien, rappela gentiment Donovan.

— J'étais fatiguée.

Elle caressa son ventre, qui commençait à s'arrondir.

— *Nous* étions fatigués.

Donovan passa un bras autour de sa taille et déposa un baiser sur son front.

— J'allais te le dire quand Forrest est arrivé. Pourquoi es-tu là, au fait ? demanda-t-il à son frère. J'imagine que ce n'est pas pour nous entendre parler de notre lune de miel.

— Si, en partie.

Forrest était sincèrement heureux pour Bellamy et Donovan. Ils méritaient amplement leur bonheur.

— Pour quoi d'autre, alors ? insista ce dernier.

Forrest leva les yeux vers Bellamy.

— Je voulais te parler de Rae. C'est ta meilleure amie, n'est-ce pas ?

— Oui.

— Tu la connais donc mieux que personne ?

— Je pense, oui. On a grandi ensemble. Mais je crois qu'on s'est encore plus rapprochées à l'adolescence, quand on a dû prendre soin de nos parents malades. Le père de Rae est parti au moment où on a diagnostiqué un cancer à sa mère, et Rae a dû s'occuper d'elle toute seule. Heureusement, Georgia Lemmon était solide : elle a survécu. Cette fois-là.

— Mais le cancer est revenu, devina Forrest.

Bellamy acquiesça.

— Et sa chiffe molle de père ?

— Elle ne l'a jamais revu.

Pas étonnant que Rae ait décidé de se passer d'un mari pour fonder une famille, avec l'exemple que lui avait donné cet homme…

Mais la tendance à abandonner un partenaire malade n'était pas propre à la gent masculine. Après la fusillade, alors que Forrest apprenait à remarcher avec les kinés du centre de rééducation, Shannon lui avait envoyé un texto :

Désolée, mais je n'ai pas signé pour ça.

Cela avait le mérite d'être franc – même si, en l'occurrence, ils n'avaient encore rien signé du tout.

— Ce corps, dans le jardin de Rae… Est-ce que ça pourrait être celui de son père ? demanda Bellamy. Il n'est peut-être jamais parti, après tout.

— Non, le cadavre était de sexe féminin, et embaumé comme celui de la sœur du chef.

— Quelle horreur…

— Forrest retrouvera l'ordure qui a fait ça, lui promit Donovan en la serrant contre lui.

L'intéressé n'était pas sûr de mériter une telle confiance. Il n'avait même pas de piste, en dehors de ces objets métalliques qu'il avait envoyés au labo.

— Je m'inquiète pour Rae, confia Bellamy. Comment l'as-tu trouvée ?

— Têtue.

La jeune femme eut un sourire.

— Tu commences à bien la connaître, alors.

— Je ne la connais pas du tout, répliqua Forrest

en balayant le souvenir de cet instant où il avait failli l'embrasser. Elle ne veut pas me parler, ni répondre à mes questions.

Bellamy fronça les sourcils.

— Quelles questions veux-tu lui poser ? Tu ne la soupçonnes pas, quand même ?

— Évidemment que non, intervint Donovan.

Forrest regarda son frère d'un air ennuyé.

— Je n'ai pas envie de la soupçonner, mais je suis sûr qu'elle ne me dit pas tout.

Sinon, pourquoi aurait-elle été si impatiente de le chasser de chez elle, ce matin ? Certes, elle devait partir au travail, mais quelque chose d'autre la préoccupait. Quelque chose qui le concernait lui, ou au moins l'enquête.

— Rae a du mal à faire confiance aux gens, expliqua Bellamy.

— Elle n'est pas la seule, observa Donovan en jetant un bref coup d'œil vers Forrest.

— C'est peut-être normal, pour un enquêteur, avança la jeune femme.

— Oh ! il n'y a pas que ça.

Donovan avait dû raconter à son épouse l'expérience malheureuse de son frère, car elle prit la main de Forrest dans la sienne.

— J'avais oublié, murmura-t-elle. Je suis désolée.

— Moi, je ne le suis pas, rétorqua-t-il – et, pour la première fois, il le pensait sincèrement. Il valait mieux que je découvre sa vraie nature avant qu'on soit mariés.

Le départ de Shannon ne l'avait pas tant bouleversé que ça, à bien y réfléchir. Sans doute ne l'avait-il pas aimée comme son frère Dallas avait aimé sa femme, Ivy. La mort de cette dernière l'avait dévasté.

— Tu es mieux sans elle, approuva Donovan. Cette

fille était égoïste. Tu mérites quelqu'un de bien. Quelqu'un comme Bellamy.

— Ou comme Rae, renchérit-elle en haussant les sourcils.

Forrest laissa échapper un rire amer.

— Elle m'a clairement fait comprendre qu'elle n'était pas intéressée.

Pourtant, l'espace d'un instant, il lui avait semblé qu'elle regardait sa bouche avec autant d'avidité qu'il regardait la sienne. Mais elle s'était brusquement écartée, et une ombre de panique avait plané sur son joli visage.

De quoi avait-elle peur ?

Dès que la porte se fut refermée sur son frère, Donovan se tourna vers Bellamy, le cœur battant.

— Tu m'en veux beaucoup ?

— Tu n'aurais pas dû me cacher cette information concernant Rae, répondit-elle.

— Je suis désolé.

Il avait craint que la nouvelle ne lui cause trop d'émotions. Sa jeune épouse avait paru si fatiguée, ces derniers jours ! Et il ne pouvait rien faire pour l'aider, hormis essayer de la protéger. Il l'entoura de ses bras.

— Tu t'inquiètes trop pour moi, murmura Bellamy en se laissant aller contre lui. Je ne suis pas fragile, tu sais.

— C'est vrai. Mais je ne voulais pas que tu te fasses du souci pour Rae.

— Je me fais toujours du souci pour Rae.

— Elle aussi, elle est forte.

— Mais elle a déjà eu assez de problèmes comme ça.

La jeune femme marqua un silence.

— On a joué un paquet de fois dans ce jardin, quand on était petites… Et si le corps y était déjà à l'époque ?

Donovan lui caressa le dos pour tenter de la réconforter. Une seule chose les soulagerait tous : que le meurtrier soit arrêté.

— Tu crois que Forrest pourrait avoir raison ? demanda-t-il, pensif. Que Rae en saurait plus qu'elle ne le dit ?

Bellamy s'écarta et planta le regard dans le sien.

— Non. Rae n'a rien à voir avec ces meurtres.

— Mais elle a peut-être une idée de qui les a commis…

— Si c'était le cas, elle en aurait parlé à Forrest ou au chef. Elle a entamé des études de droit parce qu'elle voulait agir contre la criminalité. Jamais elle ne protégerait un meurtrier.

— Même si ce dernier était un ami ? insista Donovan. Ou un parent ?

— La seule personne pour laquelle elle serait prête à enfreindre la loi, c'est son bébé. Et Connor n'est pour rien dans ces histoires.

— Évidemment.

Donovan ne savait quoi penser. Certes, Bellamy fréquentait Rae depuis la maternelle, mais lui connaissait bien son frère. Et l'instinct de Forrest le trompait rarement quand il enquêtait sur une affaire.

Rae avait eu encore plus de mal que d'habitude à laisser Connor à la crèche ce matin. Pourtant, elle n'avait pas de raisons de s'inquiéter. L'établissement comptait un certain nombre de figures maternelles encore plus protectrices qu'elle – dont Bob McCauley, le directeur, un ancien joueur de football américain. Pour s'en prendre à un bébé placé sous sa responsabilité, il faudrait d'abord lui passer sur le corps…

Sachant cela, Rae avait tenté de se concentrer sur son travail. Elle avait une montagne de recherches à effectuer pour un des associés du cabinet d'avocats. Elle aurait sûrement pu finir plus tôt si elle n'avait pas été aussi distraite… Lorsqu'elle remarqua l'heure sur son écran d'ordinateur, elle étouffa une exclamation de stupeur, qui résonna étrangement dans la petite pièce. Aucun bruit ne lui parvenait de derrière la porte.

Tout le monde avait dû partir. Et c'est ce qu'elle aurait dû faire elle aussi depuis longtemps. Heureusement, la crèche proposait des horaires assez souples pour les parents qui travaillaient tard ou qui suivaient des cours du soir, comme Rae deux fois par semaine. Mais elle avait hâte de retrouver son fils après une journée entière passée loin de lui – hâte aussi de quitter cet endroit. Les locaux déserts avaient quelque chose de lugubre.

Elle éteignit son ordinateur et rassembla ses affaires dans son sac à main, où se trouvait toujours le sachet contenant la lettre et la mèche de cheveux. Aurait-elle dû les confier à Forrest ?

Non. Hors de question de prendre un tel risque, quand bien même elle rêvait de punir celui qui avait osé menacer son bébé.

S'agissait-il du meurtrier ? Sans doute. Qui d'autre aurait des raisons de vouloir éloigner Forrest Colton ? *Toi*, fit une petite voix dans sa tête. Rae avait suffisamment de soucis comme ça pour devoir en plus gérer cette attirance agaçante qu'il faisait naître en elle.

Le sac sur l'épaule, elle sortit dans le couloir. À l'instar de son bureau, celui-ci était dépourvu de fenêtres, et quelqu'un avait éteint toutes les lumières. N'avait-on pas remarqué qu'elle était encore là ? Ou l'avait-on fait exprès pour l'effrayer encore plus ?

Rae eut la chair de poule à l'idée que l'intrus de cette nuit puisse savoir où elle travaillait. Whisperwood était une petite ville, presque tout le monde se connaissait. Ce n'était pas difficile d'obtenir des informations sur l'un ou l'autre de ses habitants.

Alors qu'elle se dirigeait rapidement vers les ascenseurs, un bruit sourd résonna dans un des bureaux fermés qu'elle venait de dépasser. Rae se figea, le cœur battant. Aussitôt après, un gloussement se fit entendre, et la poignée de la porte grinça.

La tête de Kenneth Dawson apparut dans l'entrebâillement, ses cheveux blonds et clairsemés légèrement décoiffés.

— Rae ! Je ne savais pas que vous étiez encore là. Vous aussi, vous faites des heures supplémentaires ?

À voir son visage rougi, il avait plutôt fait du sport…

— Oui, j'avais un travail à finir, répondit-elle.

Il jeta un coup d'œil derrière lui, gêné.

— Ma femme m'a apporté à dîner.

— C'est gentil de sa part.

— N'est-ce pas ?

Bizarrement, Kenneth n'ouvrit pas plus la porte pour lui présenter son épouse, alors qu'il avait déjà invité Rae à venir manger chez eux. Il devait se douter qu'elle allait chercher Connor à la crèche, et qu'elle était pressée. C'était effectivement le cas.

— Eh bien, bon appétit, lança-t-elle. Et bonne soirée.

Elle fila vers les ascenseurs. Au moment où les portes se refermaient sur elle, un autre gloussement retentit. Mme Dawson avait une voix bien jeune…

En rejoignant sa voiture, puis sur le trajet de la crèche, Rae se surprit à regarder plusieurs fois derrière elle. Personne ne semblait la suivre. Mais, comme Forrest Colton le lui avait fait remarquer, elle se destinait à être avocate, pas policière. Elle n'avait pas les compétences pour estimer le degré de menace qui pesait sur elle ou sur son fils.

— Tout va bien ? lui demanda Bob McCauley tandis qu'elle installait Connor dans son siège-auto. J'ai entendu dire qu'on avait trouvé un corps dans votre jardin. Si vous avez besoin de quoi que ce soit, faites-moi signe.

Rae hésita à se confier au directeur de la crèche. Il lui conseillerait sûrement de prévenir la police. Et la dernière chose dont elle avait envie, c'était bien de voir l'inspecteur Forrest Colton débarquer à nouveau chez elle...

Elle espérait qu'il en avait fini avec ses relevés d'indices et qu'elle ne le trouverait pas dans la maison en arrivant. Quand elle se gara dans l'allée, elle ne vit aucun autre véhicule. Mais une lumière brillait à l'intérieur du petit pavillon.

Avait-il oublié de l'éteindre ?

Laissant Connor dans son siège, Rae s'avança prudemment vers l'entrée. La porte était fermée. Derrière les rideaux tirés sur les fenêtres, une ombre bougeait. Il y avait quelqu'un chez elle...

S'agissait-il de Forrest, ou de la personne qui était déjà venue la nuit précédente ?

7

Lorsque Forrest avait annoncé la mort de Patrice à son père et à son frère, aucun des deux hommes n'avait pleuré. Le choc, sans doute. Il n'avait pas voulu les interroger tout de suite, préférant leur laisser le temps d'encaisser la nouvelle. C'est pour cela qu'il était de retour ce soir. Mais Atticus et Ian Eccleston semblaient plus enclins à poser leurs propres questions qu'à répondre à celles de Forrest.

— Que faites-vous pour retrouver le tueur ? demanda le premier.

— Cette affaire est-elle une priorité, pour vous ? renchérit le second. Ou vous intéressez-vous seulement aux vieux cadavres ?

Forrest fronça les sourcils.

— Pardon ?

— On a entendu ce qu'ils ont dit sur vous aux informations, expliqua le père. Votre domaine, ce sont les affaires classées.

— C'est en effet le dernier poste que j'ai occupé à la police d'Austin, admit Forrest. Mais, avant ça, j'ai travaillé longtemps à la brigade des homicides.

Et il avait été tellement bon qu'on l'avait assigné aux affaires non résolues… Cependant, il ne servait à rien de se vanter de son passé. Les proches de Patrice ne trouveraient la paix que lorsque son meurtrier serait derrière les barreaux.

— Bien sûr que cette affaire est ma priorité, leur assura-t-il. Je mets tout en œuvre pour arrêter le coupable.

— Pour ma sœur, c'est trop tard, lâcha Ian Eccleston. Rien ne pourra la ramener.

Il était rouge de colère et serrait les poings comme s'il allait frapper Forrest. Celui-ci avait été agressé un certain nombre de fois au cours de sa carrière, mais rarement par les membres d'une famille de victime…

— Je suis sincèrement désolé, messieurs.

Il leur avait dit la même chose lors de sa première visite, mais les deux hommes n'avaient pas réagi, trop hébétés par la douleur. Malheureusement, le choc avait laissé place à la rage.

— Ça ne suffit pas d'être désolé, rétorqua Ian en ouvrant la porte de la maison qu'il partageait avec son père. Ce qu'on veut, ce sont des résultats. Et si vous n'êtes pas capables d'en obtenir, on s'occupera de trouver ce fumier nous-mêmes.

Forrest sortit sur le perron.

— Laissez le temps aux techniciens d'analyser tous les indices, leur conseilla-t-il. Et si le moindre détail vous revient…

— On vous en aurait déjà parlé, le coupa Ian, avant de lui claquer la porte au nez, comme l'avait fait Rae le matin.

Et, une fois encore, Forrest eut l'impression qu'on ne lui disait pas tout.

Rae avait hésité en voyant cette ombre passer derrière la fenêtre de son salon. Fallait-il appeler la police ? Le temps qu'elle arrive, l'intrus aurait pu mettre à exécution sa menace contre Connor. Elle avait donc fait volte-face et couru à sa voiture. Mais au moment où elle ouvrait la portière, une main s'était posée sur son bras. Rae avait hurlé… jusqu'à ce qu'elle se rende compte qu'il ne s'agissait que de Bellamy.

— Excuse-moi de t'avoir fait peur, lui répéta cette dernière.

Rae s'obligea à sourire.

— Ce n'est rien. Je suis juste un peu à cran, à force de ne pas dormir.

— Tu es sûre que ce n'est que ça ? s'enquit Maggie.

Celle-ci était arrivée peu après avec une pizza – Bellamy avait prétendu en avoir très envie, mais Rae se doutait qu'elles l'avaient achetée pour elle. La pizza se trouvait maintenant au milieu de la table de la cuisine, à peine entamée. Les deux sœurs avaient probablement déjà dîné avec leurs amoureux respectifs, et Rae avait l'estomac bien trop noué pour avaler quoi que ce soit.

— Ou bien Forrest a raison, et tu as peur de quelque chose ? ajouta Maggie.

— Forrest Colton ? Il vous a parlé de moi ?

Bellamy acquiesça.

— Il n'avait pas le droit de vous interroger ! Nous ne sommes pas des suspectes !

Son amie baissa les yeux.

— Quoi ? Il me soupçonne ? demanda Rae, horrifiée.

— Forrest sait que tu ne tuerais personne, mais il est convaincu que tu lui caches quelque chose.

— Je ne cache rien du tout.

À son tour, Rae eut du mal à regarder Bellamy en face. Elle se leva et commença à débarrasser les assiettes.

— Je peux m'en occuper, proposa Maggie.

Mais la jeune femme tenait Connor sur ses genoux, et le bébé semblait content là où il était. En repensant aux cris qu'il avait poussés cette nuit quand l'inconnu lui avait coupé une mèche de cheveux, Rae sentit les larmes lui monter aux yeux. Alors qu'elle se détournait, Bellamy posa une main sur son épaule pour l'en empêcher.

— Tu as peur, affirma-t-elle.

— Un cadavre a été retrouvé dans mon jardin. Évidemment que j'ai peur.

— Tout le monde réagirait pareil, convint Maggie avec un frisson de dégoût.

Mais Bellamy secoua la tête. Elle connaissait trop bien son amie.

— Ça ne te ressemble pas, dit-elle. Forrest a raison. Quelque chose d'autre t'a perturbée. Est-ce que c'est lui ?

— L… Lui ? bégaya Rae. Il croit ça ?

Avait-il deviné l'attirance qu'elle éprouvait pour lui ? Sans doute, vu qu'elle avait été à deux doigts de l'embrasser…

Bellamy eut un sourire.

— Il n'est pas près de croire ça, répondit-elle. Pas après ce que lui a fait sa fiancée.

Rae resta bouche bée. Forrest Colton était fiancé ? Si elle l'avait su, elle ne l'aurait jamais invité à danser.

— Ex-fiancée, précisa Maggie.

— Qu'est-ce qui s'est passé ? s'enquit Rae.

— Elle l'a quitté alors qu'il venait de se faire tirer dessus, expliqua Bellamy. Il a dû endurer des mois de rééducation pour réapprendre à marcher et, au lieu de le soutenir, elle est partie.

Rae tressaillit. Il n'y avait donc pas que les hommes qui abandonnaient leurs compagnes quand elles avaient des problèmes de santé…

— Ça lui a fait beaucoup de mal, continua Bellamy. Pas seulement sur le plan affectif, mais aussi au niveau de l'amour-propre. Du coup, il n'imagine pas que tu puisses t'intéresser à lui : il pense que tu lui mens.

— À propos de quoi ?

— Du meurtrier. Il croit que tu sais quelque chose, voire que tu le protèges.

— C'est pour ça que vous êtes là ? demanda Rae. Parce que vous pensez ça, vous aussi ?

— Bien sûr que non, s'empressa de répondre Bellamy, en passant un bras autour de ses épaules. Je lui ai dit que la seule personne pour laquelle tu serais prête à mentir, c'était Connor.

Rae se raidit. Son amie dut s'en rendre compte, car elle l'obligea à lui faire face.

— C'est ça, n'est-ce pas ? Quelqu'un a menacé de s'en prendre à Connor ?

Maggie se leva à son tour, serrant par réflexe le bébé dans ses bras. Ces deux femmes seraient prêtes à tout pour le protéger. Rae leur faisait confiance.

Ses yeux s'emplirent de larmes tandis qu'elle acquiesçait.

— Qui ça ? s'enquit Maggie. Qui t'a menacée ?

— Je ne sais pas, souffla Rae.

Elle fouilla dans son sac à main pour en sortir le sachet contenant la lettre et la petite mèche de cheveux.

— Quelqu'un est venu ici la nuit dernière, murmura-t-elle. Dans la chambre de Connor.

— Pourquoi n'as-tu pas appelé la police ? demanda Bellamy.

— Parce que le mot lui ordonnait de ne pas le faire, devina sa sœur.

— Mais j'aurais dû.

— Tu aurais surtout dû partir d'ici immédiatement, répliqua Maggie en lançant un regard apeuré vers la fenêtre.

Rae était soulagée de s'être confiée à ses amies, mais

elle se rendait compte subitement que leur présence ici les mettait en danger à leur tour. Un danger dont elles n'avaient eu aucune conscience, parce que Rae n'avait pas été honnête avec elles.

— Il aurait fallu nous en parler, dit Bellamy.

— Je sais. Mais vous m'auriez forcée à prévenir les flics. Et j'avais peur que le type revienne et fasse du mal à Connor.

Les larmes ruisselaient sur ses joues, et elle n'arrivait plus à contenir ses sanglots. Bellamy la serra dans ses bras.

— Connor et toi ne serez plus seuls, à présent. On vous protégera.

— Non, je vais appeler la police. C'est à elle de me protéger, pas à vous.

— Contacte Forrest, lui suggéra Bellamy, et elle sortit son portable comme si elle était prête à lui téléphoner elle-même si Rae refusait.

Mais celle-ci savait ce qu'elle avait à faire. Ce qu'elle aurait *dû* faire dès le départ. Elle avait eu si peur pour son fils ! Pourtant, elle craignait un autre danger : succomber aux charmes d'un homme qui ne répondrait pas présent lorsqu'elle aurait besoin de lui.

Car, une fois ses enquêtes résolues, Forrest quitterait Whisperwood. L'ouragan était la seule raison de sa présence.

— Chef ! Chef !

Sur l'écran de télévision, les journalistes interpellaient le chef de la police de Whisperwood.

— Elliot Corgan était-il innocent ? Y a-t-il un autre tueur en série dans la région ?

Les Corgan s'étaient débrouillés pour que le nom d'Elliot ne soit pas associé à l'affaire du meurtrier de Whisperwood. Ils n'avaient pas voulu qu'on sache que les plus grands propriétaires terriens de la ville comptaient parmi eux un criminel.

L'homme lâcha un petit rire sarcastique. Elliot n'avait pas été le seul à déshonorer la famille. Sur ce plan, la jeune génération s'était bien distinguée…

Pourquoi Elliot Corgan n'avait-il pas endossé la responsabilité du meurtre d'Emmeline Thompson ? Cela aurait simplifié les choses. Mais le cadavre de la sœur du chef n'était pas le dernier à avoir refait surface. Bon sang… Qu'est-ce que les morts avaient tous à réapparaître, en ce moment ?

Il se concentra sur Archer Thompson, qui venait d'annoncer qu'il ne répondrait pas aux questions.

— C'est une enquête en cours, expliqua-t-il. Je ne peux faire aucun commentaire.

— Est-ce parce que vous avez confié les rênes à Forrest Colton ? demanda un des reporters. Pourquoi avez-vous pris cette décision, chef ? Parce que cette affaire vous touche de trop près ?

Thompson fit face aux caméras. Il avait vieilli, mais se tenait toujours aussi droit.

— Je l'ai fait parce que Forrest Colton est doué, répondit-il. Il résout les enquêtes. Il arrête les meurtriers. Et il arrêtera celui-ci.

Pas si le tueur l'éliminait d'abord, songea l'homme en éteignant la télévision.

8

Forrest se trouvait de nouveau à la morgue. Il y avait passé bien trop de temps au cours de sa carrière de policier. Certains enquêteurs se contentaient de lire les rapports d'autopsie, mais lui tenait à voir les blessures de ses propres yeux. Cela l'aidait à établir un lien avec la victime – et avec le meurtrier.

Pourquoi Patrice n'avait-elle pas été embaumée comme Emmeline Thompson et la femme retrouvée dans le jardin de Rae ? Les bleus autour de son cou attestaient la force du tueur. Il avait certainement manqué de temps, ou bien quelqu'un l'avait dérangé.

Pauvre Patrice…

Elle avait été tuée récemment : en toute logique, son meurtre devrait être plus facile à résoudre. Mais l'esprit de Forrest ne cessait de revenir au corps enterré sur la propriété de Rae Lemmon. Et à Rae Lemmon elle-même, surtout.

Bon sang, il avait une enquête à mener – chose qu'il n'aurait pas imaginé pouvoir refaire de sitôt. C'était peut-être son unique chance de prouver qu'il était encore capable d'exercer le métier qu'il aimait. Il ne pouvait pas se permettre de se laisser distraire par cette femme. Par ses beaux yeux bruns. Par son corps plantureux. Sa peau veloutée. Ses lèvres pulpeuses…

— Alors, j'ai raté quelque chose ? demanda la coroner avec une pointe d'agressivité dans la voix.

Forrest soupira.

— Ce n'est pas ce que je cherche à voir, lui assura-t-il. Et, comme je vous l'ai déjà dit, vous n'étiez pas obligée de venir.

En vérité, il aurait préféré être seul pour pouvoir réfléchir à sa guise. Mais il aurait sans doute passé son temps à rêver à Rae et à regretter de ne pas l'avoir embrassée…

— Moi aussi, j'aimerais qu'on attrape ce tueur, confia la femme médecin.

— Je m'en doute.

— J'ai deux filles de cet âge. Je n'aime pas les savoir dehors avec ce type qui se balade en liberté.

C'était peut-être pour ça que Forrest pensait si souvent à Rae : parce qu'elle était toute seule chez elle alors qu'un cadavre avait été enterré à deux pas de sa maison. Et, de surcroît, elle avait un bébé.

— Dites à vos filles de faire attention, conseilla-t-il à la coroner.

— Oh ! je les embête déjà assez avec ça, répliqua-t-elle. Elles sont prudentes. Mais ces jeunes femmes pensaient sans doute l'être, elles aussi.

Comme Rae, qui croyait pouvoir se débrouiller seule et n'avoir besoin de personne, songea Forrest. Il espérait qu'elle s'était au moins tournée vers ses amies, puisqu'elle n'avait pas voulu se confier à lui.

— Je suis désolé de vous avoir fait venir pour rien, s'excusa-t-il.

— Pour tout vous dire, j'aurais aimé que vous trouviez un indice qui m'aurait échappé. L'important, c'est d'arrêter ce monstre.

— On est bien d'accord.

Forrest prit congé. Alors qu'il venait de refermer la porte de la morgue, son téléphone vibra. Le numéro qui s'affichait lui était inconnu. Un journaliste, peut-être ? Plusieurs l'avaient appelé pour lui demander des précisions sur l'enquête. Ils n'en obtenaient pas beaucoup du chef Thompson…

Forrest hésita. Il n'avait aucune envie de parler à un reporter, mais quelque chose le poussa à décrocher.

— Allô !

— Bonjour, c'est… C'est Rae Lemmon.

La peur qu'il avait cru lire sur son visage le matin s'entendait à présent distinctement dans sa voix.

— Que se passe-t-il ? demanda-t-il, aussitôt sur le qui-vive.

— J'aurais besoin de vous parler.

— Vous êtes chez vous ?

— Oui. Et mes amies refusent de partir avant que vous soyez là.

Pas de doute, elle était en danger.

— Dois-je envoyer une voiture de police ?

— Surtout pas ! s'exclama-t-elle. Venez seul, s'il vous plaît.

Venez seul ? Forrest avait déjà accepté cette condition par le passé, le jour où un témoin potentiel lui avait donné rendez-vous devant un entrepôt. À peine était-il arrivé que l'homme s'était mis à lui tirer dessus. Le « Venez seul » avait été un piège qui avait failli lui coûter la vie, en plus de son travail et de tant d'autres choses.

Là, néanmoins, il s'agissait d'une jeune femme en détresse…

— J'arrive, lâcha-t-il.

Il voulut monter l'escalier quatre à quatre, mais sa jambe l'en empêcha. Sans doute était-il resté trop longtemps debout. Ou bien son corps voulait simplement lui rappeler qu'il n'était pas un super-héros.

Une fois seule, Rae regretta aussitôt le départ de ses amies. Elle les avait pourtant convaincues qu'elle ne craignait rien, que Forrest Colton était en route et qu'il serait bientôt là. Mais chaque minute qui passait depuis lui semblait durer une éternité, et elle sursautait au moindre craquement de la maison, au moindre coup de vent à l'extérieur.

Même Connor l'avait abandonnée à ses angoisses – il dormait tranquillement dans son berceau. Avec un peu de chance, il avait oublié ses émotions de la nuit. Rae aurait bien voulu en faire autant, mais quelque chose lui disait que l'incident la hanterait encore longtemps.

Dans sa main, elle tenait le sac en plastique contenant les preuves. Il lui tardait de les remettre à Forrest Colton. Elle se sentait les nerfs à vif, et emplie d'un mélange d'appréhension et d'excitation à la perspective de le revoir.

Les phares d'un véhicule illuminèrent soudain sa fenêtre. Son cœur fit un bond.

Il était là.

À peine Forrest avait-il coupé le moteur qu'il sonnait déjà à sa porte. Il avait dû monter les marches du porche au pas de course, malgré sa jambe blessée…

— Je croyais que vos amies devaient rester jusqu'à mon arrivée, fit-il remarquer lorsqu'elle lui ouvrit. Si j'avais su, j'aurais roulé plus vite.

— Elles viennent juste de partir, lui assura-t-elle.

Il portait encore le pantalon de ville qu'il avait le matin : il n'avait sûrement pas eu le temps de passer au ranch de ses parents, sans quoi il aurait sans doute enfilé un jean à la place.

Les mains tremblantes, Rae referma la porte à clé derrière lui.

— Que se passe-t-il ? s'enquit Forrest.

Son inquiétude, palpable, la toucha – à tel point que sa gorge se noua. Incapable de parler, elle lui tendit le sachet en plastique.

— Qu'est-ce que c'est que ça ? murmura-t-il en lisant la note.

— Je l'ai trouvée sur mon oreiller, hier soir, parvint-elle à articuler.

— Et les cheveux ?

Il observa sa tête, comme s'il cherchait l'endroit où la mèche avait été coupée.

— Ce sont ceux de Connor, expliqua-t-elle. J'ai été réveillée par ses cris. Alors que je le consolais, j'ai entendu quelqu'un sortir de la maison et refermer la porte. J'ai couru chercher mon téléphone dans ma chambre et j'ai découvert ça.

Elle serra ses bras autour d'elle, glacée par ce souvenir.

— Et vous n'avez pas appelé la police pour signaler l'incident, conclut Forrest. Je comprends mieux pourquoi vous étiez pressée de vous débarrasser de moi ce matin.

— Je dois protéger mon fils, se défendit-elle.

— Justement, vous auriez dû me prévenir tout de suite. Ou m'en parler quand je suis passé chez vous. On aurait pu essayer de relever des empreintes ou des traces d'effraction.

— Je n'en ai constaté aucune.

— Vous n'aviez pas fermé la porte à clé ?

— Bien sûr que si.

Rae ne prenait pas toujours cette précaution, mais après la découverte macabre qui avait été faite dans son jardin, elle avait vérifié deux fois que tout était bien fermé avant d'aller se coucher.

Forrest inspecta la serrure, côté intérieur puis extérieur.

— Personne ne l'a forcée, confirma-t-il. Avez-vous une clé cachée dehors ?

— Sous les géraniums, répondit-elle en montrant les fleurs.

Alors, elle remarqua la terre renversée sur le porche. Forrest tira la manche de sa veste sur sa main avant de pencher le pot pour regarder dessous.

— Il n'y a pas de clé.

— Il y en avait une, pourtant, affirma Rae, tout en se demandant quand elle l'avait vue pour la dernière fois. Bellamy a peut-être oublié de la remettre à sa place. Mais elle possède sa propre clé, je ne vois pas pourquoi elle aurait utilisé celle-ci… En tout cas, c'est la seule personne à connaître son emplacement.

Forrest haussa un sourcil.

— Sous un pot de fleurs à côté de la porte ? C'est le premier endroit où je regarderais si je cherchais à entrer dans une maison.

Rae se sentit rougir. Elle aurait pu en effet choisir une meilleure cachette. Mais, jusqu'à récemment, la sécurité n'avait pas été une préoccupation à Whisperwood. Pas depuis qu'Elliot Corgan avait tué plusieurs femmes quelques décennies plus tôt.

Et s'il en avait enterré une à l'époque sur la propriété des Lemmon ?

— Il faudra changer les serrures, déclara Forrest en la rejoignant à l'intérieur. Vous devriez même partir d'ici. C'est une scène de crime à présent.

— Avez-vous trouvé quelque chose aujourd'hui ? demanda Rae. Du sang ? De l'ADN ?

Forrest et ses hommes n'avaient laissé aucune trace de leur passage.

— Non. Rien qui semble indiquer que quelqu'un a été assassiné dans cette maison.

Elle poussa un soupir de soulagement.

— Dans ce cas, ce n'est pas une scène de crime.

— Si, rétorqua-t-il en lui montrant le sac en plastique. Avez-vous une idée de qui pourrait vous avoir laissé ce mot ?

— Non, aucune.

Il la dévisagea, les yeux plissés. Il ne pensait tout de même pas qu'elle avait écrit cette lettre elle-même ?

— Et vous ? repartit-elle. Vous savez peut-être qui c'est, puisqu'il ne veut pas vous voir dans le coin.

Forrest grimaça.

— J'aimerais avoir une piste, mais je n'en ai aucune, admit-il. Je suis désolé.

Il n'avait aucune raison de l'être. Ce n'était pas sa faute si quelqu'un avait menacé Rae et son bébé. En revanche, il était bel et bien responsable de l'émoi qu'elle ressentait en sa présence.

Ces derniers temps, elle s'était tellement concentrée sur ses rôles de mère, d'employée et d'étudiante qu'elle en avait presque oublié qu'elle était aussi une femme. Forrest le lui avait rappelé. Était-ce cela qui l'agaçait tant ? Peut-être. Ou le fait que cette attirance ne soit pas réciproque. Elle avait cru ce matin qu'il allait l'embrasser, mais elle avait dû rêver : ce soir, son attitude était des plus professionnelle.

— Vous avez eu le bon réflexe en plaçant ces preuves dans un sac, souligna-t-il. Je ferai relever les empreintes.

— Vous en trouverez peut-être aussi sur le lit de

Connor. Le type a dû s'y appuyer pour couper cette mèche de cheveux.

Une fois de plus, ses yeux s'embuèrent à l'idée qu'un inconnu ait pu s'approcher d'aussi près de son fils.

— Comment va-t-il ? s'enquit Forrest en posant une main sur son épaule.

— Bien. Il dort à poings fermés, chose que je ne suis pas sûre de pouvoir refaire un jour...

— Vous devriez quitter cette maison. Aller chez Bellamy ou chez Maggie.

— Certainement pas.

— Ce sont vos amies. Elles vous accueilleraient avec plaisir, si vous le leur demandiez.

— Je n'ai même pas besoin de demander : elles me l'ont déjà proposé.

— Alors où sont vos valises ?

— Je ne veux pas m'imposer. Pas avec un bébé qui se réveille encore la nuit.

— Je suis sûr que ça ne les dérangerait pas.

— Moi, ça me dérangerait.

— Dans ce cas, prenez une chambre d'hôtel. Sécurisée, de préférence.

Rae détourna les yeux, gênée. Avec les frais de la crèche et de l'école de droit, elle n'avait pas un centime de côté.

— Je ne peux pas me le permettre, murmura-t-elle.

— Alors je vais rester ici.

Une bouffée de panique l'assaillit.

— Non. L'auteur de la lettre a été clair, il ne veut pas vous voir dans les parages.

— Parce qu'il veut être tranquille pour vous terroriser, répliqua Forrest. C'est bien pour ça que je dois rester.

— C'est trop dangereux.

— Ce qui est dangereux, c'est que vous soyez seule ici avec Connor. Je vais vous protéger, Rae.

Il avait toujours une main posée sur son épaule. Rae eut soudain l'impression que toute son attention se concentrait sur cette source de chaleur, sur ce poids à la fois troublant et réconfortant. Oui, il saurait la défendre contre l'inconnu qui la menaçait. Mais qui la protégerait de lui ?

D'un geste hésitant, il lui effleura la joue. Rae retint son souffle, fascinée par la beauté de ses traits et l'intensité de son regard. Il éveillait en elle un désir qu'elle n'avait pas ressenti depuis bien longtemps, et jamais avec une telle force.

Forrest pencha la tête vers elle. Juste avant de toucher ses lèvres, il sembla hésiter ; ce fut elle qui pressa sa bouche contre la sienne.

Son cœur cognait follement dans sa poitrine tandis qu'il l'embrassait avec une fougue à peine contenue. Étouffant un gémissement, elle passa les bras autour de son cou et s'abandonna contre son corps musclé.

Mais qu'est-ce qu'elle fait ?

N'avait-elle pas compris l'avertissement ? Il lui avait dit de se débarrasser de l'enquêteur. Ce n'était peut-être pas elle qui lui avait demandé de venir mais, contrairement à ce matin, elle ne l'avait pas repoussé. Et, à voir leurs ombres derrière les rideaux, elle n'avait aucune intention de le faire : elle s'accrochait à lui comme si elle ne voulait plus jamais le lâcher.

Elle risquait de le payer cher.

Très cher.

9

Forrest avait une mission à accomplir. Assurer la sécurité d'une jeune femme et de son bébé. C'était l'excuse qu'il avait trouvée pour rester chez Rae Lemmon, et celle qu'il lui avait donnée ensuite lorsqu'il avait mis fin à leur baiser passionné.

Pourtant, il n'avait eu qu'une seule envie à cet instant : la soulever dans ses bras pour la porter jusqu'au lit. Mais il s'était souvenu que sa jambe aurait probablement cédé sous leurs poids combinés, et qu'ils se seraient écroulés par terre tous les deux.

Agacé par cette pensée, il s'était écarté.

— Excusez-moi, avait-elle murmuré.

— C'est à moi de m'excuser, l'avait-il corrigée, persuadé d'avoir profité de sa vulnérabilité. Je n'aurais pas dû vous embrasser. Je suis là pour vous protéger, vous et votre bébé.

Et il n'y parviendrait pas en se laissant distraire par l'attirance qu'il éprouvait pour elle. Il était donc allé monter la garde dans la chambre de Connor, pendant que Rae rejoignait la sienne. Seule.

Forrest sentit ses reins s'embraser en l'imaginant allongée dans son lit, vêtue de ce vieux T-shirt qui épousait ses formes si féminines. Dès qu'il fermait les yeux, il la voyait nue, sans rien d'autre sur sa peau que le feu du désir. Elle avait eu l'air aussi pressée que lui d'y succomber.

Mais il ne pouvait pas croire qu'il l'intéressait. Elle l'avait sûrement embrassé sous le coup de l'émotion, ou par gratitude. Shannon n'avait pas voulu assumer la charge d'un estropié, qu'elle avait pourtant aimé avant qu'il le devienne. Rae n'avait aucune raison d'accepter son infirmité.

Forrest secoua la tête. Voilà qu'il raisonnait comme s'il envisageait un avenir avec elle et son fils, alors qu'il n'était pas certain de rester à Whisperwood après avoir résolu les enquêtes. Il ne savait même pas si celles-ci étaient liées. Bon sang, il n'était plus sûr de rien.

Qu'est-ce qui lui était passé par la tête en restant ici ? Il aurait dû faire venir un agent en uniforme. Ce n'était pas son rôle de jouer au garde du corps…

Mais Rae avait eu l'air si effrayée qu'il n'avait pas eu le cœur de partir. Et voilà comment il se retrouvait à veiller sur un bébé dans son berceau.

Connor, qui jusque-là dormait paisiblement, émit un gémissement dans son sommeil et commença à s'agiter. Forrest jeta un coup d'œil vers le couloir. Il ne voulait pas réveiller Rae. Surtout, il ne voulait pas la voir dans sa tenue de nuit, sans quoi il ne répondrait plus de rien. Il se pencha au-dessus du lit et souleva l'enfant dans ses bras.

Celui-ci battit des paupières et le regarda d'un air étonné. Sa bouche en bouton de rose s'ouvrit, mais au lieu d'un cri, c'est un petit rot qui en sortit.

— On est ballonné ? murmura Forrest en riant doucement.

Il eut l'impression que Connor esquissait un sourire, mais c'était sans doute involontaire. Quand bien même, Forrest se surprit à sourire en retour. Puis il étouffa un grognement en sentant le pyjama du bébé se mouiller sous sa main. La couche avait dû déborder. Il allait devoir la changer, sinon le petit bonhomme se mettrait à pleurer pour de bon.

Forrest hésita. Il valait peut-être mieux que la maman s'en charge. Non pas qu'il soit facilement dégoûté, avec toutes les scènes de crimes qu'il avait vues, mais il n'avait jamais langé un bébé de sa vie.

Était-ce si difficile, cependant ? Il faudrait bien qu'il apprenne, s'il voulait un jour être capable de garder ses neveux et nièces. À cet instant, Connor grimaça, comme s'il avait remarqué lui aussi qu'il était mouillé. Il commença à protester.

— Je m'en occupe, lui assura Forrest. Je vais te changer.

Du moins, il allait essayer…

Il porta Connor jusqu'à la table à langer peinte en bleu et décorée de moutons. Quelques couches propres étaient empilées à côté de la planche matelassée. Forrest fut soulagé. Dieu merci, l'époque des épingles à nourrice était révolue.

Il défit sans trop de difficulté les boutons du pyjama, mais eut toutes les peines du monde à en sortir les pieds du bébé, dont les jambes potelées pédalaient joyeusement.

— Il va falloir que tu m'aides, mon petit gars, murmura Forrest.

Enfin, il réussit à lui retirer le vêtement, puis la couche détrempée, qu'il roula en boule et jeta dans la poubelle à côté du meuble.

— Te voilà débarrassé de cette vilaine chose, commenta-t-il. Maintenant, j'imagine qu'il faut faire un brin de toilette ?

Avisant le paquet de lingettes, il en sortit une et nettoya sommairement les fesses du bébé, avant de les asperger de talc. Comme un nuage de poudre s'élevait jusqu'à son visage, Forrest éternua. Connor émit un gloussement.

— Ah, ça te fait rire ?

Les petits pieds pédalèrent de plus belle.

Tant bien que mal, Forrest lui mit une nouvelle couche, en espérant ne pas se tromper de sens. Quand il souleva le bébé, elle resta bien accrochée ; c'était plutôt bon signe.

En revanche, il ne savait pas où trouver un pyjama propre… La peau du nourrisson était toute chaude et il faisait bon dans sa chambre, mais Forrest ressentit malgré tout une pointe de culpabilité. Et s'il prenait froid ?

Connor gazouillait et agitait les poings en tous sens. Deux heures du matin, et il était parfaitement réveillé.

— Comment faire pour que tu te rendormes ? se demanda Forrest à voix haute. Il faut chanter, peut-être ? Je ne connais aucune berceuse, moi.

Tout ce qui lui venait à l'esprit, c'était la chanson « *Sweet Child o' Mine* » des Guns N'Roses… Tant pis, cela ferait l'affaire. Alors qu'il commençait à fredonner les paroles, il eut soudain l'impression que le bébé n'était pas le seul à l'écouter. Il se tourna doucement vers la porte : quelqu'un se tenait sur le seuil dans un vieux T-shirt.

— Ne vous arrêtez pas pour moi, chuchota Rae d'une voix endormie. C'est la première fois que j'entends une berceuse de heavy métal.

Sweet child of mine…

La voix grave résonnait encore dans sa tête. Connor n'était pas l'enfant de Forrest, et pourtant celui-ci s'en occupait comme si c'était le cas.

Elle l'avait observé pendant qu'il le changeait et le berçait. Car si elle avait miraculeusement réussi à s'endormir après ce baiser incroyable qu'ils avaient partagé, elle s'était réveillée à la seconde où Connor avait crié. La peur l'avait aussitôt assaillie. Puis elle avait entendu le murmure d'une voix familière, et elle s'était détendue. Forrest Colton était là. Il veillait sur eux.

Mais il ne s'était pas contenté de monter la garde : il avait pris soin de Connor comme personne à part elle ne l'avait fait depuis sa naissance. En les regardant tous les deux – cet homme grand et musclé, et le tout petit bébé lové contre son torse —, Rae sentit une vague de chaleur inonder son cœur.

Forrest était tellement plus humain qu'il ne l'avait laissé paraître lors de leur première rencontre… Quand il avait refusé son invitation à danser, elle l'avait trouvé froid et amer. Il était tout le contraire à cet instant.

Rae avait voulu élever son enfant seule, convaincue que c'était mieux pour elle et pour lui. Ainsi, son fils ne connaîtrait pas la douleur de l'abandon. Mais Forrest lui donnait un aperçu de ce à quoi pourrait ressembler leur vie avec un papa dans le paysage…

Ressaisis-toi ! s'ordonna-t-elle mentalement. Voilà qu'elle se mettait à fantasmer sur un homme qu'elle connaissait à peine. Ce n'était pas parce qu'il s'appelait Colton qu'il était forcément aussi vertueux que ses frères. Et même sans être un dangereux criminel, il représentait malgré tout une menace dès lors qu'il la faisait rêver à des choses impossibles.

— Je ne savais pas que le changement de couches était inclus dans vos missions, remarqua-t-elle en souriant.

— Si vous l'aviez su, m'auriez-vous appelé hier soir, quand l'intrus vous a laissé ce mot ?

— Je ne suis pas sûre, admit Rae en réprimant un frisson.

Elle avait eu tellement peur, la nuit précédente… Et

elle s'était sentie tellement seule ! Mais ce soir aussi elle s'inquiétait – pour une tout autre raison.

Ce qu'elle éprouvait pour Forrest Colton allait bien au-delà de la simple attirance physique. C'était le genre de sentiment qui la ferait immanquablement souffrir si elle s'y abandonnait. Il fallait donc résister. Au départ, Forrest était venu à Whisperwood pour aider les Cow-boy Heroes après le passage de l'ouragan Brooke. S'il n'avait pas été recruté par la police de la ville pour enquêter sur les meurtres, il serait probablement déjà reparti.

Rae devait protéger son cœur. Elle ne ferait pas comme sa mère, qui était tombée amoureuse d'un homme incapable d'assumer ses responsabilités. Lorsqu'elle avait rencontré Beau Lemmon, Georgia ne pouvait pas deviner qu'il l'abandonnerait ; Rae, elle, savait déjà que Forrest Colton ne resterait pas.

— Je n'aurais peut-être même pas dû vous appeler, ajouta-t-elle.

— Vous avez peur que l'intrus revienne et qu'il mette sa menace à exécution, devina-t-il. Ne vous inquiétez pas, je vais m'arranger pour que vous soyez protégée vingt-quatre heures sur vingt-quatre. Je ne laisserai pas ce type s'en prendre à vous.

— Merci.

— Je ne fais que mon travail.

Il ressentait sans doute le besoin de clarifier la situation, de lui faire comprendre qu'il agissait par devoir, et non par affection pour elle ou pour son fils. Pourtant, cette façon qu'il avait eue de l'embrasser… Et de bercer Connor…

Rae s'arracha à sa rêverie pour revenir au moment présent.

— Je sais que vous ne faites que votre travail,

répondit-elle, avant d'esquisser un sourire timide. Même si je ne suis pas certaine que le baby-sitting en fasse partie.

— Je ne voulais pas vous réveiller.

Elle ne put s'empêcher de se demander pourquoi. Pour la laisser dormir ? Ou parce qu'il n'avait pas envie de la voir ?

— Je… Je devrais m'occuper de trouver quelqu'un pour me remplacer demain matin, bafouilla-t-il.

Il n'avait donc pas l'intention d'assurer leur protection lui-même. Mais à quoi s'attendait-elle, au juste ? Il avait autre chose à faire. Une enquête à résoudre, par exemple.

Forrest reposa doucement Connor dans son berceau avant d'extirper son téléphone de sa poche.

— Je vais appeler dehors pour éviter de le réveiller.

Il hésita avant de sortir de la chambre, comme s'il rechignait à passer à côté d'elle. Lorsqu'il approcha, elle vit qu'il se crispait. Ses prunelles brûlaient de désir. Ou peut-être l'avait-elle rêvé, car il continua son chemin en prenant bien soin de ne pas la frôler.

Elle fut tentée de le suivre. De l'attraper par le bras et de l'embrasser. Mais Connor s'agita dans son lit, la rappelant à la réalité. Rae devait oublier Forrest Colton : il ne voulait pas d'elle.

— Je veux épouser Rae Lemmon, déclara le jeune Colton.

Le chef cligna des paupières, encore à moitié endormi. Il avait dû mal entendre… Il s'assit dans son lit et se concentra sur le téléphone.

— Pardon ?

— Je veux protéger Rae Lemmon. Elle a besoin d'un garde du corps.

C'était peut-être ce qu'il avait dit la première fois.

Avec l'âge, Archer mettait de plus en plus de temps à se réveiller quand on le tirait du lit en pleine nuit. Ou alors, Forrest avait bel et bien fait un lapsus…

— Pourquoi aurait-elle besoin d'un garde du corps ? demanda Thompson.

— Je viens de vous parler de la lettre qu'elle a trouvée sur son oreiller.

Forrest lui réexpliqua ce qui s'était passé la veille.

— Donc, quelqu'un est entré chez elle mais il ne s'en est pris ni à elle ni à son bébé, alors qu'il en avait la possibilité, résuma Archer.

— Il lui a fait peur. Il a menacé son fils !

— Mais il ne lui a pas fait de mal. Aucun des corps retrouvés n'appartenait à un bébé. Aucun enfant n'a été blessé.

— Non, ce sont les femmes qui se font tuer, répliqua Forrest. C'est donc Rae Lemmon qui est en danger.

— Nous n'avons pas les moyens d'assigner un agent à sa protection vingt-quatre heures sur vingt-quatre, trancha le chef.

Si le tueur avait eu l'intention d'en faire sa prochaine victime, il n'aurait pas laissé passer l'occasion. Maintenant qu'elle avait conscience du danger, Rae serait plus prudente. Pas besoin d'utiliser les ressources déjà limitées de la police.

— Sa sécurité est en jeu, insista l'enquêteur. Je lui ai promis de lui envoyer quelqu'un.

— Elle n'a qu'à aller chez des amis ou quitter la ville un moment.

— Non. La seule solution, c'est que je la protège moi-même.

Archer laissa échapper un juron.

— Tu es censé te concentrer sur ces meurtres, lui

rappela-t-il. C'est pour ça que je t'ai embauché. Pas pour jouer au garde du corps avec une mère célibataire et son nouveau-né.

— Je sais. Je vais me débrouiller pour faire les deux.

Avant que le chef ait eu le temps de protester, Forrest raccrocha. Rien n'aurait pu lui faire changer d'avis, de toute façon : sa décision semblait déjà prise.

Mais pourquoi était-il si déterminé ? se demanda Archer. Craignait-il réellement qu'il arrive quelque chose à la jeune femme ou à son bébé ? Ou était-il en train de tomber amoureux d'elle ?

Dans ce cas, c'était lui qui était le plus en danger. Car l'auteur de la lettre parlait clairement de se débarrasser de lui.

10

En temps normal, Forrest était capable de travailler n'importe où. Il parvenait à s'isoler du monde extérieur comme on appuie sur une touche pour couper le son d'une télévision. Mais là, dans la cuisine de Rae Lemmon, et alors qu'elle dormait à quelques mètres de lui, il avait toutes les peines du monde à se concentrer.

Quand il était revenu dans la chambre de Connor après avoir téléphoné à Archer Thompson, la jeune femme s'était déjà recouchée. Ce n'était pas plus mal : au moins, il n'avait pas eu à lui expliquer que le chef ne partageait pas son point de vue quant à la nécessité de lui attribuer un garde du corps. Forrest réagissait-il de manière excessive ?

Non. Un individu s'était introduit chez Rae. Même s'il avait trouvé la porte ouverte ou utilisé la clé cachée sous le pot de fleurs, il était entré sans sa permission. Et il avait coupé une mèche de cheveux à son bébé.

Il fallait être tordu pour effrayer une jeune maman de la sorte. Qui pouvait dire en plus si ce type n'était pas un meurtrier ?

Rae et son fils avaient réellement besoin d'être protégés. Et Forrest n'y parviendrait qu'en démasquant l'auteur de la lettre et celui des meurtres. S'agissait-il de la même personne ?

Il observa les photos qu'il avait étalées sur la table de la cuisine, cherchant un détail, un indice qui lui aurait échappé. Comme ces boutons en métal que les policiers n'avaient pas repérés lors de l'investigation de la scène de crime, sur le parking de la compagnie pharmaceutique.

Forrest les avait envoyés au labo du FBI, pensant obtenir des résultats plus vite qu'avec les techniciens de Whisperwood. Mais le personnel y était tout aussi surchargé de travail. Si l'on avait pu résoudre les crimes aussi facilement dans la vraie vie qu'à la télévision, Forrest aurait bouclé son enquête en une heure…

Une heure, c'était le temps qu'il avait passé à regarder ces photos sans rien trouver de nouveau. L'inquiétude et la fatigue pesaient sur ses épaules, elles pesaient si lourd qu'il s'autorisa à fermer les yeux un instant. Jusqu'à ce qu'un petit cri derrière lui le réveille en sursaut.

Forrest se leva d'un bond, renversa sa chaise et faillit heurter Rae, qui fixait avec horreur les photos étalées sur la table.

— Seigneur…

— Je suis désolé, dit-il aussitôt.

Il l'était surtout d'avoir baissé la garde. Et si l'intrus était revenu ? Il aurait pu entrer et s'en prendre à Rae ou à son bébé sans que Forrest n'entende rien…

Mais il regrettait aussi qu'elle ait vu les images affreuses des victimes sur les scènes de crimes. Il s'empressa de les ranger dans leur dossier.

— Ce n'est rien, répondit Rae d'une voix mal assurée. Avec la profession à laquelle je me destine, il faudra bien que je m'habitue à ce genre de visions.

— Vous ne traitez pas de dossiers criminels, chez Lukas, Jolley et Fitzsimmons ?

— Vous savez où je travaille ? s'étonna-t-elle.

Forrest haussa les épaules.

— Bellamy a dû l'évoquer.

— Elle aime bien parler de moi.

— C'est vrai.

Était-ce parce que Rae était sa meilleure amie ? se demanda Forrest. Ou parce que Bellamy voulait jouer les entremetteuses ?

La même pensée avait dû traverser l'esprit de Rae, car elle rougit.

— Pour répondre à votre question, non, on ne s'occupe pas d'affaires criminelles. Mais si je réussis le barreau, j'aimerais travailler au bureau du procureur.

— Vous voulez être procureur ?

Bon sang, tout ce que faisait cette femme le fascinait…

— Oui. Il y a eu tellement de crimes ces derniers temps à Whisperwood… J'aimerais faire quelque chose pour enrayer cette tendance.

— C'est pour ça que vous étudiez le droit alors que vous avez déjà un travail et que vous élevez seule votre enfant ?

Elle acquiesça.

— Et moi qui pensais que vous étiez juste maso, marmonna-t-il.

En la voyant sourire, il sentit une étrange chaleur se répandre dans sa poitrine. Elle avait un sourire magnifique qui faisait briller ses yeux bruns.

— Je suis *aussi* maso, précisa-t-elle.

Comme pour le prouver, elle lui prit le dossier des mains. À mesure qu'elle découvrait les photos, son visage s'assombrit.

— Vous n'êtes pas obligée de les regarder, lui assura Forrest.

C'était même très peu professionnel de sa part de les

lui montrer… Non pas qu'il la considère comme suspecte, mais elle connaissait peut-être le meurtrier.

Rae reposa les clichés sur la table et serra les bras autour d'elle comme pour se réchauffer. Elle avait pourtant enfilé une robe de chambre par-dessus son T-shirt – par pudeur, sans doute. Forrest aurait préféré qu'elle s'abstienne. Elle aurait même pu se passer du T-shirt…

Ses reins s'embrasèrent à l'idée de la voir nue. Il s'éclaircit la gorge et chassa bien vite cette image troublante de ses pensées.

— Le corps retrouvé sur le parking n'a pas été embaumé, fit-il remarquer en désignant les photos. Qu'en pensez-vous ? S'agit-il du même meurtrier ?

— Peut-être qu'il n'a pas eu le temps de s'occuper de cette jeune femme, suggéra Rae. Qu'il a été interrompu. Ou qu'il n'en est plus capable.

— Vous ferez une bonne procureure, commenta Forrest, impressionné par sa perspicacité.

Une fois de plus, elle sourit. Elle était tellement belle qu'il se pencha inconsciemment vers elle… Mais avant qu'il ait pu frôler ses lèvres, un cri déchira le silence.

Quelqu'un était-il entré dans la chambre de Connor ? Sans hésiter une seconde, Forrest s'y précipita. S'il était arrivé quoi que ce soit au bébé du fait de son inattention, jamais il ne se le pardonnerait.

Rae sut qu'elle était en train de tomber amoureuse lorsqu'elle vit Forrest prendre une nouvelle fois Connor dans ses bras. Il se montrait aussi attentionné avec lui que s'il s'était agi de son propre enfant.

Il est là pour nous protéger, c'est tout, se rappela-t-elle. Mais elle avait beau se le répéter, cela ne suffisait pas à étouffer le désir qu'il faisait naître en elle, ce même désir qui l'avait empêchée de se rendormir lorsqu'elle était retournée dans sa chambre.

Forrest tapota la couche de Connor.

— Il n'est pas mouillé. Pourquoi pleure-t-il ? Vous pensez qu'il a faim ?

— Non, je lui ai donné un biberon pendant que vous passiez votre coup de fil. Ça fait à peine plus d'une heure, même lui ne peut pas avoir à nouveau faim si tôt.

— Vous avez entendu ma conversation ? s'enquit Forrest, l'air soudain inquiet.

— Je ne suis pas du genre à écouter aux portes. Et je m'occupais de Connor. Je peux le récupérer ?

Peut-être lui avait-elle mal fait faire son rot avant de le recoucher…

À cet instant, le bébé régurgita sur la chemise à carreaux de Forrest, qui écarquilla les yeux, horrifié.

— C'est pour ça que je vous demandais de me le passer, soupira Rae. Je craignais exactement ce genre d'incident.

Il haussa un sourcil taquin.

— Vous êtes sûre que vous ne l'avez pas fait exprès ?

Rae éclata de rire.

— Connor est trop jeune pour qu'on lui apprenne des tours. Et si je pouvais le dresser à quelque chose, ce serait plutôt à faire ses nuits.

— Dis donc, petit bonhomme, tu sais que ta maman a besoin de sommeil ? dit Forrest en faisant sauter doucement le bébé dans ses bras.

— Attention…, le prévint Rae.

Mais c'était trop tard : le nourrisson régurgita une nouvelle fois.

— Combien de biberons lui avez-vous donnés, au juste ?

— Trop, apparemment.

Connor devait être soulagé, cependant, car il ferma les yeux et se rendormit. Rae le prit dans ses bras.

— Je vais le mettre au lit. Vous n'avez qu'à changer de chemise, pendant ce temps.

— Je n'en ai pas d'autre. En arrivant ici, je ne pensais pas rester pour la nuit.

— Vous n'étiez pas obligé, fit-elle remarquer.

— Si, puisque vous ne vouliez pas aller à l'hôtel ni chez vos amies.

Rae n'insista pas. Forrest Colton était quelqu'un de bien. Voilà ce qu'elle retenait de son geste.

Après avoir débarbouillé Connor, elle le recoucha dans son berceau. Au moment de se retourner vers Forrest, elle eut un choc : il avait retiré sa chemise.

Dieu, qu'il était sexy…

Des épaules larges et musclées, un ventre plat sur lequel courait une fine ligne de poils qui disparaissait sous la ceinture de son pantalon…

Rae avala sa salive. Elle avait envie de voir où menait cette ligne. Elle avait envie de finir de le déshabiller pour pouvoir le toucher, le goûter… Mais enfin, que lui arrivait-il ? Jamais elle n'avait désiré un homme comme elle désirait Forrest Colton. Était-ce le manque de sommeil ? Les émotions de ces derniers jours ?

Ou simplement une histoire d'hormones ?

— Où est votre machine à laver ? demanda-t-il, la chemise à la main.

Rae s'approcha de l'encadrement de la porte, qu'il emplissait presque totalement. Ses jambes la portaient à peine.

— Laissez, je vais le faire, dit-elle en prenant le vêtement.

Il refusa de le lâcher.

— Je peux m'en occuper, protesta-t-il. Vous devriez retourner vous coucher.

Rae secoua la tête. Jamais elle ne réussirait à s'endormir avec cet homme si près d'elle.

— Je n'ai pas besoin de beaucoup de sommeil, prétendit-elle.

— Ça me gêne que vous fassiez ça pour moi.

— Et moi, ça me gêne que mon bébé vous ait vomi dessus. Et que vous l'ayez changé avant ça, et bercé, et que vous soyez là à nous protéger alors que vous pourriez être en train de dormir chez vous.

Maudit Forrest Colton, songea-t-elle. Elle était vraiment en train de tomber amoureuse de lui.

— Je n'ai pas le choix, observa-t-il. Le chef refuse de vous envoyer un garde du corps.

— Il pense que je n'en ai pas besoin ? demanda-t-elle, choquée.

— Il n'a pas assez d'hommes, surtout. C'est pour ça que je me retrouve à enquêter sur ces meurtres. Parce que, avec la tempête, tous les effectifs sont mobilisés.

— Et les affaires de meurtre l'emportent sur les lettres de menaces, devina Rae en soupirant. Vous devriez vous concentrer sur votre enquête.

— Je vous ai promis de vous protéger, vous et Connor, répliqua-t-il en plongeant le regard dans le sien. Et j'ai l'habitude de tenir mes promesses.

— C'est dangereux de faire des promesses qu'on ne peut pas tenir.

— Mais…

Elle posa l'index sur ses lèvres pour le faire taire.

— Vous n'allez pas rester avec nous jour et nuit. Vous avez un boulot. Une vie. Et moi aussi. Je dois aller travailler et suivre mes cours du soir.

— Mais la lettre…

— Ce n'est pas elle qui va m'empêcher de vivre, le coupa-t-elle.

— C'est pourtant ce qui se passera si vous n'êtes pas prudente.

Rae sourit.

— Je suis toujours prudente.

— Vous ne l'êtes pas beaucoup, à cet instant, murmura-t-il, et il se servit de la chemise qu'ils tenaient tous les deux pour l'attirer à lui.

Rae retint son souffle. Le corps du policier était ferme et brûlant contre le sien.

— Forrest…

Il avait raison : elle n'était pas prudente. Et sans doute allait-elle souffrir, sans doute allait-elle être déçue, mais quelque chose lui disait qu'elle le serait encore plus si elle n'assouvissait pas ce désir qui la tourmentait.

Elle se préoccuperait des conséquences plus tard.

Relâchant la chemise, elle posa les mains sur le torse nu de Forrest et sentit ses muscles frémir sous ses paumes.

Elle le poussa doucement ; il recula d'un pas.

— Excusez-moi, murmura-t-il, le souffle court.

Elle le poussa encore, hors de la chambre de Connor.

— Je vous laisse tranquille, promit-il.

— Ce n'est pas ce que je veux, chuchota-t-elle.

— Et que voulez-vous ?

— Je vais vous montrer.

Elle tenta de l'entraîner vers sa chambre, mais il résista. Une tension palpable émanait de lui, la même qui montait en elle et lui faisait craindre d'éclater en mille morceaux si elle ne trouvait pas un moyen de l'évacuer.

— Vous êtes sûre ? demanda-t-il d'une voix à la fois rauque et… vulnérable.

Bellamy et Maggie avaient raison : Forrest avait été profondément marqué par l'abandon de sa fiancée, tout comme Rae l'avait été par celui de son père.

— Oui, je suis sûre, répondit-elle.

Et, pour l'en convaincre, elle se hissa sur la pointe des pieds et pressa les lèvres contre les siennes. Forrest commença par l'enlacer, mais il eut un mouvement de recul.

— C'est une mauvaise idée.

Rae sentit les larmes lui piquer les paupières. Cette fois-ci, en la rejetant, il ne la blessait pas seulement dans son orgueil.

— Excusez-moi, dit-elle. Il faut que j'arrête de vous sauter dessus.

Forrest eut un rire profond qui résonna dans sa poitrine.

— Vous ne me sautez pas dessus, répliqua-t-il. Et si c'était le cas, je vous rattraperais volontiers.

Ses bras se resserrèrent autour d'elle. Étonnée, Rae leva les yeux vers lui pour étudier son visage. Il avait les mâchoires si contractées qu'elle voyait un muscle tressauter sur sa joue.

— Je croyais ce n'était pas une bonne idée…

— C'est une très mauvaise idée, confirma-t-il. Il faut que je reste concentré si je veux vous protéger. Mais j'ai envie de tellement plus…

Rae poussa un soupir. Il ne la rejetait donc pas.

— On ne craint rien, lui assura-t-elle. Il n'y a personne d'autre que nous ici.

Et elle doutait que quelqu'un tente de s'introduire chez elle, avec la voiture de police de Forrest garée juste devant la porte.

— J'espère que vous avez raison, répondit-il, avant de capturer sa bouche avec passion.

Il était là, dehors, à observer les ombres qui bougeaient derrière les rideaux et se déplaçaient jusqu'à la chambre à coucher.

Elle n'avait pas tenu compte de son avertissement. Bon sang, le meurtrier était pourtant prêt à tout pour empêcher l'inspecteur d'enquêter sur ces meurtres…

Allait-il s'attaquer au bébé ? Ou à lui ?

S'il n'arrivait pas à éloigner le policier, serait-il – malgré tous ses efforts – la prochaine victime du tueur ? C'était un risque qu'il ne pouvait pas prendre. Et s'il fallait qu'il devienne à son tour un meurtrier pour garder la vie sauve, il s'y résoudrait.

11

Les bureaux de Lukas, Jolley et Fitzsimmons se trouvaient à proximité du poste de police de Whisperwood. Alors que Forrest, au volant de la voiture de Rae, passait sans s'arrêter devant le bâtiment en brique, la jeune femme posa une main sur son genou.

Son corps réagit aussitôt. Il se sentit soudain à l'étroit dans son pantalon de ville tout froissé.

— C'est là, lui dit-elle.

— Tu ne devrais pas aller travailler. C'est trop dangereux.

Mais cela l'aurait été aussi s'ils étaient restés chez elle, car ils auraient une nouvelle fois cédé à leur désir. Avaient-ils vraiment fait l'amour, la nuit dernière ?

Ou s'agissait-il d'un rêve ?

Peut-être Forrest s'était-il endormi sur la table de la cuisine et avait-il imaginé toute la scène… Non. Il ne s'était pas réveillé sur sa chaise, mais dans le lit de Rae – avec la jeune femme nue dans ses bras et sa tête blottie contre son épaule.

Comment avait-il pu se montrer aussi irresponsable ?

Dès qu'il avait rouvert les yeux, Forrest avait bondi du lit, inquiet pour Connor. Mais le bébé dormait. Il allait bien, contrairement à lui. Après ce qu'il avait partagé avec Rae, Forrest ne serait plus jamais le même.

La main de la jeune femme se crispa sur sa cuisse.

— S'il te plaît.

C'est ce qu'elle lui avait murmuré cette nuit, alors qu'il traçait un chemin de baisers sur son ventre. Et il l'avait suppliée à son tour lorsqu'elle l'avait embrassé partout, y compris sur les cicatrices de sa jambe meurtrie. Ces dernières avaient tant dégoûté Shannon qu'elle s'était enfuie. Mais Rae…

Rae était différente. Elle s'était occupée de sa mère malade lorsque son père les avait abandonnées. Elle était douce, aimante, bienveillante.

Et passionnée.

— Forrest, répéta-t-elle.

Avec un soupir résigné, il fit demi-tour et reprit la direction du cabinet d'avocats. Il ne put s'empêcher d'éprouver une pointe de regret lorsque Rae retira sa main de sa jambe. Il avait envie qu'elle le touche encore, comme elle l'avait fait cette nuit. Mais elle se tourna vers la banquette arrière où Connor était attaché dans son siège-auto.

— On aurait dû le déposer d'abord, murmura-t-elle.

— Tu es sûre qu'il est en sécurité, à la crèche ?

Rae sourit.

— Certaine. Bob McCauley ne laisserait personne s'approcher de lui.

— Bob McCauley ?

Ce nom lui disait quelque chose…

— Ce n'était pas un joueur de football professionnel ?

— Si, répondit Rae. Tu comprends pourquoi je lui fais confiance.

Mais Forrest ne connaissait pas ce type. Il tenait à le voir en personne avant de décider de lui laisser Connor. Comme Rae ne voulait pas être en retard au travail, elle lui avait demandé de l'y conduire avant de se rendre à la crèche.

Une fois garé, il insista pour l'accompagner jusqu'à son bureau. Alors qu'il la suivait en portant le siège-auto de Connor, un mauvais pressentiment l'assaillit. Posant sa main libre sur son arme, il scruta les alentours, certain que quelqu'un les observait.

Le soleil matinal se reflétait sur les vitres teintées des véhicules, l'empêchant de voir à l'intérieur. Il agrippa plus fermement la poignée du siège-auto et se rapprocha de la jeune femme, qui se crispa. Avait-elle été aussi bouleversée que lui par la nuit qu'ils avaient passée ensemble ?

Depuis ce matin, elle faisait comme s'il n'était rien arrivé. C'était peut-être pour ça qu'il avait l'impression d'avoir rêvé : parce qu'il semblait être le seul à s'en souvenir. Ou à *vouloir* s'en souvenir.

Elle accéléra le pas. Forrest en fit autant et réussit malgré sa jambe boiteuse à réduire la distance qui les séparait. Il voulait seulement la protéger, mais elle n'avait pas l'air de se sentir en sécurité avec lui.

Sans lui accorder un seul regard, elle poussa la porte du hall et s'avança rapidement vers les ascenseurs. Lorsqu'une des cabines s'ouvrit, elle s'y engouffra et s'empressa d'appuyer sur un bouton, comme si elle cherchait à lui échapper… Mais il la rejoignit avec Connor juste avant que les portes se referment. Elle garda les yeux rivés devant elle.

Regrettait-elle d'avoir fait l'amour avec lui ? Cela n'avait-il été pour elle qu'un moment de faiblesse ? De distraction ?

Forrest ressentit une pointe de culpabilité à l'idée qu'il ait pu profiter de sa confusion. Pourtant, elle lui avait assuré que ce n'était pas le cas. Et elle le lui avait prouvé avec ses caresses et ses baisers, avec ses cris de plaisir…

Il inspira profondément, luttant pour garder son sang-froid. Il brûlait de lui rappeler le désir et la passion qu'ils avaient partagés seulement quelques heures plus tôt. Mais alors qu'il commençait à se pencher vers elle sans même s'en apercevoir, l'ascenseur s'immobilisa et les portes s'ouvrirent.

Rae sortit, puis se tourna enfin vers lui.

— Tu n'as pas besoin d'aller plus loin. C'est mon étage, je ne crains rien.

Comme si la question était réglée, elle se baissa pour murmurer à son fils, qui dormait dans le siège-auto :

— À ce soir, mon cœur.

L'amour illuminait ses traits délicats. Quand elle releva les yeux vers Forrest, toute la chaleur disparut de son regard.

— Fais bien attention à lui, s'il te plaît.

— Je te promets qu'il ne lui arrivera rien.

— Je t'ai déjà demandé de ne pas faire de promesses que tu ne peux pas tenir.

— Je tiendrai celle-ci, affirma-t-il. Crois-moi.

Elle poussa un soupir et recula d'un pas. Alors que les portes de l'ascenseur commençaient à se refermer, Forrest fut saisi d'une angoisse soudaine. Il plaqua une main contre le montant pour les maintenir ouvertes.

— Tu es sûre que tu es en sécurité, ici ?

— Oui, Forrest. Je suis une grande fille, tu sais. Je suis capable de me débrouiller seule.

Elle avait trente-cinq ans, comme Bellamy ; cela faisait un moment qu'elle était autonome. Mais Forrest n'était pas rassuré pour autant. Il avait le sentiment de l'avoir mise en danger en découvrant le cadavre enterré dans son jardin.

Qui l'avait placé là ? Quelqu'un qu'elle connaissait ?

Elle repoussa gentiment sa main.

— Conduis Connor à la crèche et va retrouver ton vrai travail, lui dit-elle. Tu n'as plus besoin de jouer au baby-sitter avec nous.

Comme elle envoyait un baiser du bout des doigts, Forrest sentit les battements de son cœur s'accélérer… jusqu'à ce qu'il se rende compte que le baiser en question était adressé à son fils.

La jeune femme tourna les talons et s'éloigna dans le couloir. Un peu plus loin, un homme la regardait approcher depuis le seuil d'un bureau. Forrest le comprenait : elle était resplendissante dans sa robe jaune soleil qui épousait à merveille sa silhouette galbée.

Mais il avait beau comprendre, il n'appréciait pas du tout la façon dont cet homme la fixait. Il aurait bien aimé voir le visage de Rae pour se faire une idée de leur relation. L'ascenseur se referma avant qu'il ait pu assister à leur interaction.

Ce type était-il un ami de Rae Lemmon ? Avait-il des vues sur elle ? Était-il prêt à déposer une fausse lettre de menace chez elle pour l'inciter à se confier à lui ?

Forrest ignorait si cette hypothèse lui avait été soufflée par son instinct d'enquêteur ou par la jalousie. Pourtant, il n'avait aucun droit d'éprouver un tel sentiment vis-à-vis de la jeune femme, malgré ce qu'ils avaient partagé. Sans compter qu'il n'avait jamais été jaloux, pas même de sa fiancée !

Il devait être inquiet, voilà tout. Car en repartant de l'immeuble, il eut une fois de plus la sensation que quelqu'un l'observait.

Une fois seule, Rae fut soudain prise de panique. Elle se retourna vers l'ascenseur, mais celui-ci redescendait déjà, emportant son fils et Forrest.

C'est juste pour la journée, se rappela-t-elle. Elle les retrouverait le soir. Forrest lui avait promis qu'il prendrait soin de Connor. Qu'il le protégerait.

Mais le père de Rae lui avait fait des promesses, lui aussi, et il n'avait jamais réussi à les tenir. En avait-il seulement eu l'intention ? Elle en doutait. Il s'était probablement contenté de dire ce qu'elle avait eu envie d'entendre. Qu'il reviendrait, qu'il se reprendrait en main pour être le mari et le père que Georgia et elle méritaient.

Il n'était jamais revenu.

Rae avait beau faire confiance à Forrest, elle ne pouvait s'empêcher de craindre que l'auteur de la lettre de menaces soit plus déterminé que lui.

— Qui était-ce ? demanda quelqu'un derrière elle.

Elle se retourna : Kenneth Dawson se tenait devant la porte de son bureau.

— Un ami, répondit-elle en se forçant à sourire.

Des images de la nuit précédente lui revinrent à l'esprit, et une vague de chaleur lui monta aux joues. Jamais elle n'avait vécu une expérience aussi forte. Forrest était un amant extraordinaire.

Son ex-fiancée avait été bien bête de le quitter. Il n'était pas du tout amoindri par sa jambe blessée – loin de là. Cette épreuve l'avait même sûrement rendu plus fort, plus volontaire. Rae voulait bien croire qu'il faisait tout son possible pour honorer ses promesses. Mais cela suffirait-il ?

— Ça doit être un ami proche, pour que vous lui

confiiez votre bébé, fit remarquer Kenneth. Ne serait-il pas le père ?

Rae aurait aimé que Connor ait quelqu'un comme Forrest dans sa vie. Mais elle avait fait son choix, et elle l'assumait. Elle n'avait pas besoin d'un homme pour élever son fils.

— Rae ? Est-ce que c'est lui, le père ?

Comme elle reportait son attention sur Kenneth, elle se rappela que cet homme était son supérieur, même si son nom n'apparaissait pas sur la plaque du cabinet. Elle ne pouvait pas lui répondre de s'occuper de ses affaires comme elle en avait envie.

— Non, dit-elle poliment. C'était l'inspecteur Colton. Il travaille pour la police de Whisperwood.

— C'est lui qui a trouvé le corps dans votre jardin.

Comment pouvait-il le savoir ? Les médias n'avaient pas mentionné ce détail. Chaque fois qu'ils avaient été interviewés par des journalistes, Forrest et le chef Thompson avaient refusé de répondre aux questions sur l'enquête en cours.

— Je l'ai entendu sur mon récepteur scanner, précisa Kenneth, qui avait dû remarquer son étonnement.

Rae réprima une grimace d'aversion. C'était à cause d'avocats comme lui que la profession avait si mauvaise réputation. Et cela expliquait peut-être en partie qu'elle veuille travailler dans le camp adverse, du côté de l'accusation. Pour la loi et pour l'ordre, pas pour l'argent.

Mais Kenneth s'était toujours montré amical avec elle. Une fois de plus, elle se sentit obligée de lui rendre son sourire.

— Je ferais mieux de filer. J'ai sûrement une tonne de travail qui m'attend.

Au moment où elle se remettait en marche, Kenneth fit exprès de sortir de son bureau, si bien qu'elle le frôla en passant. Un frisson de dégoût la traversa. Était-il vraiment aussi sympathique qu'elle le croyait ?

Peut-être les menaces qu'elle avait reçues la rendaient-elles méfiante avec tout le monde…

Sauf avec Forrest.

Elle savait qu'il les protégerait, elle et Connor, quoi qu'en pense le chef Thompson. En réalité, il avait fait bien plus que la protéger hier soir, et l'intensité des émotions qu'il lui avait procurées la troublait encore.

Forrest était si généreux, comparé aux autres hommes qu'elle avait connus ! Il avait veillé à ce qu'elle prenne son plaisir – plusieurs fois – avant de s'abandonner au sien. Cependant, pouvait-elle vraiment croire qu'il était différent des autres ? Qu'il ne partirait pas ? C'était peu probable. Et, de toute façon, elle préférait ne rien espérer pour ne pas être déçue.

Parvenue dans son bureau, elle s'assit sur sa chaise et commença à feuilleter le courrier que la secrétaire avait posé sur un coin de la table. Une des lettres attira son attention : elle lui était adressée personnellement, sans aucune référence au cabinet d'avocats.

Qui pouvait lui avoir écrit au travail ?

Un des associés, sans doute. Peut-être Kenneth, même s'il préférait généralement lui parler directement.

Elle ouvrit l'enveloppe. Celle-ci contenait une feuille de papier pliée en deux. Dessus, la même écriture en lettres capitales que sur le mot déposé sur son oreiller. Mais le message était légèrement différent.

Débarrasse-toi de l'enquêteur, ou ton gamin ne sera pas le seul à souffrir.

— Seigneur, murmura-t-elle.

Il fallait qu'elle prévienne Forrest. Quelqu'un voulait vraiment l'éliminer, quitte à sacrifier un bébé par la même occasion. Elle fouilla frénétiquement dans son sac pour retrouver son téléphone, et composa le numéro que Bellamy lui avait donné.

« Vous êtes bien sur le portable de Forrest Colton, enquêteur par intérim à la police de Whisperwood. Laissez-moi un message, je vous rappellerai. »

Pourquoi tombait-elle sur le répondeur ? Pourquoi ne décrochait-il pas ? Arrivait-elle trop tard ?

— Rappelle-moi vite, dit-elle. J'ai reçu une autre lettre.

Le téléphone de Jonah Colton se mit à vibrer sur la table du restaurant. Le numéro qui s'affichait lui était inconnu. Assise en face de lui, Maggie se pencha pour jeter un coup d'œil sur l'écran.

— C'est sûrement une pub, commenta-t-il.

Et il préférait admirer sa ravissante fiancée plutôt que de perdre du temps à écouter un vendeur de fenêtres ou un conseiller financier.

— Non, il faut que tu répondes, répliqua la jeune femme. C'est Rae.

Jonah fronça les sourcils.

— Pourquoi m'appellerait-elle ?

Maggie lui avait raconté ce qui était arrivé à son amie – l'intrusion chez elle, la menace qui impliquait son bébé et Forrest. Ce dernier avait dû prendre les choses en main. Malgré sa blessure, il n'avait rien perdu de ses capacités. Quel dommage que la police d'Austin l'ait obligé à se mettre en invalidité…

Jonah saisit l'appareil et décrocha.

— Salut, Rae. Tout va bien ?

— Non, répondit-elle d'une voix tremblante. Je ne sais pas si Maggie t'a dit…

— Elle m'a dit, la coupa-t-il.

— On m'a envoyé une autre lettre, expliqua Rae. L'auteur parle encore de Forrest et de mon fils.

— Tu l'as montrée à mon frère ?

— Il est parti avec Connor.

Sa voix se brisa.

— Et il ne répond pas au téléphone.

Jonah bondit de sa chaise.

— Je vais le trouver.

— Fais vite, l'implora Rae. La lettre a été déposée directement à mon bureau.

D'après Maggie, la jeune maman avait découvert le premier mot sur son oreiller. L'individu qui la menaçait était donc sans doute quelqu'un de proche. Rae avait dû en arriver à la même conclusion, car elle ajouta :

— S'il sait où je travaille et où je vis, il doit sûrement savoir dans quelle crèche va Connor. Forrest allait justement l'y déposer quand il m'a laissée au bureau.

Et maintenant, elle ne parvenait pas à le joindre… Elle devait être terrifiée pour son fils.

— S'il te plaît, retrouve-les, répéta-t-elle.

— C'est quelle crèche ? s'enquit Jonah.

— Je connais l'adresse, intervint Maggie, qui s'était levée à son tour. Je viens avec toi.

Il secoua la tête. Si Forrest était en danger, hors de question d'entraîner sa fiancée dans l'histoire. Mais elle partait déjà devant, et il n'avait pas le temps de parlementer avec elle. Il fut donc contraint de la suivre.

— Je te tiens au courant, promit-il à Rae, avant de raccrocher.

Restait à espérer que, lorsqu'il la rappellerait, ce serait pour lui annoncer une bonne nouvelle. Malheureusement, avec les Cow-boy Heroes, il avait davantage l'habitude du contraire.

12

Forrest ne s'était pas trompé : quelqu'un avait bel et bien surveillé leur arrivée au cabinet d'avocats. Heureusement, l'individu avait décidé de le suivre plutôt que de traquer Rae.

Ce n'était pas surprenant : les menaces avaient été formulées contre son fils, pas contre elle. À cet instant, Connor dormait dans son siège-auto, mais était-il pour autant en sécurité ? Pas sûr, avec le gros fourgon qui les suivait de près… Le véhicule avait les vitres teintées, Forrest ne pouvait donc voir ni le conducteur ni les éventuels passagers.

Lorsqu'il sortit son téléphone de sa poche, l'écran était tout noir. Il n'avait pas emporté de chargeur chez Rae, la batterie devait être à plat… Un juron lui échappa. Aussitôt, il jeta un coup d'œil coupable derrière lui, mais le bébé dormait toujours. De toute façon, il n'aurait pas compris, et il n'était pas capable de répéter quoi que ce soit. Pas encore, du moins.

Forrest ferait tout pour que Connor ait la chance de grandir. De dire des gros mots un jour, lui aussi. Il s'y était engagé auprès de sa mère.

Il ravala un autre juron en voyant que le camion se rapprochait encore. Cela ne servait à rien de s'énerver. Il fallait qu'il garde la tête froide, car la vie d'un bébé était entre ses mains. Et il n'avait aucun moyen d'appeler des renforts.

Tout en enfonçant la pédale d'accélérateur, Forrest chercha à vérifier dans le rétroviseur que le siège-auto était bien attaché. Rae lui avait montré comment faire en partant de chez elle, mais il avait dû se débrouiller seul après l'avoir déposée. Avait-il tout fixé correctement ? Quelle que soit la réponse, ce n'était pas prudent de rouler aussi vite avec un nourrisson à bord.

Derrière lui, le véhicule était si proche qu'il n'en voyait que la calandre. Leurs pare-chocs devaient se frôler... Forrest accéléra, puis tourna brusquement dans une rue secondaire. Le fourgon la dépassa, freina dans un crissement de pneus et fit marche arrière.

Le conducteur était donc déterminé. Mais Forrest l'était tout autant. Il avait grandi à Whisperwood, il connaissait la ville sur le bout des doigts. Hélas, son poursuivant avait l'air de bien la connaître aussi : Forrest ne parvenait pas à le semer.

Où était la police ? fulmina-t-il intérieurement. Pourquoi personne ne les avait encore arrêtés ?

Parce qu'il n'y avait pas assez d'agents pour patrouiller dans les rues, évidemment. C'était justement pour ça que Forrest avait été recruté. Manque de chance, la crèche était située à l'autre bout de la ville par rapport au poste de police...

Il décida de foncer dans la direction de ce dernier ; mais le chauffard dut deviner son intention, car il grignota à nouveau du terrain derrière lui. À l'évidence, il était résolu à empêcher Forrest et Connor d'atteindre leur destination.

Quand le camion percuta violemment l'arrière de la voiture, le bébé se réveilla en hurlant. Forrest s'agrippa au volant, luttant pour garder le contrôle du véhicule.

Mais son agresseur les heurta à nouveau, une fois, deux fois, trois fois, et Forrest songea que Rae avait eu raison de ne pas lui faire confiance. Il ne serait pas capable de tenir sa promesse.

Rae avait espéré que Forrest la rappellerait rapidement pour lui dire que tout allait bien. Qu'il n'avait pas pu lui répondre avant parce qu'il discutait avec Bob McCauley, par exemple. Mais elle savait que, s'il en avait eu la possibilité, il aurait quand même décroché : il n'aurait pas voulu l'inquiéter.

Cet appel qu'elle attendait avec tant d'impatience n'arriva jamais. À la place, ce fut Jonah Colton qui se présenta à la porte de son bureau, les mâchoires crispées, le visage pâle. Rae se leva d'un bond. Son cœur battait à tout rompre.

— Qu'est-ce qui s'est passé ?

Elle regarda derrière lui dans le couloir. Peut-être Forrest avait-il été ralenti par sa blessure... Mais non, il n'était pas là, et elle sentait au plus profond d'elle-même qu'il était arrivé quelque chose à son fils.

— Il y a eu un accident, annonça Jonah.

— Ce n'était pas un accident, répliqua Rae, tout en attrapant son sac à main. Où sont-ils ?

— À l'hôpital.

Ses jambes se dérobèrent sous elle. Jonah eut le réflexe de l'attraper par le coude pour la retenir de tomber.

— Je vais t'y conduire, murmura-t-il d'une voix empreinte d'inquiétude et de compassion.

Son fils, son bébé, était à l'hôpital. Il était si petit, si fragile ! Allait-il bien ? Si Jonah n'était pas venu la chercher, elle aurait couru jusqu'aux urgences. Rien ni personne ne l'aurait arrêtée.

Son estomac se serra tandis que l'ascenseur descendait. Et Forrest ? Ses yeux s'emplirent de larmes. Elle aurait dû l'écouter et rester chez elle. Il les aurait protégés, comme cette nuit.

Si quelqu'un avait osé leur faire du mal, à Connor ou à lui, elle retrouverait le coupable et le lui ferait payer.

— D'une manière ou d'une autre, tu vas payer, le prévint son interlocuteur.

La voix lui était inconnue, tout comme l'écriture sur les mots que l'homme lui avait laissés dans sa chambre d'hôtel. Mais il n'avait pas besoin de connaître son identité pour savoir que ce type était un tueur.

Peut-être en était-il devenu un, lui aussi, songea-t-il. Le regret et le dégoût de lui-même lui firent monter la bile dans la gorge.

— Tu as intérêt à avoir fait ce que je te demandais, continua son nouveau patron.

— C'est fait.

— Tu t'es débarrassé de l'inspecteur d'Austin ?

— Oui.

Et sans doute pas seulement de lui.

Une image lui revint à l'esprit. Colton traversant le parking du cabinet d'avocats avec le siège-auto à la main, puis attachant celui-ci à l'arrière de la voiture de Rae.

L'avait-il bien fixé ?

— Ça vaut mieux pour toi, grommela l'homme. Parce que tu me dois un sacré paquet de fric.

Il ferma les paupières. Ce n'était pas comme ça que les choses étaient censées se passer. Mais rien dans sa vie ne s'était déroulé comme il l'avait prévu.

Ni pour sa carrière, ni pour sa famille.

La chance lui avait tourné le dos depuis bien longtemps,

et il avait été le seul à ne pas s'en rendre compte. Les autres s'étaient contentés de collectionner ses reconnaissances de dettes – jusqu'à ce qu'il lui soit devenu impossible de les rembourser.

Et Forrest Colton, avait-il de la chance ?

Si l'enquêteur avait survécu à cette tentative de meurtre, il ne survivrait pas à la suivante. Sinon, c'était *lui* qui le paierait de sa vie.

13

Forrest était furieux.

— Je ne suis pas son représentant légal, et alors ? gronda-t-il. Je veux savoir si Connor va bien.

L'infirmière de l'accueil, impassible, se contenta de secouer la tête. Il avait eu moins de mal à faire craquer certains criminels les plus endurcis.

— Vous devez retourner dans la salle d'examen, monsieur Colton. Les résultats de votre scanner vont bientôt arriver.

— Ce n'est qu'une bosse, marmonna-t-il en se touchant le front.

Elle lui faisait un mal de chien, mais il n'y avait pas de quoi s'inquiéter. Comme pour la douleur qui lui vrillait la jambe, de la hanche jusqu'au pied. Celle-ci, il la devait à la ceinture de sécurité et au choc qu'il avait reçu sur le genou : l'airbag n'avait pas fonctionné et Forrest avait heurté directement le tableau de bord. Mais il se fichait de ses blessures.

— Je suis responsable de ce bébé, expliqua-t-il à l'infirmière.

— Vous venez de me dire que vous n'étiez pas son père.

Forrest se maudit lui-même d'avoir été honnête. N'aurait-il pas pu mentir, pour une fois ? Au moins, on l'aurait laissé voir Connor…

— Je travaille pour la police de Whisperwood, précisa-t-il en sortant son badge temporaire. Je suis censé protéger le fils de Rae Lemmon.

Et il avait failli à sa mission. Il n'avait pas réussi à distancer le camion, qui s'était acharné à leur rentrer dedans jusqu'à ce qu'ils percutent un véhicule garé.

Forrest ne savait pas ce qui s'était passé ensuite. Il avait dû perdre connaissance pendant quelques secondes, car lorsqu'il avait rouvert les yeux le fourgon n'était plus là. Et Connor hurlait à pleins poumons.

Il avait bataillé un moment pour ouvrir la portière cabossée. En sortant de la voiture, il avait failli s'écrouler tant sa jambe lui faisait mal. Comme elle menaçait encore de ployer à cet instant, il s'appuya sur le comptoir du bureau d'accueil.

— J'ai besoin de savoir comment il va, insista-t-il.

Connor avait eu l'air indemne quand il l'avait sorti du véhicule dans son siège-auto. Le harnais semblait avoir rempli son rôle. Mais les bébés étaient fragiles. Il pouvait souffrir de blessures internes.

Par chance, un témoin de l'accident avait prévenu les secours. Une ambulance était arrivée en même temps que Jonah et Maggie. Forrest et Connor avaient été transportés ensemble à l'hôpital, puis on les avait séparés pour les examiner. Pourquoi avait-on refusé de les réunir ensuite ?

Peut-être parce que c'était grave. Une vague de panique l'envahit. Et si la collision avait été fatale au bébé ?

Rae avait déjà tellement souffert… D'abord, l'abandon de son père, puis le décès de sa mère… Comment pourrait-elle survivre à la perte de son fils ? Forrest ne connaissait Connor que depuis quelques jours, et il se faisait déjà un sang d'encre pour lui.

— Qu'est-ce qu'il a ? demanda-t-il à l'infirmière.

Elle se leva et contourna son bureau.

— Monsieur Colton…

Comme il se tournait vers elle, sa jambe trembla violemment sous son poids, et il s'en fallut de peu qu'il s'effondre.

— Vous devez retourner vous allonger, lui dit-elle. Vous souffrez probablement d'une commotion cérébrale, et votre jambe…

— Elle est foutue depuis que je me suis fait tirer dessus, la coupa-t-il. À côté, cet accident, ce n'est rien du tout. J'ai une responsabilité envers l'enfant que je protégeais, et j'estime avoir le droit de savoir comment il va.

La femme poussa un soupir.

— On peut dire que vous êtes persévérant… Retournez dans votre box d'examen au moins jusqu'à ce qu'on ait récupéré les résultats du scanner, et…

Elle baissa la voix.

— … Je vous dirai pour le bébé.

Forrest sentit son pouls s'accélérer. Subitement, il n'était plus certain d'avoir envie de savoir.

Et s'il avait manqué à ses engagements envers Rae ? Elle ne le lui pardonnerait jamais. Et il ne se le pardonnerait pas non plus.

Rae serra Connor contre son cœur, qui galopait dans sa poitrine. Le bébé paraissait inerte, mais il respirait doucement. Il était vivant.

Des larmes de soulagement se mirent à ruisseler sur son visage.

— Il va bien, lui assura Maggie. Le médecin l'a dit : il n'a aucune blessure, aucune séquelle de l'accident.

Rae avait entendu les explications du médecin, mais

elle n'avait pas voulu y croire avant d'avoir elle-même vu son fils sain et sauf.

— Il est sans doute épuisé, ajouta Maggie.

Rae acquiesça. Connor avait tendance à devenir amorphe quand il avait pleuré. Et il avait sûrement *beaucoup* pleuré depuis l'accident. Il avait dû être terrifié.

— Que s'est-il passé ? s'enquit-elle.

Maintenant qu'elle était rassurée sur son état de santé, elle voulait connaître les détails. Mais avant que Maggie ait eu le temps de répondre, elle ajouta :

— Et Forrest, comment va-t-il ?

— Il se sent stupide, fit une voix grave derrière elle.

Le rideau qui entourait le box d'examen s'ouvrit sur le policier. Il arborait un gros hématome au front et s'appuyait sur une béquille pour marcher. Rae sentit son cœur se serrer. Il ne s'en était pas aussi bien sorti que Connor.

— Tu es blessé, souffla-t-elle.

— Ce n'est rien.

Il fit un geste vers le bébé, ses yeux noisette assombris par l'inquiétude.

— Comment va-t-il ?

Rae avait la gorge tellement nouée par l'émotion qu'elle se trouva incapable de répondre.

— Il n'a rien, même pas une égratignure, expliqua Maggie. Hélas, on ne peut pas en dire autant de toi.

— Cette infirmière n'a pas voulu me donner la moindre information sur l'état de Connor, et elle vous a parlé de moi ?

— Elle n'a pas eu besoin de nous dire quoi que ce soit. Tu as vu ta tête ?

Forrest se tourna vers Rae.

— Tu es sûre que Connor va bien ?

— Certaine.

— Je suis vraiment désolé pour ce qui s'est passé. J'avais senti qu'il y avait quelqu'un sur le parking du cabinet. Il nous a suivis sur le chemin de la crèche, et je n'ai pas pu le semer.

— « Il » ? releva Rae. Tu l'as vu ?

— Non, les vitres étaient teintées. Et il s'est enfui après nous avoir projetés contre une voiture.

Rae enfouit le nez dans les cheveux de son fils. L'homme n'avait pas été arrêté, ce qui signifiait qu'il pouvait revenir chez elle. Ou à l'hôpital.

— Il faut qu'on s'en aille, lâcha-t-elle d'une voix tremblante.

— Connor ne craint rien, ici, lui assura Forrest. Le personnel ne rigole pas avec la sécurité – il n'y a qu'à voir les infirmières.

L'une d'elles l'avait justement suivi dans le box.

— M. Colton se faisait beaucoup de souci pour votre fils, dit-elle à Rae, avant de se tourner vers son patient, les sourcils froncés. Vous pouvez constater que le bébé va bien. Vous, par contre…

— Quoi ? demanda Rae. Qu'est-ce qu'il a ?

— Nous avons les résultats de votre radio de la jambe et du scanner crânien, poursuivit l'infirmière en ignorant l'intervention de Rae.

— Et tout va bien, affirma Forrest.

— Vous devez voir le médecin, monsieur Colton.

Rae fut prise d'un nouvel accès de panique.

— Forrest…

Mais l'infirmière l'entraînait déjà dans le couloir, loin d'elle. Maggie passa un bras autour de ses épaules.

— Je suis sûre que ce n'est rien de grave, murmura-t-elle.

— Pourquoi ne l'a-t-elle pas dit tout de suite, alors ?

— Sans doute une question de confidentialité. Avant

que tu arrives, elle n'a pas voulu nous dire quoi que ce soit sur l'état de Connor, et même alors, c'est le médecin qui s'en est chargé.

— Tu as raison. C'est sûrement ça, répondit Rae.

Mais les résultats des examens seraient-ils aussi rassurants que pour le bébé ?

Josephine Colton étudiait le visage de son mari tandis qu'il pressait le téléphone contre son oreille. Son teint blême et les rides profondes qui lui barraient le front lui faisaient craindre le pire.

— D'accord, répondit-il à son interlocuteur. Tiens-nous au courant, et dis-nous si on doit venir.

Ce n'était pas une demande mais un ordre. Bien qu'il se soit toujours montré poli et diplomate, Hays Colton avait un caractère d'acier, et tous ceux qui l'avaient fréquenté pouvaient en témoigner. Néanmoins, il avait tendance à s'attendrir avec l'âge et à force de se ronger les sangs pour ses grands enfants.

— C'est lequel ? s'enquit Josephine dès qu'il eut raccroché.

— Forrest.

Au fond d'elle, elle le savait déjà. Quand ce dernier avait accepté ce poste temporaire au sein de la police de Whisperwood, elle avait immédiatement songé au risque qu'il soit de nouveau blessé.

— Seigneur… C'est grave ?

— D'après Jonah, il est conscient et furax, rapporta Hays en s'efforçant de faire de l'humour.

Josephine lui rendit son sourire, mais elle n'était pas pour autant rassurée. Après avoir reçu une balle dans la jambe, Forrest avait aussi été conscient et furax ; pourtant, la blessure était si grave que les médecins avaient envisagé l'amputation.

— Que s'est-il passé ?

— Quelque chose en rapport avec Rae, l'amie de Maggie et de Bellamy.

La jolie brunette… Josephine l'avait vue parler à Forrest pendant le mariage, mais celui-ci avait très vite mis fin à leur conversation.

— Elle va bien ? demanda-t-elle.

— Elle n'était pas dans la voiture avec lui, répondit Hays. Son bébé y était, par contre.

Josephine étouffa un cri.

— Il n'a rien, j'espère ?

— Je ne sais pas.

— On devrait aller à l'hôpital.

Elle regarda autour d'elle dans la cuisine de leur ranch. Bon sang, où avait-elle mis son sac à main ? Mais elle n'en avait pas besoin. Elle voulait juste s'assurer que son fils et le bébé allaient bien.

— Jonah m'a dit qu'il rappellerait quand il en saurait davantage, dit Hays en enlaçant sa femme. Tu sais comme Forrest est costaud. Le temps qu'on arrive, il sera déjà ressorti de l'hôpital.

— Avec ou sans l'accord des médecins, renchérit-elle.

Son fils était si têtu… Et cela pourrait bien le tuer un jour. Ou la tuer, elle.

Josephine avait beau aimer ses garçons, elle détestait se faire du mouron pour eux. Et comme ils avaient tous choisi d'être policiers, soldats ou sauveteurs, elle s'inquiétait constamment de leur bien-être physique et mental.

Dallas ne s'était pas encore remis de la mort de son

épouse, ni Forrest de la perte de son travail. Seuls Jonah et Donovan étaient vraiment heureux aujourd'hui. Si seulement les deux autres pouvaient connaître le même bonheur…

14

La porte d'entrée se referma derrière Jonah et Maggie, laissant Forrest et Rae seuls dans le salon. Exténué par l'épreuve qu'il venait de traverser, Connor dormait à poings fermés. Forrest et Jonah avaient passé la maison au peigne fin, sans trouver aucun mot de menace ni la moindre trace d'une nouvelle intrusion.

— J'ai envoyé un agent récupérer la lettre à ton bureau ainsi que les enregistrements des caméras de surveillance, annonça Forrest. Avec un peu de chance, nous saurons qui est venu.

Ils connaissaient déjà la raison : quelqu'un voulait se débarrasser de lui. Le chef Thompson devait se rendre compte à présent que la jeune femme et son fils couraient un réel danger. Qui oserait refuser de protéger un nouveau-né sans défense ?

Forrest ferma les yeux un instant en repensant à ces minutes interminables pendant lesquelles il n'avait pas su si Connor avait survécu à l'accident… Il avait cru devenir fou. Maintenant, il comprenait mieux ce que ses parents pouvaient ressentir. Il nota en esprit de les appeler pour les rassurer – Jonah avait eu la mauvaise idée de les prévenir, et ils se faisaient sûrement un sang d'encre.

Connor avait beau ne pas être son fils, Forrest était attaché à lui. Et il l'était également à Rae. Beaucoup trop.

S'il les mettait en danger par sa simple présence, alors il fallait qu'il s'éloigne. Mais les menaces avaient-elles vraiment à voir avec l'enquête, ou concernaient-elles plutôt la jeune femme ? N'aurait-elle pas un admirateur déterminé à éliminer la concurrence ?

Un souvenir lui revint en tête : le regard que l'avocat avait posé sur Rae depuis le seuil de son bureau. Ce n'était pas celui d'un patron pour son employée, ni d'un collaborateur pour une collègue. C'était le regard qu'un homme porte sur une femme qu'il veut posséder.

Forrest aussi la désirait de tout son être. Peut-être était-ce pour cette raison qu'il l'avait raccompagnée chez elle au lieu de lui affecter un autre garde du corps. Mais il n'avait pas l'intention de se montrer aussi égoïste que la veille. Il ne pouvait pas céder à l'attirance qu'il éprouvait pour elle. Il ne pouvait pas risquer d'être distrait alors que quelqu'un avait tenté de les tuer, Connor et lui, et y était presque parvenu. En outre, il avait besoin de se protéger lui-même. Son cœur avait été brisé trop récemment pour qu'il l'offre à une autre femme – en particulier à Rae, qui avait exprimé sa volonté d'élever son enfant seule. Elle n'avait pas besoin d'un homme, et encore moins d'un handicapé qui mettait sa petite famille en danger.

— Tu as raison, dit-elle.

Forrest tressaillit. Avait-elle lu dans ses pensées ?

— Je ne devrais pas aller travailler ni laisser Connor à la crèche, c'est trop dangereux, précisa-t-elle. Je ne veux pas imaginer ce qui aurait pu se passer si tu l'avais déposé là-bas, et si quelqu'un s'en était pris à lui et aux autres enfants.

Forrest brûlait de l'attirer contre lui pour la réconforter, mais il savait à quoi cela les mènerait.

— Je suis désolée, poursuivit-elle. J'aurais dû t'écouter.

Elle fit un pas vers lui. Il recula aussitôt.

— Excuse-moi, murmura-t-elle en baissant les yeux. C'est ma faute si tu as été blessé.

— Ne t'inquiète pas pour moi.

— Le médecin des urgences n'avait pas l'air d'accord pour que tu quittes l'hôpital.

— C'est à cause de ma bosse au front. Il pense que j'ai une légère commotion cérébrale. Mais j'ai la tête dure.

Forrest s'inquiétait davantage pour son genou, qui le faisait beaucoup souffrir. Hors de question cependant d'avaler des antidouleurs : il devait garder les idées claires pour mener son enquête.

— Et ta jambe ? s'enquit-elle.

— Elle va très bien.

Rae promena son regard sur le corps de Forrest, lequel réagit aussitôt à cette caresse immatérielle. Gêné, il se tourna vers la chambre de Connor. Si seulement le bébé pouvait se réveiller… Au moins, cela l'aiderait à résister à l'envie d'entraîner la jeune femme dans son lit.

— Il y a eu un bruit, non ? demanda-t-il malgré le silence.

Rae lança un coup d'œil apeuré vers la porte de derrière.

— Tu crois qu'il y a quelqu'un dehors ?

Forrest étouffa un soupir.

— Non. J'ai dû l'imaginer. Tu sais, Rae, c'est moi qui suis désolé. C'est à cause de moi que tu as commencé à recevoir des menaces.

— Ce type ne veut pas seulement t'écarter de son chemin, observa la jeune femme. Il veut te tuer. C'est ce qu'il a essayé de faire aujourd'hui.

— Et Connor aurait pu être blessé, répondit Forrest. C'est pour ça que j'ai décidé de m'éloigner de toi.

Le tableau de bord de la voiture était maculé de sang. Un mélange de colère et de culpabilité submergea Archer Thompson tandis qu'il observait l'épave. Celle-ci avait été transportée à la fourrière, qui jouxtait le poste de police.

— Vous me prélèverez les indices dans les plus brefs délais, ordonna-t-il à la jeune technicienne.

Celle-ci parut surprise qu'un simple accident de la route devienne soudain prioritaire sur toutes les autres affaires… Mais ce n'était pas un accident.

Forrest avait eu raison de prendre au sérieux les menaces proférées à l'encontre du fils de Rae Lemmon. Il avait failli y laisser la peau. Ses frères avaient assuré à Archer qu'il allait bien, mais à voir l'état du véhicule…

L'issue aurait pu être tellement plus grave ! Une chance que le bébé s'en soit sorti indemne. Forrest avait réussi à protéger à la fois l'enfant et les autres usagers de la route. La police d'Austin n'aurait jamais dû le mettre à la retraite : il venait de prouver qu'il avait encore toutes ses capacités.

— Nous recherchons également un camion blanc, ajouta-t-il. Si vous en croisez un…

— Là-bas, chef, l'interrompit la technicienne en montrant la carcasse calcinée d'un véhicule. Je ne sais pas s'il était blanc, mais il était en train de brûler dans une ruelle, près de l'hôpital, quand les pompiers ont été appelés.

Le conducteur avait-il suivi l'ambulance jusqu'aux urgences ? se demanda Archer.

— Là aussi, on aura besoin des prélèvements au plus vite, grommela-t-il.

— On s'y met dès que le fourgon aura refroidi, chef.

— Évidemment. Mais ne perdez pas de temps.

Il lui fallait une piste, et vite. Pour l'instant, il ne

pouvait pas se passer des services de Forrest Colton, mais il se doutait que celui-ci ne resterait pas longtemps à Whisperwood. Le jeune inspecteur méritait un bien meilleur poste.

Son téléphone se mit à vibrer dans sa poche. C'était Forrest, justement. Allait-il lui annoncer sa démission ? Il en avait tous les droits, vu la façon dont Archer avait balayé sa demande de protection…

Le chef retourna s'asseoir dans son SUV avant de décrocher.

— Colton, comment vas-tu ?

— Vous êtes donc au courant.

— Je suis à la fourrière. Tu as eu de la chance de repartir sur tes deux jambes.

Il regretta aussitôt ses paroles, qui manquaient pour le moins de tact. D'après ce qu'il avait entendu dire, Forrest avait failli être amputé à la suite de fusillade qui lui avait coûté son job.

— Je sais, répondit le policier. C'est pour ça que j'ai décidé d'arrêter.

Archer déglutit péniblement.

— Je croyais que tu voulais mettre la main sur ce meurtrier, toi aussi.

Pas autant que lui, sans doute… Archer ne vivait pratiquement plus que pour retrouver le type qui avait assassiné sa sœur.

— Je ne laisse pas tomber l'enquête, répliqua Forrest. C'est à la mission de protection que je renonce.

— Ah… Bien sûr, je te comprends. Je vais envoyer un agent pour te remplacer.

— Qui ?

— Je ne sais pas encore. Je vais voir qui est de garde cette nuit.

— Choisissez quelqu'un qui a déjà fait ça avant, suggéra Forrest.

Ou bien était-ce un ordre ? Archer eut sa réponse lorsque Colton ajouta :

— Et votre choix sera soumis à mon approbation.

Le chef n'eut pas le temps de faire le moindre commentaire : Forrest avait déjà raccroché. Mais existait-il seulement un policier qui trouverait grâce à ses yeux ?

L'annonce de Forrest lui avait coupé le souffle. C'était comme s'il lui avait plongé un couteau dans le cœur. Il allait partir, à l'instar de tous les autres hommes qu'elle avait connus.

Qu'est-ce qui lui avait fait croire qu'il resterait, après l'attentat dont il avait été victime ? Après la nuit qu'elle lui avait fait passer ?

Forrest, qui venait de raccrocher avec le chef Thompson, se tenait devant la fenêtre du salon. Il dut sentir sa présence derrière lui, car il se retourna pour lui faire face.

— Alors comme ça, tu vas me laisser ? murmura-t-elle.

— Oui, dès que mon remplaçant sera là.

Une bouffée de colère monta en elle. Contre Forrest, mais surtout contre elle-même. Ce qui s'était passé la nuit précédente n'aurait jamais dû arriver.

— C'était bien la peine de me faire des promesses, lâcha-t-elle amèrement.

— Je veux vous protéger, Connor et toi. Et pour ça, le mieux est que je reste loin de vous.

— Va-t'en, dans ce cas. On n'a pas besoin de toi.

Ses mots sonnaient creux. Bien sûr qu'elle avait besoin de lui. Et cette dépendance soudaine l'ennuyait, elle qui avait toujours su se débrouiller seule. Au départ, elle n'avait pas eu le choix, mais aujourd'hui elle *voulait* être seule. Du moins le croyait-elle…

— Va-t'en, répéta-t-elle.

— Je ne partirai pas avant que mon collègue soit arrivé. Je tiens mes promesses, Rae.

— Non, tu gardes tes distances. La question, c'est pourquoi ? Tu as eu peur, aujourd'hui ?

— Évidemment que j'ai eu peur. Peur pour ton fils. Peur de manquer à ma parole envers toi. Peur de découvrir que je tenais à vous.

— Forrest…, murmura Rae en s'avançant vers lui.

Mais, une fois de plus, il s'écarta.

— C'est parce que je tiens à vous que je dois partir, conclut-il.

Rae comprit soudain qu'il ne parlait pas seulement de son rôle de garde du corps. Il ne voulait plus faire l'amour avec elle. Pour lui, la nuit dernière avait été une erreur.

15

Le jeune policier semblait suffisamment compétent. Il avait travaillé comme agent de sécurité pour financer ses études, et il avait un physique de bodybuilder. Pour tout dire, il était sans doute plus qualifié que Forrest pour protéger une jeune femme et son bébé… Mais l'enquêteur n'arrivait pas à se résoudre à partir. L'idée le rendait malade. En attendant de se sentir prêt, il avait envoyé son collègue patrouiller dans le jardin.

Le soleil se couchait déjà. Thompson avait mis du temps à trouver un agent disponible, et Forrest avait tenu à s'entretenir avec le jeune homme avant de lui laisser sa place. Dans l'intervalle, il avait très peu vu Rae.

Occupée avec Connor, celle-ci s'était appliquée à l'ignorer comme s'il n'était déjà plus là. À l'évidence, elle lui en voulait d'avoir passé les rênes à quelqu'un d'autre. Pourquoi ? Forrest devinait que cela avait un rapport avec son père. Elle devait ressentir cette décision comme un nouvel abandon.

Mais il ne voulait pas être comparé à un homme comme Beau Lemmon. Ce type lui rappelait son ex-fiancée. Tous les deux s'étaient défilés au moment où leur moitié avait eu le plus besoin d'eux. Forrest, lui, ne se défilait pas : il cherchait au contraire à protéger Rae. Elle finirait bien par le comprendre.

Il jeta un coup d'œil par la fenêtre : il faisait trop nuit à présent pour distinguer l'agent Baker dehors. Il hésita à l'appeler pour le prévenir qu'il quittait les lieux, mais penser au père de Rae avait attisé sa curiosité.

Quand ce dernier était-il parti de Whisperwood ? Cela remontait-il à l'époque où le corps avait été enterré dans le jardin ? Le cadavre avait été momifié ; il pouvait être là depuis des décennies, comme celui de la sœur du chef Thompson. Et si Beau Lemmon avait fui un crime plutôt que la maladie de sa femme ?

Un crime, voire *des* crimes… Avait-il connu Emmeline Thompson ?

Forrest se tourna vers la chambre de Rae. Elle avait fermé la porte – il fallait sans doute y voir un message. La veille, il avait pourtant été le bienvenu dans cette pièce. C'est même elle qui l'y avait entraîné. Jusque dans son lit.

Comme il aurait aimé l'y rejoindre, à cet instant ! Mais il doutait de l'accueil qu'elle lui ferait, à lui et aux questions qui se bousculaient dans sa tête. Mieux valait chercher des réponses ailleurs.

Rae avait grandi dans cette maison. Elle y avait vécu avec sa mère et son père avant que celui-ci les abandonne. Un peu partout, on voyait des photos des deux femmes à des âges différents. Où étaient cachées celles de Beau Lemmon ?

Forrest grimaça de douleur en se levant de sa chaise. Il resta debout un long moment avant d'être sûr de pouvoir marcher sans que sa jambe cède sous son poids. Alors, il se dirigea vers le salon. Le mur qui faisait face à la chambre de Rae était garni d'étagères ; ayant repéré une série d'albums photo, il s'empara du premier volume.

La jambe en feu, il se laissa tomber sur le canapé et ouvrit l'album, dont la tranche était couverte de poussière.

Rae n'avait pas dû le regarder depuis bien longtemps… Forrest comprit pourquoi en découvrant l'homme qui apparaissait sur les clichés. Beau Lemmon, assurément. Non pas que le père et la fille se ressemblent, mais sur certaines images il portait le sosie de Connor emballé dans une couverture rose. Et, sur d'autres, il tenait la main à une petite fille aux cheveux châtains et aux grands yeux bruns qui le regardait avec adoration.

On le voyait aussi en compagnie d'une femme – Rae en plus grande et en plus élancée. Sur beaucoup de ces photos, Beau paraissait distrait. Il regardait la télévision, ou un papier qu'il tenait dans sa main. Les mêmes feuilles dépassaient parfois de la poche de son pantalon.

Forrest se pencha sur l'album pour les examiner de plus près. Cela avait tout l'air de tickets de pari.

Beau Lemmon avait donc été bookmaker… ou simplement joueur. Que venait faire le cadavre momifié dans l'histoire ? Cette femme lui devait peut-être de l'argent. Ou le contraire. L'avait-il tuée et enterrée dans son jardin, là où son adorable fillette avait joué étant petite ?

Forrest le considérait déjà comme un lâche pour s'être enfui lorsque sa femme était tombée malade. Maintenant, il se demandait si Beau Lemmon n'était pas pire que ça.

Un meurtrier.

Rae savait que la relève de Forrest était arrivée. Elle avait entendu les deux policiers discuter un moment, puis reconnu le bruit de la porte d'entrée qui s'ouvrait et se refermait. Forrest était-il parti ? Si oui, il devait être vraiment pressé de la quitter…

Après la journée qu'il venait de passer, elle ne pouvait pas lui en vouloir. Sa colère était retombée, et elle n'éprouvait plus que déception et désillusion.

Comment avait-elle pu s'autoriser à tomber amoureuse de lui ?

Pourtant, elle n'ignorait pas que l'amour ne durait jamais bien longtemps, sauf pour quelques chanceux dont ses amies faisaient partie. Et, dans le cas de Forrest Colton, il ne pouvait pas être question d'amour. Elle le connaissait à peine.

Pourquoi alors exerçait-il une telle attraction sur elle, au point de l'empêcher de dormir ?

Se résignant à passer encore une nuit blanche, Rae repoussa les draps et se leva de son lit. Elle aurait dû se présenter au nouveau policier. Elle aurait même dû l'interroger elle-même. Après tout, ce n'était pas Forrest qu'il était censé protéger.

Était-ce vraiment pour Connor et pour elle que ce dernier avait décidé de prendre ses distances ? Où bien avait-il peur d'être à nouveau blessé ? À cette pensée, Rae sentit son ventre se nouer. L'auteur des lettres de menace n'avait pas hésité à tenter de le tuer. Il pouvait très bien recommencer.

Peut-être était-ce mieux pour tout le monde – et pour Forrest en particulier – qu'il s'éloigne. Peut-être devrait-il même quitter Whisperwood. Et peut-être l'avait-il déjà fait.

Elle décrocha son peignoir de derrière la porte, l'enfila et noua la ceinture autour de sa taille. Quand elle sortit de sa chambre, une vague de soulagement l'envahit.

Forrest n'était pas parti. Il était assis sur le canapé du salon, penché sur un livre qu'il avait ouvert sur ses genoux. Une mèche de cheveux retombait sur son front. Rae se rembrunit lorsqu'elle identifia le livre en question.

— Que fais-tu ? lui demanda-t-elle.

Absorbé dans l'examen des vieux clichés, Forrest ne leva même pas les yeux vers elle.

— Pourquoi regardes-tu cet album ? insista-t-elle en réprimant un frisson.

Elle n'aimait pas se replonger dans le passé. Les seules photos qu'elle avait envie de voir étaient celles accrochées aux murs de sa maison ou exposées sur les étagères. Sans doute aurait-elle dû se débarrasser des autres, mais elle avait pensé que ses enfants auraient peut-être envie un jour de mieux connaître son histoire.

Pourquoi Forrest s'y intéressait-il ?

— Est-ce que tu sais où il est ? s'enquit-il en montrant son père sur une des pages.

Rae serra les mâchoires.

— Non.

— Tu n'en as vraiment aucune idée ?

— Je n'y pense pas, répondit-elle. Je ne pense jamais à lui.

Forrest plongea le regard dans le sien. Il semblait douter de sa bonne foi, et il avait raison. Rae pensait à son père – à la façon dont il les avait traitées, sa mère et elle – chaque fois qu'elle commençait à tomber amoureuse d'un homme. Comme Forrest, par exemple. Elle se souvenait de la souffrance qu'il leur avait infligée, et elle se disait que ça n'en valait pas la peine.

— Je n'en sais rien et je m'en fiche, précisa-t-elle.

— Tu n'as jamais eu de nouvelles de lui ?

Elle secoua la tête.

— Vraiment jamais ? Même quand ta mère est décédée ? Il n'a pas tenté de récupérer la maison, ou…

— Ma mère a été malade longtemps. Elle a fini par divorcer de lui et elle a fait le nécessaire pour que je sois la seule à hériter de ses biens.

— Pourquoi ? Tu crois qu'elle craignait qu'il ne dilapide tout cet argent au jeu ? Regarde.

Il montrait un détail sur une des photos – un bout de papier que son père tenait dans sa main.

— C'est quoi ? marmonna-t-elle. Un ticket de loterie ?

— Non, plus sérieux que ça.

— Sérieux ? Mon père n'a jamais rien fait de sérieux dans sa vie. Sinon, il serait revenu.

— Je pense qu'il pariait beaucoup, expliqua Forrest. Peut-être est-il allé à Las Vegas ou à Reno, après avoir quitté Whisperwood ?

— Je ne sais pas. Il est parti sans laisser d'adresse.

— Il n'a jamais envoyé de lettre ou de carte postale ?

— Mon père n'est pas comme le tien, Forrest. Ce n'est pas un type bien.

Elle comprit soudain pourquoi il lui posait toutes ces questions.

— Tu penses que c'est lui qui a enterré le corps dans le jardin ?

— Il figure sur ma liste de suspects, oui, admit Forrest.

Elle appréciait son honnêteté, même si elle avait honte qu'un membre de sa famille soit soupçonné.

— Quand je dis que mon père n'est pas un type bien, je ne sous-entends pas forcément que c'est un meurtrier. Il a des défauts. Comme nous tous.

Forrest frotta pensivement sa jambe blessée. Mais, pour Rae, ses cicatrices n'étaient pas des défauts. Elles n'enlevaient rien à la beauté de ses traits ni à la douceur de son regard – ce même regard qu'il levait à présent vers elle.

— Tu n'en as pas, toi, lui assura-t-il en se mettant debout, malgré l'inconfort que cette position semblait lui causer. Tu es absolument parfaite.

Quand il la regardait de cette façon, elle avait la certitude qu'il la trouvait aussi irrésistible qu'il l'était pour elle. N'y tenant plus, elle passa les bras autour de son cou pour l'embrasser.

— J'ai cru que tu m'en voulais d'avoir décidé de partir, murmura-t-il tout contre ses lèvres.

— Tu es encore là, répliqua-t-elle avec un petit sourire.

Il poussa un soupir.

— Je n'arrive pas à te laisser.

Il finirait par le faire, elle le savait. Toutes les personnes qui avaient compté pour elle étaient parties un jour, volontairement ou non.

Elle ferma les yeux, tentant de chasser le chagrin qui menaçait de l'envahir. Forrest noua les bras autour de sa taille et la serra contre lui.

— Ça ne va pas ? lui demanda-t-il doucement.

— Ces photos, dit-elle en montrant l'album sur le canapé. Elles font remonter des souvenirs douloureux.

Il lui caressa tendrement la joue.

— Alors fabriquons d'autres souvenirs plus joyeux, suggéra-t-il. Comme ceux de la nuit dernière. Je n'ai pensé qu'à ça, depuis. À toi. À ces instants magiques où j'étais avec toi. En toi.

Rae sentit sa peau s'enflammer de désir.

— Oui, chuchota-t-elle.

— Je n'ai pas encore posé de question, fit-il remarquer en souriant à son tour.

— Mais tu vas le faire.

La veille, il lui avait demandé plusieurs fois si elle était vraiment sûre de vouloir continuer.

— J'ai envie de toi, affirma-t-elle pour gagner du temps. Je te veux dans mon lit. En moi.

Elle avait à peine fini sa phrase qu'il la soulevait dans ses bras.

— Forrest ! protesta-t-elle. Ta jambe…

— Je m'en fous.

Son impatience lui arracha un gloussement amusé. De toute évidence, il la désirait autant qu'elle le désirait lui. Malgré sa blessure, il la transporta aisément jusqu'à sa chambre, où il la laissa tomber sur le lit, pressé de se déshabiller.

— Il y a un policier dehors, dit-il en posant son pistolet sur la table de nuit. Connor et toi ne risquez rien.

Essayait-il de la rassurer, ou de se convaincre lui-même ? Peu importait. Rae voulait seulement être avec lui, aussi nue qu'il l'était à cet instant. Elle se débarrassa de sa robe de chambre et retira son T-shirt.

— Tu es tellement belle…, souffla-t-il.

Elle avait les cheveux défaits et son maquillage s'était effacé, mais Forrest ne semblait pas y prêter la moindre attention. Il la dévorait littéralement des yeux.

Pourtant, quand elle le voyait ainsi dévêtu, tout en muscles et en puissance, elle se demandait ce qu'un homme aussi magnifique pouvait trouver à une femme quelconque comme elle. Les cicatrices qui zébraient sa jambe ne faisaient que le rendre plus beau, car elles étaient la preuve de son courage et de sa détermination. Forrest était un héros.

Son héros.

Rae l'attira sur le lit, glissa les mains dans ses cheveux et l'embrassa avec toute la force de son désir. Il répondit avec la même passion, faisant l'amour à sa bouche comme elle voulait qu'il le fasse à son corps. Elle s'arqua contre lui et gémit en sentant son érection se presser contre son ventre.

— Forrest…, souffla-t-elle.

Il planta des baisers le long de sa gorge, là où son pouls palpitait follement. Ses cheveux la chatouillèrent tandis qu'il descendait plus bas et s'arrêtait sur un sein, l'effleurant de ses lèvres avant d'en attraper le téton durci.

Rae laissa échapper un gémissement de plaisir quand il se mit à le titiller avec sa langue. Une onde de chaleur se propagea de son mamelon jusqu'au bas de son ventre, y répandant un feu intense.

— Forrest…, répéta-t-elle.

Il n'en avait pas terminé. Il descendit encore, entre ses cuisses, et appliqua sa bouche sur le point le plus sensible de son corps. Rae cria en atteignant l'orgasme.

Mais cela ne lui suffisait pas.

Elle le voulait, lui, tout entier. Comme la nuit dernière, où il avait comblé un vide en elle dont elle n'avait pas soupçonné l'existence.

Forrest s'écarta pour fouiller les poches de son pantalon, qui gisait en tas sur le sol. Lorsqu'elle vit le petit emballage carré dans sa main, elle le lui prit, l'ouvrit puis déroula le préservatif sur son membre dressé.

— Rae, tu me tues…, grogna-t-il en fermant les yeux.

Son choix de mot la fit ciller. Quelqu'un voulait vraiment le tuer. Elle aurait pu le perdre.

À cette pensée, elle l'attira à elle pour le couvrir de baisers. Tandis qu'elle enroulait les jambes autour de sa taille, il la pénétra lentement, puis resta un moment immobile comme pour garder le contrôle de lui-même. Alors, il se mit à aller et venir en elle, de plus en plus fort, jusqu'à ce que Rae sente ses muscles intimes se contracter autour de lui. Il la rejoignit au sommet du plaisir quelques instants plus tard.

Jamais elle n'avait connu de sensations aussi intenses. Et alors même qu'ils étaient tous les deux comblés, il continua de la caresser et de l'embrasser, la faisant sans le savoir tomber encore un peu plus amoureuse de lui.

Forrest Colton n'était pas mort.

Il aurait dû être furieux que ses ordres n'aient pas été respectés, mais la tentative de meurtre et les lettres de menace semblaient avoir suffi à détourner l'inspecteur de son travail. Il fallait donc maintenir la pression. Et si l'une de ces tentatives venait à réussir…

Un rictus déforma son visage. Il se fichait qu'une autre vie soit perdue. La seule qu'il tenait à protéger, c'était la sienne.

16

Une semaine s'était écoulée depuis que Forrest avait décidé de rester à distance de Rae et de Connor. C'était le mieux à faire, pour eux comme pour lui. Et sans doute aussi pour Whisperwood, car il pouvait enfin se concentrer sur ses enquêtes.

Il continuait de nourrir des soupçons à l'égard du père de Rae, tout en se demandant pourquoi celui-ci serait revenu après tout ce temps pour la menacer. Cela n'avait pas vraiment de sens. Mais il avait tout de même lancé un avis de recherche au nom de Beau Lemmon : il avait quelques questions à lui poser, notamment sur les raisons qui l'avaient poussé à quitter femme et enfant. Et sur ce corps enterré dans son jardin – un jardin qui appartenait à présent à Rae, tout comme la maison… Lemmon était-il jaloux au point de s'en prendre à sa propre fille et à son petit-fils ?

Forrest soupira. Tout ça était un peu tiré par les cheveux, il s'en rendait bien compte. Il tenta de se concentrer sur les autres dossiers – celui de Patrice Eccleston en particulier. Si seulement il avait plus de pistes, là aussi…

Il n'avait toujours pas reçu les résultats des analyses pratiquées sur ces drôles de boutons qu'il avait retrouvés enfouis dans la terre. Leur présence sur les deux scènes de crime semblait indiquer que les victimes avaient été tuées par le même meurtrier. Mais pourquoi l'une d'elles avait été momifiée, et pas l'autre ?

Forrest commençait à avoir mal à la tête, et l'hématome jaunissant qui lui ornait le front n'y était pour rien. Comme pour son genou, l'œdème s'était résorbé. Non, sa migraine, il la devait plutôt à la frustration. Celle de voir ses enquêtes rester au point mort… Et celle d'être séparé de Rae.

Elle lui manquait. Connor aussi, d'ailleurs. Son innocence, la chaleur de son petit corps, et même son odeur, un mélange de talc, de savon pour bébé et de choses parfois moins agréables.

Forrest sourit en repensant au moment où le nourrisson avait régurgité sur sa chemise. Et à ce qui s'était passé ensuite dans la chambre de Rae…

— Qu'est-ce que vous foutez ? fit soudain une voix pleine de colère. Vous rêvassez, alors que vous devriez être en train de chercher le meurtrier de ma sœur !

Ian Eccleston était apparu au-dessus de la cloison qui délimitait le box de Forrest au poste de police de Whisperwood. Comme il n'y travaillait qu'à titre temporaire, il n'avait pas eu droit à un bureau fermé. Sans doute était-ce déjà une chance de disposer d'une table…

Il referma le dossier et le retourna afin qu'Ian ne voie pas le nom de la victime inscrit au recto. Il n'avait pas envie de lui montrer le peu d'éléments qu'ils possédaient sur l'affaire. En outre, cet homme ne lui inspirait pas confiance. Sa colère pouvait parfaitement s'inscrire dans le processus de deuil, bien sûr, mais elle pouvait aussi cacher autre chose.

— Bonjour, monsieur Eccleston, lui dit-il calmement. Avez-vous une nouvelle information à me communiquer ? Un détail qui vous serait revenu en mémoire ?

Ian s'empourpra.

— Ça, c'est votre boulot. Je ne vais pas le faire à votre place.

— Pourtant, vous voulez qu'on retrouve celui qui a tué votre sœur, non ?

— Évidemment. Mais ce n'est pas moi, l'enquêteur. C'est vous. Sauf que je me suis renseigné, Colton, et vous ne vous intéressez qu'aux affaires classées.

— C'était effectivement ma spécialité sur mon dernier poste à la police d'Austin, mais j'en ai occupé d'autres avant, lui rappela Forrest.

— Je suis sûr que vous concentrez tous vos efforts sur les vieux cadavres, et pas sur celui de Patrice.

Eccleston détourna les yeux en prononçant ces mots. Peut-être était-il réellement bouleversé par la mort de sa sœur. Ou peut-être jouait-il la comédie afin de paraître innocent.

Forrest se tança intérieurement. Depuis quand était-il devenu aussi cynique ? Il aurait dû adopter la vision de Rae, qui estimait que les gens pouvaient avoir des défauts sans être nécessairement mauvais. Ian Eccleston avait des raisons d'être en colère. Sa sœur avait été assassinée, et le meurtrier courait toujours.

Forrest tapota le dossier contenant les photos de la scène de crime et du corps de Patrice. Non, Ian n'avait pas besoin de les voir, quel que soit son rôle dans l'histoire. Une chose était certaine : il n'était pas assez vieux pour avoir commis les autres crimes. Mais il pouvait en avoir entendu parler récemment et s'en être inspiré.

— Qu'est-ce que vous faites pour retrouver le tueur ? s'enquit l'homme d'un ton brusque.

— Je ne peux pas commenter une enquête en cours.

— Bien sûr… C'est la réponse que vous donnez dans

toutes vos interviews, avec le chef Thompson. Mais je ne suis pas une fouine de journaliste. J'ai le droit de savoir où en est l'enquête.

Forrest s'appuya sur le bureau pour se lever. Il allait sans doute devoir raccompagner lui-même M. Eccleston à la porte. Avant qu'il ait eu le temps de faire un pas, néanmoins, une jeune policière se précipita vers eux.

— Tout va bien ? demanda-t-elle en jetant un coup d'œil vers le visiteur imprévu.

— Oui, répondit Forrest. M. Eccleston s'apprêtait à partir.

— Je ne vais nulle part avant d'avoir obtenu des réponses, protesta Ian.

— Je n'en ai aucune à vous donner, malheureusement.

— Et vous êtes censé être l'un des meilleurs enquêteurs d'Austin…

— J'ai cette information que vous m'aviez demandée sur Beau Lemmon, intervint la policière, comme pour défendre Forrest. Je vous l'ai envoyée par mail.

— Vous savez où il est ?

Elle secoua la tête.

— Beau Lemmon ? répéta Ian, les sourcils froncés.

— Vous le connaissez ? s'enquit Forrest.

— Non.

Ian lâcha un juron.

— Ça n'a rien à voir avec ma sœur, je parie ?

— Nous avons plusieurs affaires en cours, rétorqua la jeune femme.

Elle avait sans doute d'excellentes intentions, mais sa remarque ne fit qu'énerver Ian davantage.

— Et ces affaires sont toutes plus importantes que la mort de ma sœur. Vous êtes des minables ! s'emporta-t-il, avant de quitter les lieux d'un pas furieux.

— Je suis désolée.

— Vous n'y êtes pour rien, soupira Forrest. Donc, vous n'avez pas encore localisé Beau Lemmon ?

— Non. Mais il a un casier assez fourni, je vous en ai envoyé une copie. Cela vous donnera une idée d'où il est allé et de ce qu'il a fait.

Forrest ouvrit sa boîte mail pour récupérer le message de la policière. Le casier judiciaire de leur homme mentionnait plusieurs arrestations à Las Vegas, Reno et Atlantic City.

Forrest avait vu juste : Beau Lemmon était un parieur invétéré. Mais c'était pour des larcins qu'il avait eu affaire à la police. Vols à la tire, cambriolages… Tous liés à son addiction au jeu, sans doute.

S'il était prêt à voler, pouvait-il aussi tuer ?

Le garde du corps brandit son pistolet et le pointa vers la porte.

— Ne tirez pas, lui dit Rae. C'est un de mes collègues du cabinet d'avocats.

Kenneth Dawson venait de monter les marches du porche. Il toqua légèrement à la vitre, puis, à la grande stupéfaction de Rae, tourna la poignée sans avoir attendu de réponse. Elle n'en revenait pas de son audace. Peut-être n'aurait-elle pas dû demander aussi vite au policier de rengainer son arme…

À la fois choquée et un peu inquiète, elle attrapa la poignée de son côté et entrouvrit la porte. Kenneth tenta de passer en force et de regarder à l'intérieur de la maison.

— Qu'est-ce que vous faites là ? s'enquit-elle.

Depuis une semaine, elle travaillait de chez elle. Ses missions lui étaient toutes envoyées par mail, jamais remises en main propre.

— Vous nous manquez, au bureau, expliqua Kenneth. Je voulais juste prendre de vos nouvelles.

Voilà sans doute pourquoi il se montrait aussi curieux. Rae le soupçonnait néanmoins de l'être naturellement… C'était le seul avocat du cabinet à correspondre au profil du chasseur d'ambulances. L'avait-il « chassée » jusqu'ici ? se demanda-t-elle soudain. Quelqu'un avait-il trouvé un autre corps dans les environs ?

Elle essaya de jeter un coup d'œil derrière lui, mais il occupait toute l'embrasure de la porte. Réprimant un soupir agacé, elle se résolut à le laisser entrer. Kenneth eut un mouvement de surprise en découvrant le policier derrière elle. Par chance, il s'agissait de l'agent Baker, qui était bâti comme une armoire à glace.

— On dirait que j'ai bien fait de passer… Il y a un problème ?

Le garde du corps ne répondit pas. Il n'avait peut-être pas le droit de faire des commentaires.

Rae avait expliqué aux associés du cabinet qu'elle avait reçu des menaces et qu'elle ne voulait mettre personne d'autre en danger. Pourquoi n'avaient-ils pas transmis cette information à Kenneth Dawson ? Ne lui faisaient-ils pas confiance ?

Pour sa part, elle n'avait commencé à se sentir mal à l'aise avec lui que ce fameux jour de la semaine passée, quand sa façon de la regarder et ses questions à propos de Forrest lui avaient paru déplacées. Cette visite impromptue l'était tout autant.

— L'inspecteur Colton s'inquiète pour ma sécurité, précisa-t-elle.

— L'inspecteur Colton, répéta-t-il avec une pointe de mépris dans la voix.

Pourquoi en voudrait-il à Forrest ? s'interrogea Rae.

Kenneth devait bien avoir dix ans de plus que lui, ils n'avaient donc pas grandi ensemble. En revanche, ils avaient dû se croiser dans les couloirs des tribunaux.

— Où est-il, en ce moment ? demanda l'avocat en regardant autour de lui.

Rae ne sut quoi répondre. Forrest avait prétendu qu'il s'éloignait pour les protéger, elle et Connor. Mais elle pressentait qu'il l'évitait, tout simplement. Il avait beau la désirer sexuellement, il n'avait aucune envie d'assumer la responsabilité d'une famille toute faite.

Quand elle avait choisi d'être mère célibataire, elle s'était doutée que certains hommes seraient rebutés par la perspective d'élever un enfant qui n'était pas le leur. Qu'à cela ne tienne, s'était-elle dit : ces hommes-là ne l'intéressaient pas. C'était avant de rencontrer Forrest… Il l'avait totalement envoûtée.

— Vous ne vous appelez pas encore par vos prénoms, tous les deux ? demanda Kenneth avec un petit sourire narquois.

Rae se sentit rougir. Hors de question de se confier à lui sur sa relation avec Forrest. *Quelle relation ?* fit une petite voix dans sa tête. Elle n'avait eu aucune nouvelle de lui depuis une semaine. Ceci dit, il ne manquait jamais d'appeler le policier assigné à sa protection, qui qu'il soit.

À cet instant, le téléphone de l'agent Baker se mit justement à sonner.

— C'est l'inspecteur Colton, annonça-t-il. Je suis obligé de décrocher.

Il sembla hésiter.

— Vous pensez que je peux prendre l'appel dehors ?

Rae aurait voulu lui répondre non, mais elle ne voulait pas vexer Kenneth. Après tout, il était marié à la fille d'un des associés du cabinet : il n'allait quand même pas tenter de la violer…

— Allez-y, dit-elle.

— Ne vous faites pas de souci, elle ne risque rien avec moi, assura Kenneth, tout en poussant le jeune policier dehors.

Baker fronça les sourcils. Comme son téléphone continuait de sonner, il se résigna néanmoins à sortir. Dès l'instant où la porte se referma sur lui, Rae sentit une vague de panique l'envahir. Peut-être s'était-elle habituée à avoir un garde du corps en permanence à ses côtés… Ou bien quelque chose l'effrayait chez Kenneth.

Avant qu'elle ait pu déterminer la raison de son malaise, des pleurs retentirent dans la chambre de Connor. Elle s'y précipita, soulagée. Mais alors qu'elle se penchait au-dessus du petit lit pour prendre son fils dans ses bras, elle entendit un bruit derrière elle. En tournant la tête, elle s'aperçut que Kenneth l'avait suivie dans la pièce. Et il contemplait tranquillement ses fesses…

Rae regretta d'avoir enfilé un short plutôt qu'un jean ce matin-là. Elle souleva rapidement Connor et fit face à son collègue, en espérant que la présence du bébé l'inciterait à garder ses distances. Mais Kenneth s'avança vers elle et attrapa un des petits pieds du nourrisson.

— Comme il est mignon ! roucoula-t-il.

Connor se raidit et pleura de plus belle. Visiblement, il n'appréciait guère cet homme-là…

— Il n'a pas l'air très heureux, ce bébé.

— D'habitude, il l'est, répliqua Rae. Sauf quand il a des coliques la nuit.

À la réflexion, Connor n'avait jamais pleuré avec Forrest. Au contraire, ce dernier avait chaque fois réussi à l'apaiser.

Mais il n'était plus là, maintenant. Et il n'était pas près de revenir, même une fois le meurtrier arrêté. Car il pourrait alors retourner travailler à Austin, ou prendre un poste n'importe où ailleurs.

Rae chassa cette pensée et se concentra sur son bébé. Elle eut beau le changer et le bercer, il restait inconsolable.

— Il a peut-être faim ? suggéra Kenneth. Vous ne voulez pas lui donner le sein ?

Son regard tomba sur la poitrine de Rae, comme s'il s'attendait à ce qu'elle nourrisse son fils devant lui.

— Je ne l'allaite plus, répondit-elle.

— Pauvre petit. Pas étonnant qu'il soit malheureux.

— Il faut que je m'occupe de lui, murmura Rae, choquée par son commentaire. Vous devriez peut-être partir.

— Alors que j'ai fait tout ce chemin pour voir comment vous alliez ?

— Je vais très bien.

Et ce grâce à Forrest, qui s'était débrouillé pour qu'elle soit protégée jour et nuit, songea-t-elle. Sauf qu'en appelant son garde du corps, il l'avait sans le vouloir privée temporairement de cette protection. Or, elle craignait d'en avoir besoin bientôt, car Kenneth ne cessait de se rapprocher d'elle.

Elle avait beau ne pas vouloir perdre son emploi, elle n'était pas prête pour autant à accepter un quelconque harcèlement de la part de ses supérieurs.

— Je ne me souviens plus, vous avez des enfants, avec votre femme ? demanda-t-elle à Kenneth dans l'espoir de refroidir ses ardeurs.

— Mon Dieu, non !

C'était un cri du cœur…

— Je veux dire qu'on est trop jeunes, se reprit-il en voyant son expression sidérée. Et on n'a pas le temps.

Il était plus vieux que Rae, et sa femme ne travaillait pas… Mais elle ne se permettrait pas de les juger, de la même façon qu'elle ne voulait pas qu'on la juge d'avoir choisi d'élever son fils toute seule.

— Je sais que vous êtes bien occupé, dit-elle en saisissant la balle au bond. J'apprécie d'autant plus que vous ayez pris le temps de venir me voir. Mais je ne voudrais surtout pas vous retenir.

Les yeux bleu pâle de Kenneth s'étrécirent, comme s'il comprenait enfin qu'elle essayait de se débarrasser de lui.

— Qu'y a-t-il, Rae ? Vous ne voulez pas de moi chez vous ?

Elle lui sourit poliment. Le problème, c'était qu'il n'avait pas seulement envie d'être accueilli chez elle : il aurait aimé l'être aussi là où Forrest l'avait été, c'est-à-dire dans son lit. Mais elle n'y inviterait plus personne. Elle ne faisait plus confiance aux hommes.

Kenneth s'était encore approché, et il commençait à se pencher vers elle au-dessus de Connor. Tout en priant silencieusement son fils de lui pardonner, elle le lui fourra dans les bras.

— Vous voulez le porter ?

Le bébé se mit à hurler et à se tortiller. Ne sachant pas comment le tenir, Kenneth s'empressa de le lui rendre.

— Euh… Non, je ne préfère pas, répondit-il.

Forrest n'avait pas du tout réagi de cette façon quand elle lui avait confié son fils le premier jour. Il l'avait bercé et avait même réussi à le rendormir alors qu'elle en avait été incapable.

Il était si bon avec Connor… et aussi avec elle. Rae voulait qu'il revienne, c'était plus fort qu'elle. En revanche, elle avait hâte que Kenneth Dawson s'en aille.

— Vous avez de la chance qu'il ne vous ait pas vomi dessus, lui dit-elle en souriant. C'est sa spécialité.

— Je ferais mieux de filer, alors, marmonna-t-il d'un air écœuré.

Il sortit de la chambre, mais au lieu de se diriger vers l'entrée, il s'avança jusqu'à la porte de derrière pour jeter un coup d'œil dans le jardin.

— Votre voiture est de l'autre côté, fit remarquer Rae, qui l'avait suivi.

Il ne sembla pas l'entendre.

— La scène de crime est donc là-bas, murmura-t-il en regardant la fosse autour de laquelle le ruban jaune de la police s'agitait au vent. C'est là que le corps a été retrouvé.

Rae frissonna. Cet homme lui donnait la chair de poule. Mais cela faisait-il de lui un meurtrier ?

17

Forrest se sentait contrarié, et il ne savait pas exactement pourquoi. Était-ce à cause de la visite d'Ian Eccleston ? Ou du coup de fil qu'il avait passé au policier chargé de la protection de Rae ?

Il ne comprenait pas ce que Kenneth Dawson était venu faire chez elle. Il était peu probable qu'il lui ait apporté du travail : tout s'organisait par Internet, à présent. Forrest le soupçonnait de s'intéresser à elle et d'avoir seulement voulu la voir.

Lui aussi se languissait de la jeune femme – et cela expliquait sans doute en partie sa nervosité. Une semaine loin d'elle et de son bébé, c'était beaucoup trop long. Il aurait aimé pouvoir assurer personnellement leur sécurité. Il aurait aimé pouvoir toucher Rae, l'embrasser… Être avec elle.

Non pas qu'il s'attende à ce qu'elle l'accueille à bras ouverts… Elle devait avoir l'impression qu'il l'avait abandonnée, comme son père avec sa mère. La seule différence, c'était que Rae n'avait pas besoin de lui.

Les policiers valides étaient bien plus à même de la protéger. Forrest était incapable de prendre un suspect en chasse ou de s'enfuir en cas de danger. Et sa présence auprès de Rae augmentait les risques que quelqu'un s'en prenne à elle, au lieu de les réduire.

Ceci dit, il ne lui était rien arrivé depuis l'accident de voiture. Il n'avait essuyé aucune autre tentative de meurtre. Peut-être l'auteur des lettres voulait-il juste l'éloigner de Rae et de Connor…

Mais pourquoi ? Pour avoir le champ libre et se rapprocher d'eux ? Était-ce ce que Kenneth Dawson avait tenté de faire cet après-midi ? Ou avait-il seulement voulu repérer les lieux, dans l'idée de revenir plus tard ?

Personne ne connaissait cet endroit mieux que lui. La preuve, il avait été le seul à savoir que le corps était enterré là. Enfin, le seul en dehors du meurtrier…

La découverte du cadavre aurait dû suffire à détourner l'attention des policiers, mais le plan n'avait pas fonctionné. Et maintenant, l'homme qui avait racheté ses dettes – il ne connaissait même pas son nom ! – en attendait plus de lui.

Il lui demandait de commettre un meurtre.

C'était pour ça qu'il avait suivi l'inspecteur et l'avait forcé à se crasher dans cette voiture garée. Seulement, Colton avait survécu. Et le bébé aussi.

L'idée de tuer un enfant le répugnait, mais il fallait bien qu'il sauve sa peau, non ? Et il n'y arriverait que s'il éliminait Forrest Colton. Il allait devoir lui envoyer un message clair. Lui faire comprendre que, quoi qu'il fasse et quel que soit le nombre de gardes du corps qu'il engagerait, Rae et son fils ne seraient jamais en sécurité.

Personne ne l'était.

Il s'approcha à pas de loup de l'arrière de la maison. La rubalise flottait autour de la fosse, mais il n'avait pas besoin de ce repère pour savoir où elle était : c'était lui qui l'avait mise au jour. Et il avait dû en creuser plusieurs avant de se rappeler exactement où se trouvait le corps.

Rae ne l'avait pas vu faire. De toute façon, il ne s'était

pas montré à elle depuis qu'il était revenu à Whisperwood. Peut-être était-il temps de lui parler, de lui expliquer les choses…

Pour cela, il devait d'abord se débarrasser de son garde du corps. À la lumière de la lune, il repéra un gros caillou au milieu du tas de terre. De sa main gantée, il le ramassa et le lança non pas vers la maison, mais sur la grille du barbecue installé sur la terrasse.

Un grand fracas métallique résonna dans le silence de la nuit. Aussitôt, la lumière de la cuisine s'alluma, puis celle qui éclairait l'extérieur. Le cœur battant, il s'accroupit dans l'ombre. Il fallait qu'il le fasse, il n'avait pas le choix… Il respira un grand coup et se saisit de la barre de fer qu'il avait glissée à l'arrière de son jean. Puis il attendit.

Le policier ne mit pas longtemps à ouvrir la porte et à apparaître sur la terrasse. Il avait pris soin de dégainer son arme ; or une simple barre de fer ne ferait pas le poids face à une balle.

Il lui faudrait compter sur l'effet de surprise. Dommage qu'il n'ait pas ramassé deux cailloux au lieu d'un…

Par chance, quelque chose – un animal, sans doute – remua dans l'obscurité, non loin du trou où la jeune femme avait été enterrée. Le pistolet pointé devant lui, l'agent s'avança dans cette direction, passant juste devant l'homme tapi dans l'ombre.

Celui-ci bondit derrière lui et lui assena un violent coup de barre sur le crâne. Le policier s'écroula au sol, inerte.

Était-il mort, ou seulement inconscient ?

Une pointe de regret lui transperça le cœur – car, oui, il en avait un, quoiqu'en pensent les gens. Il était même capable d'éprouver de l'amour, ne serait-ce que pour lui-même. Simplement, sa propre vie l'intéressait plus que celle de n'importe qui d'autre.

Il laissa donc le jeune homme étendu par terre et se dirigea vers la maison. Lorsqu'il voulut ouvrir la porte de derrière, il constata que celle-ci était fermée à clé. Ce satané flic avait pris ses précautions…

Il avait dû deviner qu'il s'agissait d'une ruse pour l'attirer dehors. Il avait peut-être même déjà appelé du renfort pour le cas où il ne reviendrait pas.

Si seulement Forrest Colton gisait à sa place dans le jardin, le crâne fracassé…

Mais il restait encore une chance d'éliminer l'inspecteur : le jeune policier pouvait l'avoir prévenu de ce qui se tramait, auquel cas Colton rappliquerait dare-dare. Et, même s'il ne l'avait pas fait, alors Rae s'en chargerait très vite si un intrus pénétrait chez elle.

Il brandit sa barre de fer et l'abattit contre la vitre de la porte.

Le garde du corps avait signalé à Rae qu'il avait entendu un bruit dehors et qu'il sortait voir de quoi il retournait. Il avait fermé la porte à clé derrière lui, en lui conseillant de n'ouvrir à personne d'autre que lui.

Seulement quelques instants plus tard, quelqu'un tenta de tourner la poignée.

Saisie de frayeur, Rae se précipita dans la chambre de Connor, où celui-ci dormait paisiblement… Jusqu'à ce que l'explosion d'une vitre le réveille en sursaut. Malgré ses pleurs terrifiés, Rae ne le prit pas immédiatement dans ses bras. Elle commença par fermer la porte à clé.

Cela suffirait-il ?

La serrure était de celles qui s'ouvrent avec un simple trombone… Elle poussa donc la commode devant la porte. Mais Rae n'était pas spécialement costaude ; si elle avait réussi à déplacer le meuble, n'importe qui pourrait en faire autant.

Paniquée, elle courut à travers la pièce pour rassembler tout ce qu'elle pouvait empiler devant la porte. Il fallait que celle-ci devienne infranchissable. Il fallait qu'elle protège son fils.

Qu'était-il arrivé au jeune policier ? se demanda-t-elle. Était-il blessé ?

Elle devait appeler à l'aide. Pour lui, et aussi pour Connor et elle. Mais sa maison était tellement à l'écart de la ville… Les secours n'arriveraient jamais à temps ! Sauf si elle parvenait à empêcher l'intrus de pénétrer dans la chambre.

Les larmes lui brouillaient la vue. Elle cligna des paupières pour les chasser et sortit son téléphone de la poche de son peignoir.

Elle aurait dû insister pour que le garde du corps attende des renforts avant de s'aventurer dehors, mais il lui avait assuré qu'il ne fallait pas s'inquiéter, que ce n'était sans doute qu'un animal.

C'en était un, effectivement. Un monstre à forme humaine, prêt à s'en prendre à une jeune maman et à son bébé.

Les mains tremblantes, elle composa le numéro de la police. La standardiste lui enverrait l'agent le plus proche, celui qui pourrait se rendre le plus vite chez elle. Ce ne serait pas Forrest.

Rae n'avait aucune idée de ce qu'il faisait à cet instant, mais même s'il se trouvait dans les parages, elle n'avait pas envie qu'il vienne. Elle ne voulait pas qu'il lui arrive la même chose qu'à son jeune collègue. Il avait déjà été blessé à cause d'elle, cela suffisait.

— Police secours, j'écoute, fit une voix dans le téléphone.

Rae l'entendait à peine à cause des cris de Connor et des coups violents que l'intrus assenait à présent contre la porte de la chambre.

— Quelqu'un est entré chez moi, expliqua-t-elle en s'efforçant de contenir sa panique. Je crois qu'un policier est blessé.

— Il y avait déjà un agent sur place ?

— Oui.

Sachant que la localisation GPS ne marchait pas toujours dans son coin perdu, elle donna son nom et son adresse.

— Faites vite ! supplia-t-elle.

Mais l'inconnu était en train de défoncer la porte avec un objet métallique. Les montants en bois ne résisteraient pas longtemps, et alors Rae et Connor seraient à la merci du tueur.

Tout en cherchant autour d'elle quelque chose qui pourrait lui servir d'arme, elle se planta entre la porte et le berceau. Si quelqu'un voulait s'approcher de son bébé, il devrait d'abord se débarrasser d'elle.

18

Ne voulant pas surprendre le garde du corps de Rae en arrivant à l'improviste, Forrest avait tenté de le joindre en route. Il était tombé sur le répondeur.

Une fois, deux fois, trois fois.

Pourquoi l'agent Baker ne répondait-il pas ?

Forrest tournait dans l'allée quand sa radio grésilla :

— Effraction en cours…

Il n'eut pas besoin d'entendre l'adresse pour savoir que cela se passait chez Rae.

— … Peut-être un policier à terre, continua la standardiste. L'agent ne répond pas aux appels radio.

Forrest poussa un juron. Il savait à quel point cette mission était dangereuse – il avait lui-même failli y laisser la peau. Une vague de culpabilité l'envahit à l'idée d'avoir mis le jeune policier en danger.

Sans parler de Rae…

Il tenta de ne pas penser à ce qui pouvait leur être arrivé, à elle et à Connor. Elle avait appelé à l'aide, cela voulait dire qu'elle était encore en vie. Il ne pouvait pas imaginer le contraire.

Après s'être garé dans un crissement de pneus, il sauta de sa voiture et courut vers la maison en dégageant son pistolet de son holster. Puis il grimpa les marches du porche et tourna la poignée de la porte d'entrée. Celle-ci était verrouillée. L'intrus n'avait pas dû passer par là, ou alors il avait pris soin de fermer derrière lui.

Quelques années plus tôt, Forrest aurait enfoncé la porte à coups de pied. S'il tentait cette méthode aujourd'hui, il ferait sauter les vis et les plaques qui maintenaient en place les os de sa jambe… C'est donc à coups d'épaule qu'il attaqua la porte, jusqu'à ce que le montant cède à hauteur du verrou.

Juste au moment où il se ruait à l'intérieur, une silhouette traversa la cuisine en courant.

— Police ! Pas un geste ! hurla-t-il en levant son arme.

Mais l'homme s'échappa par la porte de derrière.

Forrest ne pouvait pas lui tirer dans le dos, peu importe à quel point il avait envie de l'arrêter. L'urgence était de s'assurer que Rae et Connor allaient bien.

Les cris du bébé résonnaient dans la maison, et l'on entendait la voix de sa mère qui lui murmurait des paroles rassurantes. Forrest poussa un soupir de soulagement. Ils étaient sains et saufs.

Et son collègue ?

Il devait le retrouver coûte que coûte – et poursuivre l'auteur de cette effraction sauvage. Ignorant la douleur qui lui déchirait la jambe, Forrest s'élança à sa suite.

— N'y va pas ! lui cria Rae.

Il se retourna. La jeune femme se tenait derrière la porte de la chambre de Connor, à moitié cachée par un empilement de meubles. Elle avait barricadé la porte.

Cela ne l'étonnait pas : elle aurait fait n'importe quoi pour protéger son bébé, qu'elle tenait serré dans ses bras.

— N'y va pas, répéta-t-elle. Il s'en est pris au policier.

— C'est justement pour ça qu'il faut que j'y aille. Enferme-toi dans la pièce. Les collègues sont en route.

— Dans ce cas, attends-les !

Forrest n'avait pas le temps de discuter. Il ouvrit la porte du jardin et s'enfonça dans la nuit. Le jeune agent devait bien être là, quelque part. Il était trop loyal pour abandonner son poste sans raison. Mais Forrest se retint de crier son nom. Il se contenta de tendre l'oreille sans bouger.

Le silence était total. Presque oppressant. Si l'individu était en train de s'enfuir, pourquoi Forrest n'entendait-il pas le bruit de ses pas ou le bruissement des feuilles ? Il avait parlé à peine quelques secondes avec Rae, l'homme ne pouvait pas avoir pris autant d'avance… Mais il courait sans doute plus vite que Forrest. C'était bien pour ça que ce dernier avait assigné un autre policier à la protection de Rae et de Connor. Et par sa faute, son collègue avait vraisemblablement été blessé.

Sinon pire.

Serrant la crosse de son pistolet dans son poing, il quitta le halo de lumière qui éclairait la terrasse et partit à la recherche de l'agent Baker. Ses pas le conduisirent naturellement vers la fosse où le cadavre avait été découvert. Et, comme il le pressentait, un autre corps était étendu à côté, face contre terre. Immobile.

Forrest s'accroupit et tâta le cou musclé du policier pour chercher son pouls. À son grand soulagement, il en trouva un – certes faible, mais régulier. Le jeune homme était vivant.

Pour l'instant, du moins.

Il reposait dans une mare de sang qui semblait provenir d'une vilaine entaille à l'arrière de son crâne. À supposer qu'il survive, il ne serait peut-être plus jamais le même. Comme Forrest depuis la fusillade.

Un bruit attira son attention vers la terrasse. Cela ressemblait à un crissement de semelles sur les graviers.

Le malfaiteur se cachait-il quelque part dans l'ombre, comme le tireur il y avait plusieurs mois ? Se tenait-il prêt à attaquer Forrest au moment où celui-ci s'y attendait le moins ?

Archer Thompson se maudit lui-même en entendant le message sur la radio de la police. *Un policier à terre...*

Bon sang, il aurait dû prendre plus au sérieux ces menaces contre Rae Lemmon et son bébé. À présent, un deuxième agent avait été blessé en les protégeant, comme Forrest Colton avant lui.

Archer chercha à contacter l'inspecteur, mais il tomba sur le répondeur. La voix grave de Forrest promettait de rappeler dès qu'il serait disponible. Il avait dû se précipiter chez Rae Lemmon aussitôt qu'il avait entendu l'appel radio, et avait sûrement fait en sorte d'arriver le premier sur les lieux.

Le chef grommela un juron. Hays et Josephine Colton étaient ses amis. Il n'avait aucune envie de leur annoncer un jour qu'un de leurs fils était mort. Sous sa responsabilité, de surcroît.

Mais pouvait-on vraiment dire qu'il s'était montré responsable ? Obnubilé par la certitude qu'il avait manqué à son devoir envers sa sœur, il en était venu à négliger aussi ses hommes.

Il était grand temps qu'il se ressaisisse. Empoignant ses clés, il se dirigea vers son SUV, bien décidé à tout faire pour sauver ses collègues.

Et, au besoin, la jeune femme et son bébé.

Rae avait été terrifiée lorsque l'intrus avait commencé à défoncer la porte pour entrer dans la chambre. Il avait beau s'être enfui, elle n'était pas rassurée pour autant. Cependant, ce n'était pas pour son bébé ni pour elle qu'elle s'inquiétait : les sirènes qu'elle entendait au loin annonçaient l'arrivée imminente des renforts dont Forrest lui avait parlé. Mais seraient-ils là assez tôt pour le sauver, lui ?

Et le jeune policier ? Il avait dû lui arriver quelque chose, sans quoi il serait revenu. Et si le tueur tendait le même piège à Forrest ? Et s'il l'attirait dehors et le neutralisait pour pouvoir s'occuper tranquillement d'elle et de Connor ?

Forrest lui avait conseillé de se barricader à nouveau dans la chambre. Seulement, lorsqu'elle voulut refermer la porte, celle-ci rebondit contre le montant explosé. Le type avait été vraiment prêt à tout pour entrer…

Elle eut la nausée en repensant à ce moment terrible où il avait failli parvenir à ses fins, où il avait été à deux doigts de s'en prendre à son bébé comme il avait promis de le faire dans ses lettres de menaces. Dieu merci, Forrest avait volé à leur secours. Une fois de plus.

Au péril de sa vie.

Pourquoi n'était-il toujours pas là ? Avait-il retrouvé son collègue ?

Ou bien s'était-il fait attaquer à son tour ?

Le cœur de Rae cognait violemment dans sa poitrine. Connor devait percevoir sa détresse, car il continuait de pleurer malgré tous les efforts qu'elle faisait pour l'apaiser. Elle aurait eu tant besoin de réconfort, elle aussi ! Mais une seule personne était capable de lui en apporter : Forrest.

Il devait absolument lui revenir sain et sauf.

Chaque minute qui passait ne faisait qu'accroître son angoisse. S'il n'y avait pas eu Connor, elle serait partie à sa recherche, mais elle n'envisageait pas une seule seconde de mettre son fils en danger.

Pourquoi lui voulait-on du mal ? Qu'attendait-on d'elle ? Rae n'avait pas le pouvoir d'arrêter une enquête. Elle ne pouvait pas empêcher Forrest de faire son travail. Le tueur, lui, en avait les moyens. Il l'avait peut-être même déjà fait.

Soudain, elle entendit le plancher craquer dans l'entrée. Ce n'était pas Forrest – il l'aurait prévenue, pour ne pas l'inquiéter. Le meurtrier s'était-il contenté de faire le tour de la maison pour rentrer par-devant et finir ce qu'il avait commencé ?

Rae repoussa la commode contre la porte à moitié détruite. Cela ne le retiendrait sans doute pas longtemps, mais elle ne pouvait rien faire d'autre.

19

Gyrophares et sirène allumés, l'ambulance quitta l'allée en trombe. Le chef Thompson était monté à l'arrière avec le blessé. Trois voitures de police les escortaient jusqu'à l'hôpital.

L'agent Baker était revenu à lui au moment où Forrest lui avait pris le pouls. Avant même de se préoccuper de son propre état de santé, il s'était immédiatement inquiété du sort de Rae et de Connor.

C'était un bon flic. À le voir parfaitement lucide, Forrest avait bon espoir qu'il s'en sorte. Il avait failli l'accompagner aux urgences, mais le jeune homme n'était plus en danger, à présent.

Rae et son bébé l'étaient bien davantage.

Que leur voulait l'individu qui s'était introduit chez eux ? Leur faire du mal ?

Les tuer ?

Cela n'aurait pas dissuadé Forrest de retrouver le coupable. Au contraire, il aurait été encore plus déterminé à l'empêcher de nuire. Définitivement.

Cet homme était-il le meurtrier de Patrice Eccleston et des jeunes femmes momifiées ? Ou bien s'agissait-il d'une tout autre personne ?

Quelqu'un qui serait venu repérer les lieux plus tôt dans la journée, par exemple…

Forrest retourna à l'intérieur de la maison. Il n'était pas le seul policier à être resté sur place : en plus du personnel qui remplaçait les serrures et la vitre de la porte de derrière, toute une équipe de techniciens était en train de ratisser le jardin, à la recherche d'indices sur l'agression de Baker. D'autres agents fouillaient la propriété pour tenter de mettre la main sur l'auteur de la violente effraction.

Mais Forrest était presque certain qu'il avait filé. Une fois de plus.

Si seulement il avait été plus rapide – si seulement il en avait été *capable* —, il aurait peut-être eu une chance de le rattraper. Une chose était certaine : il ne voulait plus mettre en péril la vie d'un autre policier à la place de la sienne. L'image de l'agent Baker étendu sur le sol, blessé et inconscient, le hanterait encore longtemps.

Rae sortit de la chambre de Connor et le rejoignit dans le salon.

— Alors, est-ce qu'il va s'en sortir ? demanda-t-elle d'une voix inquiète.

— Je ne peux pas l'affirmer, mais il était conscient et cohérent quand l'ambulance l'a embarqué.

— C'est plutôt bon signe.

— En effet.

Forrest marqua une pause.

— Il faut que tu fasses ta valise, Rae. Je t'emmène loin d'ici.

Il aurait dû commencer par là, dès qu'il avait trouvé le corps dans son jardin. Ainsi, elle n'aurait pas reçu de menaces.

Mais le type était allé jusqu'à déposer une lettre sur son bureau…

Peut-être n'était-elle en sécurité nulle part.

— Pas question, répondit-elle, catégorique. Je viens juste de réussir à rendormir Connor. Je n'ai aucune envie de le réveiller.

— Tu n'es pas à l'abri, ici, insista-t-il. Tu t'en rends compte, non ?

— Avant, je n'avais qu'un seul garde du corps. Maintenant, j'en ai plein, souligna-t-elle en désignant d'un geste les agents qui finissaient de réparer les serrures.

— Ça ne va pas durer.

— En fait, on a terminé, intervint justement un jeune policier.

Forrest lui fit un petit signe de tête.

— Vous pouvez partir. Ils veulent aller voir leur collègue à l'hôpital, expliqua-t-il à Rae, qui le regardait en fronçant les sourcils.

— Bien sûr. Excuse-moi, je n'y avais pas pensé. J'imagine que tu en as envie, toi aussi.

— Je ne te laisse pas ici toute seule. Tu viens avec moi.

— Où ça ? demanda-t-elle, et sa voix se brisa lorsqu'elle ajouta : Où Connor et moi serons-nous à l'abri ?

— Avec moi, répondit Forrest.

— Alors reste. Reste ici.

C'était égoïste de sa part. Rae s'en rendit compte à l'instant même où elle prononça ces mots. Mais ce qu'elle venait de vivre l'avait tellement terrorisée qu'elle se fichait de ne penser qu'à elle. Tout ce qu'elle voulait, c'était se sentir de nouveau en sécurité. Et cela n'était possible qu'auprès de Forrest.

— Je ne partirai pas sans toi, lui assura-t-il.

— Et moi, je n'irai nulle part ce soir, répliqua-t-elle. Connor a déjà eu assez d'émotions comme ça.

— Et si le type revient ?

Elle montra son jardin, illuminé par les projecteurs des techniciens.

— Il était peut-être assez courageux pour s'attaquer à un seul policier, mais à tout un escadron ? Je ne crois pas. Il n'est pas aussi…

Pas aussi *quoi* ? Qu'en savait-elle, au juste ?

Rae se demandait surtout ce qu'elle avait fait à cet homme pour qu'il lui veuille autant de mal. Ou était-ce après Forrest qu'il en avait ?

Elle devrait chasser ce dernier loin de chez elle. C'était le meilleur service à lui rendre. Mais elle était tout aussi réticente à le laisser partir qu'à l'exposer de nouveau au danger.

— Nous ne savons rien de cet individu, trancha-t-il. Sauf si tu as eu le temps de le voir ?

Il fit un pas vers elle et posa les mains sur le haut de ses bras. Rae sentit la chaleur et la puissance de ses paumes à travers le fin tissu de sa robe de chambre, et ce contact suffit à l'électriser tout entière.

Elle secoua la tête, tant pour s'éclaircir l'esprit que pour répondre à Forrest.

— Pourtant, il a cassé la porte de la chambre, insista-t-il, comme s'il la soupçonnait de mentir.

— Je n'ai pas eu le temps de discerner son visage. J'ai juste vu la porte – et tous les meubles que j'avais poussés devant – commencer à bouger quand il a réussi à faire sauter le verrou.

— Comment sais-tu que c'est un homme, alors ?

Elle ouvrit la bouche, puis la referma, gênée.

— C'est une bonne question, finit-elle par répondre. J'imagine qu'il faut quand même de la force pour assommer un policier et défoncer une porte… Mais une femme en serait peut-être capable aussi.

— Tout à fait. Donc, tu avais rassemblé tous ces meubles contre la porte ?

— Je voulais protéger mon fils.

Forrest acquiesça.

— J'ai vu quelles ressources une mère est capable de déployer quand son enfant est en danger.

Rae ignorait s'il faisait référence à une scène dont il avait été témoin lorsqu'il travaillait à Austin, ou au cours de ses missions avec les Cow-boy Heroes… Mais comme il la fixait intensément, elle comprit qu'il parlait d'elle.

— Tu es formidable, murmura-t-il.

— Ça, je n'en suis pas si sûre. Je ne sais pas ce que j'aurais fait si tu étais arrivé dix minutes plus tard.

— Tu te serais battue jusqu'au bout contre lui.

Un muscle tressauta sur la joue de Forrest, comme si cette pensée lui était douloureuse.

— « Lui » ? répéta-t-elle. Tu l'as vu, avant qu'il s'enfuie ?

— Pas son visage. Mais à en juger par sa carrure, je pense que c'était un individu de sexe masculin.

Il s'exprimait comme un policier. Un policier qui garderait sous silence certaines informations. S'il n'avait pas vu l'intrus de face, il avait peut-être identifié autre chose.

— Tu as une idée de qui ça peut être ? demanda-t-elle.

— J'ai quelques pistes.

— Mais encore ?

— Est-ce une coïncidence si ce type est venu juste après la visite de ton patron ?

— Mon patron ?

Rae peinait à se concentrer. Forrest lui caressait négligemment les bras, et toute son attention semblait se focaliser sur cette partie de son corps.

— Tu veux parler de Kenneth, comprit-elle. Ce n'est pas vraiment mon patron.

Ce qui n'était pas plus mal, car elle aurait probablement été obligée de démissionner. À vrai dire, elle ne savait pas quelle attitude adopter. La croirait-on si elle révélait que Kenneth avait dépassé les bornes avec elle ? Était-ce seulement ce qui s'était passé, ou se comportait-il de cette façon avec tout le monde ?

— Qui est-il, pour toi ? s'enquit Forrest d'un ton soudain bourru.

— Un collègue, répondit-elle. Il m'arrive de travailler pour lui, mais très rarement. Et dans ces cas-là, ce n'est pas lui qui me confie les tâches à effectuer.

— Que faisait-il ici aujourd'hui, alors ?

Il la regardait avec une telle intensité qu'elle se demanda s'il n'était pas jaloux.

— Pourquoi ça t'intéresse ?

— Je te rappelle que j'enquête sur des meurtres et sur les menaces que tu as reçues. J'ai besoin de réunir un maximum d'informations sur les suspects potentiels. Les personnes qui auraient pu avoir accès à ton jardin, par exemple.

— N'importe qui y avait accès, répliqua-t-elle en se tournant vers la fenêtre de la cuisine.

Plus aucun projecteur n'éclairait le terrain. Les techniciens avaient dû terminer leurs recherches.

— Ils sont partis ? demanda-t-elle.

— Les agents de la scientifique, oui, répondit Forrest en suivant son regard. Mais j'ai posté un policier au bout de ton allée, et un autre dans ton jardin.

— J'espère que Baker va s'en remettre…

— Je l'espère aussi.

Rae ne s'inquiétait pas seulement pour le garde du corps blessé : elle ne voulait pas qu'il arrive malheur à Forrest.

— Tu n'as pas lésiné sur ma protection, constata-t-elle.

Du coup, tu n'as peut-être plus besoin de rester ici, non ? Tu devrais rentrer chez toi.

— Je ne peux pas.

— Mais tu m'as dit qu'il y avait des policiers…

— Je ne peux pas te quitter, la coupa-t-il, et il plaqua sa bouche sur la sienne.

Rae sentit un flot de désir déferler en elle. Elle enroula ses bras autour de la taille de Forrest et se pressa contre lui. Elle aurait voulu rester accrochée là pour toujours…

Mais elle savait qu'il ne fallait rien espérer de tel. Tant pis : elle était prête à se contenter d'une dernière nuit avec lui. Sans le lâcher, elle commença à reculer vers le couloir.

Comme il trébuchait légèrement, elle crut que sa jambe lui faisait mal. Elle fut vite rassurée lorsqu'il la souleva dans ses bras. Visiblement, il était aussi impatient qu'elle…

Il poussa la porte de la chambre d'un coup d'épaule, la referma pareillement, puis déposa Rae sur le lit. Celui-ci était jonché de livres de droit.

— Toujours en train de travailler, murmura-t-il en la couvant d'un regard admiratif.

— Comme toi, rétorqua-t-elle.

Les beaux yeux noisette de Forrest étaient creusés de cernes sombres. Elle savait qu'il avait renoncé à dormir pour se consacrer à ses enquêtes. Et maintenant, c'était elle qui le privait de sommeil.

— Ce n'est pas du travail d'être avec toi, dit-il. C'est du plaisir.

Et c'est exactement ce qu'il lui donna, après l'avoir fébrilement dénudée. De ses doigts, de sa langue, il explora chaque parcelle de son corps, jusqu'à ce qu'elle tremble sous l'effet de la volupté qui s'emparait d'elle.

Il lui fit l'amour ainsi, avant même de s'être déshabillé entièrement. Puis elle lui rendit la faveur avec sa bouche et ses mains. Et avec tout son cœur, car celui-ci appartenait désormais à Forrest. Mais elle n'avait pas envie qu'il le sache. Elle ne voulait pas être déçue.

Physiquement, elle ne le fut pas : après l'avoir caressée, titillée, excitée au point que le désir devenait insoutenable, il enfila un préservatif et la pénétra d'un long et puissant coup de reins.

Étouffant un cri, Rae s'agrippa à lui tandis qu'il commençait à bouger en elle. Peu à peu, ses mouvements s'accélérèrent, et ils atteignirent ensemble un orgasme dont la force la bouleversa.

Les mots lui brûlaient la gorge. Elle l'aimait et faillit le lui avouer. Mais peut-être était-ce simplement l'effet de la passion ? Elle préféra se taire tandis que les vagues de plaisir finissaient de déferler sur elle.

— Tu n'es donc pas foutu de réussir quoi que ce soit ? pesta la voix au téléphone.

Il réprima un soupir. Non, il ne réussissait jamais rien. Et il en avait toujours été ainsi.

Chaque fois qu'il avait voulu faire les choses bien, il avait fini par tout gâcher. Pour lui et pour les siens.

Voilà pourquoi il valait mieux qu'il reste loin. Mais, dans l'immédiat, il ne pouvait pas partir. Pas avec cette dette qui planait au-dessus de sa tête comme une épée de Damoclès.

— Je ne vois pas ce que vous voulez dire, prétendit-il.

— C'est ça, oui. Tu as encore tout foiré, et tu le sais très bien.

Comment était-il au courant ? Avait-il des yeux et des oreilles partout ? Et qui était-il, au juste ?

Peut-être avait-il racheté d'autres dettes. Ou bien il disposait d'autres moyens de manipuler les gens.

— Je ne pense pas avoir foiré, se défendit-il. Plus aucun flic n'enquête sur les meurtres, en ce moment. Ils sont tous en train de se demander qui a blessé le garde du corps.

Il y eut un long silence, si long qu'il crut un instant que son interlocuteur avait raccroché. Mais le numéro inconnu s'affichait toujours sur l'écran de son téléphone. Le même numéro qu'il avait dans un premier temps ignoré, jusqu'à ce que des enveloppes commencent à apparaître sous la porte de sa chambre d'hôtel.

Des lettres de menace.

— Si un simple flic blessé a réussi à détourner l'attention de la police de Whisperwood, que se passera-t-il quand tu en auras descendu un ? finit par demander l'homme.

— Vous voulez que je tue un flic.

Ce n'était pas une question. Il avait bien compris que ce type ne plaisantait pas.

— C'est Colton ou ta gamine. À toi de choisir.

La décision était vite prise. Sa fille avait déjà suffisamment souffert à cause de lui.

20

Bon sang, qu'est-ce qui ne tournait pas rond, chez lui ? Pourquoi était-il incapable de garder les mains dans ses poches quand il se trouvait en présence de Rae ? Et si encore il n'y avait que les mains… C'était son corps tout entier qu'il n'arrivait pas à contrôler.

Forrest réprima un grognement de frustration tandis qu'il résistait à l'envie de retourner auprès de la jeune femme. Il avait l'impression de la désirer chaque jour un peu plus. Mais il avait commis une erreur en succombant de nouveau à ce désir. Il était censé la protéger et protéger son fils. Pouvait-on vraiment dire qu'il remplissait bien cette mission quand il se laissait distraire régulièrement par ses pulsions physiques ?

Il poussa la porte de la chambre de Connor – du moins, ce qu'il en restait – et s'approcha du berceau. Le bébé dormait à poings fermés ; un souffle léger s'échappait de son adorable bouche. Ses joues étaient bien roses – il avait dû beaucoup pleurer, et il faisait chaud dans la pièce. La climatisation n'était peut-être pas assez puissante pour rafraîchir toute la maison, ou bien elle était vieille et nécessitait quelques réparations. Toujours est-il qu'elle parvenait à peine à faire baisser l'humidité et la température intérieures.

Forrest songea que l'air était sans doute plus agréable

dehors, mais c'était trop dangereux d'ouvrir les fenêtres. L'agresseur pouvait encore traîner dans les parages, attendant la première occasion pour réitérer ses attaques contre Rae et Connor.

Quel lien ces derniers avaient-ils avec l'enquête, en dehors du fait qu'un corps avait été retrouvé dans leur jardin ? Contrairement à celui de la sœur d'Archer Thompson, découvert de façon accidentelle par Jonah et Maggie, il semblait avoir été volontairement déterré. Pour quelle raison ? Qui connaissait l'emplacement de la sépulture, à part le meurtrier ?

— Tu le sais, toi ? demanda doucement Forrest au bébé, tout en lui caressant la tête.

Une bouffée de colère le traversa lorsqu'il repensa à cette mèche de cheveux que quelqu'un avait osé lui couper pour la placer sur l'oreiller de Rae. L'idée que la jeune femme ait eu à subir cette épreuve le révulsait, c'était le pire cauchemar d'une mère : voir son enfant menacé.

Le nourrisson s'agita dans son sommeil. Ne voulant pas l'effrayer plus qu'il ne l'avait été cette nuit, Forrest quitta silencieusement la chambre.

Il devait veiller à ce que Connor n'ait plus jamais peur. À ce que lui et sa mère soient en sécurité une fois pour toutes. Après avoir refermé la porte du mieux qu'il pouvait, il se dirigea vers la cuisine. Là, il contacta l'unité postée à l'entrée de l'allée.

— Ici Colton. Rien à signaler ?

— On n'a vu personne sur la propriété, monsieur, à part le chef Thompson qui est revenu chercher son véhicule.

Forrest sentit son visage s'empourprer. Archer était passé pendant qu'il s'oubliait dans les bras de Rae. Avait-il jeté un œil dans la maison ? Avait-il vu comment son inspecteur s'employait à protéger la jeune maman et son bébé ?

La culpabilité l'assaillit lorsqu'il se rappela pourquoi le chef avait laissé sa voiture ici : il avait accompagné le jeune policier à l'hôpital. L'état de ce dernier devait être rassurant, sans quoi Thompson serait resté à son chevet… Sauf s'il n'y avait plus rien à faire pour lui.

— Comment va l'agent Baker ? s'enquit Forrest.

— Il a une fracture du crâne et une commotion cérébrale, répondit le policier. Il va devoir rester quelques jours en observation, mais d'après les médecins il devrait s'en sortir sans séquelles.

— Tant mieux, lâcha Forrest, soulagé.

Il aurait dû prendre des nouvelles plus tôt, mais il avait du mal à réfléchir normalement quand il était avec Rae.

— Et l'agent qui surveille l'arrière de la maison ? demanda-t-il en plissant les yeux pour distinguer le jardin plongé dans le noir. Où est-il ?

— Ben… Il est reparti avec les techniciens, répliqua son subalterne d'un ton embarrassé. Il pensait qu'il devait juste monter la garde pendant qu'ils travaillaient.

Forrest ravala un juron. Et lui qui croyait avoir couvert tous les risques…

Le policier dut percevoir son irritation, car il ajouta :

— Vous savez, monsieur, on n'a vraiment vu personne traîner dans les parages. Il n'y a que le chef qui est passé.

Mais si le malfaiteur se trouvait toujours sur la propriété ? songea Forrest. S'il était resté caché quelque part ? Dans ce cas, il y était encore.

Il dégaina son arme.

— Je crois que je vais quand même faire le tour de la maison, histoire d'être sûr que tout est normal, dit-il.

— L'un de nous peut s'en charger, monsieur.

— Non. Ça me fera du bien de prendre l'air.

Et de m'éloigner un peu de Rae, ajouta-t-il en esprit.

— Après ce qui est arrivé à Baker, vous êtes sûr que ce n'est pas dangereux ?

— Vous dites vous-même que personne n'est venu. Il ne devrait pas y avoir de problème.

Pourtant, Forrest sentit ses cheveux se dresser sur sa nuque. Il flairait un danger, sans savoir d'où celui-ci viendrait. Il fallait qu'il en trouve la source pour l'éliminer.

— On peut vous appeler dans quelques minutes pour vérifier que tout va bien, proposa l'agent.

— Pourquoi pas.

Ainsi, dans le cas où ses soupçons se vérifieraient, Rae serait tout de même protégée.

— Si je ne réponds pas, venez immédiatement, ajouta-t-il. Ou si vous entendez des bruits suspects.

Comme un coup de feu, par exemple… Ça ne dérangerait pas Forrest de tirer sur le salaud qui s'amusait à terroriser Rae et Connor. Si le type ne lui laissait pas le choix, ça ne le dérangerait pas du tout.

— C'est noté, inspecteur, conclut l'agent. Mais je suis sûr qu'il n'y a personne dehors.

Forrest l'espérait aussi, même s'il ne pouvait se départir d'un mauvais pressentiment.

Alors qu'il ouvrait la porte donnant sur le jardin, il se demanda s'il ne devrait pas réveiller Rae pour la prévenir qu'il sortait ; il s'en abstint, préférant ne pas l'inquiéter sans raison. Après tout, les deux policiers n'avaient rien repéré d'anormal. Et le chef non plus, sans quoi il aurait cherché à les en informer.

La peur que ressentait Forrest n'était peut-être pas liée au danger qui rôdait à l'extérieur de la maison, mais plutôt aux deux personnes qui dormaient à l'intérieur.

Rae et Connor.

Et aux sentiments qu'il éprouvait pour eux.

S'il retournait dans la chambre de Rae, il ne se contenterait pas de la réveiller. Il se glisserait dans son lit, dans ses bras, et lui ferait l'amour, encore et encore.

Son corps réagit aussitôt à cette pensée, mais il fit l'effort de se maîtriser. Il ne voulait pas être comme tous ces hommes qui n'avaient pas su tenir leurs promesses envers Rae. Il respira donc un bon coup, sortit sur la terrasse et referma la porte derrière lui à l'aide de la nouvelle clé. Puis il se retourna et scruta l'obscurité.

Assez basse dans le ciel, la lune éclairait une bonne partie du jardin, à l'exception du coin le plus éloigné où s'élevaient les monticules de terre, près de la sépulture récemment mise au jour. Qui était la victime, et pourquoi avait-elle été enterrée là, sur la propriété de Rae Lemmon ?

Forrest avait assez rapidement établi l'identité de Patrice Eccleston, mais celle de la femme retrouvée ici échappait encore aux enquêteurs. La seule certitude qu'ils avaient, c'était qu'elle était morte depuis longtemps – probablement aussi longtemps que la sœur du chef de la police.

Sa famille avait-elle cru à une fugue, comme celle d'Emmeline Thompson à l'époque ? N'existait-il aucun signalement de disparition à son nom ? Voilà peut-être pourquoi ils n'arrivaient pas à savoir qui elle était : personne ne s'était inquiété de son absence.

Songeant à ce corps momifié, Forrest se dirigea naturellement vers le ruban jaune qui entourait la fosse. Une autre zone avait été délimitée, là où l'agent avait été frappé. Heureusement, il s'en sortirait…

Alors qu'il jetait un regard vers la maison, Forrest perçut un mouvement du coin de l'œil. Il se retourna d'un bloc en faisant sauter le cran de sûreté de son pistolet. Mais avant qu'il ait eu le temps de tirer, un objet métallique s'abattit violemment sur sa tempe, et tout devint noir.

Ses jambes se dérobèrent et il s'écroula au sol. Sa dernière pensée alla vers Rae. Encore une fois, il avait échoué à la protéger.

À quelques secondes près, l'inspecteur Colton lui aurait tiré dessus. Le flic avait de bons réflexes, il fallait le reconnaître… Par chance, il avait été plus rapide.

À présent, Colton gisait par terre, immobile. Il serra la barre de fer dans ses mains et hésita à lui assener un autre coup. S'il le tuait comme son interlocuteur le lui demandait, peut-être serait-il enfin tranquille. Sa dette serait effacée, et il pourrait refaire sa vie.

Mais il avait frappé le jeune policier plus fort et cela n'avait pas suffi. Il laissa donc tomber la barre et s'agenouilla pour récupérer le pistolet.

S'il voulait vraiment éliminer Forrest Colton, mieux valait lui loger une balle dans la tête.

Lorsqu'il voulut s'emparer de l'arme, cependant, il ne parvint pas à l'arracher au policier. Bien qu'inconscient, celui-ci la tenait fermement serrée dans son poing. Cela en disait long sur sa ténacité…

Rae se réveilla en sursaut, parcourue d'une étrange sensation. Elle tendit la main, toucha le drap. Forrest n'était plus là.

Chaque fois qu'ils avaient fait l'amour, il était parti peu de temps après. Était-ce pour lui faire comprendre qu'il ne resterait pas ? Cela, elle le savait déjà.

En revanche, elle ignorait la raison de son brusque réveil. Elle attrapa le babyphone sur sa table de nuit et le porta à son oreille. Connor était parfaitement silencieux. C'était peut-être ça qui l'avait tirée de son sommeil.

Un bruit fit soudain grésiller le moniteur. Une sorte de grincement, comme si quelqu'un marchait sur le parquet.

Un sourire flotta sur les lèvres de Rae.

Voilà où était Forrest : dans la chambre de Connor, en train de vérifier que le bébé allait bien. C'est auprès de lui qu'elle l'avait retrouvé chaque fois, penché au-dessus du berceau. Elle l'avait même surpris à lui chanter une berceuse, la première nuit.

Rae s'extirpa du lit et s'habilla rapidement. Il fallait qu'elle se protège de Forrest, des sentiments qu'elle éprouvait pour lui. Elle doutait néanmoins que ces quelques vêtements suffiraient. Face à lui, elle avait l'impression d'être nue. L'impression qu'il la perçait à jour quoi qu'il arrive, et qu'il voyait jusque dans son cœur.

Elle l'aimait. Et si elle le trouvait en train de porter Connor avec la même tendresse que les autres fois, il pourrait lire cet amour sur son visage. Peut-être ferait-elle mieux de rester au lit et de prétendre qu'elle dormait…

Tout à coup, un cri retentit dans le babyphone. Connor s'était réveillé. Mais la voix qui se mit à murmurer près de lui n'était pas celle de Forrest.

Pendant quelques secondes, Rae resta figée par la terreur, puis elle se précipita dans le couloir. Arriverait-elle à temps pour sauver son fils ?

Et où était passé Forrest ?

21

Quand il reprit conscience, une douleur lancinante lui martelait la tempe et son cœur cognait à l'unisson dans sa poitrine. Une peur panique l'étreignit : il avait laissé Rae et Connor sans protection.

Il se força à ouvrir les yeux, puis cligna des paupières pour tenter de chasser le brouillard qui lui voilait la vue. En se relevant tant bien que mal, il s'aperçut qu'il tenait encore le pistolet dans sa main. Son agresseur ne le lui avait pas dérobé. En revanche, il lui avait fait les poches, et la clé n'y était plus.

Lâchant un juron, Forrest s'élança vers la maison, sourd aux protestations de sa jambe et de sa tête. La porte de la cuisine était grande ouverte, comme si le malfaiteur avait été pressé d'entrer. Forrest l'était tout autant.

Il ne prit pas le temps d'appeler ses collègues qui gardaient l'allée. Il n'y avait pas une minute à perdre. De toute façon, sans nouvelles de lui, les deux policiers ne tarderaient pas à intervenir.

Au moment où Forrest atteignait le pavillon, Rae poussa un cri, et il craignit d'être arrivé trop tard. Elle se tenait sur le seuil de la chambre de Connor, une main sur la bouche.

Puis le bébé se mit à pleurer, comme en réponse à sa mère.

Il était vivant… Ils étaient vivants tous les deux. Mais pour combien de temps ?

Forrest écarta la jeune femme pour se précipiter dans la chambre, avant de se figer net. Un homme tenait le nourrisson dans ses bras, encore plus maladroitement qu'il l'avait fait lui-même la première fois. Peut-être était-ce parce qu'il le portait d'une seule main… Dans l'autre, il brandissait une barre de fer maculée de sang.

Sans doute le mien, songea Forrest, qui sentait un liquide chaud couler le long de sa joue.

Et sans doute aussi celui de l'agent Baker…

— Reposez le bébé dans son lit, ordonna-t-il en pointant son arme sur l'agresseur. Tout de suite.

Le visage de ce type lui était vaguement familier. Où diable l'avait-il vu ?

Cela n'avait pas d'importance pour l'instant. L'urgence était de sauver Connor. Forrest ressentait un besoin instinctif de le protéger, comme s'il s'agissait de son propre fils. L'enfant risquait-il d'être blessé s'il faisait feu sur son kidnappeur ?

Rae devait le penser, car elle lui agrippa le bras.

— Ne tire pas.

— Posez-le, répéta Forrest en s'adressant à l'homme. Posez-le, ou je vous descends.

— S'il te plaît, ne le tue pas, insista Rae. C'est mon père.

Voilà pourquoi ses traits lui disaient quelque chose… Les années avaient passé depuis les photos que Forrest avait vues dans le vieil album, mais c'était bien la même ossature sous la peau ridée et les cernes noirs. Beau Lemmon était encore plus maigre qu'alors, et il avait l'air bien plus désespéré.

Forrest le sentait capable de s'en prendre au nourrisson.

Son petit-fils ! Pour quelle obscure raison serait-il prêt à faire souffrir sa fille ?

N'avait-elle pas déjà assez souffert par sa faute ?

— Reposez doucement le bébé, lui demanda-t-il une dernière fois, sans cesser de le tenir en joue.

— Je ne vais pas lui faire de mal.

— Comme à l'agent Baker et à moi ? répliqua Forrest. Vous ne nous avez pas fait de mal avec cette fichue barre de fer ?

Rae relâcha brusquement son bras. Elle venait sans doute de comprendre qui était son père : l'homme qui la menaçait depuis le début. L'homme qui avait tenté de tuer Forrest une première fois en voiture, et qui avait recommencé ce soir.

Depuis qu'elle avait trouvé son père dans la chambre de Connor, Rae avait été incapable de le quitter des yeux. À présent, elle se força à regarder Forrest, et remarqua le sang qui coulait le long de sa tempe. Beau était-il vraiment responsable de cette blessure ?

Et de celle du jeune policier ?

Était-ce vraiment lui qui avait provoqué l'accident de voiture alors que Connor se trouvait à l'arrière dans son siège-auto ?

Pendant des années, Rae lui en avait voulu de les avoir abandonnées, sa mère et elle. Mais ce qu'elle ressentait à cet instant était bien plus fort que de la colère. C'était une rage terrible, violente, presque aveuglante.

Elle contourna Forrest et s'avança d'un pas furieux vers son père.

— Je t'interdis de le toucher ! hurla-t-elle en lui prenant Connor des bras.

Il ne lui opposa aucune résistance – de toute façon,

il n'avait pas le choix. Rae était sortie de son état de stupeur, et elle refusait de laisser son fils une seconde de plus aux mains de cet horrible individu. Surtout lorsqu'il était armé d'une barre de fer ensanglantée.

— Qu'est-ce que tu comptais lui faire ? s'enquit-elle d'une voix tremblante de fureur. Le tuer ? Ton propre petit-fils ? Quel genre de monstre es-tu ?

— Un monstre dangereux, intervint Forrest en venant de nouveau se placer devant elle.

Son père avait essayé de l'assassiner… Et il avait presque réussi avec l'agent Baker. Rae sentit son estomac se soulever. Et dire qu'elle avait été bouleversée par son départ ! De toute évidence, sa mère et elle s'étaient bien mieux portées sans lui.

— Va-t'en, lui ordonna-t-elle. Tout de suite !

— Il ne peut pas partir comme ça, objecta Forrest. Pas tout seul. Sa place est en prison.

Et il commença à lui lire ses droits.

Mais Beau choisit de ne pas garder le silence.

— Vous ne comprenez pas, dit-il. Tu es en danger, Rae. Vous êtes tous en danger.

— Oui, le coupa Forrest, à cause de vous.

De sa main libre, il empoigna la barre de fer.

— On relèvera vos empreintes sur cette arme. Et si vous n'aviez pas mis le feu au camion que vous avez volé pour nous envoyer dans le décor, Connor et moi, on les aurait aussi retrouvées à l'intérieur. Vous n'échapperez pas à la prison.

— Dans ce cas, vous n'attraperez jamais le meurtrier, répliqua le père de Rae. Et personne ne sera en sécurité.

Forrest se crispa.

— Vous devez emmener Rae et son bébé loin d'ici,

poursuivit Beau. Si je vais en prison, il enverra quelqu'un d'autre à leurs trousses. À *vos* trousses.

Il jeta un coup d'œil vers la fenêtre, comme s'il entendait déjà du monde arriver.

— Ou alors, il s'occupera de vous lui-même, comme il l'a fait avec ces pauvres femmes.

— Qui est-il ? demanda Forrest, sceptique.

— Je ne sais pas.

Le policier se remit à lui énumérer ses droits.

— Je vous dis la vérité, le coupa Beau. Ce type a racheté mes dettes de jeu. Je lui suis redevable. C'est pour ça que j'ai…

— Terrorisé votre propre fille ? termina Forrest.

— J'essayais juste de la sauver. De l'avertir.

— À coups de menaces ?

— J'étais obligé. Je ne sais pas qui est cet homme, mais il m'a remis des lettres où il me menaçait de s'en prendre à ma gamine. À Rae.

Celle-ci sentit la colère bouillonner en elle.

— C'est donc bien toi qui m'as fait peur. C'est toi qui t'es introduit ici par effraction…

— Dans ma propre maison ? Je n'appelle pas ça une effraction.

— Ce n'est pas ta maison ! s'emporta Rae. Maman me l'a laissée. Est-ce que tu sais au moins qu'elle est morte ? Que son cancer est revenu ? Est-ce que tu en as seulement quelque chose à faire ?

Elle ignorait pourquoi elle lui posait cette question : de toute évidence, il s'en fichait, sinon il ne serait pas parti. Sa mère méritait tellement mieux que lui… Rae aussi méritait mieux.

— Fais-le sortir d'ici, demanda-t-elle à Forrest.

Mais celui-ci hésita.

— Comment le meurtrier vous a-t-il fait passer ces lettres ? s'enquit-il. Comment se fait-il que vous ne connaissiez pas son nom ?

Beau passa une main dans ses cheveux gris et clairsemés.

— J'ai trouvé les mots sous la porte de ma chambre d'hôtel, et les appels provenaient d'un numéro masqué.

— N'avez-vous pas reconnu sa voix ?

— Non.

— Pourquoi tu discutes avec lui ? intervint Rae.

Elle avait hâte de le voir disparaître de sa vue, comme pendant toutes ces années où elle aurait tant eu besoin d'un père.

Mais elle n'avait plus besoin de lui à présent.

Elle n'avait besoin de personne en dehors de Connor.

Elle berça doucement son bébé, qui continuait de pleurer.

— Il aurait pu me tuer, fit remarquer Forrest. Après m'avoir assommé, il aurait pu m'achever. Même chose pour l'agent Baker.

Il ne considérait donc pas son père comme un meurtrier… Rae sentit son cœur s'alléger d'un poids. Elle n'avait pas envie de croire que Connor et elle portaient ce genre de gènes dans leur ADN.

Il restait tout de même une question.

— La femme qui était enterrée dans le jardin…, murmura-t-elle. Qui était-elle ?

Son père secoua la tête.

— Aucune idée.

— Pourtant, vous l'avez déterrée, observa Forrest.

— Je savais qu'elle était là.

Rae frissonna. Elle avait grandi dans cette maison, joué dans ce jardin, et son père l'avait laissée faire en sachant pertinemment qu'un cadavre y était inhumé.

— On discutera de tout ça pendant votre garde à vue, décréta Forrest.

— Si vous m'enfermez, je ne pourrai pas vous aider. Et Rae ne sera pas en sécurité tant que le tueur sera libre.

— Si vous ne savez pas qui c'est, vous ne m'êtes d'aucune utilité.

— Je peux essayer de le découvrir. Je peux l'attirer jusqu'à vous.

— Parce que vous croyez que je vous fais confiance ? repartit Forrest.

— Vous aussi, vous voulez protéger Rae et son bébé. Et vous savez que c'est impossible à moins de coincer le meurtrier.

— Arrête de te servir de moi ! cria-t-elle. Tu n'en as jamais rien eu à faire. Pourquoi fais-tu semblant de tenir à moi, subitement ?

— J'ai toujours tenu à toi, répliqua-t-il. C'est pour ça que je suis parti. J'étais un obstacle, pour vous. Georgia méritait mieux que ça, et toi aussi.

Beau observa Forrest comme s'il se demandait si le policier était assez bien pour sa fille.

— Si vous vous souciez un tant soit peu d'elle, emmenez-la loin d'ici, lui conseilla-t-il. Je sens que vous seriez prêt à tout pour la protéger – même à me faire confiance.

Rae posa de nouveau une main sur le bras de Forrest, mais cette fois-ci, ce n'était pas pour l'empêcher de tirer.

— Ne te fais pas avoir, le supplia-t-elle.

Au moment où elle prononçait ces mots, son père bondit sur le policier, lui arracha la barre de fer et tenta de le frapper à la tête. Forrest leva son bras pour se protéger, et un coup de feu partit.

Connor, qui pleurait encore une seconde plus tôt, se tut brusquement. Était-ce le choc, ou avait-il été touché ?

Avec l'adrénaline qui coulait à flots dans ses veines, Rae aurait pu l'être aussi sans s'en être rendu compte…

Avant qu'elle ait eu le temps de reprendre ses esprits, la porte d'entrée vola en éclats et deux hommes en uniforme se précipitèrent dans la pièce.

Rae serra son fils dans ses bras, tentant de faire barrière de son corps comme Forrest l'avait fait auparavant pour elle.

Si quelqu'un avait reçu une balle, c'était probablement lui.

22

Bon sang, comment avait-il pu encore lui échapper ?

Forrest agrippa le volant plus fort, ignorant l'onde de douleur qui lui traversait le bras. Beau Lemmon n'y était pas allé de main morte avec sa fichue barre de fer…

Il n'aurait pas dû le quitter des yeux, mais il s'était laissé distraire par les paroles de Rae. Et par un bruit de moteur qui remontait l'allée. À force d'entendre dire que la jeune femme était en danger, Forrest avait cru qu'il s'agissait du meurtrier et non des renforts. Mais c'étaient bien les deux agents qui avaient déboulé dans la maison.

Le temps qu'ils arrivent, il était déjà trop tard : Lemmon s'était enfui. Après avoir frappé Forrest – et fait partir le coup de feu par la même occasion —, il avait sauté par la fenêtre de la chambre.

Forrest se maudit lui-même de ne pas lui avoir passé les menottes dès le départ. Néanmoins, l'explication que le vieil homme leur avait donnée n'était pas complètement dépourvue de sens.

— Tu crois vraiment qu'il n'a pas agi seul ? demanda Rae. Que ce n'est pas lui le meurtrier ?

Forrest jeta un coup d'œil vers la jeune femme assise sur le siège passager, les bras serrés autour d'elle. Une petite lueur d'espoir brillait dans ses prunelles sombres.

Il comprenait ce qu'elle ressentait. Elle avait besoin de croire que son père n'était pas si monstrueux que ça.

— S'il était le tueur, je serais déjà mort, répondit-il.

Quoi qu'il en soit, il avait sacrément mal à la tête et au bras, et il n'était pas près de pardonner à Beau Lemmon d'avoir envoyé l'agent Baker à l'hôpital. Mais cela ne servait à rien d'exprimer tout haut cette pensée.

— Il t'a quand même foncé dessus en voiture et assommé avec une barre de fer, lui rappela-t-elle.

— Oui, mais je pense qu'il suivait les ordres d'une autre personne, comme il l'a dit.

— Quelqu'un qui aurait racheté ses dettes et qui se serait servi de ça pour le manipuler ? Ça me semble un peu tiré par les cheveux…

— Écoute, Rae, j'ai pu mettre la main sur le casier judiciaire de ton père. Il lui est arrivé d'aller assez loin pour rembourser l'argent qu'il devait.

— Comment ça, assez loin ? Tu veux dire qu'il a déjà tué ? demanda-t-elle, affolée.

— Non, quand même pas. Il s'en est tenu à de la petite délinquance. Des cambriolages, des vols à l'arraché…

— Tu ne trouves peut-être pas ça grave, mais moi, si. Et il a franchi une nouvelle étape en agressant des gens physiquement.

Elle effleura la bosse qui était apparue sur son bras.

— Tu es sûr que ça va ? murmura-t-elle.

Une fois de plus, Forrest quitta la route des yeux pour regarder la jeune femme. Elle était si belle, même bouleversée…

— Je vais bien, lui assura-t-il.

Pourtant, il était inquiet et ne cessait de surveiller le rétroviseur. Deux voitures de police l'escortaient, mais il aurait presque préféré être seul. Ainsi, il aurait repéré et semé plus facilement un éventuel poursuivant.

Comme le père de Rae il y a quelques jours ? fit une voix sarcastique dans sa tête. Cette fois-là, Beau Lemmon ne s'était pas laissé distancer. Et Forrest avait fini le front dans le volant. Les suivait-il à cet instant ? Ou s'attachait-il à honorer sa promesse – tenter de découvrir l'identité du meurtrier ?

C'était un peu pour ça que Forrest ne l'avait pas pris en chasse lorsqu'il s'était enfui. Il espérait que Beau Lemmon tiendrait parole. En outre, ce dernier connaissait les lieux comme sa poche : il devait savoir où se cacher.

Quand Forrest l'avait priée une nouvelle fois de faire ses valises et de partir avec lui, Rae n'avait pas hésité. Il lui avait suffi d'un seul regard sur la fenêtre cassée et sur la porte défoncée pour accepter. À présent, Connor dormait dans son siège-auto à l'arrière de la voiture, en compagnie de deux ou trois sacs.

— Et toi, ça va ? demanda Forrest à la jeune femme.

— Oui. Je te l'ai dit, je n'ai pas été blessée.

Après le coup de feu, Rae et Connor étaient restés un moment en état de choc. Le bruit avait été assourdissant ; pour quelqu'un qui n'avait pas l'habitude, il y avait de quoi être secoué. Forrest regrettait de ne pas avoir remis le cran de sûreté sur son pistolet avant d'entrer dans la maison, mais il se méfiait du père de Rae. Et la suite des événements lui avait donné raison.

Au cours de sa carrière, il avait eu maintes fois l'occasion de rencontrer des gens désespérés ; Beau Lemmon les surpassait tous. L'était-il au point de tuer ?

Pour protéger sa fille, peut-être avait-il déjà passé ce cap.

Forrest coula un regard vers Rae.

— Je sais que ça va physiquement, lui dit-il. Mais nerveusement ?

Elle poussa un soupir.

— Ça m'a fait un choc de le revoir, reconnut-elle. Surtout dans ces circonstances. Et il est à nouveau loin, maintenant.

— Je le retrouverai.

— Pour le jeter en prison ?

— Tu ne veux pas que je l'arrête ?

— Si, admit-elle. C'est sûrement le meilleur cadeau à lui faire. Ça pourrait le sauver de lui-même.

— Le jeu peut être une addiction, tu sais.

Comme elle ne disait rien, il tourna la tête vers elle et s'aperçut qu'elle le dévisageait avec de grands yeux emplis… Emplis d'une émotion qu'il n'osait pas nommer. Il avait sans doute rêvé.

— Qu'est-ce qu'il y a ? demanda-t-il.

— Je n'arrive pas à croire que tu prennes sa défense après tout ce qu'il t'a fait subir.

— Il l'a fait pour toi, lui rappela-t-il. Il essayait de te protéger.

— Tu lui accordes bien plus de crédit qu'il ne le mérite. Beau Lemmon s'est toujours soucié de sa petite personne plus que de n'importe qui d'autre.

— Je suis désolé.

Forrest oubliait parfois combien il était chanceux d'avoir eu des parents aussi aimants et soucieux de son bien-être.

— Tu n'as pas à être désolé, répondit Rae. Ma mère a largement compensé l'absence de mon père.

Sauf que Georgia n'était plus là, et Rae se retrouvait seule avec son bébé. Elle avait bien ses amies, mais elle avait refusé de leur demander de l'aide, de peur de leur attirer des ennuis. Forrest avait eu toutes les peines du monde à la convaincre de venir s'installer chez ses parents.

Car c'est là qu'il les conduisait, elle et Connor : chez lui, au ranch des Colton.

Rae hésita avant de descendre de voiture.

— Tu es sûr que c'est une bonne idée ? murmura-t-elle en admirant l'énorme corps de ferme.

Malgré l'heure tardive, plusieurs fenêtres étaient éclairées.

— Vous serez en sécurité, ici, lui promit Forrest.

— Et tes parents ? Je ne veux pas les mettre en danger.

Comme son propre père l'avait fait avec elle, à cause de ses maudites dettes de jeu…

Fallait-il le croire ? Y avait-il vraiment un autre coupable ? Avec son cher papa, elle ne savait pas à quoi s'en tenir. Le seul homme en qui elle avait confiance à présent, c'était Forrest. Elle ne voulait pas pour autant qu'il prenne des risques, ni pour lui ni pour sa famille.

— Mes parents sont heureux de vous accueillir tous les deux, affirma-t-il.

Ce devait être vrai, car à cet instant la porte s'ouvrit et le couple Colton s'avança sur le seuil, en pyjama et robe de chambre. Leurs cheveux blancs brillaient dans la lumière de l'entrée.

— Dieu merci, vous êtes là ! lança la mère de Forrest. On s'est fait un sang d'encre.

Pour leur fils, bien sûr, songea Rae. C'était la deuxième fois qu'il était blessé à cause d'elle. Ils devaient la détester…

Mais lorsqu'elle monta les marches du porche derrière Forrest, qui portait le siège-auto de Connor, Rae eut la surprise de recevoir une chaleureuse accolade de Mme Colton.

— Ma pauvre enfant, lui dit-elle. La vie ne vous a pas épargnée, ces derniers temps.

Rae sentit une vague de gratitude la submerger. Elle connaissait les Colton pour les avoir servis un certain nombre de fois du temps où elle tenait l'épicerie du village. Ils s'étaient toujours montrés gentils avec elle. Mais ce qu'ils faisaient là allait bien au-delà de la simple gentillesse.

— Êtes-vous certains de vouloir nous héberger ? s'enquit-elle en s'adressant à M. Colton.

Hays avait un visage sérieux, presque dur, et assez difficile à déchiffrer. Il soutint son regard un long moment avant d'esquisser un sourire.

— Bien sûr que nous en sommes certains, Rae. Bien sûr.

Mme Colton se tourna vers Forrest et toucha sa joue, où le sang avait séché.

— Ce n'est pas trop grave, j'espère ? lui demanda-t-elle avec inquiétude.

— Mais non, répliqua-t-il en souriant. J'ai la tête dure. Vous me l'avez répété assez souvent.

— Un peu trop souvent à mon goût, marmonna Hays.

Forrest se mit à rire.

Sa mère le serra dans ses bras comme elle l'avait fait avec Rae, puis elle se pencha sur le siège-auto.

— Oh ! mon Dieu… Il est magnifique ! Vraiment adorable.

Le cœur de Rae se gonfla de fierté. C'était pour Connor qu'elle avait accepté de venir ici. Sans lui, elle ne se serait jamais imposée de la sorte.

— Entrez donc, dit Josephine Colton en ouvrant la porte en grand. J'avais déjà préparé la chambre d'enfant pour le bébé de Bellamy et de Donovan, elle est donc toute prête à accueillir Connor.

Quelle chance avait Bellamy d'être tombée sur une belle-mère aussi attentionnée ! songea Rae. La jeune femme ne devait pas accoucher avant plusieurs mois, et Josephine s'était déjà démenée pour son bébé. Donovan avait beau ne pas être leur enfant biologique, les Colton l'avaient toujours traité comme leur fils.

Rae ne comprenait pas en revanche pourquoi ils se montraient aussi bienveillants avec elle. Était-ce dû à ses liens d'amitié avec Bellamy ? Ou bien étaient-ils au courant de ce qui se passait entre leur fils et elle ? Forrest leur avait peut-être dit que…

Que quoi, au juste ? se reprit-elle. Qu'ils couchaient ensemble ?

Elle se sentit rougir.

— Ne vous inquiétez pas, lui murmura Hays en refermant la porte derrière eux, tandis que Forrest et sa mère s'avançaient déjà vers l'escalier. Vous et votre petit garçon êtes en sécurité, ici.

Il lui pressa gentiment l'épaule.

— Et vous êtes les bienvenus chez nous.

Rae eut du mal à retenir ses larmes. Pourquoi tous les papas du monde n'étaient-ils pas comme Hays Colton ? La gorge nouée par l'émotion, elle le serra dans ses bras, incapable de lui exprimer autrement sa gratitude.

Surpris, le vieil homme se figea, avant de lui tapoter le dos.

— Vous avez été seule trop longtemps, ma fille.

Rae s'écarta de lui et s'efforça de se ressaisir.

— Je ne suis pas à plaindre, lui dit-elle en souriant. J'ai des amies, et maintenant, j'ai mon fils.

Elle tourna les yeux vers Connor, que Forrest était en train de porter à l'étage. Son regard s'attarda sur l'homme qui avait promis de les protéger.

Il avait fait naître en elle de nouveaux espoirs, de nouveaux besoins. Ses amies et son bébé ne lui suffisaient plus. Elle voulait que Forrest fasse partie de son existence. Elle voulait un amour comme celui que partageaient Hays et Josephine – un mariage qui dure toute une vie. Mais elle ne s'appelait ni Colton, ni Bellamy, ni Maggie. Aucune fée ne s'était penchée sur son berceau…

Pour autant, Rae n'était pas du genre à s'apitoyer sur son sort. Elle se contenterait de la protection que Forrest voulait bien leur apporter, sans rien attendre d'autre.

— N'ayez pas peur, lui dit Hays, comme s'il avait lu dans ses pensées. Tout finira par s'arranger.

C'était la première fois qu'il était content de voir s'afficher sur l'écran de son téléphone le numéro de son mystérieux correspondant. La première fois qu'il avait vraiment envie de parler à ce psychopathe qui avait voulu lui faire commettre un meurtre.

Le meurtre d'un homme dont sa fille était visiblement amoureuse.

Certains regards ne trompaient pas. Rae admirait Forrest Colton. Elle s'inquiétait pour lui, également. À l'inverse, Beau ne lui inspirait que du dégoût. Il avait manqué à tous ses devoirs de père, il le savait. Il l'avait déçue.

Plus jamais elle ne lui ferait confiance.

La culpabilité pesait lourd sur ses épaules. Et, cette fois-ci, ni le frisson du jeu ni l'euphorie de l'alcool ne suffiraient à l'en débarrasser.

Beau était allé trop loin. Il avait agressé deux policiers, il s'était enfui, et il avait menacé sa propre fille.

Aujourd'hui, il se voyait tel qu'elle le voyait : comme une insulte au genre humain. D'une manière ou d'une autre, il allait devoir se racheter.

Il accepta l'appel et, avant que l'homme ait eu le temps de l'accabler de reproches, il lui lança :

— Je sais que j'ai encore échoué.

Son interlocuteur était toujours au courant de tout. À croire qu'il possédait un scanner de la police…

— Ça, c'est peu de le dire, répondit-il. Qu'est-ce que tu comptes faire pour te rattraper ?

— Je vais quitter la ville.

L'autre ricana.

— Et comment tu vas t'y prendre ?

— J'ai du fric caché dans mon ancienne maison.

— Bien sûr. Si c'était le cas, tu m'aurais remboursé depuis longtemps.

— Je ne prévoyais pas de vous le dire. Je pensais me débarrasser du policier pour que vous me laissiez tranquille, et garder l'argent pour moi.

— Non, non. Tu vas me payer avant d'aller où que ce soit.

Beau eut un petit sourire en entendant l'avidité qui perçait dans la voix de son ennemi. Il connaissait bien ce sentiment. C'était ce qui l'avait poussé à miser toujours plus, même quand il perdait.

Ce type devait être assez riche, pour lui avoir racheté ses dettes, mais cela ne l'empêchait pas d'être attiré par l'appât du gain. Beau avait justement compté là-dessus.

— Ma fille est partie de la maison, expliqua-t-il. Bientôt, il n'y aura plus aucun flic sur place. J'y retournerai pour récupérer l'argent, et je vous l'apporterai. Où est-ce que je peux vous trouver ?

Et qui êtes-vous, nom de nom ?

— C'est moi qui te trouverai, répliqua l'homme, avant de raccrocher.

Beau laissa échapper un soupir. Pour l'instant, son plan se déroulait comme il l'avait espéré, mais il savait qu'il faisait là le pari le plus risqué de son existence. Un pari qui pourrait bien lui coûter la vie.

23

Forrest aurait voulu entrer avec elle dans la chambre et la serrer dans ses bras – juste pour la réconforter. Mais il ne se faisait pas confiance. Jamais il ne réussirait à s'en tenir à une chaste étreinte. De plus, ses parents ignoraient qu'il outrepassait ses fonctions de garde du corps avec elle. Qu'il avait succombé à l'attirance charnelle qu'elle exerçait sur lui et, plus que cela, qu'il s'était totalement et irrémédiablement épris d'elle.

— Tu as tout ce qu'il te faut ? lui demanda-t-il depuis le seuil de la pièce.

Celle-ci jouxtait la chambre d'enfant. Elle avait été conçue pour loger une nourrice, mais la mère de Forrest n'avait jamais eu besoin d'aide pour s'occuper de ses quatre garçons.

Rae hocha la tête et montra le babyphone serré dans sa main.

— C'est grâce à ça que j'ai su qu'il y avait quelqu'un avec Connor, murmura-t-elle.

— Je suis désolé. Je me suis fait avoir comme un bleu.

— Ce n'est pas ta faute. C'est entièrement celle de mon père. Qu'aurait-il fait à mon bébé si je ne l'avais pas entendu ?

N'y tenant plus, Forrest l'attira contre lui.

— Il ne lui aurait pas fait de mal, lui assura-t-il.

— Il t'en a fait, à toi, répliqua-t-elle en effleurant sa tempe enflée. Et à l'agent Baker aussi. Il l'a peut-être même tué…

— Non, Baker va s'en remettre. Beau n'a tué personne.

— Pourtant, il savait que cette femme était enterrée dans le jardin. Comment est-ce possible, si ce n'est pas lui qui l'a assassinée ?

— Le meurtrier a été en contact avec lui, je te rappelle.

Rae n'eut pas l'air convaincue.

Et Forrest la comprenait. Si son père communiquait avec le tueur, comment se faisait-il qu'il ne connaisse pas son identité ? Le vieux parieur était peut-être meilleur bluffeur que ses dettes ne le laissaient penser…

— Tu penses qu'il ment ? s'enquit Forrest.

— Je ne crois pas un mot de ce qu'il raconte, répondit-elle.

Sa voix se brisa.

— Quand ma mère est tombée malade, il a annoncé qu'il devait partir mais qu'il serait un meilleur mari et un meilleur père à son retour. Il n'est jamais revenu, pas même pour les obsèques.

Forrest souffrait pour elle. Il aurait voulu lui prendre sa douleur et ne lui donner en échange que de l'amour. Mais était-ce ce qu'elle lui demandait ? Pas sûr. Elle attendait simplement de lui qu'il la protège, et on ne pouvait pas dire qu'il avait fait un super boulot jusque-là…

— Excuse-moi, dit-elle en soupirant. C'était il y a longtemps, je devrais avoir digéré tout ça, depuis le temps.

— Son retour a tout fait remonter, j'imagine. Ç'a dû te faire un choc de le revoir.

— Pourtant, j'aurais pu m'y attendre. Tu m'as posé des questions sur lui. Tu le soupçonnais.

— Je n'ai jamais vraiment pensé qu'il était à l'origine des menaces, admit Forrest.

Ayant lui-même eu des parents formidables, il lui était difficile d'imaginer qu'un père puisse faire une chose pareille.

— Par contre, tu as cru un moment que c'était lui, le meurtrier, souligna Rae. Qu'est-ce qui t'a fait changer d'avis ?

— Il ne m'a pas tué.

— Il pensait peut-être l'avoir fait. Il t'a peut-être cru mort.

Ses yeux s'emplirent de larmes.

— Arrête, murmura-t-il. Arrête de te torturer avec ça. Essaie de te reposer.

Elle leva vers lui ses grands yeux fatigués et inquiets. Forrest eut soudain l'impression d'y voir autre chose. Une émotion qui ressemblait à ce qu'il ressentait, lui. Était-elle réelle, ou l'avait-il imaginée ?

Il commença à se pencher pour mieux regarder. Et l'envie de l'embrasser le saisit, aussi soudaine qu'irrépressible. Au moment où ses lèvres s'approchaient des siennes, la sonnerie d'un téléphone le ramena brusquement à la raison.

Ce n'était pas son portable, mais la ligne fixe de ses parents. Qui oserait appeler à une heure aussi tardive ? Ou aussi matinale, car l'aube allait bientôt pointer le bout de son nez…

— Va te coucher, conseilla-t-il à Rae. Connor dormira peut-être quelques heures, après la nuit qu'il vient de passer.

— Je devrais rester avec lui dans sa chambre, dit-elle en lançant un regard anxieux vers la porte fermée.

Il lui prit la main et la serra entre les siennes.

— Tu as le babyphone. Tu l'entendras, s'il se réveille.

À cet instant, une marche craqua dans l'escalier. Forrest fit volte-face, prêt à dégainer son arme. Il se détendit en découvrant son père sur le seuil.

— Ne tire pas, ce n'est que moi, fit celui-ci avec un sourire en coin. Quelqu'un demande à te parler.

Il lui tendit le combiné.

Forrest fronça les sourcils. Au poste de police de Whisperwood, tout le monde avait son numéro de portable. Qui pouvait bien l'appeler ici, en pleine nuit ?

— Désolé, papa, s'excusa-t-il en prenant le téléphone.

Hays lui donna une tape affectueuse sur l'épaule.

— Quand vous êtes à la maison, toi et tes frères, on ne s'ennuie jamais. Et c'est très bien comme ça, affirma-t-il, avant de s'éclipser.

Forrest se tourna vers Rae.

— Essaie de te reposer. Je vais répondre dans ma chambre.

Et il s'obligea à la laisser seule.

— Qui est à l'appareil ? s'enquit-il en portant le combiné à son oreille.

— Beau Lemmon.

Son sang se glaça dans ses veines. Comment le père de Rae avait-il su qu'il avait conduit la jeune femme et son bébé chez ses parents ? Beau avait dû rester caché dans l'ombre et écouter leurs conversations.

Les avait-il suivis jusqu'ici ?

Des voix grésillèrent dans le babyphone. Rae eut un instant de panique, se demandant comment les deux hommes qui parlaient avaient pu entrer dans la chambre de Connor. Puis elle réalisa que l'appareil devait être réglé sur la même fréquence que le téléphone sans fil de la maison, car elle reconnaissait le timbre grave et profond de Forrest et celui, plus grêle… de son père.

— Où êtes-vous ? demanda le premier.

— Peu importe où je suis. Ce qui vous intéresse, c'est où je vais et qui je vais rencontrer.

— Le meurtrier ?

Forrest semblait moins convaincu de l'innocence de Beau que quelques instants plus tôt, quand il avait répété à Rae que son père n'était pas un tueur.

— Oui, répondit le vieil homme. J'ai réussi à l'attirer en lui montant un bateau.

N'était-ce pas plutôt Forrest qu'il essayait de piéger ? s'interrogea la jeune femme. La peur lui serra le ventre.

— Où devez-vous le retrouver ? s'enquit le policier.

— Chez moi.

Rae sentit ses poils se hérisser. Son père n'était plus chez lui, dans cette maison. Il en était parti et n'y était jamais revenu. À présent, c'était la sienne et celle de Connor.

— Par contre, n'appelez surtout pas de renforts, poursuivit Beau. Sinon, il s'enfuira avant même qu'on ait pu voir sa tête. Vous devez venir seul.

Cela sentait l'embuscade à plein nez. Allait-il encore tenter de tuer l'homme qu'elle aimait ? Rae avait envie de hurler dans le babyphone, mais elle savait qu'ils ne l'entendraient pas.

— Quand ? demanda Forrest.

— Tout de suite. Il va arriver d'une minute à l'autre.

— Vous ne me laissez pas assez de temps. Comment voulez-vous que…

— Venez seul, répéta Beau, ou vous ferez tout capoter. Ne prévenez pas vos collègues. Il a peut-être une taupe au sein de la police, ou bien il en fait lui-même partie. Il sait beaucoup trop de choses.

Rae jeta l'appareil sur le lit et se précipita vers la porte. Lorsqu'elle l'ouvrit, Forrest était déjà dans le couloir.

— N'y va pas ! l'implora-t-elle.

— Quoi ?

— J'ai tout entendu à travers le babyphone. C'est un piège.

— Je ne crois pas.

— Le tueur ne veut pas que tu enquêtes sur les meurtres, lui rappela-t-elle. Il va se débarrasser de toi.

Et Beau allait l'aider, ou s'en charger lui-même…

— Je t'en prie, n'y va pas ! répéta-t-elle en se pendant à son cou, comme elle l'avait fait avec son père tant d'années plus tôt quand il était parti. S'il te plaît…

Sa voix s'éteignit dans un sanglot.

— Je suis désolé, Rae, mais je suis obligé d'y aller, murmura Forrest.

— Non, tu n'es pas obligé. Tu peux envoyer quelqu'un d'autre.

— Je ne veux pas mettre mes collègues en danger.

— Donc, tu sais que c'est un piège.

— Je sais que c'est peut-être ma seule chance d'arrêter ton père et de trouver le meurtrier, répliqua-t-il. Je ne peux pas la laisser passer.

Beau avait dit la même chose à Rae : qu'il devait saisir une occasion, qu'elle pourrait changer leur destin et rendre leur vie meilleure.

— Je le fais pour toi, ajouta Forrest. Et pour Connor.

— Je pensais que tu étais différent, mais en fait tu es comme mon père, lâcha-t-elle. Si tu tenais vraiment à nous, tu ne partirais pas. Tu resterais avec nous.

— Vous ne craignez rien, ici.

— Mais toi, si ! Tu cours vers le danger !

— C'est mon boulot, lui rappela-t-il. C'est ce que je fais.

— Et c'est ce qui a failli te tuer, rétorqua-t-elle en montrant sa jambe. Est-ce que ça en vaut la peine ?

— Pour arrêter des meurtriers et protéger des personnes innocentes ? Bien sûr que ça en vaut la peine.

Il l'écarta doucement de son passage et descendit l'escalier en boitant.

Rae ne put s'empêcher de penser qu'elle le voyait pour la dernière fois. Qu'il ne reviendrait pas.

Je t'aime ! eut-elle envie de lui crier. Mais la croirait-il ? Et cela changerait-il quelque chose ?

Forrest était déjà dans l'entrée. En l'entendant ouvrir la porte et la refermer derrière lui, Rae sut qu'elle avait raté l'occasion de lui avouer ce qu'elle ressentait. Et elle n'en aurait peut-être jamais d'autre.

Son portable vibrait sur la table de chevet. À côté de lui dans le lit, Bellamy se retourna en grognant. Elle ne dormait pas très bien depuis qu'elle était enceinte. Si en plus le téléphone la réveillait en pleine nuit…

Donovan attrapa l'appareil et sortit bien vite de la chambre. En consultant l'écran, il s'aperçut qu'il avait non pas un appel, mais deux.

Forrest et Rae.

N'étaient-ils pas censés être ensemble ?

Intrigué et inquiet, Donovan répondit d'abord à son frère.

— Qu'est-ce que…

— Rejoins-moi vite chez les Lemmon, le coupa Forrest.

— C'est pour ça que Rae essaie de m'appeler en même temps ? Elle est en danger ?

— Non, elle est au ranch.

— Quel ranch ?

— Chez nous. Avec les parents. Elle est en sécurité.

Donovan sentit son sang se figer.

— C'est toi qui ne l'es pas, alors.

— Je dois rencontrer le père de Rae, expliqua Forrest.

C'est lui qui a provoqué mon accident de voiture et qui a agressé l'agent Baker.

— Ce sale fils de…

— Il agit sous les ordres du meurtrier.

— Qui est ?

— Beau Lemmon n'en sait rien. C'est pour ça qu'il l'a attiré chez Rae. Pour découvrir son identité.

Donovan avait surtout l'impression que Lemmon essayait de tendre un piège à Forrest…

— C'est dangereux, lui dit-il.

Ses vêtements et son arme étaient restés dans la chambre. Cela l'ennuyait de déranger Bellamy, mais il avait encore moins envie de perdre son frère. Forrest lui avait déjà fait une frayeur de ce genre quelques mois plus tôt, c'était bien suffisant. Il alla donc récupérer en vitesse son jean et son holster.

— Attends-moi, au moins.

— Je suis déjà sur place.

Avant que Donovan ait pu ajouter quoi que ce soit, Forrest raccrocha. Il était parti seul, sans renforts – exactement comme le jour où il avait failli mourir.

Et, cette fois-ci, Donovan avait le pressentiment qu'il ne s'en sortirait pas vivant.

24

Forrest repensa à cette fameuse fois où il s'était présenté devant un entrepôt pour y rencontrer un témoin potentiel, et où il avait été accueilli par des coups de feu. Ce jour-là, il était tombé dans une embuscade et était passé à deux doigts de la mort.

Aujourd'hui aussi, on lui avait sans doute tendu un piège. Rae et Donovan semblaient en être persuadés. Mais s'il voulait mettre un terme au cauchemar que vivaient la jeune femme et son bébé depuis plus d'une semaine, c'était un risque qu'il devait prendre. Il tenait plus à Rae et à Connor qu'à sa propre vie.

En approchant de chez elle, il éteignit les phares ; au lieu de tourner dans l'allée, il se gara sur le bas-côté de la route, puis désactiva le plafonnier avant d'ouvrir sa portière. L'expérience lui avait au moins appris à opérer une arrivée discrète.

Quand le tueur lui avait tiré dessus la dernière fois, Forrest avait aussitôt répliqué. L'autre était mort sur le coup, mais il avait bien cru y passer lui aussi. Finalement, il avait survécu. Et il avait bien l'intention de vivre encore longtemps.

Connaître Rae lui avait donné envie de fonder une famille. Avec elle et Connor. Mais il fallait d'abord qu'il écarte le danger qui les menaçait. Et, à cette fin, il devait se mettre en danger lui-même.

Rae lui pardonnerait-elle de l'avoir laissée alors qu'elle le suppliait de rester ?

Il se préoccuperait de cela plus tard.

Pistolet au poing, il se dirigea vers la maison. Celle-ci était plongée dans le noir. Avant de quitter les lieux, les policiers avaient condamné la fenêtre de la chambre de Connor à l'aide de planches.

Plutôt que d'attendre devant la porte d'entrée, Forrest fit le tour du pavillon. Alors qu'il progressait dans la pénombre, il trébucha sur le terrain inégal.

Il ravala un juron en priant pour que personne ne l'ait entendu. Beau était-il seul dans les parages ? Ou le meurtrier l'avait-il déjà rejoint ?

Peut-être ne faisaient-ils qu'un… Forrest espérait que non : le père de Rae connaissait trop bien cette propriété. Il s'y était déjà caché à de nombreuses reprises et la police ne l'avait jamais retrouvé.

Cependant, il y avait un endroit où Beau était apparu plusieurs fois : la tombe qu'il avait lui-même mise au jour, selon ses dires. C'est là qu'il avait attaqué le jeune policier, avant de s'en prendre à Forrest. Celui-ci en avait gardé un souvenir cuisant à la tempe.

Longeant le mur de la maison, il rejoignit le jardin à l'arrière en grimaçant à chaque craquement de brindille sous ses pas. Soudain, un bruit de moteur déchira le silence de la nuit. Une voiture venait de démarrer ; elle remonta l'allée en vrombissant et s'éloigna sur la route de campagne.

Pourvu qu'il ne soit pas arrivé trop tard… Peut-être Donovan avait-il appelé des renforts ; dans ce cas, si le meurtrier avait accès aux communications radio de la police comme le prétendait Beau, il s'était sûrement enfui. Forrest lâcha un juron.

À cet instant, il entendit un appel étouffé. Quelqu'un se trouvait à quelques pas de lui. Quelqu'un qui semblait souffrir. Forrest tendit l'oreille et réussit à localiser l'origine des gémissements. Ils provenaient de la scène de crime.

En s'en approchant, il remarqua que la rubalise avait été arrachée entre deux des piquets ; les extrémités traînaient sur le sol. Prudemment, il s'avança dans la terre meuble pour jeter un coup d'œil dans la fosse.

Il y avait un corps étendu tout au fond. Les premières lueurs de l'aube éclairaient le visage tuméfié du père de Rae.

— Beau !

— Le meurtrier est parti, murmura le vieil homme. Vous l'avez raté de peu.

Forrest rengaina son arme et le rejoignit au fond du trou.

— Je vais appeler les secours, dit-il en sortant son téléphone.

Mais Beau le retint par le poignet.

— Non.

— Vous êtes blessé, il faut…

— Je meurs, le coupa-t-il dans un filet de voix.

À mesure que le soleil se levait, Forrest distinguait des marques rouges autour de son cou. Il avait été étranglé, comme les autres victimes.

— Vous allez vous en sortir, lui assura-t-il.

De son autre main, Beau fit un geste vers son torse. Alors, Forrest vit la barre de fer plantée entre ses côtes. Un mélange de pitié et de colère l'envahit. La douleur devait être intolérable. Et quelle force il fallait pour infliger une blessure pareille à un homme !

— Qui est le monstre qui vous a fait ça ?

Beau secoua la tête.

— Vous l'avez vu, insista Forrest. C'est obligé.

— Oui. Mais j'ai passé un accord avec lui.

— Avec un tueur ?

Beau avait raison : il était en train de mourir. Même si Forrest appelait une ambulance, il n'aurait aucune chance de survivre avec tout le sang qu'il perdait.

— Si je ne donne pas son nom, il ne fera pas de mal à Rae et à son bébé, expliqua Beau dans un souffle.

— Et vous lui faites confiance ?

Il ne répondit pas.

— Vous lui faites confiance ? répéta Forrest.

Mais le père de Rae ne pouvait plus l'entendre.

Il était mort.

Forrest n'eut pas le temps d'absorber le choc : quelqu'un venait de s'approcher de la fosse, faisant dégringoler un peu de terre le long de la paroi. Peu à peu, son ombre recouvrit le corps de Beau.

Le meurtrier avait sans doute fait demi-tour en découvrant le SUV garé sur le bas-côté de la route. Et il venait achever Forrest, comme il l'avait fait avec Beau.

Alors qu'il portait la main à son holster, Forrest entendit au-dessus de lui le « clic » caractéristique d'un pistolet qu'on arme. Un pistolet qui était pointé sur sa tête. Cette fois-ci, il ne sortirait pas vivant de ce piège.

Après le départ de Forrest, Rae n'avait même pas essayé de dormir. Elle savait qu'elle n'y arriverait pas.

Quand Donovan l'avait rappelée, il filait chez elle retrouver son frère. Mais celui-ci était parti bien plus tôt. Il avait eu tout le temps de tomber dans l'embuscade que Beau lui avait tendue, quelle qu'elle soit.

À travers ses larmes, Rae regardait son fils endormi

dans ses bras. Elle le berçait doucement, installée dans le rocking-chair de la chambre. C'était probablement le même fauteuil dans lequel Josephine Colton avait bercé tous ses enfants.

La jeune femme soupira. Son père était vraiment odieux. Comment avait-il pu les menacer, elle et Connor, et tenter de tuer deux policiers coup sur coup ? Comment avait-il pu s'en prendre à l'homme qu'elle aimait ?

Évidemment, il ne pouvait pas savoir qu'elle était tombée amoureuse de Forrest Colton. Celui-ci n'était même pas au courant. Et elle n'aurait peut-être plus jamais l'occasion de le lui dire.

Rae cligna des yeux et se concentra sur Connor.

Forrest avait été si doux avec lui, si gentil… Comme avec elle, d'ailleurs. C'était quelqu'un de bien. Et c'est pour ça qu'il n'avait pas hésité à braver le danger. Parce qu'il se préoccupait des autres avant de se préoccuper de lui-même.

La seule personne qui aurait dû se soucier de lui en retour était partie au moment où il avait le plus besoin d'elle. Rae ne comprenait pas comment cette femme avait pu l'abandonner ainsi. Quel égoïsme…

Pour sa part, elle regrettait amèrement de ne pas l'avoir suivi dans l'escalier, de ne pas avoir insisté davantage pour l'accompagner. Qui sait, son père aurait peut-être épargné Forrest si elle avait été présente à ses côtés… Mais, connaissant ce dernier, il n'aurait jamais accepté de lui faire prendre un tel risque.

Prendre des risques, cela faisait justement partie du métier de policier. Si Forrest survivait, supporterait-elle de le voir s'exposer au danger encore et toujours ? De se demander, chaque fois qu'il partirait au travail, si elle le reverrait le soir ?

Ce n'était pas pour rien qu'elle avait décidé de fonder une famille sans attendre de rencontrer le papa idéal. Son expérience des relations amoureuses lui avait prouvé qu'elle était aussi douée que sa mère pour choisir des hommes incapables de s'engager.

De ce côté-là, Forrest Colton n'avait pas de problème. L'ennui, c'était qu'il s'engageait surtout dans son travail – un travail dangereux —, et que cet engagement l'avait peut-être tué.

Depuis combien de temps était-il parti ? Rae se souvenait qu'il faisait encore nuit au moment où elle avait tenté de le retenir. À présent, le soleil était levé, inondant de lumière et de chaleur la pièce aux tons jaunes, déjà naturellement lumineuse.

Un peu plus tôt, elle avait entendu des bruits dans la maison – sans doute les parents de Forrest qui vaquaient à leurs occupations. Étaient-ils inquiets ? Comment vivaient-ils le fait que tous leurs enfants aient embrassé des carrières dangereuses ?

Et comment Rae le vivrait-elle, si Connor décidait d'exercer un métier à risques ?

Tandis qu'elle observait son bébé qui dormait sur ses genoux, elle se demanda quel genre d'homme il deviendrait. Il portait en lui les gènes de Beau Lemmon. Cela ferait-il de lui un parieur ? Un égoïste ? Mais il possédait aussi ceux de la mère de Rae. Il serait donc peut-être gentil, généreux et travailleur… Ce dont il avait besoin, se dit-elle tout à coup, c'était d'un bon modèle masculin.

Comme Forrest.

Elle en était là de ses réflexions lorsque la sonnette retentit. La chambre d'enfant était située à l'avant de la maison. Prenant Connor dans ses bras, Rae s'avança vers la fenêtre pour regarder dehors.

Un véhicule de police était garé dans l'allée, gyrophares éteints. Un agent se tenait debout à côté de la portière du conducteur, tandis que celle du côté passager était restée ouverte.

Forrest n'aurait jamais sonné à la porte de sa propre maison. C'était donc un autre policier – le chef Thompson, sans doute. Celui-ci n'était-il pas chargé de prévenir les proches lorsqu'un de ses hommes perdait la vie dans l'exercice de ses missions ?

C'était ce qu'il détestait le plus dans son travail. Bon sang, il n'aurait même pas dû annoncer cette nouvelle lui-même… Quelqu'un d'autre voulait le faire à sa place, mais il estimait que la jeune femme avait le droit d'être mise au courant le plus tôt possible, au cas où elle voudrait voir le corps avant qu'on l'emporte.

Hays Colton lui ouvrit la porte, les traits tirés, l'air inquiet.

— Salut, chef. C'est un peu tôt, pour une visite.

En tant que fermier, Hays était probablement debout depuis longtemps. Plus que l'heure, c'était le motif qui lui posait problème.

— Je suis venu voir Mlle Lemmon, précisa Archer.

Son vieil ami serra les mâchoires.

— C'est à propos de mon fils ?

— Forrest voulait s'en charger, c'est vrai, mais j'ai pensé qu'il valait mieux ne pas attendre, répondit-il.

Il comprenait enfin pourquoi l'inspecteur d'Austin avait insisté pour informer Rae Lemmon en personne : la jeune maman comptait pour lui. Bien plus qu'une simple citoyenne qu'il protégeait.

Et lorsqu'elle déboula de l'escalier, le visage marqué

par l'angoisse, Archer put voir que Forrest était tout aussi important pour elle.

— Est-ce qu'il va bien ? s'enquit-elle d'un ton affolé. Dites-moi qu'il va bien !

Les larmes roulaient sur ses joues alors même qu'il n'avait encore rien dit. Archer eut soudain un doute : parlait-elle de Forrest, ou de son père ?

— Je suis désolé, murmura-t-il.

La jeune femme poussa un cri et s'effondra. Passant un bras autour de sa taille, Hays l'aida à se relever.

— Votre père, Beau Lemmon, est mort à l'aube, poursuivit Archer.

Elle fronça les sourcils, interloquée.

— Mon père ?

— Vous saviez qu'il était de retour à Whisperwood, je crois.

— Oui. C'est lui qui nous a menacés, mon fils et moi.

— Navré d'apprendre ça, Rae, murmura Hays.

— Et Forrest ? demanda-t-elle. Mon père a essayé de le tuer…

Sa voix se brisa.

— Comment va-t-il ?

25

Forrest s'était absenté trop longtemps, il le savait. Mais il avait voulu s'assurer que les techniciens de la police scientifique ne rataient aucun indice susceptible de les conduire au meurtrier. Il fallait absolument qu'ils trouvent quelque chose, de l'ADN ou n'importe quoi d'autre, qui les mettrait sur la piste de ce monstre.

Finalement, Beau Lemmon n'en avait pas été un. Il avait eu des défauts, comme l'avait dit Rae. De gros défauts.

Comment allait-elle ?

Forrest ne l'avait pas vue revenir avec le chef. Après ce qui s'était passé chez elle, en aurait-elle envie un jour ? Probablement pas. Et c'était mieux comme ça. Il ne voulait pas la savoir dans ce lieu où tant d'événements terribles s'étaient déroulés. Dire qu'il avait failli y mourir lui-même, quand Beau l'avait frappé à la tête… Et, plus récemment, lorsqu'il s'était retrouvé sous la menace d'un pistolet chargé.

Heureusement, à l'autre bout, il y avait eu son frère, et non le tueur. Donovan ne l'avait pas reconnu tout de suite, accroupi dans l'ombre de la fosse.

Celle-ci était devenue la tombe de Beau Lemmon. Une tombe temporaire, du moins, car depuis son corps avait été transporté à la morgue, après quoi Forrest avait enfin pu partir pour regagner le ranch de ses parents.

Quand il se gara dans l'allée, il trouva ces derniers sous le porche. Sa mère était installée dans la balancelle avec Connor sur les genoux, tandis que son père, appuyé contre la balustrade, faisait des grimaces au bébé pour le faire sourire.

Forrest sentit une onde de chaleur se répandre dans sa poitrine. Il les aimait tellement, tous les trois…

— Vous vous mettez au baby-sitting ? lança-t-il plaisamment.

— Il paraît que tu t'y es mis aussi, répliqua son père.

Forrest comprit à sa façon de le regarder qu'ils savaient. Ils savaient qu'il était tombé amoureux de Rae et de la petite famille qu'elle formait avec son bébé. Il ne chercha même pas à les contredire, se contentant de sourire un peu niaisement.

— Tes services ne seront peut-être bientôt plus requis, ajouta Hays.

Forrest fronça les sourcils.

— C'est une menace ? Vous voulez me piquer mon job ?

— On garde Connor pendant que Rae fait ses valises, expliqua sa mère d'un air déçu. Elle s'en va.

Forrest lâcha un juron, avant de jeter un coup d'œil gêné vers le bébé. Il fallait qu'il se retienne de dire des gros mots devant lui. Connor finirait par les répéter. Mais lorsqu'il serait assez grand pour ça, Forrest ne ferait sûrement plus partie du paysage, si Rae s'était vraiment mis en tête de partir…

Elle avait été en colère, cette nuit, quand il l'avait laissée pour rejoindre Beau. Et elle devait être furieuse d'avoir appris la mort de son père de la bouche du chef Thompson, et non de la sienne.

— Comment va-t-elle ? demanda-t-il, inquiet.

— Tu sauras mieux en juger que nous, fit remarquer Hays.

Ses parents semblaient s'interroger sur sa relation avec la jeune femme – et sur leur avenir ensemble. Ils n'étaient pas les seuls.

Forrest avait été tellement bête de lutter contre ses sentiments ! Rae n'avait rien à voir avec Shannon. Elle n'était pas du genre à s'enfuir devant la première épreuve.

Après avoir grimpé les marches quatre à quatre, il la trouva dans la chambre d'enfant, en train de rassembler ses affaires.

— Alors comme ça, tu t'en vas ?

Elle ne se retourna pas, mais il la vit se crisper.

— Je n'ai aucune raison de rester.

— Vraiment ?

— Mon père est mort, dit-elle d'une voix étrangement dépourvue d'émotion.

Lorsqu'elle se décida enfin à croiser son regard, Forrest s'aperçut qu'elle avait les yeux rouges et gonflés. Elle avait pleuré. Et il n'avait pas été là pour la réconforter…

— Je suis désolé, murmura-t-il. Je ne suis pas arrivé à temps pour le sauver.

— Tu n'aurais même pas dû y aller, rétorqua-t-elle. Tu aurais pu mourir toi aussi !

— Je fais ce métier depuis longtemps, Rae. Je suis un bon flic, malgré mon handicap.

Le chef lui avait donné l'occasion de le prouver. Il ne lui restait plus qu'à retrouver le meurtrier. Avec l'aide de ses frères, Forrest ne tarderait pas à le débusquer et à lui faire payer ses crimes devant la justice.

— Tu es peut-être un bon flic, mais ça ne t'a pas empêché de tomber dans le piège que mon père te tendait, souligna Rae.

Forrest secoua la tête.

— Ce n'était pas un piège. Il essayait de m'aider.

— Bien sûr… Il t'a donné le nom du tueur ?

— Non. Mais c'est pour toi qu'il a gardé le secret. Il a fait promettre au meurtrier de vous laisser tranquille, Connor et toi. En échange, il ne révélait pas son identité.

— Dans ce cas, on peut rentrer chez nous.

Elle inspira profondément, avant d'ajouter :

— On n'a plus besoin de toi.

Forrest eut l'impression de recevoir un coup de poing dans l'estomac. Il comprenait pourquoi elle le rejetait. Elle lui en voulait, et elle avait de bonnes raisons.

— Moi, j'ai besoin de vous, répliqua-t-il. J'ai besoin de toi et de Connor.

— Ah oui ? Pourquoi ?

— Parce que je vous aime. Tous les deux. C'est pour vous protéger que je suis parti, cette nuit. Parce que vous êtes tout pour moi. Et si tu me laisses une chance, je te le prouverai.

Elle ne répondit pas. Pire que cela, elle lui tourna le dos et sortit de la pièce en courant.

Rae était trop bouleversée pour prononcer le moindre mot. Les émotions se bousculaient dans son cœur – le soulagement, la peur, et un amour si puissant qu'elle n'était pas sûre de savoir comment le maîtriser.

Ni même si c'était possible.

Et c'est cela qui lui faisait peur.

Mais elle pouvait faire confiance à Forrest. Il était différent de son père – même si celui-ci avait fini par se ranger du côté du bien : aussi incroyable que cela puisse paraître, la toute dernière action de Beau Lemmon avant de mourir avait été altruiste.

Les yeux brouillés de larmes, Rae revint vers Forrest, qui était resté planté au milieu de la chambre d'enfant. Ses épaules étaient affaissées, comme s'il se sentait soudain très fatigué. Ou déçu, peut-être.

Il ne s'était sans doute pas attendu à ce qu'elle réagisse ainsi à sa déclaration.

— Tu ne viens pas ? lui demanda-t-elle.

Il eut l'air dérouté. Quand elle lui tendit la main, il s'avança lentement vers elle, en boitant plus qu'elle ne l'avait vu faire depuis son accident de voiture.

— Tu as été blessé, cette nuit ? s'enquit-elle avec inquiétude.

— Pas cette nuit, non, répondit-il, tout en la rejoignant dans le couloir.

Elle comprit que c'était elle qui l'avait blessé, à l'instant.

— Excuse-moi, murmura-t-elle. J'ai du mal à y croire, c'est tout.

— Croire à quoi ?

— Que tu m'aimes.

Forrest la prit par la main et l'entraîna dans sa chambre.

— Pourquoi est-ce si dur à croire ? Tu ne sais donc pas à quel point tu es merveilleuse ?

Rae sourit.

— Tu es belle, intelligente, généreuse…

Se levant sur la pointe des pieds, elle le fit taire d'un baiser. Elle l'embrassa avec toute la force du désespoir qu'elle avait ressenti cette nuit, avec toute la peur et tout l'amour qu'elle s'était interdit d'exprimer.

Au bout d'un long moment, il s'écarta pour reprendre son souffle.

— Est-ce que tu me crois, maintenant ? Je t'aime, Rae.

Elle le lisait sur son visage, à présent. Elle le voyait

dans son regard brûlant et dans le sourire hésitant qui recourbait ses lèvres.

— Oui, je te crois, répondit-elle. Moi aussi, je t'aime. Je t'aime tellement !

Les larmes ruisselaient sur ses joues.

— Je voulais te le dire cette nuit. J'aurais dû. S'il t'était arrivé quoi que ce soit…

Il se pencha et appuya le front contre le sien.

— Il ne m'est rien arrivé. Et je pense que vous ne craignez plus rien maintenant, Connor et toi. Mais il faut continuer à se montrer prudents. J'aimerais qu'on reste ici un moment.

— Tes parents seront d'accord ? Je ne voudrais pas m'imposer, ils ont déjà été si gentils…

Forrest eut un petit rire.

— Tu plaisantes ? Ils sont ravis de s'occuper de leur nouveau petit-fils.

— Pardon ?

— C'est comme ça qu'ils voient Connor, expliqua Forrest. Et moi, je le considère comme mon fils. J'espère que tu me laisseras l'adopter pour officialiser tout ça.

Rae crut que son cœur allait éclater. Elle avait rêvé d'un père pour Connor – un père comme Forrest, sur lequel il pourrait compter. Mais des grands-parents… Elle n'y avait même pas songé.

— Merci, dit-elle. Tu sais que tu es formidable ?

— Je ne suis pas parfait, fit-il remarquer, soudain sérieux. Je ne retrouverai peut-être jamais de travail à cause de ma jambe. Je ne serai peut-être pas capable de jouer avec Connor comme je le voudrais…

Une fois de plus, elle pressa ses lèvres contre les siennes pour arrêter le flot de paroles qui s'en échappaient. Et pour lui montrer à quel point elle l'aimait.

— Tu es un héros, Forrest, lui assura-t-elle. Tu nous as sauvés tant de fois ! Et pas seulement physiquement. J'avais peur d'ouvrir mon cœur, de faire confiance. Tu m'as montré que cela en valait la peine. *Tu* en vaux la peine.

Pour toute réponse, Forrest l'attira vers le grand lit qui semblait leur tendre les bras. Le matelas s'enfonça sous leur poids. Et les vêtements volèrent jusqu'à ce que leurs corps nus soient de nouveau unis l'un à l'autre, comme leurs cœurs et leurs âmes.

— Je t'aime, souffla Forrest lorsque le tourbillon de la passion les eut emportés très loin, puis ramenés à bon port. Je t'aime si fort.

Rae sourit, tout alanguie de plaisir.

— Ça n'a pas l'air de te réjouir.

— Je me mettrais des claques pour avoir perdu toutes ces semaines, confia-t-il. J'aurais dû te dire oui quand tu m'as proposé de danser, à ce mariage.

— Pourquoi as-tu refusé, au fait ?

— Je pensais que tu avais seulement pitié de moi.

— Pas du tout. Je te trouvais tellement beau, et tellement seul… Et je me sentais un peu seule, moi aussi.

— Nous ne le serons plus jamais. Je t'en donne ma parole.

Une promesse était une promesse.

En temps normal, il ne s'embêtait pas à tenir les siennes. Mais Beau Lemmon était mort sans le trahir, alors peut-être allait-il respecter sa part du contrat, pour une fois, et arrêter de tourmenter la famille de ce pauvre type.

Après tout, la jeune femme et son bébé étaient les meilleures distractions dont on pouvait rêver pour empêcher l'inspecteur d'Austin de se concentrer sur ses enquêtes. Il s'était tellement entiché d'eux qu'il n'allait pas les quitter d'une semelle, même s'ils ne couraient plus aucun danger.

Rien n'était définitif, cependant. Promesse ou pas, quiconque s'approcherait un peu trop de la vérité risquait de le payer de sa vie…

ANGI MORGAN

Périlleuse alliance

Traduction française de
DOMINIQUE TRUFFANDIER

BLACK ROSE

HARLEQUIN

Titre original :
CRIMINAL ALLIANCE

Prologue

Un an plus tôt

— Bon sang, Hamilton ! Vous avez peut-être eu raison, mais vous avez violé toutes nos règles. Si cela ne dépendait que de moi, vous seriez renvoyé.

Le major Clements se frappa la cuisse en faisant les cent pas devant la porte.

Wade Hamilton se tenait au garde-à-vous, ce qui lui était rarement arrivé depuis qu'il était devenu Texas Ranger. Comme il regardait droit devant lui, il ne pouvait pas voir son supérieur qui marchait dans son dos. Mais même si le major s'était tenu face à lui, il n'aurait pas pu décrypter ses expressions. Son œil gauche n'avait pas dégonflé depuis la raclée qu'il avait reçue la semaine précédente et sa vision était encore floue. Il n'avait aucun moyen de deviner s'il s'agissait d'une très longue réprimande, ou de la fin de sa carrière.

Le major Clements se tenait juste derrière son épaule droite. Du coin de l'œil, il le vit serrer le poing, avec tant de force que ses phalanges blanchissaient. Ce n'était pas la première fois que son supérieur était en colère, loin de là.

Il ne pouvait qu'espérer que le major allait tenir compte des vies qu'il avait sauvées. Pour une fois, Jack, son équipier, ne lui avait pas reproché d'avoir suivi son instinct, loin de là.

— Mais apparemment je n'ai pas voix au chapitre, poursuivit le major. On dirait que quelqu'un, au quartier général, a plaidé en votre faveur. Qui sait, peut-être que la femme que vous avez contribué à sauver a des relations, à moins que les hauts gradés ne souhaitent pas expliquer pourquoi un Texas Ranger de la compagnie B a été viré après avoir sauvé un membre du bureau de la Sécurité civile. Je n'en ai pas la moindre idée.

Le major Clements arrêta de marcher et fit un nouveau demi-tour.

Ce n'était pas la première fois qu'il sermonnait Wade, mais jusqu'ici, il l'avait toujours regardé en face. Malgré ces allusions au soutien dont il bénéficiait au quartier général, Wade n'était toujours pas certain de conserver son emploi.

— Quelqu'un a suggéré qu'on vous remette une médaille, mais j'ai refusé. Une personne qui enfreint les règles ne doit pas être récompensée. Vous n'avez pas donné le bon exemple. Vous me décevez beaucoup, lieutenant.

La voix du major résonnait de tristesse plus que de colère.

— Je comprends, monsieur.

— Bien.

Le major passa derrière son bureau, posa les deux poings sur le bois poli et se pencha vers Wade.

— Et pourtant, je n'entends aucune excuse ni aucune phrase aussi simple que : « Cela ne se reproduira plus. »

— Cela va sans dire, monsieur.

— Est-ce que vous le croyez vraiment, Wade ? Arrêtez au moins de jouer au héros. Cette fois, vous avez failli y laisser la vie. Mais puisque je ne peux pas vous renvoyer, et pour vous discipliner un peu…

Il s'assit et Wade comprit qu'il n'avait pas perdu son poste.

— Je vous mets sur la touche.

— Pardon, monsieur ?

Il baissa les yeux pour établir un contact visuel avec le major, mais se remit aussitôt au garde-à-vous devant son regard sévère.

— Je ne suis pas certain de comprendre.

— Travail de bureau, lieutenant. Vous vous présenterez ici chaque jour pour travailler sur les dossiers qui vous attendront. Vous ne quitterez pas ce bureau entre 9 heures et 17 heures, pas même pour déjeuner. Vous avez compris ?

— Parfaitement.

— Rompez.

— Mais cette affaire, monsieur ?

Il fixait un point, juste au-dessus de la tête du major, afin de ne pas supplier du regard l'homme qui tenait son destin entre ses mains.

— Nous ne connaissons qu'une infime partie des crimes de Rushdan Reval, ajouta-t-il. Nous avons l'occasion rêvée d'infiltrer la bande de cette ordure.

— Vous avez reçu l'ordre de ne plus vous occuper de cette affaire, lieutenant. J'ai dit, rompez.

Wade sortit du bureau, la bouche sèche. S'il était heureux d'avoir encore un travail, il se demandait comment il allait pouvoir survivre à ce qui l'attendait – des heures à passer des dossiers au crible, la plupart concernant des affaires sur lesquelles il n'avait même pas travaillé. Il était surtout déçu d'avoir tout fait capoter, et dans les grandes largeurs, alors qu'il était sur le point de faire tomber la bande de Reval.

Son équipier, Jack MacKinnon, l'interrogea du regard depuis l'autre bout de la pièce. Par contre, Slate Thompson et Heath Murray, ainsi que d'autres rangers de la compagnie B, évitèrent tout contact visuel avec lui. Ils devaient tous croire qu'il s'apprêtait à rassembler ses affaires. Personne ne s'attendait à ce qu'il conserve son grade ou son travail.

En s'aidant de la béquille que l'hôpital l'avait obligé à utiliser, il rejoignit son bureau. Son œil gauche lui faisait tellement mal qu'il distinguait à peine sa chaise – sans doute le machin à roulettes, derrière le gros cube de bois. Oui, il pouvait encore plaisanter. Par contre, ses côtes fêlées étaient trop douloureuses pour qu'il puisse se permettre de rire.

Les médecins avaient été francs : ses maux de tête mettraient un certain temps avant de disparaître. Quant à sa vision, il était possible qu'il ne la recouvre jamais totalement. Ils avaient exigé de lui un repos absolu.

Il était resté assis chez lui pendant deux jours avant de s'installer péniblement au volant de son camion pour parcourir le court trajet qui le séparait du quartier général. Le plus douloureux avait été de reprendre contact avec le sol, une fois arrivé à destination.

Il s'assit, posa sa béquille par terre, et fit rouler la chaise vers le bureau.

— Ça va ? demanda Jack en lui tapotant le dos. Apparemment, tu as encore un travail.

Il ne l'avait pas vu arriver. Il sursauta et laissa échapper un sifflement de douleur.

— Pour le moment, oui. Et uniquement derrière ce magnifique bureau.

Il flatta le meuble comme il aurait flatté un chien.

— Toujours aussi farceur, je vois. Pour combien de temps ? demanda Jack en s'asseyant sur le coin de son bureau.

— Bonne question.

Il avait trop mal pour hausser les épaules, et regarder Jack était inutile. Tout ce qui l'entourait était flou.

— Il va sans doute falloir du temps avant qu'il t'accorde de nouveau sa confiance, remarqua Jack.

Il se frotta le menton, puis la nuque – ce fut du moins ce que Wade pensa voir à travers le brouillard qui l'enveloppait.

— Je suis plutôt surpris de ne pas être consigné ici, moi aussi, reprit-il. Mais après tout, si je me suis retrouvé mêlé à cette affaire, c'est uniquement à cause de toi.

— Ne commence pas. Je t'ai demandé de me rendre un service et tu as arrêté un gros client. En plus, tu as trouvé une petite amie. D'ailleurs, je devrais sans doute la remercier. C'est parce que son patron travaille pour l'État que j'ai encore un travail. Quoi qu'il en soit, je peux dire que c'est moi qui vous ai réunis.

— Tu pourrais le dire, oui…

Jack se leva, prit son revolver dans le tiroir de son bureau et le glissa dans son holster.

— Mais si tu le disais, il faudrait que je te botte les fesses.

Il éclata de rire avant de reprendre.

— Maintenant que je sais que tu es consigné à ton bureau, je comprends pourquoi j'ai été prêté à la police de Dallas.

— Les agents qu'ils ont perdus n'ont pas encore été remplacés. Ils sont en sous-effectif. J'aurais pensé que le major voudrait que je t'accompagne.

Son coéquipier haussa les sourcils.

— Arrête un peu… Tu sais que je mettrais ma vie entre tes mains, mais tu dois rentrer dans le rang, mon vieux. Les rangers ont un devoir spécifique, et…

— Et doivent respecter la loi. Oui, je sais. Je suis resté au garde-à-vous pendant une heure à écouter ce sermon. J'ai pensé que le major serait plus dur avec moi si je lui rappelais que la station debout m'était pénible.

Jack lui frappa sur l'épaule, et il retint une grimace à grand-peine. Au moins, il força son corps à rester droit.

— Ce que j'allais dire, continua Jack, c'est que nous avons une tradition. Notre slogan est peut-être « Un ranger pour chaque émeute », mais nous ne sommes pas forcés d'agir seuls pour autant. Je suis là pour toi et je le serai toujours.

— Merci, Jack. J'apprécie.

— Fais profil bas. Ne cherche pas les ennuis.

— Je ne les cherche jamais, vieux. Ce sont eux qui me trouvent. Fais attention à toi. Je ne serai pas là pour te protéger.

— Comme tu m'as protégé en te faisant tellement amocher que tu tiens à peine debout ?

— Trois côtes fêlées, ce n'est pas grand-chose.

Il plissa son bon œil.

— Et d'ailleurs, ils m'ont pris par surprise.

— C'est vrai.

Jack s'éloigna et Wade le suivit des yeux. Son équipier croisa une secrétaire qui se dirigeait vers son bureau, un carton dans les mains.

— Le major Clements veut que vous examiniez ces dossiers, Wade, dit-elle en posant la boîte par terre, à côté de sa chaise. Vous devez vérifier que tous les rapports sont corrects et que toutes les données ont été entrées dans l'ordinateur. En gros, ce sont les dossiers qui seront utilisés pour un procès ou transmis au quartier général. Quand vous aurez fini, je vous apporterai la suite de l'alphabet.

Elle se détourna mais fit aussitôt volte-face pour ajouter :

— N'oubliez pas que ces dossiers doivent être remis sous clé chaque soir.

Wade souleva le couvercle de la boîte et en tira le dernier dossier… Carla Brynhearst.

— Super.

Il le remit à l'intérieur et sortit le premier dossier, au nom d'Ader.

Faire profil bas. Accepter la sanction… Conserver son poste.

Il y parviendrait. Il avait voulu devenir Texas Ranger pendant trop longtemps pour échouer. Après qu'un homme avait tout risqué pour l'empêcher de consacrer sa vie au crime, il n'avait pas eu d'autre but. Il avait fréquenté l'université, puis l'école de police du Texas, avait passé trois longues années près de la frontière au sein de la police de l'autoroute et, enfin, un poste s'était libéré dans la compagnie B. Maintenant, ces hommes étaient ses frères.

Le téléphone de son bureau sonna, et il décrocha.

— Bonjour, beau gosse. Je voulais juste savoir comment tu allais.

Therese Ortis. Il n'avait pas menti à Jack : les ennuis savaient toujours comment le retrouver.

Mon Dieu, la voix de cette femme suffisait à lui envoyer des décharges électriques dans les veines. Où était-elle maintenant ? La semaine précédente, depuis l'hôpital, il avait demandé à l'un de ses collègues de faire une recherche sur elle. Normalement, elle aurait dû être sur le point de répondre devant la justice de ses liens avec

Rushdan Reval, le chef de l'organisation criminelle de Dallas qui venait d'essayer de le tuer. Mais le ranger n'avait rien trouvé.

— Je pense que je te dois quelque chose, ne serait-ce qu'un dîner, dit-il. Après tout, tu m'as sauvé la vie.

Il réfléchissait déjà aux moyens de localiser l'appel.

Il n'avait vu cette femme qu'une fois, et lui avait parlé à peine plus souvent. Pourtant, il avait mordu à l'hameçon de sa voix sensuelle et de ses sous-entendus et se balançait au bout de sa ligne, irrémédiablement pris au piège.

— Cela me ferait vraiment plaisir, mais ce n'est pas comme ça que tu vas échapper au travail de bureau, ronronna-t-elle.

— Est-ce que c'est grâce à toi que j'ai conservé mon poste ?

— Les femmes ne dévoilent jamais leurs petits secrets, Wade.

Elle marqua une pause, juste assez longue pour que ses paroles aient sur lui l'effet recherché.

— Il faut que j'y aille, ranger. À la prochaine.

— Attends…

Trop tard. Elle avait raccroché. Il ne prit pas la peine de se renseigner sur le numéro, sachant qu'il n'aboutirait qu'à une impasse, comme toutes les autres fois. Sa femme mystère avait pour habitude de ne surgir que quand elle avait besoin de son aide… et de disparaître aussitôt.

Il ouvrit le dossier et se mit au travail. Avec un peu de chance, il pourrait abattre une lettre par jour. Vingt-six jours coincé sur une chaise, derrière un bureau, pendant que ses collègues faisaient le vrai boulot…

De toute façon, c'était derrière un bureau que se menait la plus grande partie d'une enquête. Oui, il pouvait y arriver.

Surtout maintenant qu'il avait trouvé une motivation : percer le mystère qui entourait la dame de ses pensées.

Parce qu'il était fermement décidé à retrouver Therese Ortis.

1

Aujourd'hui

Encore un de ces vendredis soir où l'on avait deux bières pour le prix d'une… Wade occupait le tabouret qu'il s'était approprié, et sur lequel il finissait ses soirées depuis des années. Il était en bout de comptoir, près du mur, de sorte que personne ne pouvait le prendre par surprise. Seul son côté droit était exposé au reste de la salle. C'était préférable, d'autant que la vision de son œil gauche se troublait parfois.

Il aurait dû être ailleurs, dans un endroit plus recommandable, où il aurait pu dire qu'il était Texas Ranger. Ou peut-être avec ses amis. Mais aucun d'eux n'était célibataire. Heath était chez lui, avec sa femme. Slate aurait tout aussi bien pu être marié. Et Jack – censé être son équipier – était fiancé.

Il fallait qu'il trouve d'autres amis. Des amis qui aimeraient… Qui aimeraient quoi ? Regarder un match ? Jouer à des jeux de culture générale en mangeant des ailes de poulet ? Où qu'il aille, quel que soit le tabouret sur lequel il s'assiérait, il regarderait toujours toutes les femmes brunes qui passeraient la porte en espérant la voir, *elle*.

Il ne pouvait pas continuer comme ça. Cela faisait six

semaines qu'il écumait les bars de Greenville Avenue. Il devait cesser de rechercher l'agent Therese Ortis.

Et dès ce soir. Il s'était montré une fois de trop dans d'autres troquets. Plus tôt dans la soirée, d'autres barmans lui avaient fait signe de passer sa route. Sa plaque de ranger n'était pas bonne pour leurs affaires.

Voilà pourquoi il s'était retrouvé ici, dans son bar habituel, où on le connaissait depuis toujours. Le seul bar où personne ne lui reprochait de porter cette plaque.

Il pressa la tranche de citron vert dans sa bière mexicaine, sans prêter attention aux gens qui l'entouraient. Il allait demander à Jack de le conseiller. Si Therese voulait le contacter, elle savait comment faire. Elle l'avait déjà fait pour sauver Megan – et pour le sauver avant que Rushdan Reval fasse sauter le bâtiment dans lequel il se trouvait.

La porte s'ouvrit bruyamment, et des têtes – y compris la sienne – se tournèrent vers le bruit.

Bon sang !

— Wade !

La femme qui hantait ses rêves depuis si longtemps avança vers lui en se frayant un chemin entre les ivrognes et les clients qui avaient déjà repris leurs conversations.

— Tu dois…

Elle parlait trop fort. Elle jeta un coup d'œil nerveux autour d'elle et s'approcha de lui.

— Tu dois arrêter tes… tes recherches. Est-ce que tu m'écoutes ? Je suis folle de rage.

Non, il ne l'écoutait pas. Il ne pouvait détacher ses yeux de sa minuscule robe jaune vif – qui ressemblait moins à une robe à part entière qu'à une partie d'une robe décente. La couleur faisait ressortir le brun foncé de ses cheveux.

Ensuite, son regard fut attiré par le collier tape-à-l'œil

qu'elle portait et son décolleté plongeant. Quant à ces talons… Comment diable parvenait-elle à marcher ? Et comment cette robe tenait-elle en place ?

La femme qui lui avait littéralement sauvé la vie se passa la langue sur les lèvres et inspira profondément. Il posa aussitôt les yeux sur le comptoir et se mit à transpercer les trois tranches de citron vert avec la pique en plastique.

— Hé, Wade, chéri ?

Son chuchotement sensuel et le contact léger de sa main sur la sienne firent fuser toutes sortes de sensations dans son corps.

Six semaines sans lui donner aucune nouvelle, et c'était elle qui était folle de rage ? Contre lui ?

Même s'il l'avait surprise au sein d'une bande de criminels l'année passée, jamais il n'avait cru qu'elle était du mauvais côté de la barrière. Quelque chose dans leurs rares conversations l'en avait empêché. Et, il y avait de cela six semaines, il avait fait une découverte qui l'avait abasourdi : elle travaillait pour le FBI, ou quelque chose de similaire. Elle était entourée de secrets. Mais lui avait-il pardonné pour autant de l'avoir dessaisi d'une affaire importante ? Non.

Elle était maintenant tellement proche de lui qu'il sentait la caresse de son souffle dans son cou. L'invitation était claire, mais il ne fit rien. Il n'en avait pas le droit, même si elle l'avait appelé « chéri ».

— J'aime te voir en T-shirt, reprit-elle. Un T-shirt met tes bras musclés en valeur. Mais cette chemise aussi te va à ravir. Elle fait ressortir le bleu acier de tes yeux.

Il aurait pu lui répondre qu'il aimait sa robe, mais il n'en fit rien.

Elle lui pressait le biceps en esquissant une moue, comme si elle attendait un baiser.

— Non, dit-il.

— Tu es sûr ?

Elle s'assit sur le tabouret, pivota vers lui et glissa ses longues jambes sous les siennes. Le bout de tissu jaune remonta sur ses cuisses, les dévoilant entièrement.

— Je n'ai rien demandé.

Minute. De quoi parlaient-ils ? D'un baiser, ou du service qu'elle s'apprêtait sans doute à lui demander ? Heureusement que les tabourets étaient trop éloignés l'un de l'autre pour qu'il la fasse glisser jusque sur ses genoux afin de découvrir la réponse. *Heureusement ?*

La porte s'ouvrit et Therese se retourna. Quand elle lui fit face de nouveau, son regard était vide de toute expression. Un grand costaud entra et invita quelqu'un d'autre à le suivre. Les deux hommes refermèrent derrière eux la porte qui empêchait la chaleur écrasante de l'été d'entrer dans la salle.

L'attitude de Therese changea du tout au tout. Sur son visage, la douceur succéda à la colère. Elle ferma les yeux et inspira longuement par le nez, de sorte que ses seins tendirent le tissu de sa robe ajustée. Quand elle se passa le bout de la langue sur les lèvres, Wade dut porter sa bière à sa bouche pour ne pas baver et but en la dévorant des yeux.

L'explosion de citron vert le poussa à se lécher les lèvres lui aussi, à moins qu'il ait imité inconsciemment la séductrice assise à ses côtés. Elle entrouvrit lentement ses lèvres rouge sombre, bien plus lentement que nécessaire, en un geste parfaitement étudié. Il aurait pu capituler tout de suite, accepter de faire tout ce qu'elle lui demanderait, même sans savoir de quoi il s'agissait.

Alors, il la quitta des yeux pour inspecter la petite salle. Tous les clients étaient des habitués, à l'exception des deux derniers arrivants. Les recoins de la salle fourmillaient de secrets dans lesquels il ne fourrait pas son nez. Il savait de quoi il retournait. Il venait ici depuis ses années d'université et préférait que personne ne raconte qu'il était Texas Ranger. Ici, il n'avait jamais eu besoin de montrer sa plaque.

— Je sais que cela fait longtemps que je n'ai pas appelé. Ne m'en veux pas, s'il te plaît.

Elle s'empara de sa tranche de citron vert et il se retint de baisser les yeux vers le décolleté plongeant qu'elle lui collait délibérément sous le nez.

— Il faudrait que je m'intéresse à toi pour être fâché, ou agacé, mentit-il.

Il ne savait pas pourquoi son comportement avait changé, mais il allait entrer dans son jeu.

— Il s'est passé beaucoup de choses, mon chéri…

Elle le gratifia d'une moue boudeuse, une expression qu'il ne se serait jamais attendu à voir sur son visage.

Qu'est-ce qu'il se passait ? Cinq minutes plus tôt encore, elle semblait furieuse qu'il ait cherché à la retrouver.

— Donc tu n'es pas fâché ? Même pas un peu vexé, bébé ?

Elle sourit d'un air entendu en dessinant, du bout d'un ongle rouge sombre, un cercle sur le dos de sa main.

Chéri ? Bébé ? Où voulait-elle en venir ? Elle porta la tranche de citron vert à ses lèvres et la lécha lentement. Elle savait exactement comment le déstabiliser. Pourtant, c'était elle qui tremblait comme une feuille dans une bourrasque – et ce fut pour cette unique raison qu'il se retint de lui montrer à quel point il n'était *pas* en colère.

Oui, il était loin d'être insensible au petit manège de cette séductrice. Quel homme l'aurait été ? Mais ce qui le troublait le plus était ce tremblement, et le regard traqué qu'elle posait tout autour d'elle, comme si elle guettait un danger.

Quand le barman s'éloigna, elle se pencha vers lui.

— J'ai un énorme service à te demander. Je t'expliquerai tout.

L'atmosphère changea. La séduction laissa place à l'urgence. Cependant, il répondit :

— Pas question.

Therese ? Expliquer ? Elle n'expliquait jamais rien. Il avala une grande gorgée de bière avant de lui demander poliment si elle désirait boire quelque chose. Bien qu'elle ait secoué la tête, il attira l'attention du barman et lui demanda deux bouteilles.

— Et si je te promets que tu ne finiras plus jamais derrière un bureau à cause de moi ? demanda-t-elle de cette voix grave et sensuelle qui l'avait déjà piégé plus d'une fois.

Cela faisait plus d'un an qu'il cherchait à reprendre contact avec elle. Alors, pourquoi hésitait-il maintenant ? Parce qu'il était bourré d'incertitudes. Qu'il était las qu'on se serve de lui. Et franchement énervé qu'on l'ignore.

— Ce que j'en pense, répondit-il avec un sourire éclatant, c'est que tu n'as encore rien dit que je n'aie pas déjà entendu.

— C'est impossible.

— Étant donné que je me souviens des sept conversations que nous avons eues… je suis pratiquement sûr de pouvoir répéter tout ce que tu m'as dit, mot pour mot.

Et tout ce que tu ne m'as pas dit.

— Je crois que le service que je veux te demander va t'intéresser, mon chou, dit-elle à voix basse. J'en suis même certaine.

— Non, répliqua-t-il sur le même ton.

Il en avait assez. Il était fatigué. Kaput. Il refusait de se laisser entraîner. Et pourtant, il était dévoré par la curiosité.

— Est-ce qu'il y a quelque chose que je pourrais dire ou faire pour t'amener à changer d'avis ?

Elle effleura son bras du bout de l'ongle, de l'épaule jusqu'à la main. Elle semblait tellement innocente, tellement sincère que, s'il l'avait mieux connue, il aurait pu penser qu'elle était aux abois. Mais il ne la connaissait pas. Elle ne s'adressait à lui que quand elle avait besoin de quelque chose et, enquête ou non, il détestait qu'on se serve de lui.

Et il détestait céder à qui que ce soit.

Elle posa vivement les yeux sur le miroir accroché derrière le comptoir, et il l'imita. Les deux costauds semblaient venir vers eux. Elle se crispa, mais il fut sans doute le seul à s'en rendre compte, parce qu'elle lui tenait la main. Les deux hommes ne remarquèrent sans doute rien, bien qu'ils n'aient d'yeux que pour elle. Ils semblaient parfaitement normaux, hormis la bosse que dessinaient leurs vestons – qu'ils ne portaient que pour dissimuler des armes.

Aucun doute : ils étaient là pour elle.

— Wade, dit-elle bien trop fort. J'ai faim.

— Quoi ?

Elle posa un doigt sur ses lèvres pour l'empêcher de poser la question suivante et se tourna de nouveau vers le miroir. Il écarta doucement sa main de son visage, la reposa sur le comptoir, et y glissa une bouteille.

— Apparemment, je vais devoir t'écouter me parler du service dont tu as besoin.

Il pressa une tranche de citron vert et la glissa dans le col de la bouteille couverte de condensation.

2

En temps normal, Therese n'aurait prêté aucune attention à un homme aussi beau que le Texas Ranger Wade Hamilton. Il était presque trop beau.

La coupe de ses cheveux brun foncé lui dégageait le front. Ses yeux d'un bleu intense étaient surmontés de sourcils au dessin très masculin. Et le col déboutonné de sa chemise bleu ciel laissait entrevoir les poils sur son torse. Un torse dont elle déjà avait deviné la forme sous un T-shirt, comme elle le lui avait dit plus tôt.

Oh oui, elle avait gardé l'œil sur lui, à l'époque où elle maîtrisait la situation. Et six semaines plus tôt, elle était tombée nez à nez avec lui sur une scène de crime.

Elle aurait dû l'aborder discrètement et lui expliquer ce qu'elle faisait vraiment. Il aurait laissé tomber. Quand elle avait fait part de ses intentions à son supérieur, il lui avait ri au nez et ordonné de ne pas s'approcher du ranger. Tout le monde avait vu Wade lui jeter ce qu'ils appelaient des « regards torrides ». Et on lui avait bien fait comprendre que malgré tous les efforts qu'elle faisait pour y paraître insensible, on voyait clair dans son jeu.

Alors, elle avait évité le grand et beau ranger et payé les barmans qu'il interrogeait sur elle pour ne rien dire. Mais le mal était fait. Wade avait montré son insigne une fois de trop et maintenant, Rushdan était persuadé que c'était elle qui l'avait dénoncé aux flics.

Ce qui était le cas, bien sûr. Mais il ne s'en était pas douté avant que Wade Hamilton commence à poser trop de questions sur elle.

Quand elle était entrée dans ce bar l'année précédente et qu'elle avait vu Wade assis sur ce même tabouret, elle en avait eu le souffle coupé. Comme il ne l'avait pas reconnue, elle s'était bornée à se tapir dans un coin pour le regarder. Depuis ce vendredi soir, elle n'avait cessé de penser à lui.

Ils s'étaient rencontrés pour la toute première fois alors qu'elle était encore adolescente. En venant à son secours, il lui avait complètement fait tourner la tête. Elle avait été un peu vexée qu'il ne reconnaisse pas l'adulte qu'elle était devenue, mais c'était compréhensible. Ce soir-là, beaucoup de choses s'étaient passées. Et aujourd'hui, il était le seul homme qui puisse lui sauver la vie.

Si elle restait seule, elle allait être tuée. Point.

Elle aurait aimé pouvoir attendre, ou lui dire pourquoi elle avait besoin de lui. Elle était venue jusqu'ici en espérant le trouver perché sur son tabouret habituel, au lieu de l'éviter comme tous les vendredis soir depuis son retour à Dallas. Les ordres qu'elle avait reçus étaient sans équivoque : elle ne devait ni lui parler ni le rencontrer.

Sa dernière entrevue avec Rushdan l'avait mise mal à l'aise. Bien qu'elle soit présente, il ne s'était adressé qu'aux hommes à qui il avait demandé pourquoi un certain Texas Ranger sillonnait Dallas en posant des questions sur elle. Quand elle avait quitté les bureaux, deux hommes de main l'avaient suivie.

D'accord… elle était aux abois et la panique menaçait de la gagner. Elle était à peu près certaine que ces hommes avaient reçu pour ordre de l'éliminer. Trois ans de travail sous couverture fichus en l'air parce qu'on lui avait ordonné de ne pas parler à l'homme à côté duquel elle était assise. Sa panique enfla, et elle eut l'impression que les murs du bar se refermaient sur elle.

Dans le miroir, elle vit les hommes de Rushdan approcher. En s'exhortant au calme, elle posa hardiment la main sur la cuisse musclée de Wade. Il sursauta. Comme c'était mignon.

— Est-ce que ce siège est libre ?

L'homme qui avait posé la question était le bras droit de Rushdan, et il connaissait la réponse. Il savait – ou croyait savoir – qu'elle était venue seule et sans arme.

Elle s'écarta de Wade et décocha à l'homme un sourire qui se voulait radieux.

— Je suis déjà avec quelqu'un, mon chou. Pas la peine de me draguer.

« S'il te plaît, Wade, entre dans le jeu. Ne me hurle pas dessus parce que j'essaie de lui faire croire que nous sommes ensemble. Tout est ta faute, de toute façon. »

— Pour tout dire… nous allions partir.

Wade porta la bouteille à ses lèvres au dessin parfait et but ce qu'il restait de bière.

— Nous dînons avec des amis, précisa-t-il.

— Vous n'allez donc pas boire cette bière ?

L'homme de Rushdan se pencha pour attraper la bouteille à laquelle elle n'avait pas touché. Il était tellement proche d'elle qu'elle manqua glisser du tabouret en essayant d'éviter tout contact. Si elle ne tomba pas, ce ne fut que parce que les jambes de Wade l'en empêchèrent. Dommage qu'ils n'aient pas le temps pour flirter. Même s'il semblait un peu nerveux, elle aurait pu s'amuser.

— Allez-y, répondit Wade. La petite dame a peur qu'une bière lui coupe l'appétit.

Il se leva et laissa tomber quelques billets sur le comptoir avant de poser les mains sur ses épaules. Elle sentait la fermeté de son corps derrière elle.

— Vous pouvez prendre nos tabourets.

Dans d'autres circonstances, la douceur de son accent aurait pu la faire fondre.

— Nous ne serons jamais au restaurant à temps, mon chou. Pas si tu nous… mets en retard.

Elle se passa la langue sur les lèvres avec une sensualité délibérée. Elle avait beaucoup trop d'expérience en matière de flirt et pourtant, elle était toujours mal à l'aise de devoir se comporter ainsi. Elle se sentait beaucoup plus à l'aise avec un 9 millimètres dans les mains et une cible à cinquante mètres. Elle ordonna à ses nerfs de se calmer. Sinon, il allait falloir un seau pour recueillir la sueur qui perlait dans ses paumes.

Le personnage de la blonde écervelée – même si elle était brune – n'avait jamais été celui qu'elle avait rêvé de jouer en infiltration. Néanmoins, elle était prisonnière de ce personnage. Son identité, construite avec soin, était celle d'une femme douce, vulnérable et pas trop futée.

Du moins Rushdan Reval pensait-il qu'elle était douce.

Elle descendit de son tabouret en heurtant délibérément l'homme de Reval, passa les mains sur son torse flasque et s'empara de l'arme qu'il portait dans son étui.

Le second gorille de Rushdan fit un pas vers eux mais elle recula vivement et passa le revolver à Wade, qui le braqua sur leur assaillant. Le barman et les clients s'immobilisèrent aussitôt.

— Oh oh, dit-elle en agitant un doigt vers l'homme de main de Rushdan. Que diraient tes amis s'ils apprenaient que tu as perdu ton arme ? Mais si tu ne leur dis rien, ce n'est pas moi qui vendrai la mèche.

Wade l'attira vers lui sans ménagement.

Bon sang, cet homme était un roc ! Mais ce n'était pas le moment de penser à son corps, même s'il se comportait comme si elle était sienne depuis dix ans. Il avait peut-être l'habitude de voir les femmes se jeter à ses pieds, mais cela faisait bien longtemps qu'un homme ne l'avait pas tenue comme il le faisait.

Bien qu'elle se soit forgé un personnage de fille facile, elle n'avait pas eu de relation suivie depuis l'université. Le statut d'agent infiltré était incompatible avec une vie sentimentale.

Son estomac fit un double saut périlleux quand les mains de Wade glissèrent un peu plus bas sur sa taille – un peu trop bas à son goût. Elle continua quand même à marcher droit vers la porte. Il fallait qu'ils sortent de ce bar ensemble afin qu'elle lui explique les raisons de sa présence sur Greenville, ce qui lui permettrait peut-être de sauver trois ans de travail.

Cet après-midi, en mentant à Rushdan sur les raisons pour lesquelles Wade la recherchait, elle avait gagné assez de temps pour le retrouver. Par contre, elle n'avait pas pu contacter son équipe pour demander des renforts. Mais quelque chose – ou quelqu'un – avait éveillé les soupçons de Rushdan. S'il avait envoyé ces deux types à ses trousses, ce ne pouvait être que dans un but : l'éliminer.

Le trajet jusqu'à la porte lui parut interminable. Soudain, les doigts de Wade frôlèrent sa hanche et elle leva vivement les mains pour s'éventer le visage – pour donner le change, mais aussi parce que ses joues étaient en feu.

Wade ouvrit enfin la porte et s'effaça pour la laisser passer. Elle voulut jeter un dernier regard aux hommes qui la pourchassaient et se retourna. Le mouvement la rapprocha du corps de Wade, lui faisant prendre conscience de sa virilité parfaite.

Une étincelle dansait dans ses yeux. Cet idiot se moquait d'elle. Peut-être qu'elle avait tellement cherché à le séduire qu'elle ne parvenait plus à s'arrêter. Comme si la femme sensuelle qui vivait en elle, et ne se manifestait que rarement, avait choisi ce moment précis pour prendre le contrôle.

Elle se tourna complètement vers Wade et la chose moulante que la vendeuse avait appelée une robe remonta encore plus haut sur sa cuisse. Les doigts de Wade effleurèrent la peau nue, juste sous l'ourlet. Elle se figea.

Quelque chose passa entre eux et le regard de Wade se fit brûlant.

Même si son cerveau avait pratiquement cessé de fonctionner, elle était consciente qu'ils se tenaient à la porte d'un bar à moitié plein et qu'elle n'avait guère échangé que quelques phrases avec cet homme. Mais dans une partie de son âme que personne n'avait jamais touchée, un aimant s'alluma et l'attira vers ce ranger entièrement dévoué aux autres.

Quand leurs lèvres s'unirent, elle oublia tout. Elle oublia pourquoi elle était venue à Greenville et pourquoi il fallait qu'elle file d'ici au lieu de s'attarder et d'embrasser l'homme qui incarnait son plan d'évasion.

Une bouche douce et ferme s'empara de la sienne, l'aspira, l'attira. Elle écarta les lèvres. Au lieu d'une étrange sensation d'invasion, elle ne ressentit que de la perfection. Les bras merveilleusement forts de Wade se nouèrent autour de son corps et la plaquèrent contre ses muscles fermes. Ce n'était pas un baiser, non. C'était tout simplement fabuleux. Un simple baiser ne lui aurait pas coupé les jambes ainsi.

— Prenez une chambre ! cria un client du bar, suscitant une déferlante de rires.

Wade l'écarta légèrement de lui et scruta son visage. Il respirait aussi rapidement qu'elle.

— Chez toi ou chez moi ?

Il avait parlé à voix basse, mais toute la salle les écoutait.

Soudain, elle se rappela qu'ils devaient partir d'ici. Ce baiser avait-il suffi à faire croire aux hommes de Rushdan qu'elle avait retrouvé son amant ? Si elle restait avec lui pendant encore un moment, aurait-elle la vie sauve ?

— Chez toi, s'entendit-elle répondre. J'habite trop loin.

Ils laissèrent la porte se refermer derrière eux et se dirigèrent vers le parking. Wade la tenait toujours contre lui, hors d'atteinte de tout danger. La sensation était inhabituelle... Elle n'avait pas l'habitude d'être protégée.

Cependant, cela faisait bien longtemps qu'elle n'avait pas été aussi nerveuse. Et si les hommes les attaquaient ? Elle avait laissé son Beretta dans sa voiture, qui se trouvait à plusieurs kilomètres d'ici. Et voilà qu'elle avait entraîné avec elle un innocent qui n'avait pas la moindre idée de ce qui l'attendait.

Un petit rire lui échappa. Un innocent ? Le désir qu'elle avait lu dans ses yeux lui faisait soupçonner que le héros de sa jeunesse n'avait jamais été innocent.

Quoi qu'il en soit, il ne fallait pas qu'elle aille à l'encontre des ordres qu'elle avait reçus et le mêle à cette histoire. Elle allait le suivre jusqu'à son camion et trouver un autre moyen de se tirer de ce guêpier. Mais elle commit l'erreur de lever les yeux vers lui juste au moment où il baissait les siens.

L'étincelle grésilla de nouveau.

Une énergie brute l'attira jusqu'à sa bouche pour la seconde fois. Il plongea la langue entre ses lèvres, plaqua les mains sur ses fesses et la pressa contre lui. Elle sentit la force de son désir.

Un toussotement s'éleva à côté d'eux. Wade releva la tête mais la garda tout contre lui en lui chuchotant ce qu'il voulait faire avec elle… Ce qu'ils feraient bientôt. De petits frissons la traversèrent et se propagèrent à lui. Il mordilla son oreille.

Elle savait ce qui finirait par se produire, ce dont ils avaient tous deux besoin…

Wade fourra quelques billets dans la main tendue du gardien du parking avant de l'entraîner vers son camion, un bras toujours autour de sa taille. Il ouvrit la portière conducteur et la souleva pour la déposer sur la banquette. Elle commença à glisser vers la droite, mais s'arrêta net en voyant les hommes de Rushdan apparaître, au coin du bâtiment.

Avant que Wade ait eu le temps de mettre la clé dans le contact, elle attira son visage vers le sien et l'embrassa de nouveau, mais sans quitter les hommes des yeux. Tout comme lui.

Quand ils se séparèrent, son sauveur respirait aussi bruyamment qu'elle.

— Je te promets que si tu continues à m'embrasser comme ça, je vais finir par oublier que tu veux me demander un service et t'emmener tout droit chez moi.

3

Qu'est-ce qu'il pouvait bien se passer ? Wade avait hâte de le savoir. Les hommes qui suivaient Therese étaient sortis du bar, ce qui expliquait sans doute pourquoi elle l'avait embrassé une deuxième fois, puis une troisième.

Elle voulut glisser vers la droite, mais il la retint et la plaqua contre lui.

— Non. Tu restes ici. Cette fois, tu ne disparaîtras pas.

— Je voulais seulement mettre ma ceinture, répondit-elle. Il ne faudrait pas que la police nous arrête.

Il tendit le bras au-dessus de ses cuisses en se rappelant la douceur de sa peau soyeuse, et prit un malin plaisir à effleurer sa hanche quand il plongea la main entre les sièges pour trouver la ceinture. Quand il l'eut bouclée, il démarra et passa devant les hommes qu'elle ne pouvait que connaître.

— Alors, quel est le problème ? De quel service as-tu besoin ?

— Je pense que tu as remarqué, répondit-elle en agitant la main en direction des deux hommes. Ils ont l'air de penser que j'ai besoin d'une protection, et je déteste ça.

— Minute, coupa-t-il en sortant du parking. Puisque tu as choisi de me mêler à cette histoire, tu ferais mieux d'être franche avec moi. Ne me mens pas. Ces types n'étaient pas des gardes du corps.

— Rien ne m'oblige à te répondre, puisque tu m'as bien fait comprendre que tu ne voulais pas être mêlé à tout ça. Je respecte ton refus. Dépose-moi quelque part et j'appellerai un service de covoiturage pour rentrer chez moi.

Elle voulut s'éloigner de lui, mais la ceinture la retint.

— Tu n'iras nulle part. Et je suis déjà mêlé à cette histoire. L'un des types a pris des photos de moi et de mon camion. Ils sauront vite qui je suis, où j'habite et ce que je fais.

— Oh ! mon Dieu… J'avais oublié que tu conduirais ton camion et pas une voiture de patrouille. Mais je peux tout arranger, je te le promets.

— Je ne te demande pas d'arranger quoi que ce soit. Ce que je veux, c'est que tu me dises la vérité, pour une fois.

Ils avançaient à une allure d'escargot, comme toujours le vendredi soir dans ce quartier de la ville. Les voitures conduites par les deux hommes ne risquaient pas de les perdre de vue. Pour le moment, cela ne le dérangeait pas : cela lui permettrait peut-être d'en apprendre plus sur Therese.

— Tourne dans une autre rue, dit-elle. Tu pourras accélérer et les semer.

Elle se rapprocha de lui pour regarder dans le rétroviseur.

Mais sa décision était prise. Il méritait une explication. Il prit la direction du centre-ville.

— Où est-ce que tu vas, Wade ? Est-ce que… Est-ce que tu essaies de ne pas les perdre de vue ?

— Tu as dit que tu avais faim, non ?

Il cherchait à gagner du temps, rien de plus. En la voyant lever les yeux au ciel, il sut qu'il ne l'avait pas bernée.

— C'est vrai. Et maintenant ça t'intéresse ?

Il ne pouvait pas voir son visage. Elle était assise à

côté de lui, un bras posé sur les genoux, le front appuyé sur les doigts de son autre main. Il n'avait aucun point de repère qui puisse lui indiquer si elle était sérieuse ou non.

— Quoi ? Manger ? Ça m'arrive, de façon régulière.

Elle se retourna et remarqua :

— Ils n'essaient même pas de nous suivre discrètement.

Elle sortit son téléphone portable d'une petite poche qu'il n'avait pas encore remarquée.

Quand ils s'arrêtèrent à un feu rouge, il passa le bras autour de ses épaules. Il avait l'impression d'être un ado à son premier rendez-vous. Il regarda dans le rétroviseur et compta combien de voitures les séparaient des deux hommes.

— Où est-ce que tu voulais aller ?

— Un hôtel de luxe ? proposa-t-elle.

Elle lui frotta le genou, et ses pensées s'éparpillèrent.

Le feu passa au vert et il redémarra en se félicitant de ne pas sortir de la route malgré toutes les images très distrayantes qui défilaient dans son esprit. Qui étaient réellement ces hommes ? Des gardes du corps, ou des hommes de main ? Pourrait-il la protéger s'ils allaient dans un… Il déglutit et repensa à ce qu'elle venait de dire.

— Bien, dit-il. Assez joué. D'abord, range ce téléphone.

Il continua à rouler assez lentement pour que les hommes continuent à les suivre jusqu'à ce qu'elle se soit expliquée.

— Tu pourrais tout simplement me dire ce qu'il se passe. Tout me dire, sans rien omettre. Pars du principe que je travaille sur la même affaire que toi, quelle qu'elle soit.

— Je peux te raconter une partie de l'histoire.

Elle se tourna légèrement et caressa du bout des ongles sa joue rugueuse de barbe naissante.

— Avant, tu dois savoir deux choses, dit-il. D'abord…

Il pressa son épaule et l'attira légèrement contre lui.

— Si tu me proposes une fois de plus d'aller à l'hôtel, j'y vais tout droit. Et ne compte pas sur moi pour dormir ailleurs qu'à côté de toi.

Elle lui répondit par un sourire, qui semblait sincère.

— Quoi d'autre ? demanda-t-elle en traçant le contour de son oreille du bout du doigt.

Il s'arrêta à un nouveau feu rouge. Ses « amis » s'étaient rapprochés : leurs voitures étaient maintenant juste à côté du camion. Therese le regarda et il se prépara. Ses lèvres sensuelles s'unirent aux siennes, en un mouvement très lent. Le baiser passionné se prolongea après que le feu fut passé au vert.

Les trois véhicules bouchaient une rue à sens unique, en plein centre-ville, dans la circulation dense du vendredi soir. Un concert de klaxons s'éleva, mais il ne voulait pas la relâcher.

Ce fut elle qui s'écarta la première. Un sourire satisfait arquait ses lèvres.

— Ils ont mis le clignotant.

— Quoi ?

Il démarra machinalement une fois que les deux voitures eurent dépassé le camion.

— Ne roule pas trop vite. Ils vont devoir passer le prochain feu vert, et nous serons débarrassés d'eux.

Ah oui. Les hommes qui la suivaient – ou plutôt, les suivaient. Il lui suffisait de serrer cette femme contre lui pour perdre complètement le nord. De toutes celles qu'il avait rencontrées, elle était la seule à laquelle il ait pensé plus de deux fois.

— On dirait que nous les avons bernés en nous embrassant, dit-elle. Oh… Merveilleux. Ils se garent pour nous attendre.

— Nous devrions utiliser leur filature à notre avantage, lâcha-t-il.

Comment ? Il n'en savait trop rien.

— Qu'est-ce que tu veux dire ?

— Commence par me dire qui sont ces hommes.

Il continua à rouler vers l'ouest sur Commerce, passant le centre-ville et la prison du comté. Les hommes les suivaient toujours, sans même essayer d'être discrets.

— Est-ce que tu es en danger ?

— Tu veux la version courte ?

— Commence par répondre par oui ou par non.

— Et « Je crois que oui » ?

— Tu te fiches de moi, Therese. Réponds-moi, ou je fais demi-tour et je te dépose au commissariat du comté. Sur la centaine d'agents qui s'y trouvent, il y en aura bien un pour écouter tes explications. Et que feront tes amis ?

— Non. Zut, tu n'as aucun droit d'exiger quoi que ce soit.

Elle détacha sa ceinture et se tourna vers lui, pressant sa jambe nue contre la sienne. Elle posa une main sur ses genoux. L'autre jouait avec une mèche de ses longs cheveux.

— Tu sais que tout est ta faute.

— Ma faute ?

Il ne pouvait pas se laisser troubler par toute la peau qu'elle dévoilait, mais il avait le plus grand mal à se concentrer. Il fallait qu'elle se rassoie sagement et rattache sa ceinture.

— C'est parce que tu m'as cherchée dans toute la ville que ces types me sont tombés sur le dos. J'ai dû improviser et leur fournir une explication.

— Qu'est-ce que tu me caches, Therese ?

Peut-être qu'il aurait pu parler un peu moins fort, sur un ton moins agressif. Et peut-être que non.

— Bon sang, il me faut une explication !

— La vérité, c'est que je travaille sur cette affaire depuis trois ans.

Une affaire ? Sur laquelle elle avait déjà passé trois ans ?

— Je le savais.

Il ralentit et s'arrêta. Il mourait d'envie de passer la main sur cette peau soyeuse.

— Tu travailles sous couverture pour le FBI, reprit-il. Voilà pourquoi tu étais avec Steve Woods, ce jour-là.

Même si ses lèvres esquissaient une moue sensuelle, elle le fit taire d'un geste de la main.

— Chut. Ne le dis pas à voix haute, même si nous sommes seuls. Quand tu as commencé à te renseigner sur mon compte, j'ai cru que ce n'était pas bien grave. Mais tu as tellement insisté que mon « patron »…

Elle haussa les épaules, dessina des guillemets dans l'air pour encadrer le mot.

— … Est devenu un peu nerveux, conclut-elle.

— Assez nerveux pour t'envoyer des… gardes du corps ?

Des hommes de main, plutôt. Mon Dieu, comme il avait envie de l'embrasser. Il chassa cette pensée et se concentra. Il y avait des hommes, armés de revolvers. Une mission d'infiltration. Et le service qu'elle voulait lui demander.

— Dernière chance, Therese. Qui est ton patron ?

— L'affaire sur laquelle je travaille est sans importance.

— Pas pour moi, riposta-t-il. Je peux garder le secret.

— Je ne peux pas prendre le risque que tu fasses tout rater, Wade. Il m'a fallu plus d'un an pour gagner la confiance de Rushdan Reval. Il faut juste que tu arrêtes de poser des…

— Tu travailles avec la bande de Reval ? coupa-t-il. C'est donc pour ça que tu étais là quand nous l'avons arrêté l'année dernière ? Est-ce que tu as passé tout ce temps à Dallas sans me contacter ?

— Non… Pas… vraiment.

Elle le toisa, comme pour lui faire comprendre qu'il était fou de penser qu'elle l'avait délibérément évité.

— Pas la peine de me regarder comme ça, Therese. Tu as le chic pour disparaître.

— Je voulais te contacter, mais on m'a interdit de le faire, pour ne pas mettre ma couverture en danger. Après son arrestation, Rushdan m'a affectée à l'une de ses opérations annexes, à San Antonio. J'ai dû attendre que les charges qui étaient retenues contre lui soient levées pour revenir ici.

Elle agita le doigt pour lui faire signe d'avancer.

— Tu devrais continuer à rouler, même si nous ne savons pas où nous allons.

Wade redémarra et passa le feu à l'orange. Les hommes de Reval, qui se trouvaient un peu derrière eux, accélérèrent pour le rattraper mais se retrouvèrent bloqués au rouge.

— Je sais où je vais, dit-il. Il nous faut des renforts.

— Non. S'ils avaient dû s'en prendre à nous, crois-moi : ils l'auraient déjà fait.

Il ôta à contrecœur sa main de l'épaule de Therese pour attraper son téléphone dans sa poche arrière.

— Avant que nous allions plus loin, il faut que je règle quelques détails.

Il composa le numéro du quartier général de la compagnie B.

— Non, Wade. Je travaille sur cette affaire depuis

longtemps, et tu m'as déjà bien assez aidée. Je ne peux pas te mettre de nouveau en danger. Reval te reconnaîtrait.

Elle se redressa et glissa vers la droite.

Non !

— Enfin, Therese, tu ne vas pas descendre en marche au milieu de nulle part. Nous allons nous cacher pendant quelques jours, le temps de décider ce que nous allons faire, et…

Elle ouvrit la portière avant qu'il ait pu l'en empêcher. Comme il avait ralenti pour prendre un virage, elle ne se ferait sans doute pas mal en sautant. Il freina quand même pour que cela n'arrive pas.

— Continue à rouler, Wade. Si je ne suis pas avec toi, ils te laisseront tranquille.

Elle bondit du camion, traversa la route et s'élança vers un chemin qui s'enfonçait dans la forêt. Pour la suivre, il allait devoir se garer, ce qui apprendrait aux deux hommes qu'ils avaient quitté le camion. Il accéléra et, dès qu'il eut suffisamment d'avance sur leurs poursuivants, tourna vivement dans la cour d'un entrepôt et coupa le moteur.

— Zut. Des barbelés.

S'il ressortait de la cour par le portail qu'il venait d'emprunter, les hommes ne manqueraient pas de le voir. Mais Therese Ortis n'allait pas lui filer entre les doigts une fois de plus.

— Non, pas cette fois, dit-il à voix haute.

Il n'avait nulle part où cacher son camion, qui était impossible à confondre avec les véhicules qui occupaient les autres places de parking. Et Therese avait raison : certains des hommes de Reval reconnaîtraient le camion qui appartenait au ranger qu'ils avaient fait prisonnier l'année précédente, après qu'il avait abattu l'un de leurs comparses.

Ce camion présentait au moins un avantage : le coffre-fort intégré dans lequel était rangée son arme. Mais s'il se lançait à pied aux trousses de Therese sans en informer le quartier général… Si tout partait en vrille… S'il faisait capoter une opération d'infiltration du FBI…

Sa carrière au sein des Texas Rangers était finie.

Therese valait-elle la peine qu'il coure ce risque ? La question ne se posait même pas. Il n'avait pas le choix. Il refusait que quelque chose lui arrive.

— Si je ne lui devais pas la vie, marmonna-t-il en descendant du camion, je pourrais repartir. Oh ! zut !

Pendant qu'il essayait de se décider, Therese prenait de l'avance sur lui.

Qu'il en soit donc ainsi. Sa vie était parsemée de « si ». S'il ne s'était pas fait remarquer en la cherchant ces six dernières semaines… elle serait à jamais sortie de sa vie. Et si elle n'avait pas appelé Jack en renfort l'année passée… Eh bien, il ne se serait pas trouvé ici, face à ce dilemme.

Il attrapa son arme dans le coffre-fort. Il ne pouvait ni passer par-dessus la clôture en barbelés, ni la contourner sans que les malfaiteurs qui se trouvaient de l'autre côté de ce portail le voient et le suivent. Il allait donc tout simplement traverser le bâtiment et sortir par l'arrière. Il lui suffisait d'atteindre la porte qui desservait le quai de chargement.

Pour cela, il allait devoir traverser le parking à découvert et sauter sur le quai de chargement haut d'un mètre vingt sans que les deux hommes le voient. Therese avait eu beau lui affirmer que sans elle, il ne risquait rien, il en doutait. Si ces brutes le prenaient et comprenaient qui il était… ils le tueraient. Et ils tueraient aussi Therese quand ils l'auraient rattrapée.

Une chose à la fois. Un poids lourd klaxonna, et les deux voitures durent se garer sur le côté de la route, le long du parking.

Il profita de ce que le trente-cinq tonnes entrait dans le parking pour le traverser sans être vu des malfaiteurs. Il continua à courir le long du bâtiment jusqu'à la troisième porte, qu'un fourgon empêchait de voir depuis la route. De là, il pénétra facilement dans la zone de chargement et traversa l'entrepôt d'un pas dégagé pour gagner le côté ouest du bâtiment, qui donnait sur la voie ferrée.

Du regard, il chercha un outil qui lui permettrait de découper la clôture, mais en vain. Soudain, il vit un homme se diriger vers une porte en sortant ses cigarettes de sa poche. Il le suivit et jeta un œil à l'extérieur.

Un portail s'ouvrait dans la clôture. Il décida d'user de son statut et se dirigea droit vers les bureaux.

— Bon sang, madame, je suis vraiment content de trouver quelqu'un à cette heure de la soirée, dit-il en exhibant sa plaque. Texas Ranger, m'dame. Est-ce que vous auriez la clé du portail de derrière ?

4

Si l'obscurité permettait à Therese de se cacher plus facilement, elle rendait sa progression dans les broussailles terriblement pénible. Et ses chaussures à talons n'arrangeaient pas les choses. Elle les ôta, mais il était hors de question qu'elle les abandonne. Elles valaient trop cher et comptaient parmi ses préférées. Ce fut donc en les tenant à la main qu'elle poursuivit sa lente progression entre les chênes.

Cette forêt n'avait rien à voir avec les parcs urbains de Dallas. Le sentier qu'elle finit par trouver ne consistait qu'en deux ornières qui, à en juger par leur écartement, devaient avoir été creusées par des quads. L'endroit était désert. Même les lumières de la ville faiblissaient. Quant à sa robe, elle s'accrochait à tous les arbres à côté desquels elle passait.

Il y eut un nouveau bruit de déchirure et elle gémit :

— Tu parles d'une nuit pour porter ma tenue la plus sexy.

— C'est vrai qu'elle est sexy, répondit une voix.

Son pouls se mit à palpiter sur un rythme frénétique, et elle comprit pleinement le sens de l'expression « le cœur lui remonta dans la gorge ».

— Oh mon Dieu, Wade, tu m'as fait une de ces peurs ! Qu'est-ce que tu fais ici ?

— Je t'ai fait peur, vraiment ? dit-il en lui prenant la main. Mais bon sang, tu as sauté de mon camion !

— Si tu te retrouves mêlé à cette…

— Je le suis déjà.

— Je n'aurais jamais dû venir te demander ton aide… Quoi que tu en penses, tu n'as aucune obligation envers moi. Tu m'entends ?

— Oui, et si tu ne baisses pas le ton, je ne serai pas le seul. Tes copains ont trouvé mon camion et compris que nous étions dans les bois.

— Si tu avais continué à rouler comme je te l'avais dit, ils t'auraient suivi. Quand ils se seraient rendu compte que tu étais seul, il aurait été trop tard pour qu'ils me rattrapent.

— Tu ne m'as jamais dit de continuer à rouler, riposta-t-il. Tu t'es seulement excusée.

— Je ne m'excuse jamais, rétorqua-t-elle.

— Et pourtant, tu l'as bien fait.

Il avait haussé la voix.

— Chut !

Cette fois, elle ne pouvait pas l'embrasser pour le faire taire.

Quelque part derrière eux, elle entendait les hommes piétiner dans les broussailles. Wade lui prit la main et l'entraîna dans la direction opposée. Même quand ils furent assez loin pour que le bruit produit par les hommes soit presque inaudible, il ne ralentit pas l'allure.

— Comment m'as-tu trouvée ? chuchota-t-elle. Aïe ! Hé, va moins vite !

— Qu'est-ce qu'il y a ?

Elle lui enfonça les talons de ses chaussures dans le torse. Il repoussa ses mains et se pencha en avant. Oh ! mon Dieu… Il glissa les mains sous ses fesses, la souleva et la jeta par-dessus son épaule, étouffant son petit cri de surprise.

Malgré le vacarme des camions qui passaient sur la route toute proche, les voix semblaient porter. Elle profita de sa position pour essayer de repérer d'éventuels poursuivants, mais ne vit personne.

Les doigts de Wade glissèrent sous sa robe pour mieux la caler sur son épaule.

— Hum… Wade, mon chou ? le gronda-t-elle.

— Oh ! excuse-moi.

Il éclata de rire.

Le string qu'elle portait ne couvrait pas grand-chose, comme il venait de le découvrir malencontreusement. Il continua à marcher en direction de la voie ferrée. Maintenant qu'ils étaient à découvert, le danger était plus grand.

— Allez, repose-moi, dit-elle en lui tapotant le dos. Personne ne nous suit.

— Tu es sûre de pouvoir marcher ?

Il la reposa doucement par terre en lissant sa robe sur ses hanches. Elle l'avait sans doute suffisamment embrassé pour qu'il puisse se permettre de la taquiner en retour. Ils se livraient à ce petit jeu depuis leur toute première conversation téléphonique, et elle était seule responsable, parce qu'elle ne pouvait pas s'empêcher de l'encourager.

Elle remit ses chaussures, qui étaient en piteux état et qu'elle ne pourrait plus jamais porter en public, et s'avoua qu'elle ne voulait rien faire pour étouffer l'attirance que cet homme exerçait sur elle.

— Je n'aurais vraiment pas dû te mêler à cette histoire.

— C'est mieux que de faire de la paperasse, répondit-il en haussant les épaules. Pas besoin de parler pour ne rien dire, Therese. J'y suis mêlé, c'est tout. Maintenant, filons d'ici.

En entendant des bruits derrière eux, dans la forêt, ils se remirent à courir sur les traverses délavées de la voie ferrée. Ils progressaient plus facilement que s'ils avaient couru dans le ballast et risquaient moins de se tordre une cheville.

— Nous sommes tout près de Westmoreland Road, dit-elle.

— Tes amis nous rattrapent. Est-ce qu'ils vont tirer ?

Deux coups de feu répondirent à sa question.

— Cours vers les arbres !

Au diable les chaussures. Elle s'en débarrassa rapidement et s'élança sur sa droite, bien que le ballast lui meurtrisse les pieds. Si elle s'arrêtait, les hommes de Rushdan la prendraient. Peut-être que sa vie serait épargnée jusqu'à ce qu'ils l'aient ramenée à ce porc visqueux, mais Wade mourrait sans doute en cherchant à la protéger.

Parce que cet homme était ainsi : loyal et digne de confiance.

— Reste sur la voie ferrée, lança-t-il. Nous n'atteindrons jamais ces arbres. Je m'occupe de ces types.

— Comment ?

— Je ne suis pas venu les mains vides. Quand tu atteindras la route, tourne à droite.

Il sortit son téléphone de sa poche arrière tandis que de nouveaux coups de feu claquaient.

La zone industrielle dans laquelle ils se trouvaient ne leur permettait de courir que dans une direction. Derrière eux, il y avait le petit bois. De part et d'autre de la voie ferrée, des sociétés protégées par des clôtures hautes de deux mètres cinquante et couronnées de barbelés. Leur seul espoir était la zone vide qui longeait la voie ferrée avant le passage à niveau de Westmoreland Street. Mais ensuite ?

Quand elle atteignit le passage à niveau, elle tourna à droite comme l'avait ordonné Wade. Il s'arrêta derrière un piquet de clôture – comme s'il pouvait suffire à arrêter une balle – et pianota sur son téléphone.

— Va jusqu'au carrefour ! lui dit-il.

D'autres coups de feu. Elle le tira par le coude.

— Viens.

— Vas-y, répliqua-t-il. J'arrive.

Elle était hors d'haleine et ses pieds lui faisaient souffrir le martyre, mais elle continua à courir le long d'un pâté de maisons et ne s'arrêta qu'au carrefour. Elle se retourna pour regarder Wade, qui était encore à mi-chemin derrière elle, et il lui fit signe de continuer à avancer.

— Vas-y ! Traverse !

Comme le feu piéton était vert, elle obéit et s'arrêta près d'une petite épicerie. Wade traversa à son tour, déclenchant un concert de klaxons. Les hommes de Rushdan demeurèrent invisibles.

— Et maintenant, qu'est-ce qu'on fait ? demanda-t-elle en cherchant à reprendre son souffle. Est-ce que tu as appelé des renforts ? Peut-être que quelqu'un aura appelé le 911.

— Notre taxi est ici.

Il désigna la berline qui se garait devant eux.

— C'est une mauvaise idée. Nous ne devons pas mêler un chauffeur à cette histoire.

— Nous n'allons pas loin, dit-il. À moins que tu préfères courir ? Tes amis doivent remonter dans leurs voitures en ce moment même.

— C'est trop dangereux.

Il se planta face à elle et la força à lever le visage vers lui.

— Est-ce que nous sommes en train de griller ta couverture ? demanda-t-il à voix basse.

— Plus de trois ans de travail… Je pense que personne ne nous a vus, mais nous devons partir. Tout de suite.

Il l'embrassa rapidement, comme s'ils se connaissaient depuis des années. Elle dit :

— Monte dans cette voiture et pars aussi loin de moi que tu le pourras. Je vais parler à Rushdan et tout arranger.

— C'est pourtant bien lui qui a envoyé ces hommes pour te descendre. Tu dois me laisser t'aider, Therese.

Il mêla ses doigts aux siens, ouvrit la portière et l'aida à monter.

— Bonsoir, dit le chauffeur. Vous allez bien au Westin, dans le centre commercial Galleria ?

— C'est ça, répondit Wade.

— Attends une minute… Ce n'est pas un hôtel ?

Elle se rappelait la promesse qu'il lui avait faite. Et à en juger par l'étincelle qui brillait dans ses yeux, il se la rappelait aussi.

— Maintenant que tu le dis…

Il lui décocha un clin d'œil.

— Ils vont nous retrouver, lui dit-elle.

— J'y compte bien. Mais pour gagner un peu de temps…

Il tapota le dossier du siège avant pour attirer l'attention du chauffeur et lui montra sa plaque.

— J'aimerais que vous preniez le chemin le plus long, en passant par le centre-ville.

— Comme vous voulez, mais ce sera plus cher.

— Si quelqu'un vous demande où vous nous avez déposés, dites-le-lui. Ne jouez pas au héros. D'accord ?

— D'accord. Combien de temps le trajet doit-il durer ?

Wade installa confortablement Therese dans ses bras et la força à approcher ses lèvres des siennes.

— Aussi longtemps qu'il le faudra.

— D'accord, vieux. Toujours prêt à aider la police.

— C'est dingue, chuchota-t-elle contre ses lèvres. Est-ce que tu vas vraiment me peloter sur la banquette arrière d'un VTC alors que les hommes de Rushdan nous recherchent ?

— Dès que j'aurai utilisé ma carte de crédit, ils sauront où nous sommes. D'ailleurs… Depuis quand est-ce que tu ne t'es pas amusée sur une banquette arrière ?

Il l'attira sur ses genoux et dévora sa bouche jusqu'à ce qu'elle plaque les mains sur son torse pour le repousser.

— Demain, nous serons sans doute morts, dit-elle. Alors, puisque c'est le dernier moment de plaisir que nous connaîtrons jamais, tous les deux… Je suis partante.

5

— Ça ne marchera jamais ! hurla Jack MacKinnon dans le téléphone.

— Bien sûr que si. Si tu es en colère, c'est surtout parce que tu vas devoir travailler toute la nuit. Invente quelques dettes, ajoute un ou deux blâmes à mon dossier… En plus des autres, je veux dire. Ça expliquera pourquoi j'ai besoin d'argent. Après l'histoire avec Megan l'année dernière, je sais comment nous devons procéder.

— Je pense qu'on t'a frappé sur la tête une fois de trop. Tu aurais pu être tué dans ce que tu appelles une « histoire ». Est-ce que tu as oublié qu'à cause de ces types, tu as failli finir avec un immeuble en guise de pierre tombale ?

— Ce serait difficile, répondit-il en se frottant les côtes.

— C'est une mauvaise idée.

— C'est ce que je n'arrête pas de lui dire, intervint Therese.

— Tu es sur haut-parleur, annonça-t-il à son équipier. Elle a tenu à écouter la conversation. Je sens que tu es en train de céder, Jack. Tu sais que c'est une bonne idée. Si tu falsifies mon compte en banque, Rushdan Reval n'y verra que du feu.

— Tes intuitions ont déjà failli nous coûter la vie à tous les deux, mon pote.

— Tu vas le faire ?

— Vous êtes aussi dingues l'un que l'autre, maugréa Jack.

Therese leva les mains en signe d'impuissance et se dirigea vers la salle de bains. Jack reprit :

— Tu es fou, Wade. Le major Clements ne donnera jamais son aval.

— Il le donnera si tu sais t'y prendre. Qu'est-ce que je peux faire d'autre ? Cette femme a sauvé deux vies : la mienne et celle de ta petite amie. Tu ne penses pas que tu as une dette envers elle ?

Un long soupir hésitant résonna dans l'air immobile.

— Tu te souviens que tu me dois un service, Wade ?

— Lequel ?

Mais il savait très bien de quoi parlait son équipier.

— Souviens-toi du jour où tu m'as demandé d'aller chercher une femme à l'aéroport. Je devais la mettre en lieu sûr et veiller sur elle jusqu'à ce que tu me fasses signe. À t'entendre, ce n'était pas grand-chose.

Wade coupa le haut-parleur. Il savait exactement de quoi parlait Jack, et Therese le savait aussi. C'était elle qui avait surgi de nulle part et lui avait demandé de protéger son amie.

Par la suite, les rangers de la compagnie B avaient découvert que Megan Harper devait la vie à l'intervention de Jack. De son côté, Wade était parti à la recherche de Therese, craignant qu'elle ait eu des ennuis. Il s'était fait prendre et avait presque été battu à mort.

— Tout s'est bien terminé pour toi, Jack. Tu as rencontré ta future femme.

Le badinage auquel Wade se livrait parfois avec Therese, et les services qu'il lui rendait à l'occasion, avaient fini par se muer en une véritable obsession : il avait tout fait pour la retrouver. Mais elle avait disparu, purement et simplement.

— Ah, lança Jack. Je crois que c'est toi qui me dois un service, maintenant.

— Je n'ai pas oublié que j'avais une dette envers toi. Mais je m'attendais à ce que tu me demandes de payer la limousine pour ton mariage.

Il allait devoir ruser pour que Jack accepte de l'aider.

— Très bien, reprit-il. J'avais en quelque sorte promis de ne jamais en reparler, mais… c'est Therese qui t'a sauvé la vie quand le gang du MS-13 a découvert ton identité à cause de ton père.

— Comment ? Je croyais que tu avais dit… Bon sang, Wade ! Je n'ai jamais su d'où était venu cet hélicoptère. C'est Therese qui a tout organisé ?

— Elle ne m'a pas dit à qui il appartenait, et je ne le lui ai pas demandé. C'est plus tard que j'ai compris, quand j'ai découvert qu'elle avait accès à des informations confidentielles. Maintenant, tu le sais toi aussi.

— Elle m'a sauvé la vie avant de sauver celle de Megan, dit Jack dans un soupir. Et la tienne.

Wade posa les yeux sur la porte de la salle de bains.

— Elle ne l'avouera pas, mais je crois qu'elle est dans un sacré pétrin. Elle a peur de contacter le FBI ou d'appeler des renforts.

— Est-ce qu'elle craint qu'il y ait une taupe ?

— Si ce n'était pas le cas, pourquoi aurait-elle fait appel à moi ?

— C'est vrai. Elle te fait confiance. Je comprends. Je vais demander à Heath de s'occuper de ton compte en banque. Il va être ravi d'y passer la nuit. Quel genre d'ennuis veux-tu avoir ? Des dettes de jeu ? Ce serait le plus simple.

Le jeu. Ces mots touchèrent un point profondément enfoui en lui depuis plus d'une décennie. Il ne voulait pas retomber dans cet univers, mais il le ferait si sa vie et celle de Therese en dépendaient.

Entre deux baisers, sur la banquette arrière du VTC, ils avaient discuté à voix basse des façons dont ils pouvaient dissuader Reval de les tuer. Grâce à un historique financier créé de toutes pièces, Wade devait le convaincre qu'il avait les mains sales et tellement besoin d'argent qu'il était prêt à faire n'importe quoi pour le compte de n'importe qui – y compris l'homme qui avait ordonné qu'on le tue l'année précédente.

Cette perspective lui soulevait le cœur, mais ça marcherait.

— Bien sûr, répondit-il enfin. Aussi longtemps que Heath parvient à tout falsifier. Maintenant, je vais éteindre mon téléphone et le mettre dans le coffre-fort avec le reste de mes affaires. Envoie quelqu'un pour les récupérer.

— Sois prudent, dit Jack.

Wade raccrocha et alla passer la tête par l'entrebâillement de la porte de la salle de bains.

— Au sujet de cette explication…

Il s'arrêta net. Therese était sous la douche, entièrement nue. Ses longs cheveux retombaient dans son dos. Derrière son bras levé, il entrevoyait la courbe de son sein.

— Désolé.

Il détourna le regard et le posa sur la serviette accrochée au porte-serviettes.

— Je m'attendais à ce qu'il y ait un rideau de douche ; pas une porte transparente.

— Tu n'as pas à être gêné, dit-elle. Je pense que notre relation dépasse le cadre professionnel. Pas toi ?

Elle se tourna vers le mur du fond, et il regretta d'être privé du spectacle des parties les plus intéressantes de son corps. Mais il se ravisa en découvrant la forme parfaite de ses jambes et de son derrière.

— Tu sais… je ne pensais pas ce que j'ai dit tout à l'heure. Je peux très bien dormir dans le fauteuil.

Il avait l'impression de se conduire comme un pervers. Il recula d'un pas pour lui laisser un peu d'intimité.

— Si nous en parlions plus tard ? Ferme la porte, tu laisses entrer le froid.

Elle lui rit au nez.

— Compris. Je vais commander quelque chose à manger.

— Tu pourrais aussi venir me rejoindre, taquina-t-elle.

Il fit taire tous ses désirs, toutes ses envies, et referma la porte. Il ne voulait pas faire l'amour avec Therese pour la première fois alors qu'ils attendaient que les hommes de Reval les emmènent auprès de leur chef. Il commanda deux steaks en espérant que la femme qu'il avait embrassée plusieurs fois au cours de la dernière heure n'était pas végétarienne. Après tout, il ne savait rien d'elle.

— Oh ! bon sang, je me sens mieux.

Elle ressortit de la salle de bains, drapée dans une serviette, en séchant ses longs cheveux ramenés en arrière.

— Je meurs de faim, reprit-elle. Je n'ai pas eu le temps de déjeuner.

Elle prit sa robe pour examiner les déchirures et sa serviette glissa. Bien qu'elle l'ait rattrapée et rajustée aussitôt, Wade perdit toute sa concentration.

Elle éclata de rire et s'assit sur le lit, à côté de lui.

— Qu'est-ce que tu as commandé ?

Il se leva d'un bond.

— Nous ferions sans doute mieux de garder nos distances.

Comment pouvait-elle sembler aussi à l'aise alors

qu'elle était nue sous cette serviette, qu'un rien aurait suffi à faire tomber ? Il retira sa chemise.

— Quelle pudeur ! railla-t-elle. Dire que tu viens de me peloter pendant une demi-heure…

Elle ramena ses longs cheveux derrière son oreille. En séchant, ils commençaient à friser.

Est-ce que ses poils aussi étaient frisés ?

— Ce n'est pas la même chose, parvint-il enfin à répondre.

— Comme si j'allais te croire. En tout cas, notre chauffeur a eu l'air d'apprécier le spectacle.

Mon Dieu, comme il aimait son rire… Elle ne riait pas assez souvent. Il lui tendit sa chemise, se retourna et ferma les yeux.

— Si tu me parlais de Reval et de Public Exposure ? Je sais qu'il y a un lien. La dernière fois que je t'ai vue, nous venions de faire tomber une partie de cette bande de terroristes domestiques. Est-ce que Reval travaille pour eux, ou est-ce que c'est l'inverse ?

— Tu as raison. Nous sommes en possession de renseignements fiables…

— Commence par le commencement, coupa-t-il en se tournant vers elle.

Il voulait qu'elle lui dise tout ce qu'elle savait.

— Qui est ce « nous » ? Et depuis combien de temps travailles-tu avec cette ordure ?

— Je te raconterai le vrai commencement un autre jour. Si je t'en dis trop, je serai sans doute renvoyée.

— Quelle importance ? Après tout, tu n'arrêtes pas de me dire que nous allons nous faire tuer.

Il aurait aimé que le room service frappe à la porte. Il avait désespérément besoin d'une bière.

— C'est vrai. Mais puisque tu t'es immiscé dans cette histoire, tu as sans doute le droit de savoir ce qu'il se passe.

Elle croisa les doigts de part et d'autre de son visage avec un sourire forcé.

— J'espère que tu es un bon menteur, Wade Hamilton.

— Je sais jouer la comédie quand il le faut.

— Super. En ce cas, nous avons peut-être une chance de nous en tirer. Et maintenant, tourne-toi.

Il obéit mais vit du coin de l'œil un bras passer dans une manche.

— C'est bon.

Elle se mit à déambuler dans la chambre, regarda les dépliants fournis par l'hôtel, redressa une lampe et ouvrit la penderie, où elle découvrit un peignoir. Mais elle ne l'enfila pas avant que le room service frappe à la porte.

Il fut aussi soulagé que le corps de Therese soit dissimulé par le peignoir que réconforté par les effluves de leur dîner. Son estomac se mit à gronder tandis qu'il signait le reçu. Enfin, ils s'installèrent sur le lit, séparés par les deux plateaux.

— Revenons-en à notre histoire, pressa-t-il. Depuis le commencement.

— J'étais à l'école de police de San Antonio quand le FBI est venu me chercher, dit-elle entre deux bouchées. Je ne sais pas pourquoi c'est moi qu'ils ont choisie. Mon profil devait correspondre à ce qu'ils recherchaient.

— C'est là que tu as rencontré la petite amie de Jack, Megan ?

— Oui. On a fait courir le bruit que j'avais dû quitter l'école après avoir triché à un examen. Le Bureau a repris cette histoire pour me créer de faux antécédents.

Il le savait déjà – grâce à Megan et à toutes les recherches qu'il avait effectuées sur elle.

— Tu as donc commencé à travailler pour le FBI ?

— Ils voulaient savoir d'où venait l'argent de Rushdan et qui étaient ses contacts.

— Laisse-moi deviner… Un peu de trafic de drogue, des fraudes à l'immobilier, des boîtes de nuit, de la prostitution et du blanchiment d'argent.

— Tu as bien travaillé.

Elle applaudit doucement.

— En général, je m'intéresse de très près aux gens qui essayent de me tuer.

Était-il trop tôt pour lui avouer que c'était pour la retrouver qu'il avait enquêté sur Reval ?

— As-tu également découvert qu'il avait effectué plusieurs transactions illégales ? Je n'ai jamais su comment il avait commencé. Mais l'an dernier, quand sa fraude à l'immobilier a été démantelée, il a pris contact avec Public Exposure.

— C'est donc comme ça qu'une bande d'escrocs à la petite semaine entre dans le business du terrorisme domestique ?

— Quand Megan et Jack sont tombés sur sa petite affaire de fraude, ma mission au sein de son groupe de Dallas a été mise en pause. J'ai essentiellement servi d'intermédiaire par téléphone auprès de certains de ses VRP de San Antonio.

— VRP ? Drôle de façon de les désigner.

— C'est pourtant ce qu'ils sont.

Elle mordit dans un petit pain et but une gorgée de cola.

— Laisse-moi deviner…, dit Wade. C'est ici qu'interviennent l'agent du FBI Kendall Barlow et son mari, le Texas Ranger Heath Murray, qui enquêtent sur les soupçons de fraude qui pèsent sur Public Exposure.

— Oui ! s'écria Therese en pointant le doigt vers lui.

Un bon point pour l'homme sans chemise. Ils forment vraiment une bonne équipe, tous les deux. Presque trop bonne, puisqu'ils ont quasiment démantelé la partie de l'organisation que dirigeait Brantley Lourdes.

— Brantley Lourdes… C'est le chef de Public Exposure, c'est bien ça ? Mais pourquoi « quasiment » ? Nous avons récupéré l'algorithme, obtenu des aveux et personne n'est mort, bien qu'ils aient menacé de tuer tous les habitants de Dallas.

— C'est là qu'est le problème. Rushdan venait tout juste de négocier le marché pour le compte de Public Exposure. Il avait seulement une copie de l'algorithme. Certaines de nos sources nous ont informés que le développeur a amélioré son programme, et que les enchères pour se le procurer ont commencé. Nous ne savons pas ce que peut faire cette nouvelle version.

— Nom d'un petit bonhomme ! lança-t-il. Et Lourdes ne vous a pas donné le nom du programmeur ? Je pensais que cette affaire était close. Les autorités n'ont lancé aucune alerte, que ce soit au niveau local ou national. Pourquoi tes patrons sont-ils aussi cachottiers ?

— Tu as déjà oublié qu'un agent du FBI de Dallas avait vendu la mèche ?

— Je vois. Il pourrait y avoir une autre taupe. Mais tu me fais confiance, non ? Je pourrais t'aider à découvrir l'identité de la personne à laquelle Reval s'apprête à vendre l'algorithme.

— Je t'ai déjà expliqué pourquoi je ne pouvais pas travailler avec toi. D'ailleurs, cette information ne nous intéresse pas. Ce que nous voulons, c'est découvrir les possibilités offertes par la version améliorée de l'algorithme, et arrêter les informaticiens qui ont créé un programme avec lequel on peut faire sauter le réseau électrique d'une ville tout entière.

— Le pire cauchemar de toute ville, commenta-t-il.

— Et même du pays. J'ai essayé de regagner les bonnes grâces de Rushdan. Il m'a accusée de t'avoir aidé à t'enfuir, mais il semble avoir passé l'éponge.

— Pourquoi ferait-il ça ?

— Il espère peut-être que je vais me pendre, ce qui lui épargnera de devoir donner l'ordre à ses hommes de m'abattre. C'est que, comme quelqu'un que je ne nommerai pas…

Elle tendit le bras et fit tomber quelques miettes collées au coin de la bouche de Wade, en haussant un sourcil séducteur.

— Il a pour ainsi dire un faible pour moi.

Soudain, il n'eut plus la moindre envie de parler de Rushdan Reval, du FBI ou d'algorithmes qui pouvaient causer la ruine d'un pays tout entier. Il désirait seulement l'attirer dans le lit et finir une tout autre conversation.

— Tu sais, il n'est pas trop tard pour que tu retournes à tes occupations habituelles. Je peux tout arranger.

— Non. Nous en avons déjà parlé.

Il se leva et porta les reliefs de leur dîner sur le bureau.

— Je t'accompagne, poursuivit-il. J'ai parlé à Jack, qui doit me rappeler. À quel agent du FBI doit-il s'adresser pour signaler que je travaille sur l'affaire ?

— Steve Woods. C'est la seule personne en qui je puisse avoir confiance et qui soit au courant de tout. Il travaille avec la Sécurité intérieure et ne leur fournit que les informations nécessaires.

— Tu n'accordes pas facilement ta confiance, n'est-ce pas ?

— Non, répondit-elle dans un chuchotement. Mais…

Rushdan aura du mal à croire qu'un Texas Ranger est prêt à se salir les mains. Quelle raison vas-tu invoquer ?

— L'argent. C'est toujours une question d'argent.

— Il va falloir le convaincre que tu as besoin de beaucoup… Et vite.

— Exactement. Heath s'en occupe. Tout sera prêt avant que Reval fouille dans mes antécédents.

Il chassa les vieux sentiments de son enfance qui remontaient à la surface. Il ne pouvait pas se permettre d'avoir peur. Il devait respirer la confiance et l'arrogance.

— Est-ce que tu penses que j'ai le temps de prendre une douche avant qu'ils arrivent ?

— Sans doute. Et moi, je vais essayer de dormir un peu. Quand ils nous auront trouvés, nous risquons de passer des moments assez difficiles.

Elle ôta le peignoir et ouvrit le lit.

— Merci.

— Pour quoi ? demanda-t-il depuis la porte de la salle de bains.

Il avait tellement besoin de la serrer contre lui qu'il dut s'agripper à la porte pour s'empêcher de la rejoindre. Elle lui sourit sans mot dire – mon Dieu, comme elle était sexy dans cette chemise bleue, qui lui allait tellement mieux qu'à lui – mais ce sourire suffit pour qu'il comprenne.

Il se doucha rapidement en pensant à la situation intenable dans laquelle il se retrouvait à cause du FBI et de la Sécurité intérieure. Qu'ils le reconnaissent ou non, Therese avait besoin d'aide.

Elle avait les yeux fermés quand il enferma son téléphone, son revolver, sa carte et sa plaque dans le coffre-fort. Il appela Jack depuis le téléphone de l'hôtel, autant pour faire le point que pour lui donner la combinaison du coffre.

Ensuite, il remit son jean parce qu'il savait que, tôt ou tard, Therese et lui seraient emmenés au quartier général de Reval, sous la menace d'une arme. En la sentant frissonner dans son sommeil, il remonta les couvertures sur elle. Elle se blottit contre son torse et ce fut ainsi enlacés qu'ils se reposèrent par intermittence. Il se réveillait à chacun de ses mouvements et savait qu'elle ne dormait que d'un œil, elle aussi. Il la serra contre lui et lui chuchota une fois de plus ce qu'ils finiraient par faire ensemble.

Les hommes de Reval arrivèrent vers 4 heures du matin, lançant ainsi la phase suivante de leur entreprise. La journée allait être très longue.

6

Une clé tourna dans la serrure et la porte s'ouvrit à la volée. Wade s'y attendait, parce qu'il eut le temps de jeter le peignoir sur le corps de Therese.

Il la garda tout contre lui jusqu'à ce que les deux hommes les séparent sans ménagement et lui attachent les mains derrière le dos. Il eut à peine le temps d'attraper le peignoir que les hommes poussaient déjà Therese dans le couloir.

C'était la première fois qu'elle travaillait en tandem, et elle était étrangement ravie que son premier équipier soit ce grand Texas Ranger. Il lui plaisait. Il lui plaisait beaucoup.

Les paroles sensuelles qu'il avait chuchotées au creux de son oreille alors qu'elle essayait de s'endormir embrasaient encore son corps. Elle n'avait pas osé lui dire qu'elle voulait la même chose, parce qu'elle aurait été incapable de se retenir. S'ils survivaient, elle adorerait vraiment être avec lui.

Mais elle allait devoir attendre.

Elle était un peu vexée que ces hommes ne la pensent pas assez dangereuse pour l'attacher comme ils avaient attaché Wade, mais elle avait tout fait pour qu'ils ne devinent rien de sa force et de sa rapidité. Ils descendirent par l'ascenseur de service et on les fit monter à l'arrière d'un SUV.

Quand ils furent arrivés aux nouveaux bureaux de Rushdan, l'un de ses hommes de main frappa Wade assez violemment pour lui couper le souffle.

— Voilà pour les six mois que j'ai passés à la prison du comté.

Comment avait-elle pu le mêler à cette histoire ? Comment avait-elle pu commettre, non pas une erreur de jugement, mais toute une série ? Pour lui avoir tout dévoilé, elle devait avoir perdu la tête… et elle allait sans doute aussi perdre son travail.

Mais il y avait pire… S'ils frappaient Wade, s'ils le torturaient, serait-elle capable de tenir sa langue ?

— Menez-nous jusqu'à Rushdan, ordonna-t-elle en se mettant devant Wade. Si vous levez encore la main sur mon petit ami, vous ne serez plus vivants demain pour le regretter.

Elle retint son souffle en s'attendant à recevoir un coup, mais il ne vint pas. Elle savait aussi bien que Wade ce qu'ils risquaient. Les chances pour qu'ils parviennent à convaincre Reval d'engager Wade dans son organisation étaient bien minces. Les deux hommes les entraînèrent sans douceur à travers une série de pièces, jusqu'à ce qu'ils se tiennent enfin devant Rushdan Reval.

— Therese, ma chérie… Approche un peu, laisse-moi te regarder. Quant à vous, ajouta Reval en se tournant vers ses hommes, détachez notre invité. Qu'est-ce que vous êtes donc ? Des barbares ?

Les deux brutes la relâchèrent et elle avança vers le bureau de Reval. Elle portait toujours le peignoir de l'hôtel par-dessus la chemise de Wade, sous laquelle ses sous-vêtements ne couvraient pas grand-chose.

— Viens plus près. Tu sais ce que je veux.

Ce porc empoigna la ceinture du peignoir pour l'attirer plus près de lui. Elle devina qu'il espérait que le peignoir allait s'ouvrir. Elle crispa les doigts dans les larges revers et les empêcha de s'écarter.

Sans trop savoir comment, elle parvint à se glisser dans la peau de son personnage habituel de femme minable et un peu idiote, que ces hommes tenaient en si piètre estime qu'ils n'avaient même pas pris la peine de lui attacher les mains.

Mais ce soir, c'était différent. Wade était là, lui aussi, et sa force irradiait dans toute la pièce. Un soupçon d'inquiétude se lisait sur le visage des deux hommes de main. Elle serra les dents pour ne pas réagir quand Rushdan défit les deux premiers boutons de la chemise et glissa une main à l'intérieur. Elle brûlait d'écarter cette main repoussante d'une tape mais se retint, comme elle le faisait toujours.

Wade échappa aux deux hommes qui le maintenaient et la tira brusquement vers lui, juste avant que son peignoir s'ouvre.

— C'est donc vrai, dit Rushdan. Notre ami ranger a un faible pour toi. Après m'avoir aussi souvent dit non, tu as dit oui à un homme qui peut te mettre derrière les barreaux ? Est-ce que tu penses qu'il tient vraiment à toi ?

— Il m'a fait sortir de prison l'année dernière.

— Tu avoues enfin qu'on t'a aidée. Pourquoi ne pas me l'avoir dit plus tôt ? Je t'ai assez souvent posé la question.

— Parce qu'il m'a dit que c'était un secret, Rushy, mon chou. Et tu m'as toujours dit qu'il fallait garder les secrets.

Elle s'était de nouveau glissée dans son rôle de cruche sans cervelle auquel ils croyaient tous.

— Hier soir, je t'ai dit que j'avais un rendez-vous et

tu m'as fait suivre. Je ne comprends pas ce que j'ai fait de mal.

— Ils se sont enfuis, intervint l'un des deux hommes avec un claquement de langue désapprobateur.

— Seulement après qu'ils ont commencé à nous tirer dessus, lança Wade.

— Je ne t'ai rien demandé, ranger.

Rushdan se fourra un doigt dans la bouche pour se curer les dents et agita la main comme pour chasser une mouche.

— Emmenez-le ailleurs pendant que je décide ce que je vais faire de lui. Est-ce que vous avez pensé à apporter leurs vêtements ?

— Rushdan, mon chou…

Therese se retourna et avança vers son « patron » en laissant s'ouvrir le peignoir et en écartant légèrement les pans de la chemise.

— Je travaille sur ce type depuis des mois. J'ai pensé qu'il pourrait t'être utile.

Tous les hommes présents dans la pièce furent soudain incapables de lever les yeux. Comme hypnotisés, ils nourrissaient l'espoir que la chemise allait s'ouvrir entièrement. Et ce porc de Rushdan était le mieux placé pour profiter du spectacle.

— J'ai passé presque six mois en combinaison orange dans une cellule crasseuse, répondit-il en frissonnant. Qu'est-ce qui t'a fait croire qu'il te suffirait de me ramener ton toutou pour que je l'adopte ? Un Texas Ranger ne peut me servir à rien, même si je pensais qu'il obéirait à mes ordres.

Le ton de Rushdan était léger, primesautier, mais son regard étincelait de méchanceté.

— Tu as raison, dit-elle. Au début, je ne l'ai pas cru,

moi non plus. Mais maintenant, je veux surtout récupérer l'argent qu'il me doit.

Elle s'inclina vers Rushdan, qui se pencha pour regarder dans sa chemise.

— Il a un problème de jeu, mon chou, chuchota-t-elle. C'est un bon moyen de pression.

— Therese.

Une fois encore, Wade la prit par le bras pour la tirer en arrière.

— Je peux parler moi-même.

— Pas s'il ne veut pas t'écouter, mon cœur.

— Oh ! comme c'est mignon, railla Rushdan. Les deux amoureux se disputent.

— Nous ne nous disputons pas.

Wade reboutonna la chemise. Elle fit volte-face, mais il laissa les mains sur ses épaules.

— J'aime tellement tes petits spectacles, Therese. Quel dommage que ton champion ait mis un terme à celui-ci.

Il fit un signe de la tête à ses hommes.

— Je suis occupé. Faites-les sortir d'ici.

— Mais..., commença-t-elle.

— Au fait, j'adore ces bottes, coupa Rushdan en tendant le doigt vers les pieds de Wade. Sal, rappelle-moi qu'il faut que j'achète de vraies bottes texanes.

— Oui, monsieur.

— Et maintenant, enfermez-les quelque part pendant que je réfléchis à leur punition.

Therese força Wade à la lâcher.

— Franchement, Rushdan. Je fais du bon boulot pour toi. En ton absence, j'ai dirigé les boîtes de San Antonio comme tu le voulais. Je m'amuse bien avec Wade, mais tu sais que je te suis loyale. J'ai vraiment pensé que nous pourrions utiliser ses relations pour élargir nos perspectives.

Rushdan prit une bouchée de son petit déjeuner et fit claquer ses lèvres d'une façon dégoûtante.

— Vraiment ? Et qu'est-ce qui te fait penser ça ? D'ailleurs, pourquoi est-ce que tu essaies de penser ?

— Je voulais seulement t'aider.

— Therese… Si tu te contentais d'être une jolie fille ?

Il la gifla si violemment qu'elle perdit l'équilibre et tomba contre Wade. Elle se ressaisit assez rapidement pour empêcher le ranger de se jeter sur le criminel.

— Je t'ai prévenu, Wade, chuchota-t-elle. Rushdan a toujours raison.

— Je ne vais pas le laisser…

Elle emprisonna ses deux mains dans les siennes, mais il parvint quand même à pivoter pour la protéger et ce fut lui que le second coup de Rushdan atteignit, dans le dos.

— Il me faut cet argent, dit-il après avoir repris son souffle. Je l'avoue. L'avantage, c'est que personne n'imagine qu'un Texas Ranger puisse être malhonnête. Je représente pour vous une occasion unique, Reval. Je peux faire tout ce que vous me demanderez.

Sal les poussait déjà vers la porte quand Therese lança :

— Attends un peu, s'il te plaît. Wade peut entrer dans des endroits où même les flics que tu as achetés ne peuvent pas s'introduire. Il travaille avec toutes les agences du pays. N'est-ce pas, Wade ?

— Très bien, dit Reval. Attendez… Est-ce que tu peux vraiment entrer dans n'importe quelle zone interdite au public ?

Bingo ! Ils avaient trouvé ce qui faisait de Wade une recrue unique.

— Bien sûr, répondit-il en haussant les épaules. Sans problème.

— Qu'est-ce qui me dit que vous ne me jouez pas la comédie, tous les deux ?

Rushdan se laissa tomber dans son fauteuil, et ses pantoufles glissèrent sur le sol de marbre.

— Je ne peux pas faire autrement, répondit Wade en prenant Therese par la taille. Pas question que je laisse filer cette dame. Je suis fou d'elle. Seulement, elle me revient cher. J'ai besoin d'argent, Reval. Si je ne travaille pas pour vous, tant pis. Je trouverai quelqu'un d'autre.

Il posa sur elle des yeux étincelant d'un désir brûlant. Oh ! mon Dieu… Il s'apprêtait à l'embrasser. Comment pouvait-il se comporter de cette façon alors que des revolvers étaient braqués sur eux ?

— Ça pourrait marcher, mais… quel genre de garanties me donnes-tu ? interrompit son ennemi.

— Des garanties, monsieur ?

— Monsieur ? Comme tu es vieux jeu.

Rushdan regarda ses hommes.

— Écoutez bien : il m'a appelé « monsieur » et il était sincère. Oui, des garanties. Il est hors de question que j'investisse sur toi et que tu en profites pour me voler. Ce n'est pas ainsi que je travaille.

— Moi, annonça-t-elle à la place de Wade. Je serai sa garantie.

— Comme c'est adorable.

Il se cura une fois encore les dents avec l'ongle de son petit doigt et poursuivit, d'un ton aigre :

— Malheureusement, Therese, tu m'appartiens déjà. Tu n'es ni importante ni précieuse à mes yeux.

— Mais aux miens, si, dit Wade. Je l'aime.

Ces mots firent vibrer une corde au plus profond de

son être. Elle savait qu'il ne les avait prononcés que pour qu'ils aient la vie sauve mais, après la nuit merveilleuse qu'ils avaient passée à l'hôtel, elle aurait tant désiré qu'ils soient sincères.

7

— Emmenez-les ailleurs.

Rushdan congédia ses hommes d'un geste de la main, comme il aurait chassé des mouches. En entendant un bruit sourd, celui d'un corps heurtant un mur, il ajouta :

— Et ne les frappez pas. Pas encore. J'ai peut-être un travail pour le joli garçon.

Il croisa le regard de Sal et devina que son bras droit s'interrogeait sur le bien-fondé de sa décision, ce qui lui déplut. Quel mal y avait-il à réfléchir à la proposition que venait de lui faire le ranger ? C'était le seul moyen de ne pas perdre Therese.

Une personne pouvait lui apporter la confirmation dont il avait besoin : Andrew, qui pianotait plus rapidement sur un clavier d'ordinateur que Rushdan ne gagnait de l'argent. En riant silencieusement à sa boutade, il prit son téléphone normal et afficha le numéro d'Andrew, qu'il composa sur le téléphone portable caché dans son bureau.

La clé de toute l'histoire était là, au vu de tout le monde. Mais personne ne savait de quoi il s'agissait et, même si quelqu'un avait eu une bonne raison de chercher, il n'aurait pas su quoi en faire.

— L'argent est une maîtresse impitoyable, mais un serviteur zélé, dit-il dès qu'on eut décroché.

C'était le mot de passe, à la fois stupide et énigmatique.

— P.T. Barnum, répondit une voix. Andrew ! C'est pour toi !

Il balaya du regard la pièce où il avait installé son nouveau bureau, dans le même style que l'ancien. Dommage qu'il ait dû faire sauter le précédent parce que ce ranger coriace avait rameuté ses collègues pour mettre un terme à ses activités. Il aurait peut-être mieux fait de le tuer tout de suite.

Mais il aurait fallu que Therese meure, elle aussi.

Il pianota sur l'aquarium peuplé de poissons plus petits que ceux qu'il avait l'année précédente. Mais quand ce marché, le plus important de sa carrière, serait conclu, ils grossiraient aussi rapidement que son compte en banque.

— Oui ? dit enfin Andrew.

— Rushdan Reval. Il me faut des renseignements sur Wade Hamilton. Il est Texas Ranger à Dallas.

Rushdan attendit la réponse.

— Qui est à l'appareil ? demanda enfin Andrew. Je plaisante, Reval. Qu'est-ce que vous voulez ?

— Des renseignements. Tout de suite.

— Oui, sur un Texas Ranger. J'ai entendu. Mais pourquoi ? Un lien avec notre affaire ?

— En fonction de ce que tu m'apprendras, soit je le tuerai, soit je pourrai l'utiliser pour faciliter la transaction.

— Je vous rappelle.

Andrew raccrocha sans un mot de plus.

— Merci, j'attends ton coup de fil, dit-il néanmoins.

Il refusait que l'un de ses hommes devine qu'on lui avait raccroché au nez – ce qui ne l'étonnait pas venant d'Andrew, ce jeune homme mal élevé qui persistait à l'appeler par son nom de famille.

— Et maintenant ? demanda Sal. Je les ai enfermés dans la réserve du cinquième étage.

— Est-ce qu'il y a des caméras dans cette pièce ?

— Elles ne sont pas encore en fonctionnement, patron.

— Bon sang, Sal ! Occupe-toi de ça le plus tôt possible. Je veux savoir si quelqu'un a suivi nos deux invités ou s'approche du bâtiment.

— C'est comme si c'était fait, patron.

— Est-ce que quelqu'un est passé chercher son véhicule ?

— Non.

Rushdan pianota de nouveau sur le verre de l'aquarium. Lui seul avait le droit de déranger ses poissons. Il adorait les voir tous nager vers lui, s'attendant à recevoir de la nourriture.

— Je pense que vous pouvez avoir encore un peu à manger, leur dit-il avant de se tourner vers Sal. Est-ce que tu as laissé quelqu'un dans la chambre d'hôtel ?

— Non. Vous voulez que j'envoie quelqu'un ?

— Pourquoi faut-il que je m'entoure d'imbéciles ?

L'exception était Therese. La jeune femme était intelligente, fiable et compétente, même si elle faisait semblant de n'être qu'une idiote devant ses hommes. Elle avait tellement de qualités qu'il se demandait parfois pourquoi elle travaillait pour lui. D'ailleurs, pourquoi se dissimulait-elle derrière ce personnage d'écervelée ? Ce n'était pas logique. Et c'était exactement pour cela qu'il avait ordonné à ses hommes de la suivre la veille.

Il y avait trop de coïncidences pour qu'il ne nourrisse pas de soupçons.

S'il s'interrogeait trop longuement sur les motivations de Therese, il allait laisser libre cours à sa paranoïa et se débarrasser d'elle. Cependant, il voulait la posséder, de toutes les façons possibles. Après l'épisode de Public Exposure, certains de ses hommes, dont Sal, avaient voulu qu'il l'élimine. Mais il avait fait la sourde oreille.

Mieux valait éliminer le ranger. Sauf que… Therese était susceptible de le lâcher si quelque chose arrivait à son petit ami, et il fallait qu'elle reste à ses côtés. Elle était douée pour régler les détails.

— Très bien, marmonna-t-il à l'adresse du poisson bleu tacheté. Je vais t'appeler Dotty.

Si Wade Hamilton n'avait pas fourré son nez là où il ne fallait pas l'année précédente, Rushdan aurait son joli petit immeuble de bureaux à l'heure qu'il était et le programme aurait pu être cédé à de nouveaux acheteurs. Mais l'argent qu'il allait récolter grâce à cette transaction compenserait largement les six mois qu'il avait passés derrière les barreaux.

Cependant, pour le récolter, il devait trouver un moyen de faire pression sur le ranger, ce qui lui permettrait de contrôler Therese par la même occasion.

Il tapota de nouveau le verre de l'aquarium et un magnifique labre s'approcha de son doigt. Il était rose et bleu, d'un bleu qui lui rappelait celui des yeux de Therese. Il fallait qu'il lui demande de teindre quelques-unes de ses mèches brunes en rose. Le résultat serait intéressant… très intéressant.

S'il épargnait la vie du ranger, peut-être que cette belle femme intelligente accepterait de lui rendre des services d'une nature différente, plus intime. Dans le cas contraire, avoir un homme qui puisse assister ses nouveaux clients dans leurs entreprises gouvernementales permettrait à son véritable objectif de renaître de ses cendres et de prospérer. Cela payait toujours d'avoir un homme infiltré.

Son téléphone bipa.

— Oui ? répondit-il en décrochant.

— Votre ranger est endetté jusqu'au cou, dit Andrew sans préambule. Cela devrait suffire pour le tenir. Mais j'ai creusé un peu plus, juste pour être sûr. Je suis remonté jusqu'à un passage au tribunal, quand il avait quinze ans. On dirait que son père était un grand méchant parieur.

— Il est encore en vie ?

— Non. Il est mort en prison. Mais devinez pourquoi il a été coffré. Il a tiré sur un Texas Ranger qui venait l'arrêter pour escroquerie.

Il avait un moyen de faire chanter Wade. Comme c'était pratique.

— Envoie-moi tous les détails, ordonna-t-il.

— Écoutez, Reval. Mon patron a entendu notre conversation. Est-ce que la date est fixée ?

— Oui. J'en saurai plus demain matin. Pour le moment, je vais placer mon nouveau cavalier sur l'échiquier.

— Je vous envoie les renseignements. Est-ce que je vous ai dit que mon patron commençait à s'impatienter ?

Cette fois encore, Andrew raccrocha sans même un au revoir, mais cela n'avait aucune importance. Sal avait fui devant son irritation, et Rushdan était seul.

Il ne lui restait plus qu'à prendre quelques dispositions, et son ranger couvert de dettes serait tellement impliqué dans l'affaire que le succès de la transaction était garanti.

8

La faible lueur jaune qui éclairait la petite pièce lui donnait un aspect irréel. Therese était assise par terre, à côté de Wade. Le sol encore brut était frais sous ses jambes nues. Elle resserra la ceinture de son peignoir. Heureusement que Wade lui avait donné sa chemise.

— Qui peut avoir une réserve sans rien dedans ? demanda-t-elle pour briser le silence.

— Reval a l'air de les aimer vides, répondit-il tranquillement. Celle où j'ai été enfermé l'était aussi.

— Oh ! c'est vrai. Excuse-moi. J'avais oublié que c'était dans la réserve qu'ils t'avaient enfermé avant de faire exploser l'immeuble.

— Un peu plus, et j'explosais en même temps que lui.

Il mêla ses doigts aux siens et porta sa main à ses lèvres.

— J'aurais dû te remercier dès que je t'ai revue. Tu sais… pour avoir organisé mon sauvetage.

— Est-ce que tu m'en veux vraiment de ne pas t'avoir appelé ?

— Comment l'as-tu deviné ? Parce que je me suis comporté comme un gamin vexé ?

— On peut dire ça.

Elle lui tapota la cuisse comme s'ils étaient ensemble depuis des mois, et non des heures.

— Alors, comment allons-nous sortir d'ici ?

Comme toujours, l'air se chargea d'électricité quand il se pencha vers elle. Elle sentit la chaleur de son souffle dans son cou, puis près de son oreille.

— Nous n'allons pas en sortir. Nous sommes exactement là où nous voulons être.

— Il nous faudrait peut-être un plan B.

— Chut, dit-il en posant un doigt sur ses lèvres. Ton patron pourrait nous écouter.

Elle rapprocha les lèvres de son oreille et chuchota :

— J'ai l'impression que nous perdons du temps.

— Pas moi. On peut faire beaucoup de choses, dans le noir.

Ces mots firent fuser dans son dos un frisson délicieux, qui se propagea à tous les endroits les plus intimes de son corps.

— Tu as déjà refusé cette possibilité, tu te souviens ?

— Non, je l'ai seulement remise à plus tard.

Elle se sentit fondre d'impatience. Elle était sur le point de lui céder, mais elle reprit ses esprits en voyant deux ombres passer devant la porte.

— Tu as raison, dit-elle. Ils nous surveillent sans doute. Je sais que Rushdan a renforcé les mesures de sécurité depuis que tu as fait tomber ce bâtiment – au sens propre.

— Franchement, je n'étais pas en état de faire tomber quoi que ce soit.

Il enroula une mèche de ses cheveux autour de son doigt pour l'empêcher de s'éloigner.

— Pas grave. Tu sais très bien ce que je veux dire, souffla-t-elle.

Un petit hoquet lui échappa quand il effleura ses lèvres des siennes, une fois de plus.

— Je le sais, oui, dit-il plus fort en s'écartant d'elle.

— N'aie pas l'air aussi surpris.

Elle ravala un petit rire nerveux et se contenta de pianoter sur son épaule. Pourquoi était-elle plus nerveuse avec cet homme qu'avec le criminel pour lequel elle travaillait ?

— Pourtant, je suis surpris.

— Pourquoi ? Quand deux personnes se connaissent, il est parfaitement naturel qu'elles se comprennent à demi-mot.

Il se mit à rire si fort qu'il fut pris d'une quinte de toux.

— Qu'est-ce qu'il y a de tellement drôle ? demanda-t-elle avant de se mettre à rire avec lui.

— Therese… Nous ne nous connaissons pas.

Il secoua la tête et se mit à rire de plus belle.

— Il y a quelque chose entre nous… une attirance, et ça me plaît. Mais y a-t-il seulement quelque chose de réel en toi ?

Mon Dieu… Il avait raison. Il ne la connaissait pas. Elle, par contre, avait gardé un œil sur lui, fait des recherches à son sujet. Elle savait beaucoup de choses sur lui.

Son intérêt n'avait rien d'obsessionnel – c'était du moins ce qu'elle se disait. Mais elle se renseignait régulièrement sur l'endroit où il se trouvait et les affaires sur lesquelles il travaillait. Elle savait qu'il était intègre et faisait du bon travail. Et c'était essentiellement parce qu'elle avait créé cette relation à sens unique qu'elle lui faisait confiance.

— Qu'est-ce que tu veux savoir ?

— Ces hommes nous écoutent sans doute, lui rappela-t-il. Pourquoi ne pas passer le temps autrement ?

Il la prit par la taille pour l'attirer encore plus près de lui. Sans qu'il ait besoin de le lui dire, elle savait qu'il était attiré par elle. Mais ses sentiments véritables prirent le dessus, jusqu'à l'engloutir. Elle ne voulait plus de cette histoire à sens unique. Elle voulait vivre une vraie relation avec lui.

— Nous allons peut-être passer un bon moment ici, dit-elle d'un ton qui se voulait détaché.

Pour construire une vraie relation, ils devaient sans doute parler ensemble, au lieu de se contenter de se peloter dès qu'ils étaient seuls… Non ?

— Pour être franc, cela ne me déplaît pas d'être assis contre toi, dans le noir, surtout alors que tu es presque nue. J'ai connu pire, comme situation. Bien pire.

Elle réprima un éclat de rire.

— Je ne sais pas ce qui m'a pris de t'entraîner dans cette histoire.

— Pas grave. Il arrive à tout le monde de paniquer.

Il frotta doucement son cou, puis le côté de son corps.

— Pas à moi.

— Je ne suis pas sûr de te croire…

Il fit glisser une main sur sa jambe nue.

— Au lieu de débattre des différentes façons de réagir au stress, si nous en revenions à ce que nous pouvons faire dans une pièce plongée dans l'obscurité ?

L'homme dont la voix la troublait le plus était en train de flirter avec elle, dans ce placard, alors qu'ils se trouvaient dans une situation épineuse qui pouvait leur coûter la vie. Il inclina la tête et lui donna un baiser parfait, juste assez autoritaire pour lui faire comprendre qu'il n'avait aucune envie d'y mettre fin. Pourtant, il redressa la tête et dit :

— Je crois que je le mérite après…

Il plaqua de nouveau ses lèvres sur les siennes et ne cessa de l'embrasser que quand ils furent tous deux un peu hors d'haleine.

— … Après toutes tes taquineries, acheva-t-il.

— On ne taquine que quand on n'a pas l'intention d'aller plus loin, remarqua-t-elle.

Il l'enveloppa de ses bras puissants et l'attira sur ses genoux.

— Je dois reconnaître que ce rendez-vous est le moins banal que j'aie connu.

— Est-ce que tu as beaucoup de rendez-vous ?

Mais elle connaissait la réponse. Tous les vendredis soir, après avoir parcouru les bars de la ville pour la rechercher, il s'asseyait sur le même tabouret où il restait pendant des heures. Elle avait souvent eu envie de le rejoindre. Au fond de son cœur, elle avait toujours su qu'elle finirait ainsi, assise sur ses genoux. Mais elle n'avait pas prévu que cela se produirait alors qu'ils étaient retenus prisonniers.

— J'ai été trop occupé à classer des dossiers.

Quoi ? Oh ! oui : ils étaient en train de parler de sa vie amoureuse. Elle suivit sa clavicule du bout de l'ongle et se pencha vers son oreille.

— Si nous ne pouvons vraiment rien faire, ni prévoir, apprenons à nous connaître. Dis-moi quelque chose sur toi.

— Comme… ?

— À toi de choisir. Ce peut être n'importe quoi, du moment que c'est la pure vérité, chuchota-t-elle.

— Pure ? répondit-il sur le même ton.

— Pas question d'embellir ou de déformer les faits pour qu'ils correspondent aux critères d'un premier rendez-vous.

Il tapota sa poitrine, juste au-dessus du cœur.

— D'accord, mais tu commences.

— Je déteste les réveille-matin.

— Ça ne compte pas, répliqua-t-il. Tout le monde les déteste. Je n'aime pas me lever le matin, moi non plus.

— Tu as raison.

Il fallait un détail plus intime, qu'elle n'aurait partagé

avec personne d'autre que lui. Mais cela faisait tellement longtemps qu'elle n'avait rien confié de vrai, à personne…

— J'adore courir. Faire de l'exercice. Amène-moi au bout d'un long chemin désert et je suis au paradis. À ton tour.

Elle tapota son genou sans oser le regarder, de peur de lire de la déception sur son visage. Le geste n'était pas particulièrement intime. Par contre, passer un doigt sur son torse, l'embrasser, être assise sur ses genoux… Voilà qui était intime.

Alors, pourquoi ce simple geste avait-il suffi à la faire se sentir nue et très vulnérable ?

Elle s'aventurait en territoire dangereux. Pour détourner son esprit de ces pensées, elle toucha le bracelet de la montre de Wade, fait d'une épaisse ficelle noire tressée.

— Ton bracelet de montre m'a toujours intriguée.

— Toujours ?

— Tu sais ce que je veux dire.

Elle l'avait remarqué six semaines plus tôt, quand ils s'étaient croisés le jour de la descente du FBI, mais s'était souvenue qu'il le portait déjà quand ils s'étaient rencontrés pour la première fois. Ce n'était pas le moment ni le lieu de lui rappeler cette première rencontre. Sinon, il allait vraiment penser qu'elle était obsédée par lui. Zut, elle n'arrivait même pas à se convaincre elle-même qu'elle ne l'était pas.

— J'ai recommencé à le mettre l'an dernier, après que les hommes de Reval m'ont fait prisonnier. Disons que c'est une petite police d'assurance, qui pourrait être utile un de ces jours. À ton tour.

— Pas question. Cette histoire ne vaut pas mieux que mon histoire de réveille-matin. Elle n'a rien d'intime.

— J'ai une meilleure idée. Réchauffons-nous un peu.

Il défit les deux premiers boutons de sa chemise et elle frissonna. En cherchant à comprendre les émotions qui l'emplissaient, elle se força à adopter un ton badin.

— Ton seul but est donc de me réchauffer ?

— C'est agréable d'avoir chaud, dit-il, taquin.

Il cligna de l'œil avant d'emprisonner de nouveau ses lèvres sous les siennes.

Chacun de ses baisers était un petit bout de paradis.

Il resta parfaitement correct, se bornant à resserrer les doigts sur son épaule pour l'inciter à se rapprocher de lui. Elle se retint pour ne pas attiser leur désir – ce qu'elle aurait facilement pu faire s'ils s'étaient trouvés ailleurs. Mais il la réchauffait rapidement, intérieurement autant qu'extérieurement.

Elle ouvrit les yeux quand il releva vivement la tête. Une vive lumière inondait la pièce. Il l'aida à se lever et la serra contre lui avant de rejoindre Rushdan dans le couloir.

— Eh bien, eh bien, dit Rushdan en souriant. Bienvenue du côté obscur, ranger Wade.

Il regarda leurs mains jointes et se fendit d'un sourire narquois.

— Qu'est-ce que tu as décidé ? demanda-t-elle.

Il tendit les mains, doigts écartés, et haussa les épaules – mais elle connaissait la réponse.

— Allons, Rushy, mon chou. Si tu avais eu l'intention de nous tuer, tu n'aurais jamais reposé les yeux sur nous.

Elle se tourna vers Wade et expliqua :

— Rushdan est un peu délicat pour ce genre de choses.

Wade se racla la gorge, mais esquissa un sourire.

— Alors, que voulez-vous que je fasse ?

Il se passa une main sur le visage, comme s'il réfléchissait – une petite comédie à laquelle Rushdan pouvait se laisser prendre. Ensuite, il se racla la gorge.

— Sal est parti chercher tes instructions, répondit Rushdan. En attendant, discutons un peu.

Il lui posa une main sur l'épaule, qui glissa quand Wade se redressa de toute sa taille. Therese, qui le tenait toujours par la main, tira sur son bras pour lui rappeler que c'était Reval qui menait la danse. Exactement comme ils le souhaitaient.

Si Wade continuait à le toiser ainsi, le petit homme grassouillet oublierait vite qu'il pouvait se servir de lui. Comme il ne réagissait pas, elle pressa sa main un peu plus fort et lui donna un coup d'épaule dans les côtes.

— Si tu nous disais simplement ce que tu attends de nous ? suggéra-t-elle. Pourquoi tout ce suspense ?

— Oh ! Therese chérie, laisse-moi m'amuser un peu. Et depuis le temps, tu devrais savoir que je ne parle jamais affaires devant des témoins. Sal va vous dire où doit aller notre Texas Ranger et ce qu'il doit faire.

— Où *nous* devons aller, rectifia-t-elle. Où qu'il aille, je l'accompagnerai. Que devons-nous faire ? Et quand ?

— Aujourd'hui, ma Therese chérie.

— C'est donc une mission de dernière minute, mal préparée, et dont la réussite n'est pas très importante.

Elle tapota le dos de la main de Wade d'un doigt, mais il sembla ne pas comprendre le message. Au lieu de lâcher sa main, il la pressa un peu plus fort.

Débusquer et arrêter les terroristes était sans doute la mission la plus importante qu'on lui ait jamais confiée. Mais s'assurer que Wade restait en vie était presque aussi important.

— Ma chérie, ce sera tellement simple pour ton petit ami. Il semble avoir eu une jeunesse sordide. Je trouve admirable qu'il ait su l'utiliser à son avantage et se servir de l'instinct et de certaines des… aptitudes qu'il a développées.

Son patron fixa de nouveau leurs mains entrelacées.

— Arrête de parler par énigmes, Rushdan. Tu nous feras gagner du temps. Nous savons déjà que Wade a un problème de jeu.

— Oui, mais est-ce que tu as entendu parler de son père ?

— Ces dossiers sont confidentiels, intervint Wade en pressant sa main plus fort.

Il n'avait pas à lui faire ce genre de signe. Elle savait qu'il ne s'agissait que d'une couverture. Et dire qu'elle s'était inquiétée qu'il soit mauvais comédien… Il était aussi rigide et immobile qu'une statue, et posait sur Rushdan un regard aussi dur que s'il mourait d'envie de lui arracher la tête.

— Cher, très cher ami, reprit Rushdan. On peut tout trouver. Il suffit de savoir comment chercher.

— Je n'ai pas monté d'arnaque depuis des années, dit Wade. Je ne sais même plus comment on fait.

— Une arnaque ? demanda-t-elle, un peu perdue.

— C'est une journée parfaite pour te rafraîchir la mémoire, répondit Rushdan. Tout est prêt. Nous n'attendons plus que toi.

Il frappa dans ses mains et reprit avec enthousiasme :

— Ne te rabaisse pas ainsi. Sur un champ de courses, tu es comme un poisson dans l'eau. Tu sais où regarder, qui chercher. Chez toi, c'est une seconde nature.

— De quoi est-ce qu'il parle ? demanda-t-elle, comme l'exigeait son rôle. Que sont ces dossiers confidentiels ?

— Les miens. Mon père était accro au jeu et j'ai passé mes années d'enfance et d'adolescence à nourrir son addiction, répondit-il en se frottant le front. Du moins, jusqu'à ce que nous nous fassions prendre.

— Tu es allé en prison ? demanda-t-elle, étonnée.

Mais elle n'était pas le moins du monde déçue. Elle se sentait proche de lui, même s'ils se connaissaient à peine… Ou plutôt, même s'ils ne se connaissaient pas du tout, comme elle venait d'en avoir la preuve. Mais il était mignon, il l'avait aidée, et elle se sentait encore plus proche de lui maintenant qu'elle savait que sa manie de suivre son instinct pour finir dans toutes sortes de situations épineuses n'était pas son seul défaut.

Rushdan gloussa, presque comme une petite fille.

— Raconte-lui tout. Fais tomber les étoiles qui brillent dans ses yeux.

Elle savait très bien ce qu'il cherchait à faire, et elle savait aussi que c'était peine perdue. Quoi qu'elle pense de Wade et de son passé, jamais elle n'appartiendrait à Reval. Elle se pressa contre Wade et se sentit tout de suite mieux.

Elle avait toujours supposé que Wade était un homme honorable. Les Texas Rangers étaient les garants de la loi. Aucun d'eux n'avait jamais été accusé de ce genre de délit.

— Tu as l'air déçue, ma chérie. Est-ce que tu pensais être la première à détourner cet homme du droit chemin ?

Rushdan partit d'un rire tonitruant et s'épongea le coin des yeux.

— Oh ! comme c'est mignon… Tu étais donc un délinquant, Wade.

Elle appuya la tête contre son bras.

— C'est vraiment parfait. Et où étais-tu…

— Vous êtes plus malin que je l'aurais cru, coupa Wade.

Il relâcha enfin la main de Therese et la prit par la taille. Il devait tomber des nues en découvrant que Reval connaissait son passé et pourtant, son visage demeurait impassible.

Oh ! mon Dieu… Elle était tombée dans le panneau ! Tels étaient donc les antécédents que son équipier, Jack, avait créés de toutes pièces. Comment avait-elle pu penser un seul instant que cet homme avait eu un joueur invétéré pour père ?

— Nous avons assez parlé de nos jeunesses sordides, dit Rushdan. L'opération doit se faire rapidement. Sal vous donnera les instructions et vous suivra pour tout filmer.

— Chantage ? demanda-t-elle.

— Police d'assurance, rétorqua sèchement Rushdan.

Elle le regarda droit dans les yeux.

— Comment se fait-il que Sal se soit occupé des détails, et pas moi ? Et quand vas-tu me réintégrer ?

— Tu l'es déjà, ma chérie, répondit-il d'une voix vibrante de menace. Sinon, tu ne serais pas dans mes bureaux.

Il tendit le bras et lui effleura le menton du doigt.

— Ne fais pas cette tête, ranger Wade. Cette opération sera d'une simplicité enfantine si tu te souviens comment fonctionne un champ de courses. C'est bien le cas, n'est-ce pas ?

Wade haussa évasivement les épaules et Rushdan empoigna Therese par le bras pour la tourner vers lui.

— J'ai besoin de cet argent, Therese. Ne fais pas tout rater.

Il crachait littéralement de colère, par le trou laissé par son incisive manquante.

9

Wade rattrapa Therese quand son « patron » la poussa sans ménagement et empêcha Sal de s'emparer d'elle. Un sac de cuir lui frappa les jambes.

— Tout est là-dedans. Le liquide, les noms, les paris et le pot-de-vin.

Sal ne semblait pas ravi par la tournure que prenaient les événements. Il fusilla Wade du regard avant d'étudier le peignoir de Therese.

— Prenez la sortie de derrière, ajouta-t-il. Vous n'êtes pas assez décents pour sortir par-devant.

Wade serra le poing, mais se retint de frapper l'homme. Il respirait avec force. Therese tira doucement sur sa main pour l'entraîner dans la bonne direction. Il avait bien failli perdre les pédales devant le regard insistant du bras droit de Reval.

Habillés comme si on venait de les mettre à la porte d'un hôtel de seconde zone, dépourvus d'argent et de téléphone, ils regardèrent Sal refermer la porte derrière eux.

— N'oubliez pas que nous vous regarderons, dit-il à travers l'épais panneau d'acier.

Wade ouvrit le sac, qui contenait des liasses de billets.

— Pas de voiture ? Est-ce que nous sommes censés aller à pied jusqu'au Lone Star Park ?

— Nous en aurons une dans quelques minutes.

Elle tapota son torse de la paume avant de faire glisser sa main vers le haut, jusque dans sa nuque. Il aimait tellement ce geste qu'il n'attendit pas qu'elle lui fasse incliner la tête pour l'embrasser. Cela ne le dérangeait pas d'embrasser Therese, mais elle avait choisi un moment tellement étrange pour le faire qu'il haussa un sourcil interrogateur.

— Je pourrais prendre l'habitude de tes baisers.

Et il ne mentait pas.

— Tu es tellement mignon, répliqua-t-elle.

Elle leva les yeux vers le mur de l'immeuble et il suivit son regard. Une caméra de surveillance. Elle jouait toujours la comédie.

— Mignon ? La dernière fois qu'on m'a dit que j'étais mignon, j'étais encore au collège.

Il cligna de l'œil et ramassa le sac de billets.

— Au sujet de cette voiture…

— Nous allons devoir marcher un peu, dit-elle. Au moins, il y aura bientôt un trottoir.

Ils sortirent de la ruelle et s'engagèrent sur une route un peu plus large, bordée d'un chemin de terre.

— Cet immeuble, celui qui ressemble à un nid d'oiseau, c'est bien le Irving Convention Center ? Nous sommes donc à Las Colinas. Nous allons devoir marcher encore un moment avant de trouver un restaurant ou un fast-food.

— Sal va sans doute envoyer une voiture. Et s'il ne le fait pas, il y a un hôtel à dix minutes d'ici, répondit-elle en tendant le doigt vers le sud. En somme, il est responsable de ce sac. Il ne nous perdra pas de vue pendant très longtemps.

Therese marchait plus souvent sur le chemin de terre que sur la route. Si le soleil de cette fin juin n'avait pas encore réchauffé l'atmosphère, l'asphalte devait déjà être trop chaud pour qu'elle s'y aventure pieds nus.

— Tu t'en es plutôt bien sortie, dit Wade en faisant passer le sac par-dessus son épaule, de sorte qu'il repose sur son dos nu. Fais attention, il y a des éclats de verre.

— Vu.

Elle descendit sur la route et pressa l'allure. Il envisagea de lui proposer de la porter, mais se douta qu'elle refuserait. Elle n'avait pas apprécié qu'il la jette en travers de son épaule la veille.

Il avait beau regarder, aucune voiture ne venait vers eux – qu'elle ait été envoyée par Reval ou par la compagnie B. Il savait que Jack ou l'un de ses collègues les avait suivis depuis l'hôtel, mais qu'il ne se montrerait qu'une fois qu'on ne pourrait plus les voir depuis l'immeuble.

Therese descendit de nouveau sur l'asphalte et se mit à sautiller d'un pied sur l'autre.

— Tu es certaine que tu ne veux pas que je te porte ?

— Parce que tu me l'as proposé ? Mais non, merci. J'ai déjà bien assez de mal à empêcher mon peignoir de s'ouvrir. Et d'ailleurs…, ajouta-t-elle dans un éclat de rire, tu as suffisamment exploré mes fesses hier soir.

Il sourit, sans cesser de chercher ses collègues du regard, parce qu'ils étaient forcément tout près. Jack n'aurait jamais permis qu'il en soit autrement.

— Parle-moi de Reval, dit-il. Mais ne te cantonne pas à la version officielle. Qu'as-tu appris sur lui ? Est-ce que sa réaction d'aujourd'hui t'a semblé normale ?

— Tu veux savoir s'ils nous auraient confié un sac rempli d'argent en temps normal ?

Elle continuait à trottiner sur l'asphalte, slalomant entre les cailloux, les éclats de verre et les ordures.

— Exactement.

Encore cent mètres et ils arriveraient à une résidence qui se dresserait entre eux et l'immeuble de Reval. Therese posa un pied sur le trottoir et se mit à sautiller en grimaçant sur le ciment brûlant. Wade la prit dans ses bras et la porta jusqu'à une portion de trottoir qui était à l'ombre. Au lieu de protester comme il s'y attendait, elle l'embrassa sur la joue.

— Pour faire court, oui. Son comportement de ces deux derniers jours a été parfaitement normal. Et je te promets que Sal n'est pas loin. Il nous attend et nous observe.

— Comme à l'hôtel.

— Sans doute, répondit-elle en nouant les bras autour de son cou.

— Bon sang…

— Qu'est-ce qu'il y a ?

Comme à l'époque où il appartenait à la police de la route, il s'assura que personne ne se cachait entre les voitures en stationnement ni derrière les arbres faméliques.

— Oublions les questions pendant une minute.

Il la déposa sur la pelouse impeccable de la résidence, montra le sac et posa un doigt sur ses lèvres.

Therese resserra la ceinture du peignoir et s'agenouilla. En plus de l'aider à fouiller le sac pour y trouver un éventuel micro ou traqueur, elle masqua leurs agissements aux conducteurs de deux voitures.

— On dirait que c'est bon, dit-il enfin. Je suis à peu près sûr que Jack nous attend à l'hôtel. Moi, en tout cas, c'est là que j'attendrais.

— Comment aurait-il su… Oh ! bien sûr. Il nous a suivis. C'était risqué. Pourquoi ne m'as-tu rien dit ?

Elle passa la sangle du sac à son épaule et se dirigea vers la grand-rue. Wade saisit son bras libre et la força à se tourner vers lui. Elle perdit l'équilibre et tomba contre lui. Il fit glisser la sangle de son épaule et la passa sur la sienne.

— Tout ira bien. Fais-moi confiance.

Il lui planta un rapide baiser sur les lèvres, qu'elle ne lui rendit qu'à peine.

— Mes collègues et moi faisons du bon boulot. Jack ne fera rien qui puisse empêcher la justice de renvoyer Rushdan Reval derrière les barreaux, et pour de bon cette fois.

— Je ne vois pas Sal, dit-elle.

— Ça ne veut pas dire que tu t'es trompée.

Elle aurait pu lui dire qu'elle lui faisait confiance, mais elle avait préféré changer de sujet.

Une voiture se gara sur une place réservée aux stationnements brefs, qu'il reconnut comme étant celle du major Clements. De tous les rangers de la compagnie B, il était l'un des rares à ne pas se déplacer en camion.

Il se tourna vers l'entrée de l'hôtel, mais Therese tira sans douceur sur son bras pour l'entraîner dans une autre direction.

— Nous ne devrions peut-être pas passer par-devant.

Elle mêla ses doigts aux siens, traversa la rue et se glissa entre un chêne et une haie. Il descendit d'un bond le mur de soutènement du parking couvert et l'aida à descendre, sans se priver de laisser glisser son corps souple et athlétique contre le sien.

Quand ses deux pieds furent posés sur le ciment, elle leva son beau visage vers lui sans ôter les mains de ses épaules.

— Nous pourrions passer par-dessus la clôture et faire comme si nous allions vers la piscine de l'hôtel.

— Bonne idée.

Mais il ne bougea pas, et elle non plus. En se moquant

pas mal que quelqu'un les observe, il la scruta longuement. Cela faisait longtemps qu'il n'avait pas contemplé les yeux d'une belle femme, ni éprouvé pour une femme une admiration aussi totale. Et cela faisait encore plus longtemps qu'il n'en avait eu aucune envie.

La faute à qui ?

— Pas la mienne, marmonna-t-il.

— Est-ce que toutes les idées doivent venir de toi ?

Bon sang… La question avait résonné dans son esprit avec tant de force qu'il y avait répondu à voix haute.

— Nous ferions sans doute mieux d'y aller, dit-il.

Le désir impérieux reflua, mais ses jambes tremblaient encore un peu. Il se reprit en entendant crisser des pneus, plus haut dans le parking.

— Si c'est Sal qui arrive, nous ferions mieux d'attendre ici.

— Je ne sais pas si c'est une bonne idée, répondit-il en passant la sangle du sac autour de son corps.

Elle vint se planter devant lui et plaqua une main sur son torse pour l'empêcher d'avancer.

— Même si tes collègues nous attendent, nous ne savons pas comment ils peuvent nous aider. Rushdan a dit à Sal de nous emmener au champ de courses. Il va s'attendre à nous trouver sans argent, sans téléphone et à peine habillés.

— Et s'il trouve quelque chose de différent, il va se méfier, convint-il.

— En gros, Rushdan lui a donné la permission de nous tuer. Ensuite, il pourra mettre en œuvre le reste de son plan.

— À propos de ce plan…

Du coin de l'œil, Wade vit apparaître dans l'escalier

un homme aux cheveux argentés qui ressemblait au major Clements.

— Il ne m'a rien dit, répondit-elle. C'est pour ça que j'ai pris le risque de laisser les hommes m'amener jusqu'à lui hier soir.

— En ce cas, d'accord. Restons ici et voyons qui arrive.

Il avait haussé la voix de façon que son patron entende. Il voulut pousser Therese derrière lui, mais elle ne se laissa pas faire.

— Je peux me débrouiller toute seule, ranger.

— J'ai remarqué.

La voiture qu'il entendait pouvait tout aussi bien appartenir à un client de l'hôtel ou à la sécurité qu'à son équipier ou à l'homme de Reval.

— C'est lui, dit Therese. Voilà qui va nous faciliter la tâche.

Wade n'eut pas l'occasion de demander comment. La voiture de Sal était déjà à côté d'eux. Des volutes de fumée s'échappaient par sa vitre ouverte.

— Il vous a fallu un moment. Je me suis retrouvé à court de cigarettes.

— Tu aurais dû nous prendre aux bureaux de Rushdan, dit Therese.

Elle ouvrit la portière et s'installa sur le siège.

— Je devais vérifier que personne ne suivait ton petit copain.

— Et ? demanda Therese.

Sal inhala la dernière bouffée de sa cigarette, qu'il jeta ensuite par la vitre, avant de répondre.

— Et rien.

Wade monta à son tour et posa le sac entre ses pieds.

— Je vous l'avais bien dit.

Sal sortit du parking souterrain en roulant beaucoup trop vite et s'éloigna de l'hôtel en trombe.

Quand la voiture passa devant le major Clements, il détourna la tête pour masquer son visage. Pourtant, il y avait peu de risques que Sal – ou Rushdan – le reconnaisse. Aujourd'hui, le major portait une chemise à boutons-pression à l'ancienne mode et une ceinture à la boucle énorme. On aurait dit un vieux cow-boy défraîchi.

Les rangers étaient bien là et les suivaient sans se faire remarquer. Il se détendit un peu.

— Emmène-nous chez moi, ordonna Therese, comme si Sal était son chauffeur.

— Le patron a dit que je devais…

— Ne cherche pas d'excuses, Sal. Je ne peux pas aller au champ de courses en peignoir. N'essaie pas de me faire croire que Rushdan ne s'attend pas à ce que je me change.

Elle ramena le peignoir sur son genou.

— Et lui ? demanda Sal. Tu vas lui rendre sa chemise ?

— Je m'en occuperai quand tu nous auras déposés.

— Ça ne va pas plaire au patron.

Therese manipulait le bras droit de Reval comme si cela faisait des années qu'elle lui donnait des ordres. D'ailleurs, c'était sans doute le cas. Wade la laissa donc faire et se força à regarder droit devant lui, sans chercher ses collègues des yeux.

Sal sortit bientôt de la Northwest Highway pour s'engager sur une voie secondaire. Il s'arrêta au coin d'une rue, sans prendre la peine de les conduire plus loin. Therese descendit la première et Wade la suivit, tirant le sac plein d'argent derrière lui.

Sal démarra avant même qu'il ait claqué la portière.

Therese resserra la ceinture du peignoir et en remonta le col. Wade passa la sangle du sac autour de sa tête.

— Passe devant, dit-il. Je meurs de faim. Tes amis n'ont pas fourni le petit déjeuner.

— C'est dommage, répliqua-t-elle. Comme je ne cuisine jamais, il n'y a rien à manger chez moi.

Elle plaquait les pans du peignoir contre sa poitrine, mais elle était plus couverte que la veille, dans sa petite robe jaune.

— Pas grave. Je sais comment on commande une pizza.

Il s'amusait beaucoup à la voir essayer de rester décente au cas où ses voisins la verraient par leur fenêtre.

— Nous ne sommes pas trop vieux pour manger de la pizza au petit déjeuner ?

Elle avait l'air de croire à ce qu'elle disait.

— D'abord, nous ne sommes pas vieux. Ensuite, les pizzerias livrent à domicile. Je ne vais pas commander des gressins à la cannelle, ils sont toujours trop petits… Zut, il est trop tôt pour se faire livrer. Si nous trouvions un restaurant ?

— Nous n'avons pas le temps d'aller au restaurant. Nous avons beaucoup de choses à faire avant d'aller au champ de courses.

Elle poussa le portail de la résidence et se dirigea vers le bureau de location.

— Puisque tu es trop vieille pour une pizza, trouvons autre chose à manger. Si je me souviens bien, il y a un petit snack-bar sur webb Chapel qui fait des burritos sucrés fantastiques. Ils les servent toute la journée…

Il s'arrêta net et lui prit la main pour la forcer à se tourner vers lui.

— Ce n'est pas par là qu'on entre ?

— Si mais…

Elle arqua les sourcils et attendit qu'il comprenne. Comme il l'interrogeait du regard, elle reprit :

— Je n'ai pas mes clés. Je vais devoir demander à la direction d'ouvrir ma porte.

Il la tira vers le portillon.

— Quel appartement ?

— Mille deux cent vingt-quatre, répondit-elle en tendant le doigt vers la gauche. Nous devons aller au bureau. Je n'ai pas de double sous le paillasson. D'ailleurs, je n'ai pas de paillasson.

— La porte sera ouverte.

Il l'attira vers lui et l'embrassa rapidement, mais elle se dégagea et regarda tout autour d'elle.

— Est-ce que l'un de tes collègues nous attendrait dans mon appartement ?

— Avec un peu de chance, il aura même apporté le petit déjeuner. Mais d'un autre côté…

Il fit jouer ses sourcils en enserrant sa taille des deux mains.

— Ce ne serait pas plus mal s'il n'y avait personne.

10

Avaient-ils le temps de se laisser distraire ? Dans les yeux du bel homme au torse nu qui lui caressait la taille, Therese lisait une invitation sans équivoque.

Elle en oubliait qu'il avait sous-entendu qu'il y avait quelqu'un chez elle. Elle calcula le temps qu'il leur fallait pour se préparer et gagner le Lone Star Park avant d'être gagnée par la déception. Ses collègues devaient attendre qu'ils leur fournissent des renseignements. Et Sal allait exiger de les escorter jusqu'au champ de courses.

Zut ! La proximité de Wade représentait un réel problème… Une énorme distraction.

Elle ouvrit la porte, sans se préparer défensivement. Mon Dieu, elle n'était pas fermée à clé. Ils n'étaient donc pas seuls, tout comme Wade l'avait dit. Mais elle n'avait pu penser qu'à…

Oh ! mon Dieu, elle avait espéré qu'ils auraient assez de temps pour tenir certaines des promesses qu'ils s'étaient faites, pour se taquiner mutuellement.

Oui, une énorme distraction.

Un homme, vêtu de l'uniforme que portaient les employés de la résidence, se tenait dans le séjour. Wade demanda :

— Est-ce que tu as porté quelque chose à manger ?

— Pas eu le temps.

— J'allais demander comment vous étiez entré, mais

vous devez avoir récupéré nos affaires dans le coffre-fort, dit Therese.

Elle venait de remarquer leurs téléphones, posés sur la table basse.

— Jack MacKinnon, dit l'homme en lui tendant la main. Je suis l'équipier de Wade, même si j'ai surtout l'impression d'être son coursier.

— Therese Ortis, mais vous le savez déjà. D'habitude, mon appartement est un peu mieux rangé.

— Oh ! oui. J'ai apporté quelques-unes des affaires de Wade et je les ai laissées en évidence au cas où quelqu'un se renseignerait sur vous. J'ai aussi cherché des mouchards. Étonnamment, je n'en ai pas trouvé.

Il rangea plusieurs appareils électroniques dans un sac de travail.

— Je vois, dit-elle.

Elle posa un regard entendu sur la petite valise et les trois paires de chaussures posées dans un coin. La présence des deux hommes rendait son petit appartement encore plus exigu.

Pendant ce temps, Wade ouvrait tous les placards de la petite cuisine.

— Bon sang, Therese. Il n'y a vraiment rien à manger ici, pas même du beurre de cacahuètes. Qui n'a pas de beurre de cacahuètes ?

Jack sortit deux revolvers de son sac et les posa sur le comptoir de la cuisine. Il s'appuya contre le mur et dit, d'un air qui se voulait dégagé :

— Mon vieux, je ne vais pas te faire le détail des obstacles que nous avons dû surmonter pour sauver ta peau et organiser cette mission. Quand tout sera terminé, il faudra que nous ayons une petite discussion.

— Je me serais attendu à ce que ce soit le major

Clements qui me fasse la leçon, répondit Wade. Je n'ai pas vraiment eu le choix. L'occasion s'est présentée, j'ai bondi dessus.

Il posa les yeux sur elle, puis sur le réfrigérateur.

— Dès que vous aurez découvert à qui et à quoi nous avons affaire…, reprit Jack. Est-ce que tu as un problème ?

Wade ouvrit la porte du congélateur.

— Nom d'un chien. Il n'y a même pas de plats surgelés ni de crème glacée ?

— Je suis au regret de vous dire que vous avez des amis très mal élevés, m'dame, dit Jack en secouant la tête. Allons, vieux. Contribue à la conversation.

— Quoi ?

Wade referma le congélateur et se tourna vers Therese, qui haussa les épaules et articula : « Je te l'avais bien dit. »

— Nous n'avons sans doute pas beaucoup de temps, reprit Jack. Slate garde un œil sur l'homme qui vous a déposés ici.

Il regarda son téléphone, comme s'il attendait du nouveau.

— Après vous avoir déposés, il est allé dans un 7-Eleven. Je pense que la bande s'apprête à passer à l'action. Est-ce qu'il s'est passé quelque chose après que nous nous sommes parlé hier soir ? Quelque chose que je devrais savoir, du moins ?

— Nous devons nous rendre au Lone Star Park dès que possible, répondit Wade d'un ton dégagé. Le sac que j'ai apporté contient une grosse somme d'argent que Rushdan Reval veut faire fructifier.

— Tu n'as donc pas besoin de liquide. Au fait, ton camion est devant chez toi. Au cas où quelqu'un l'aurait surveillé, nous l'avons fait remorquer.

Wade donna quelques détails supplémentaires, mais

passa sous silence la petite séance où il avait servi de punching-ball et la façon dont Therese avait essayé de lui fausser compagnie en sautant du camion.

— Est-ce que tu as mis nos téléphones sur écoute ? demanda-t-il.

— Seulement le tien. Le FBI a eu quelques paroles bien senties quand nous avons essayé avec celui de Mlle Ortis. Le tien devrait suffire pour que nous ne te perdions pas de vue.

Jack tendit le doigt vers leurs téléphones avant de sortir le sien de sa poche et de lire le message qu'il venait de recevoir.

— Je dois filer. Vous allez bientôt avoir de la compagnie.

Et le Texas Ranger Jack MacKinnon sortit par la porte de la terrasse et bondit avec grâce par-dessus la barrière d'un mètre vingt.

Il l'avait échappé belle : Sal frappa un seul coup puis entra, sans attendre d'y être invité.

— Le patron m'a envoyé pour une petite visite. Croyez-moi, l'idée ne vient pas de moi.

L'homme ramassa un pantalon posé sur le dossier du canapé et le relâcha aussitôt. Il alla jusqu'à regarder dans le placard de la salle de bains, où il trouva une brosse à dents légèrement usagée qui n'appartenait pas à Therese. Quand il vit leurs armes, qui étaient posées sur la petite table pour deux, à côté de la plaque de Texas Ranger de Wade, il dit :

— Vous ne devriez pas laisser ça traîner n'importe où. On ne sait jamais qui peut venir vous cambrioler.

Quand il fut satisfait, il jeta une enveloppe vers Wade et partit en claquant la porte. Wade se laissa tomber sur le canapé et commenta :

— Eh bien, c'était intéressant.

Therese ferma les deux verrous qu'elle avait posés elle-même, de sorte que plus personne ne puisse les déranger. Elle n'avait pas l'habitude de voir quelqu'un dans son petit appartement où personne n'était jamais entré, hormis un employé de la maintenance. Et pourtant, la présence de Wade ne lui semblait ni bizarre ni gênante.

Pas de distractions. Elle ne devait pas penser à eux deux. Ils avaient du travail.

Elle rassembla les vêtements de Wade et les posa au bout du canapé avant d'attraper l'enveloppe. Mais Wade lui prit la main et l'attira doucement vers lui, jusqu'à ce qu'elle s'assoie sur ses genoux.

— Tu ne penses pas que nous devrions l'ouvrir ? demanda-t-elle avant de regarder le radio-réveil posé sur le comptoir de la cuisine.

Il effleura son genou de la main, bloqua ses bras pour l'empêcher d'ouvrir l'enveloppe et la serra contre lui pour l'embrasser dans le cou.

— Tu devrais lire ce qu'il y a dans cette enveloppe avant que nous nous laissions distraire, insista-t-elle tandis qu'il lui mordillait le cou.

— Tu ne penses pas qu'elle contient les mêmes instructions que celles qui sont dans le sac avec l'argent ?

Il lui subtilisa l'enveloppe et la laissa tomber sur ses genoux, mais ne la relâcha pas.

— Je n'en sais rien. C'est la première fois que Rushdan me confie ce genre de mission.

Elle se dégagea, déchira l'enveloppe et l'inclina. Un téléphone portable bon marché et une feuille de papier pliée en deux tombèrent sur ses genoux.

— Peut-être que je devrais m'asseoir…

— Nous pouvons lire ensemble si tu restes là où tu es. À moins que ce ne soit pas confortable ?

— C'est tout à fait confortable. Trop confortable, même.

Son bras effleura le torse nu de Wade, et son estomac fit un saut périlleux. Elle se leva d'un bond avant de changer d'avis et de décider de s'installer encore plus confortablement.

Elle aurait tout le temps d'apprendre à mieux connaître Wade, plus tard. Pour le moment, ils étaient attendus au champ de courses. Elle déplia la feuille en la tenant par le coin, au cas où il y aurait des empreintes digitales à relever, et commenta :

— Je ne sais pas pourquoi je prends autant de précautions. Rushdan ne laisse jamais aucune trace qui permette de remonter jusqu'à lui. C'est pour cela qu'il a pu sortir de prison pour reconstruire son empire. Ce sont des gens qu'on ne peut pas poursuivre en justice qui font le sale travail à sa place.

— Et ses sous-fifres ne savent pas sur quelle pièce du puzzle ils travaillent, renchérit Wade. Nous l'avons découvert l'année dernière, après qu'il a essayé de me tuer.

— Seul Rushdan a une idée précise du tableau dans son ensemble.

Debout près de la porte coulissante, elle observait la rue, guettant un éventuel rôdeur.

— Qu'est-ce que ça dit ? demanda Wade en se levant.

Il la rejoignit, et elle lui tendit la feuille.

— Ces instructions sont différentes des premières. Jusqu'ici, il nous a seulement testés pour savoir où nous irions et qui nous appellerions.

— Et qui viendrait nous aider, compléta-t-il.

Il l'attira de nouveau vers le canapé et laissa tomber la feuille sur la table basse.

— Le changement de plan a l'air risqué, dit-il. Sacrément risqué, même. Il nous demande maintenant de verser le pot-de-vin, alors que la première version nous ordonnait de prendre les paris.

— Il faudrait que je me douche en vitesse et que j'enfile de vrais vêtements. À moins que tu veuilles y aller en premier ?

Elle se leva, posa le portable bon marché avec les autres et voulut contourner Wade, mais il ne la laissa pas faire. Il lui prit la main et l'attira vers lui, trop doucement pour qu'elle puisse lui reprocher de vouloir la retenir.

— Ce que je veux, c'est un baiser.

Il l'attira de nouveau sur ses genoux et glissa un doigt sous son menton pour rapprocher ses lèvres des siennes.

Le baiser fut délicieux, exaltant, sensuel. Assez long pour qu'il plaque ses mains dans son dos pour la presser contre lui, écrasant ses seins contre son torse puissant. Plus qu'assez enivrant pour que ses sens prennent le dessus et qu'elle oublie presque ce qu'ils devaient faire.

Elle se sentait tellement en sécurité dans ses bras qu'elle ne parvenait pas à se dégager, d'autant qu'elle voulait qu'il lui donne encore plus. Elle avait de plus en plus de mal à canaliser son désir. Et pourquoi pensait-elle à sa sécurité ? Elle avait d'autres priorités : renvoyer Reval derrière les barreaux, découvrir qui finançait Public Exposure et mettre l'algorithme hors circuit.

Trois missions qu'elle devait mener à bien pour garantir la sécurité de beaucoup de monde.

Elle se leva, tira la chemise aussi bas que possible et resserra la ceinture du peignoir.

— Nous pouvons prendre ma voiture, à moins que tu préfères que nous prenions ton camion, puisqu'il est chez toi. Est-ce que tu habites loin ?

Menteuse ! Elle savait exactement où Wade habitait quand elle avait décidé de louer cet appartement, à cinq kilomètres environ. Elle travaillait en solo depuis tellement longtemps qu'elle se sentait affreusement seule. Prendre un appartement non loin d'une personne qu'elle connaissait – d'accord… dont elle connaissait l'existence – était un cadeau qu'elle s'était fait à elle-même.

Elle avait renoncé à beaucoup de choses afin de travailler pour la Sécurité intérieure. Ses parents étaient morts quand elle avait dix-huit ans, mais beaucoup de membres de sa famille vivaient dans la région de San Antonio. Ils pensaient tous qu'elle avait été renvoyée de l'école de police après avoir triché à un examen. Plusieurs d'entre eux savaient qu'elle travaillait pour un baron du crime de petite envergure, mais tous ignoraient qu'elle travaillait pour le FBI, qui l'avait prêtée au département de Sécurité intérieure.

Merde. Même Wade ne le savait pas.

— Tu as quelque chose à me dire ? demanda-t-il en la dévisageant. Peut-être une nouvelle question pour continuer notre petit jeu d'action ou vérité ?

— Je ne me souviens pas qu'il y ait eu beaucoup d'action, riposta-t-elle du tac au tac.

Elle secoua la tête et ajouta :

— Je pensais que nous essayions seulement de faire connaissance.

Il empoigna les revers du peignoir et l'attira vers lui, jusqu'à ce qu'elle pose les mains sur le dossier du canapé, de part et d'autre de son visage. Leurs lèvres étaient tellement proches qu'elle les sentit bouger quand il chuchota :

— Il y a une autre façon de faire connaissance.

— Est-ce que tu… euh… veux prendre une douche ?

Il inspira théâtralement.

— Toi d'abord. Il me faut un peu d'air.

Après ce baiser, c'était ce dont elle avait besoin elle

aussi. Elle courut s'enfermer dans la salle de bains et s'adossa contre la porte pendant quelques instants.

Pensant qu'un peu d'oxygène lui éclaircirait les idées, elle ouvrit la fenêtre. Wade était sur la petite terrasse, son téléphone à l'oreille, en pleine discussion. Apparemment, lui avait surtout besoin de parler à ses collègues.

Pourquoi ne le lui avait-il pas dit ?

Parce qu'il ne lui faisait pas confiance. Pas entièrement.

Elle referma la fenêtre sans bruit et verrouilla la porte avant de passer sous la douche. Cette fois, il ne pourrait pas « accidentellement » entrer dans la pièce et la surprendre en tenue d'Ève. Une fille devait conserver une part de mystère. Ce n'avait pas été le cas la veille, mais le ranger Wade Hamilton s'était comporté en parfait gentleman, malgré ses taquineries.

Cela faisait deux ans qu'elle était dans sa vie sans vraiment en faire partie… Elle ne lui avait donné aucune raison de lui faire confiance. Comment pouvait-elle lui reprocher de se méfier ?

Elle n'avait pas su saisir l'occasion d'être franche avec lui, de lui dire pourquoi elle avait en lui une confiance totale. Peut-être qu'ils allaient poursuivre leur petit jeu, sous prétexte de « faire connaissance ». Mais si c'était tout ce qu'il y voyait ? Un jeu ?

Elle se rinça les cheveux, appuya le front contre le carrelage et laissa le jet d'eau lui marteler la nuque. Elle n'avait pas vraiment mal, mais elle avait besoin de réfléchir. À autre chose qu'à Wade.

Ils auraient dû être morts tous les deux, à l'heure qu'il était.

Que mijotait vraiment Rushdan Reval ? Pourquoi avait-il besoin de Wade ? Il n'accordait pas son pardon facilement. Ses motivations devaient être purement égoïstes, comme toujours.

Pendant des semaines, il avait demandé à ses hommes de trouver quelqu'un qui ait accès aux infrastructures publiques. Jamais il n'avait laissé entendre qu'il y avait un quelconque lien avec Public Exposure, mais la rapidité avec laquelle il avait agi aujourd'hui lui faisait soupçonner que c'était le cas.

Wade allait l'aider à découvrir pourquoi le groupe de terroristes domestiques voulait l'algorithme et de quelle façon celui-ci avait été amélioré ou actualisé. Grâce à lui, elle allait réintégrer le cercle des intimes de Rushdan. Wade… Une fois encore, il endossait sans le savoir le costume du héros. Mais cette fois, plus question d'entretenir pour lui un béguin d'adolescente. Cette fois, c'était bien pire.

Elle avait découvert un homme plein de bonté et de prévenance. Un représentant de l'ordre compétent, à la compagnie agréable et divertissante. Et elle sentait qu'il était fort possible qu'elle tombe profondément amoureuse de cet homme-là.

11

Wade se réveilla quand Therese le poussa du coude, alors qu'ils quittaient l'autoroute à proximité du champ de courses. Il n'avait pas dormi longtemps, mais d'un sommeil profond et réparateur. Exactement ce qu'il lui fallait après la nuit presque blanche qu'il avait passée.

— Je crois que je deviens trop vieux pour travailler sur le terrain, dit-il.

— Pourquoi ça ?

— Je dois avoir passé trop de temps derrière mon bureau, dernièrement, répondit-il en s'étirant et en bâillant. À l'époque où j'étais dans la police de l'autoroute, j'aurais pu faire deux nuits blanches à la suite.

Therese eut l'air un peu bizarre, comme si elle allait dire quelque chose, mais elle tourna la tête vers la vitre sans mot dire. Qu'est-ce qu'elle avait ?

Elle n'avait pas protesté quand il avait parlé de faire une petite sieste. Au contraire, elle l'y avait encouragé, et il ne regrettait vraiment pas d'avoir dormi. Impossible de dire quand il pourrait se reposer la prochaine fois, et il devait garder les idées claires.

Il était 10 heures, et une longue file de voitures s'engageait dans le Lone Star Park. Ils avaient quelques minutes de retard, mais ce n'était sans doute pas bien grave. Elle n'avait paru angoissée dans aucune des situations périlleuses dans lesquelles ils s'étaient retrouvés auparavant, alors… que se passait-il ? Il n'arrivait pas à mettre le doigt dessus. Pensait-elle au commentaire évasif de Reval sur son passé ? Est-ce qu'elle avait compris ? Et si elle savait qu'il avait monté des arnaques comme celle-ci, mais pour de vrai, jusqu'à ses quinze ans, est-ce qu'elle changerait d'opinion à son sujet ?

— Est-ce que nous allons facilement trouver le type que les instructions nous indiquent ? Et s'il partait parce que nous avons deux minutes de retard ? Je peux te déposer et aller garer la voiture si cela peut nous faire gagner du temps.

Elle tapota le volant des deux pouces en attendant que le feu passe au vert.

— Est-ce que tu es nerveuse ? demanda-t-il.

Il espérait que cela n'avait vraiment rien à voir avec son passé.

— Je suppose. Pas toi ? Nous n'avons pas parlé de la façon dont nous allons trouver cet homme et l'acheter. Nous ne savons même pas comment introduire l'argent dans le parc.

Elle dut s'arrêter pour cause d'embouteillage et se tourna vers lui.

— Enfin, il y a une somme énorme dans ce sac ! Comment peut-on payer un pot-de-vin en liquide sur le champ de courses ? Nos chances de réussir sont bien minces.

— Fais-moi confiance. Tout se passera bien.

Il secoua la tête, mais quelque chose de bizarre se passait dans son estomac, qui n'avait rien à voir avec le versement du pot-de-vin. Un simple coup de fil lui avait suffi à régler ce détail pendant que Therese était sous la douche.

Il n'avait pas besoin de chercher bien loin les raisons de l'anxiété qui le taraudait depuis que Reval lui avait dit qu'il devrait se rendre au champ de courses.

Il avait essayé de se changer les idées chez Therese, mais elle avait contré toutes ses tentatives de diversion. Depuis qu'elle s'était douchée, elle était redevenue parfaitement professionnelle. Pendant qu'elle se séchait les cheveux, il avait commandé leur déjeuner, qu'ils avaient pris dans des pièces séparées. Ensuite, il s'était endormi peu après être monté en voiture. Autant dire qu'ils n'avaient pas beaucoup discuté.

Elle mit son clignotant et s'engagea dans le parc tout en lisant les panneaux à voix haute. Il tendit le doigt vers la voie de gauche, qui s'éloignait du parking visiteurs. Il voyait bien qu'elle n'était jamais venue aux courses – contrairement à lui, qui avait gâché une bonne partie de sa jeunesse derrière ces clôtures.

Quand il était revenu à Dallas en tant que ranger, il avait soigneusement évité cet endroit. Pas de concerts, de soirées avec les copains ni de matchs de base-ball au stade, juste à côté de l'hippodrome. Pas d'affaires en rapport avec les courses ou les paris.

Bon sang, il s'interdisait même d'emprunter la route qui faisait le tour du complexe de loisirs. Depuis qu'il avait entamé sa vie d'adulte, il avait plutôt bien réussi à ne pas regarder en arrière. Mais maintenant…

Maintenant, il était pris de vertige, comme s'il était en train de dévaler des montagnes russes. Il fallait qu'il contrôle le malaise qui le rongeait à l'idée de ce qu'il allait devoir faire et qu'il l'utilise à son avantage.

Parce qu'ils n'étaient pas dans un parc d'attractions sur le thème de l'Ouest sauvage, où de fausses fusillades étaient mises en scène. S'il se plantait…

Il fit jouer ses épaules pour se libérer de la tension qui l'habitait. Il ne se planterait pas. Il ne ferait pas faux bond à Therese. Il repoussa les souvenirs vieux de quinze ans au fond de son esprit.

Therese s'arrêta derrière la file de voitures qui se dirigeait vers le parking, et il s'extirpa de son cafard pour poser une main sur son épaule et lui faire signe d'aller tout droit. Il n'avait pas oublié où on devait se rendre pour verser un pot-de-vin.

— Continue sur cette route et passe par le portail réservé aux propriétaires et aux entraîneurs. Ensuite, nous arriverons aux écuries et aux vestiaires des jockeys sans qu'on nous pose trop de questions.

— Est-ce que tu en es sûr ? D'après les instructions…

— Et si c'était encore un test ? Écoute, Therese. J'ai dû oublier plus de choses sur cet hippodrome que personne n'en saura jamais. Fais-moi confiance. Si tu veux verser un pot-de-vin, tu ne passes pas par l'entrée principale.

— Oublier ? répéta-t-elle. Tu as déjà fait ça ?

Elle dépassa donc l'entrée principale du parc, et arriva devant un portail qu'il ne se rappelait que trop bien.

— Qu'est-ce que je vais dire à Sal ? demanda-t-elle.

— Tu peux lui répéter ce que je viens de te dire, à moins que tu préfères que je le fasse moi-même.

Elle venait tout juste de se garer quand le portable qu'on leur avait remis sonna. Wade mit le haut-parleur de sorte qu'elle puisse entendre la conversation.

— Où êtes-vous ? hurla Sal.

— Nous suivons les ordres, répondit-elle avant qu'il ait pu ouvrir la bouche.

— Je devais être avec vous, se plaignit Sal.

— Nous n'allons pas verser un pot-de-vin à un jockey

pendant que tu nous filmes avec ton téléphone. Ce serait un peu voyant.

Elle voulut s'emparer du téléphone, mais Wade posa la main sur la sienne.

— Nous t'appellerons quand nous en aurons fini, dit-il.

Quand il eut raccroché, elle fit remarquer :

— Je ne suis pas sûre que ce soit une bonne idée.

— Fais-moi confiance. Si nous l'écoutions, nous serions arrêtés en deux minutes. Viens, finissons-en.

En réalité, ils risquaient d'être arrêtés quelle que soit la façon dont ils s'y prendraient. Il attrapa le sac sur la banquette et descendit de voiture sans attendre Therese ni même s'assurer qu'elle le suivait.

Il entendit le claquement des portières qui se verrouillaient et poursuivit son chemin, entre les vans et les camions. Jusqu'à l'instant où une violente sensation d'étouffement le plia en deux.

— Wade ? Qu'est-ce qu'il y a ? Tu vas bien ?

Il entendait ses questions, mais une force inconnue l'empêchait d'y répondre. Il se redressa et s'agrippa à un van avant de se plier une nouvelle fois en deux.

— Oh mon Dieu, qu'est-ce qu'il t'arrive ?

Tout en lui frottant le dos, elle empoigna son bras avec une telle force qu'elle aurait pu suffire à le soutenir.

Ce qui m'arrive ? Des images défilaient devant ses yeux, oblitérant la réalité. Les années s'étaient estompées. Il était redevenu un adolescent efflanqué, aux cheveux qui lui retombaient dans les yeux, vêtu d'un jean que ses hanches retenaient à peine et d'un T-shirt où devait être écrite quelque grossièreté.

— Je ne… euh… suis pas sûr.

Mais il le savait très bien. Il avait un flash-back.

— Si tu ne peux pas…

— Je peux. Ça va.

Il se redressa de nouveau et repoussa les souvenirs de l'arrestation de son père dans le recoin de son esprit où ils avaient été remisés jusqu'ici.

Ils n'y restèrent pas, mais il ne pouvait pas permettre à ces souvenirs d'interférer avec le présent. Ce qu'il voyait et sentait… Zut, même le frémissement d'excitation qui le parcourait, tout lui donnait l'impression d'avoir remonté le temps. Il avait de nouveau quinze ans et vomissait pendant que la police passait les menottes à son père pour l'emmener en prison.

Il ne l'avait pas revu avant les procès. À l'issue du premier, son père avait été reconnu coupable de tous les chefs d'accusation, du vol simple jusqu'au crime organisé. Pendant le second procès, où il était poursuivi pour mise en péril d'un mineur, son père avait évité tout contact visuel avec lui. Ensuite, Terrence Hamilton avait renoncé à ses droits parentaux et Wade ne l'avait plus jamais revu.

— Ne regarde jamais en arrière, s'entendit-il marmonner.

Le mantra de son père.

— Quoi ? Wade, il faut que tu me dises ce qu'il se passe.

Il voulut la contourner, mais elle l'en empêcha en posant une main sur son torse.

Il savait ce qu'il devait faire, il voyait l'endroit où il devait se rendre : juste là, devant lui. Quand Therese posa doucement une main sur sa joue, ses genoux se mirent à trembler.

— Nous allons être en retard, dit-il d'une voix étranglée.

— Mieux vaut être en retard que morts.

— Tout va bien, Therese. Je ne vais pas te laisser tomber.

Il baissa les yeux vers elle et leurs regards s'unirent.

Bon sang… Elle le dévisageait avec une telle intensité

qu'il fut certain qu'elle pouvait voir à travers ses mensonges et lire dans son âme, comme si elle avait eu une vision à rayons X. Elle laissa sa main glisser vers le bas, empoigna sa ceinture et le secoua avec un grondement exaspéré.

— Tu es vraiment agaçant. Quand tu as dit que tu avais oublié plus de choses au sujet de cet endroit que personne n'en saurait jamais, que voulais-tu dire ?

Face à une autre femme qu'elle, il ne savait pas ce qu'il aurait fait. Mais le petit jeu de la vérité qu'ils avaient commencé le poussait à tout lui dire, sans rien lui cacher.

— Je connais bien cet endroit.

— Tu n'as pas vraiment un problème de jeu, n'est-ce pas ?

— Non. Sinon, je ne serais pas ranger. Je me serais déjà fait virer.

— Alors, qu'est-ce qu'il y a ?

Il la prit par la taille et s'apprêta à la soulever pour l'écarter de son chemin. Mais quand il la regarda dans les yeux, il se rendit compte que sa respiration avait retrouvé un rythme normal et ses genoux, une fermeté de roc.

Les souvenirs redoutables du jour où il avait assisté à l'arrestation de son père s'estompèrent devant la vision de cette belle femme aux cheveux bruns, vêtue de beaucoup de… sequins ? Il ne s'en apercevait que maintenant, à cause du soleil qui les faisait étinceler, l'éblouissant et le ramenant à la réalité.

— Nous devons y aller, dit-il. Tu te souviens de notre objectif principal ?

— Je travaille dessus depuis trois ans. J'aurais du mal à l'oublier, répondit-elle en s'écartant. Tu es sûr que ça va ?

— Ce n'était que le contrecoup des coups que j'ai pris.

Il laissa passer l'occasion d'être franc avec elle sans

y penser à deux fois. D'accord… Quand ils se remirent en marche, il y repensa. Son secret n'avait rien de bien terrible, après tout. Dans le monde où il évoluait maintenant, personne ne se formaliserait. Ses collègues le taperaient dans le dos, lui poseraient peut-être une ou deux questions… Mais il avait fait ses preuves dans la compagnie B. Les gars savaient qu'il était prêt à se mettre en danger pour eux.

Mais Therese ? Est-ce qu'elle le savait ?

Et ce qui était encore plus important, lui ferait-elle encore confiance s'il se livrait à elle, ou penserait-elle qu'il mentait ?

Dis-le, mec, c'est tout !

— Ça va sans doute te paraître drôle, dit Therese en mêlant ses doigts aux siens, mais j'ai entendu dire que pour savoir quel cheval va gagner la course, il faut les observer avant qu'ils soient sellés et parier sur le dernier qui a fait pipi.

— Qui t'a raconté ces balivernes ?

Il éclata de rire, et elle l'imita.

— Mon dentiste. C'est sa méthode.

— Et elle marche ?

— Il ne jure que par elle.

— D'après mon expérience, il n'y a qu'un seul moyen d'être sûr qu'un cheval va gagner, dit-il en tapotant le sac bourré de billets. L'argent.

12

Ils avancèrent entre les bâtiments abritant les chevaux, les jockeys et les propriétaires sans que personne prête attention à eux. Therese était sur le qui-vive, parfaitement consciente que Sal pouvait se trouver n'importe où… Sal, ou la police. S'ils se faisaient arrêter, la mission tombait à l'eau.

Elle observait aussi Wade, qui ne semblait pas se remettre du coup de poing qu'il avait pris en plein ventre quelques heures plus tôt. Que s'était-il passé dans le parking ? Franchement, on aurait dit qu'il avait vu un fantôme.

Elle n'avait pas l'habitude de voir flancher un homme aussi fort que lui. Il s'était pratiquement effondré par terre.

— Une idée de l'endroit où nous allons trouver l'homme que nous devons acheter ? demanda-t-elle à voix basse.

Wade tendit le doigt vers un box où un cow-boy d'âge mûr resserrait la boucle d'une selle.

— Tu es sûr ? Il a l'air trop… grand.

Wade haussa les sourcils, attendant qu'elle s'explique. Elle poursuivit donc, toujours à voix basse :

— Je pensais que nous achèterions le jockey comme le précisent les instructions.

— Nous nous ferions prendre aussi vite que tous ces chevaux peuvent galoper. Les jockeys sont surveillés de plus près que les lads. Nous allons donner l'argent à cet homme, et il glissera un aiguillon dans la course.

— Je ne comprends rien à ce que tu viens de dire.

Il essaya de la contourner, mais elle lui barra le chemin. Il lui fallait une explication.

— Et ce n'est pas non plus l'homme que Rushdan nous a dit de contacter. Pourquoi ne pas faire les choses à sa façon ?

— Un aiguillon est une petite baguette électrique dont les jockeys se servent en fin de course, pour que le cheval accélère encore, dit-il d'une voix pleine d'assurance. Je le sais, Therese. Fais-moi confiance.

Il fit un pas en avant, mais elle s'agrippa à son bras pour l'arrêter. Lui faire confiance ? Tout ce qu'elle avait sacrifié depuis des années remontait à la surface, suscitant de la peur, de l'appréhension, du doute… Surtout du doute.

Son assurance de façade se fissura, et elle redevint la femme qu'elle était vraiment : un agent sous couverture qui se sentait seul bien trop souvent et doutait du bien-fondé de chacun de ses actes.

Qu'est-ce qui n'allait pas chez elle ? Elle n'avait jamais autant hésité qu'au cours des dernières vingt-quatre heures.

— Oh ! mon amour ! s'écria-t-elle, assez fort pour être entendue de tous ceux qui les entouraient.

Wade la gratifia d'un regard perplexe, et le lad qu'il observait sursauta. Mais sa surprise se mua vite en joie.

— Eh bien, en voilà une surprise ! lança l'homme. C'est bien toi, Wade ? Tu as un peu grandi.

L'homme pointa les dents de sa fourche vers l'arrière et ouvrit grand les bras.

— Ça fait quinze ans, Joey. Dans mon souvenir, vous étiez plus vieux.

— Tu as raison. Parfaitement raison.

Therese regarda les deux hommes échanger une accolade, abasourdie. Wade Hamilton avait donc un passé. Un vrai passé, où il avait connu les gens qui figuraient dans les dossiers confidentiels sur lesquels Rushdan avait mis la main. Les rangers n'avaient pas créé ses antécédents de toutes pièces. Wade Hamilton avait réellement un casier judiciaire de mineur. Elle ne parvenait pas à y croire. Pas étonnant qu'il ait ri tellement fort quand elle avait dit qu'ils se connaissaient.

— Qui est ton amie ? demanda Joey quand les deux hommes se séparèrent.

— C'est Therese.

Elle avança, mais Joey leva la main pour l'arrêter.

— Faites attention où vous marchez, mademoiselle Therese. Peut-être que c'est moi qui devrais venir vers vous.

Therese marmonna un « enchantée de faire votre connaissance » et resta où elle était, juste à l'entrée du petit box. Mais quand Joey fit un pas vers elle, Wade lui prit la fourche des mains et repoussa rapidement le crottin sur le côté.

— Nous ferions mieux de rester à l'intérieur.

Joey était donc bien plus qu'un ami de Wade. Elle était vraiment curieuse de connaître la nature du lien qui unissait les deux hommes, mais elle devrait attendre pour poser la question.

— Tu as encore des ennuis ?

— Non, monsieur, mais le service que je vais vous demander de me rendre pourrait vous en causer quelques-uns.

— J'ai entendu dire que tu étais sorti du circuit, que tu filais droit, que tu faisais quelque chose de ta vie.

L'air aux effluves musqués se chargea de tension. Elle remarqua que la mâchoire de Wade se crispait. Il respectait cet homme et voulait être franc avec lui, mais il savait aussi qu'il ne pouvait rien lui dire. Les risques étaient trop grands… Y compris pour Joey.

Une bande de malfaiteurs possédait un algorithme capable de blesser des milliers de gens. Les chefs du groupe de terrorisme domestique Public Exposure qu'ils avaient arrêtés avaient promis qu'une catastrophe se produirait à Dallas. Cette menace spécifique avait été tuée dans l'œuf quand ils avaient arrêté le contact du groupe au sein du FBI six semaines plus tôt, mais seule une copie du programme avait été retrouvée. L'original et le développeur étaient toujours dans la nature.

L'algorithme avait été remis sur le marché et Rushdan Reval organisait une nouvelle vente au plus offrant. D'après lui, cette version était encore plus destructrice que la première.

Si Wade ne parvenait pas à assurer une victoire dans l'une de ces courses, Rushdan n'obtiendrait pas le liquide dont il avait besoin pour agir, et il n'aurait pas suffisamment d'influence pour imposer la présence de Wade.

Et ils seraient revenus à la case départ.

— J'aimerais pouvoir vous expliquer, monsieur, dit Wade.

Le lad secoua la tête.

— C'est une question de vie ou de mort, lâcha-t-elle.

Joey ouvrit de grands yeux et se dandina d'un pied sur l'autre, comme s'il hésitait. Therese avança et prit sa main dans les siennes.

— Wade dit que vous êtes le seul qui peut nous aider, et je le crois. Vous pensez sans doute que j'exagère en disant que c'est une question de vie ou de mort, et vous n'avez absolument aucune raison de me faire confiance. Mais aidez-nous, s'il vous plaît.

Mon Dieu, comme elle espérait qu'il allait accepter. Ils avaient tellement besoin d'un coup de pouce

— Je suppose que ce sac est rempli de liquide, dit Joey.

Wade acquiesça.

— Je déteste poser cette question, mais…

— Pour dire la vérité, fiston, j'avais placé beaucoup d'espoirs en toi, coupa l'homme. Je pensais que ce policier t'avait remis dans le droit chemin. Je file droit moi aussi, depuis un moment.

— C'est une mauvaise idée, dit carrément Wade.

— Je ne peux pas te dire que l'idée de gagner gros et de me retirer dans une île paradisiaque ne m'a pas traversé une ou deux fois l'esprit. Mais je ne me frotterais pas aux vrais gangsters d'ici. Regarde ce qui est arrivé à ton vieux.

— Vous avez raison, dit Wade. C'est trop dangereux. Je ne sais pas ce qui m'a pris. Oubliez cette histoire.

Des émotions sincères se lisaient sur les visages des deux hommes. Dans les yeux de Wade, Therese lut de l'admiration, puis de la tristesse. Dans ceux de Joey, de la déception. Elle aurait tant aimé pouvoir dire au lad que Wade était devenu un homme intègre.

Comment avait-elle pu s'inquiéter que Wade trahisse leur secret ? Pour le garder, il était prêt à laisser cet homme penser le pire à son sujet.

Elle s'appuya contre la cloison du box en se plaquant une main sur la bouche afin de s'empêcher de révéler la vraie raison de leur présence.

— Eh bien… je ne peux vraiment pas faire ça, dit Joey.

Il repoussa son chapeau vers l'arrière et sourit.

— Personne ne s'attend à ce que je truque une course.

Il glissa la tête par la porte du box et regarda à droite, puis à gauche.

— Vous allez nous aider ? demanda-t-elle, étonnée.

— Parfaitement, petite dame. J'aurais dû aider ce garçon quand il avait douze ans, et je ne l'ai pas fait. Cette fois, pas question que je reste les bras croisés.

Il referma la porte sur eux tout en parlant. Avec un reniflement – dû à l'émotion plus qu'à l'odeur —, il posa la main sur l'épaule de Wade en un geste d'affection typiquement masculin.

Joey se targuait d'être un citoyen honnête, mais il savait quel jockey ou propriétaire de chevaux était prêt à accepter un pot-de-vin. Il exposa la situation en quelques phrases concises, semblables à une sorte de sténo qu'elle ne comprenait qu'à moitié, mais que Wade déchiffrait sans peine.

Après avoir accepté deux liasses de billets, le lad les poussa hors du box.

— Je t'enverrai un message quand tout sera prêt. Après, je disparaîtrai pendant un moment, le temps que les choses se tassent.

— Prenez ceci, dit Wade en lui tendant une autre liasse.

— Non merci. On ne tarifie pas un service. Reviens me voir quand les choses se seront calmées. Ne m'oublie pas, cette fois.

Il leur tapota le dos à tous les deux avant de s'éloigner d'une démarche arrogante sur ses jambes arquées. Wade prit la main de Therese dans la sienne et l'entraîna dans la direction opposée.

— C'est tout ?

— Oui. Enfin, nous devons encore prendre quelques paris. Et je sais exactement où trouver les gens qu'il nous faut.

— Je n'en doute pas.

Elle devait pratiquement courir pour rester à sa hauteur.

— En disant que tu savais quoi faire, tu ne plaisantais

pas, dit-elle. Si je ne te connaissais pas, je dirais que tu as un passé de parieur. Tu maîtrises le jargon à la perfection. Pas étonnant qu'ils t'aient créé des antécédents aussi rapidement.

Était-ce ce à quoi Rushdan avait fait allusion ? Est-ce que Wade avait un casier judiciaire de mineur ? Joey avait dit qu'il l'avait laissé tomber quand il avait douze ans…

— Therese, je t'expliquerais si nous avions plus de temps. Mais nous n'en avons pas.

— Je sais, je sais. Il faut que je te fasse confiance.

Ces mots ne suscitèrent aucune réaction.

Quand ils approchèrent de la foule qui hurlait et applaudissait, il lui passa le sac à l'épaule.

— Reste au point de jonction de ces deux couloirs, hors de vue des caméras. Je vais t'envoyer plusieurs personnes. Tu donneras deux mille à chacune.

— Dis-moi une chose qui est personnelle – et pertinente – et je te promets de ne pas te demander pourquoi tu penses que ça va marcher.

Il leva les yeux au ciel en inclinant son chapeau de feutre blanc vers l'arrière.

— Une seule chose, dit-il enfin en se penchant vers elle. Mon père était réellement un parieur et un escroc. Il a passé plusieurs années en prison, et c'est moi qui l'y ai envoyé quand j'avais quinze ans.

Il fit volte-face et s'éloigna avant qu'elle ait pu reprendre son souffle et chuchoter :

— Eh bien…

Comme les billets n'étaient pas en liasses de cent, elle courut s'enfermer dans les toilettes les plus proches pour compter rapidement l'argent, en s'interdisant de penser au Wade de quinze ans qui avait dénoncé son père à la police.

Oh ! bien sûr, elle y pensa. Mais elle prépara les liasses de billets et rejoignit son poste. Après quelques minutes, une première personne l'accosta en disant :

— C'est Wade qui m'envoie.

Neuf hommes et femmes s'arrêtèrent ainsi à côté d'elle, hors du champ des caméras, et tendirent discrètement la main pour qu'elle leur remette l'argent. Elle s'acquitta de sa tâche sans poser de question ni même établir un contact visuel.

— Voyez-vous ça, lança soudain Sal en surgissant à côté d'elle. Te voilà enfin… Tu as encore l'argent ? Bon sang, à quoi est-ce que tu joues ? Tu vas nous faire tuer tous les deux.

Il voulut se saisir du sac, qui était désormais presque vide, mais elle enroula la sangle autour de son poignet, prête à provoquer un esclandre s'il cherchait à le lui arracher.

— Nous avons la situation sous contrôle, répondit-elle d'une voix faussement calme et assurée.

Sal, qui lui masquait la zone où se trouvaient Wade et les gens qu'il lui envoyait, se retourna vivement et la plaqua contre le mur en plantant profondément un doigt dans la partie charnue de son épaule.

— Je n'ai jamais compris pourquoi le patron te gardait. Tu n'es pas plus maligne que nous. Souviens-toi seulement que la vie de ce flic ne dépend que de toi. Quand il disparaîtra, tu seras seule responsable.

Il eut beau la plaquer contre le mur et chercher à lui faire lâcher le sac, elle se redressa de toute sa taille et releva le menton. Maintenant qu'elle fixait ses yeux tristes et larmoyants et respirait sa mauvaise haleine, tous les doutes qui l'avaient taraudée s'envolaient. Elle vivait de nouveau pleinement l'instant présent et se rappelait qu'elle avait fait ce travail seule pendant très longtemps. Wade savait peut-être comment truquer une course de chevaux, mais elle savait manipuler les hommes de Rushdan.

Un bras se posa sur les épaules de Sal, qui recula aussitôt, mais sans parvenir à se dégager.

— C'est amusant de te voir ici, Sal, dit Wade. Tu viens prendre de nos nouvelles ?

Sal baissa la tête et se glissa sous le bras de Wade.

— Mec, tu ne sais pas à qui tu t'en prends !

— Du calme, Sal, répondit Wade en passant un bras autour des épaules de Therese. Ma puce, je te présente mon copain, Dale Beauchamp. Il va te débarrasser de ce sac. Ne t'inquiète pas : lui aussi a placé un pari pour nous.

Comme elle ne voulait fournir à Sal aucune raison de faire part de ses soupçons à Rushdan, elle réprima sa nervosité – celle qui la faisait respirer un peu plus vite dès que Wade était près d'elle.

Il lui prit le sac et le remit à un bel homme, à peu près de la même taille et du même âge que lui. Peut-être qu'il l'avait connu ici même, quand il était jeune. Mais il était plus probable que ce soit un ranger. Après tout, elle ignorait tout de leurs plans.

— À un de ces jours, Hamilton.

Dale cligna de l'œil et s'éloigna. Sal voulut le suivre, mais n'avait fait qu'un pas quand Wade plaqua rudement la paume sur son torse, l'arrêtant net.

— Tu devrais rester dans le coin pour t'amuser, Sal. Quand on gagne gros, il faut faire la fête.

— Tu ferais mieux de gagner gros, Hamilton. Le patron veut faire fructifier son investissement. Garde le téléphone. Quelqu'un t'appellera.

Sal s'éloigna en cherchant Dale Beauchamp du regard

avant de lever la main pour masquer son visage aux caméras.

Therese ne parvenait pas à croire qu'autant de choses s'étaient passées en aussi peu de temps. Le respect qu'elle éprouvait déjà pour les Texas Rangers augmenta encore.

Ils agissaient rapidement. Presque aussi rapidement qu'elle tombait amoureuse de l'homme qui se tenait auprès d'elle.

13

Quand il vit un vigile passer à côté de Sal, Wade sentit un pic d'adrénaline qui lui rappela la vieille excitation familière.

— C'était une mission facile, commenta Therese en se dirigeant vers la piste.

Avant de la suivre, il prit quelques instants pour calmer les tremblements qui parcouraient ses membres. Il photographia rapidement Dale Beauchamp qui s'éloignait, les doigts crispés sur les anses du sac. Personne ne prendrait le reste de l'argent à ce Texas Ranger.

Combien de fois Wade avait-il servi de passeur pour aller récupérer les gains de son père – ou plus précisément ceux de la bande à laquelle il servait d'intermédiaire ? Il fallait que Therese comprenne la vérité. Il devait lui dire que si cette opération lui avait semblé aussi facile, c'était parce que c'était une seconde nature pour lui.

Même après toutes ces années. Il avait été bien trop facile de faire revivre le gamin effronté qui transportait des milliers de dollars, sans avoir peur de rien.

— Wade ? Tu viens ? N'allons-nous pas regarder la course ? Je veux dire… Puisque nous sommes ici…

— Bien sûr.

Quand il l'eut rejointe, elle mêla ses doigts aux siens et lui sourit. Ils traversèrent la foule pour se rapprocher de la rambarde, comme l'aurait fait n'importe quel couple qui aurait parié quelques billets sur une course de chevaux. Il n'avait pas à se forcer pour la garder tout contre lui. C'était là qu'il voulait qu'elle soit.

Zut. Pourquoi s'était-il à ce point laissé perturber par son retour sur ce champ de courses ? Il avait contrôlé les émotions associées avec cette partie de sa vie pendant des années. Et soudain, pendant deux minutes atroces, il était réellement redevenu le gamin de quinze ans complètement perdu qu'il avait été. Mais le vieil homme qui lui avait appris à voler et à tricher n'était rien pour lui. La seule figure paternelle qu'il ait connue avait été Fred Snell.

Therese le tira par le bras.

— Tu n'as pas l'air très bien. Est-ce que tu es encore malade ?

Il secoua la tête et posa ses doigts glacés sur sa main.

— Tout va bien.

— C'est tellement excitant. Même si je sais déjà quel jockey va…

Elle baissa la voix de façon que lui seul puisse l'entendre.

— Tu sais, faire ce qu'il faut pour gagner.

Ils assistèrent à deux courses. Quand sa compagne en sequins tournait la tête vers lui, Wade lui demandait qui allait gagner, d'après elle. L'un des chevaux qu'elle choisit finit placé. Ensuite, quand elle lui demanda si le moment était arrivé, il se borna à acquiescer. Elle n'avait pas besoin de savoir que le jockey portant une casaque à pois violets enverrait une décharge électrique à son cheval à la dernière seconde pour qu'il coure plus vite.

La foule insouciante attendait le départ de la course. Les chevaux s'alignaient dans les stalles. Les panneaux annonçaient une grosse cote – mais pas trop grosse – pour Texas T.

Dès que les portes des stalles s'ouvrirent, des sabots martelèrent le sol, faisant voler des nuages de poussière. Les muscles des magnifiques montures frémissaient sous leur peau. Dans son esprit se pressaient des souvenirs d'autres courses, à l'époque où il évitait d'attirer l'attention sur lui.

Il suffisait aux officiels de le voir, ou de voir son père ou l'un de ses acolytes, pour mettre la validité des résultats en doute. Voilà pourquoi il avait passé tellement de temps à remettre de l'argent ou des messages quand il était petit. Ensuite, il avait grandi, suffisamment pour être repéré… et arrêté.

Therese agita les doigts sous son nez.

— Hé, on a gagné ?

Bon sang, c'était fini ? Il consulta le panneau d'affichage et commenta :

— Reval aura son argent.

— Et maintenant ? Comment allons-nous récupérer les gains, étant donné que nous n'avons pas pris de paris ?

— C'est vrai, dit-il en regardant tout autour de lui. Personne n'a l'air de faire attention à nous, mais il vaut mieux que nous en discutions quand nous serons seuls.

Ils avaient à peine refermé les portières de la voiture que le téléphone que Sal leur avait donné sonna. Wade pressa l'icône du haut-parleur juste à temps pour entendre :

— L'argent. Mustangs. Las Colinas Boulevard. Une heure.

— Hors de question, répliqua-t-il. Il va falloir vingt-quatre heures à mon homme pour rassembler assez de liquide.

Les rangers, la Défense intérieure ou un autre organisme gouvernemental s'en chargerait.

— Ce n'était pas ce que tu étais censé faire ! cria Sal.

— Oh ! vraiment ? Si j'avais parié une aussi grosse

somme, j'aurais été jeté en prison. Mais c'était le vrai test, non ?

— Quoi ? souffla Therese.

Il la fit taire d'un geste de la main.

— Garde le téléphone à portée de main. Le patron t'appellera, dit enfin Sal avant de raccrocher.

En regardant droit devant elle, Therese démarra et sortit du parking dans un crissement de pneus. Si ses doigts n'avaient pas été crispés sur le volant, si elle n'avait pas slalomé entre les autres voitures comme une pilote professionnelle, jamais il n'aurait deviné qu'elle était furieuse. Son visage était dénué de toute expression. Le magnifique sourire auquel il s'était habitué en à peine vingt-quatre heures n'avait pas illuminé son visage depuis qu'ils étaient remontés en voiture.

Elle semblait rouler vers chez elle, mais elle changea soudain de direction et ils se retrouvèrent près de chez lui. Comment savait-elle où il habitait ? Quelques minutes plus tard, elle s'arrêta dans un nouveau crissement de pneus, mit la voiture au point mort et déverrouilla les portières.

— Dois-je comprendre que tu me demandes de descendre ?

Il s'exécuta, en se demandant ce qu'il avait dit – ou oublié de dire.

— Wade ?

— Oui, Therese ? dit-il en se penchant pour regarder à l'intérieur de la voiture.

Elle tendit la main, paume en l'air, et agita les doigts.

— Laisse-moi le téléphone.

— Tu n'entres pas pour attendre avec moi ?

Elle réitéra son geste et il lui remit le téléphone.

— Je t'appellerai, dit-elle.

— Bon sang, Therese. Qu'est-ce que j'ai fait ?

Avait-il été trop autoritaire ? Il devait s'avouer que oui. Et il le lui aurait dit s'il avait su que personne ne les surveillait, que ce soit les hommes de Reval ou les rangers.

— Viens à l'intérieur et je t'expliquerai.

— Pas la peine de me regarder avec ton petit air innocent. Quand je dis qu'il s'agit de ma mission, ça peut te sembler mesquin mais c'est la vérité, Wade. Tu ne peux pas prendre de décisions unilatérales en partant du principe qu'elles me conviendront. Elles ne me conviennent pas, et elles ne conviendront pas à mes supérieurs. La mission est beaucoup trop importante. Nous ne cherchons pas seulement à faire tomber Rushdan Reval. Il y a beaucoup d'autres choses en jeu.

Therese avait envie de démarrer en trombe en laissant Wade planté sur le trottoir avec sa perplexité. Mais c'était impossible. Il s'était arrangé pour qu'ils doivent attendre ensemble la prochaine étape de l'opération.

— Tu ne comprends vraiment pas ?

— Quoi ? demanda-t-il en haussant ses épaules puissantes. Viens à l'intérieur et… discutons.

C'est ça. Comme s'il aurait envie de discuter une fois qu'ils seraient seuls. Bien sûr, elle voulait des réponses à ses questions, et plus rapidement que ne lui en fournissait leur petit jeu. Mais il fallait surtout qu'elle lui fasse comprendre combien cette mission était importante. En la menant à bien, elle pourrait retrouver une vie normale, auprès de sa famille et de ses amis.

— Nous pourrions continuer notre petit jeu de questions-réponses, dit-il d'un ton persuasif. Il n'y a pas de micros chez moi. Nous pourrons parler librement.

Mais la perspective d'une nouvelle discussion ne

semblait pas l'enchanter. Il claqua quand même la portière et traversa la pelouse d'un pas nonchalant.

Wade était différent de tous les hommes qu'elle avait connus. D'accord... La plupart de ceux qu'elle avait côtoyés au cours de sa vie d'adulte étaient des délinquants. Mais après tout, Wade aussi en avait été un.

Donc, elle le suivit.

Une fois à l'intérieur, elle observa l'agencement spartiate tandis qu'il accrochait son chapeau à la patère. Elle avait déjà vu des logements de célibataires chichement meublés, mais celui-ci était le pire de tous. Il y avait un fauteuil relax en cuir et une immense télévision dans le salon. Près du coin cuisine, une table pliante et quatre chaises de camping. Et c'était tout.

— On me demande toujours si je viens d'emménager, mais la réponse est non. Je n'ai pas besoin de plus, c'est tout. Je n'ai acheté cet endroit que pour être exonéré d'impôts.

— Il faut du temps pour accumuler des objets, remarqua-t-elle. Il n'y a même pas deux ans que tu es ici.

Il haussa un sourcil interrogateur et elle se rendit compte de son erreur. Elle n'aurait pas dû connaître ce détail.

— Au fait... Comment sais-tu où je vis ? Tu es venue droit ici sans que j'aie besoin de te guider.

Elle inspecta la rue à travers les stores baissés et ne vit personne, hormis deux hommes qui poussaient tranquillement leur tondeuse à gazon. Rien de louche.

— Je me renseigne toujours sur les gens qui me doivent un service.

Pour le moment, il devrait se satisfaire de cette réponse. Elle finirait par lui avouer la vérité, mais plus tard, quand elle ne serait plus en colère après lui.

— Mais n'essaie pas de changer de sujet, reprit-elle. Tu sais très bien ce que je veux te demander.

— Peut-être. Mais si tu posais quand même la question ?

Il alla chercher une chaise pliante dans la cuisine et, d'un geste, l'invita à s'installer dans le fauteuil.

— Nous pouvons recommencer à nous renvoyer la balle, comme quand tu étais assise sur mes genoux. C'était amusant.

Il parlait d'un ton détaché, mais son regard étincelait de curiosité. Quelque chose lui disait que c'était moins les questions qu'il trouvait amusantes que le fait d'être assis auprès d'elle. Il était prêt à se confier, mais il voulait savoir quelque chose. Elle fut tentée de tout déballer avant qu'il ait posé la moindre question, mais se ravisa. Elle voulait une réponse, elle aussi.

— Le monde des paris t'est plus que familier, dit-elle.

— Ce n'est pas une question, mais la réponse est oui. Ce que je t'ai dit à l'hippodrome est la stricte vérité.

Étrangement, elle ne fut pas choquée par cette confession. Une partie de son charme venait de la façon dont il savait persuader les gens de faire ce qu'il voulait. Les trois hommes avec lesquels il travaillait en étroite association s'y étaient laissé prendre. Zut, elle-même était tombée dans le panneau, et voilà pourquoi ils se retrouvaient tous deux dans ce guêpier.

— Comme je te l'ai dit, poursuivit-il, mon père était un parieur invétéré, un tricheur et un escroc. Un mauvais escroc, en plus. Il s'est souvent fait prendre, tant par la police que par les gens qu'il avait volés.

Elle avait imaginé beaucoup de choses sur lui, mais jamais qu'il pouvait être le fils d'un escroc. Elle avait un millier de questions à lui poser, mais elle le laissa poursuivre.

— Quand il ne se faisait pas arrêter par les flics, nous vivions dans des motels bon marché ou chez l'une de ses amies. Je n'étais pas très différent de lui et des voyous qu'il fréquentait. La seule différence, c'est que quand j'ai été arrêté, je l'ai dénoncé pour échapper à la prison. Qu'est-ce que ça fait de moi ?

— Un garçon intelligent, répondit-elle sans la moindre hésitation. Comment t'en es-tu sorti ?

— Tu parles de la prison, ou de la vie ?

Il s'assit à califourchon sur la chaise et croisa les bras sur le dossier.

— Grâce à une enquête menée par l'État du Texas et à un ranger qui n'a laissé tomber ni l'affaire ni moi.

Maintenant, il semblait parfaitement à l'aise.

— C'est donc pour ça que tu as voulu devenir Texas Ranger ? Parce que tu as été élevé par le ranger qui a mis ton père en prison ?

— Non, dit-il en secouant la tête.

Il se leva et alla décrocher le seul cadre qui ornait la pièce.

— Voilà Fred et sa femme, Faye.

Il tapota sur le verre avant de lui tendre la photo.

— Ils ont trouvé de l'argent pour m'envoyer dans un internat. Ça m'a remis dans le droit chemin. Le gamin de quinze ans aigri que j'étais est devenu un homme qui voulait s'en sortir. Et oui, Fred a écrit une lettre de recommandation pour l'école de police quand je lui ai dit que je voulais racheter les erreurs de ma jeunesse.

— Voilà qui explique beaucoup de choses à ton sujet. Cette maison, par contre…, dit-elle en balayant la pièce du regard. Je ne comprends pas que tu n'aies pas de canapé.

— Est-ce que tu vas me dire comment tu savais que j'habitais ici ?

Il s'était rassis et pianotait sur son avant-bras, comme s'il était impatient de l'interroger à son tour.

— Une dernière chose. Explique-moi ce qu'il s'est passé à l'hippodrome. Où est l'argent ?

Il était presque parvenu à lui faire oublier la colère qui l'avait gagnée quand il avait pris la direction des opérations.

— Ah, c'est vrai. Pardonne-moi de ne pas avoir pu tout t'expliquer sur le moment. Mais jamais nous n'aurions pu truquer la course et récupérer nos gains.

— C'est ce que je pensais. Dale Beauchamp est donc l'un de tes collègues ?

— Oui. Si Reval nous interroge, nous pourrons lui dire que nous avons en quelque sorte blanchi l'argent en le misant sans nous faire remarquer des autorités. Un peu comme si nous avions structuré le capital ou converti l'argent en mandats, pour des sommes inférieures à dix mille dollars… Bref, tu connais la routine.

— Non, et je ne le regrette pas tellement. Je me fie à toi pour avoir l'argent quand les associés de Rushdan le réclameront. Mais… qu'est-ce qui te fait croire qu'ils essayaient de nous faire arrêter ?

— Si nous avions misé une grosse somme en liquide et gagné, nous aurions été jetés en prison, ou du moins mis en garde à vue. Dans le cas contraire, Reval aurait compris que j'étais infiltré. Voilà pourquoi je pense que ce n'était qu'un test.

— La prochaine fois, mets-moi au courant. Le risque que tu as pris aurait pu réduire à néant trois ans d'efforts.

— Promis.

Il se leva, vint se planter face à elle et tendit les mains.

— Cette histoire de confiance marche dans les deux sens, tu sais.

Elle posa ses mains dans les siennes et se leva elle aussi.

— Je pense t'avoir prouvé que je te faisais confiance en te laissant prendre la main au champ de courses.

C'était une bonne réponse, bien solide, qui devrait suffire à lui faire oublier l'erreur qu'elle avait commise en lui révélant qu'elle savait où il habitait. Mon Dieu… Dès qu'elle était dans ses bras, des frissons fusaient dans son corps tout entier. La force de la réaction primitive qui la traversait quand il la touchait était tout bonnement hallucinante.

Il l'enlaça et inclina la tête comme s'il s'apprêtait à l'embrasser, mais interrompit son geste. Un baiser pouvait les emmener jusqu'au seul vrai meuble que renfermait cette maison… le lit.

Il posa les lèvres à la base de son cou et remonta jusqu'au lobe de son oreille en effleurant sa peau des dents. Quand il s'arrêta, la vibration qui la parcourait s'interrompit.

Les choses étaient sur le point de devenir sérieuses, très sérieuses même, s'il revenait à la façon dont elle était allée jusque chez lui sans qu'il ait besoin de la guider.

— Pourquoi est-ce que j'ai l'impression que tu en sais beaucoup plus sur moi que j'en sais sur toi ? chuchota-t-il. Est-ce que Therese Ortis est seulement ton vrai nom ?

14

Wade releva la tête juste le temps de poser sa question et, dès qu'il sentit Therese se crisper dans ses bras, remit ses lèvres à contribution. Puisqu'il n'arrivait à rien en lui posant des questions sans détour, peut-être qu'il pouvait trouver un autre moyen de percer ses défenses.

— Je m'appelle Therese Maria Elisabeth Ortis, répondit-elle. Née et élevée à San Antonio.

Elle tendit le cou pour qu'il lui soit plus facile de l'embrasser. Et comme il voulait tout autant sentir sa peau nue qu'obtenir des réponses, il continua à explorer son épaule des lèvres. Entre deux mordillements, il chuchota :

— Est-ce que nous allons continuer à nous renvoyer la balle ? Est-ce que c'est à mon tour d'avouer quelque chose ?

— Si tu… veux, dit-elle, haletante.

— Tu n'as plus l'air en colère.

— Je n'étais pas en colère, j'étais préoccupée. J'étais…

Il glissa une main sous son chemisier et entreprit de caresser la peau soyeuse de son dos en la plaquant plus étroitement contre lui.

— Je crois…, dit-il.

Il plaqua de nouveau ses lèvres au creux de son cou.

— Que je…

Il glissa vers son oreille sans cesser de lui caresser le dos, et la sentit trembler contre lui.

Qui diable essayait-il de berner ? Ce n'était pas un interrogatoire. Il avait envie d'elle, tout simplement. Et ce désir était réciproque, bien qu'elle connaisse son passé.

Jamais il ne s'était senti ainsi, aussi sincère, aussi ouvert, aussi excité par ce qui allait se passer. Il recula et contempla son beau visage en attendant qu'elle ouvre les yeux et découvre l'homme qu'il était vraiment.

Mon Dieu… Une vraie midinette ! Voilà ce qu'il était devenu après avoir passé près d'un an assis derrière un bureau pendant que ses meilleurs amis trouvaient tous la femme de leur vie.

Therese ouvrit les yeux. Il attendit qu'elle l'embrasse, ou du moins qu'elle lui offre son cou, mais elle demanda :

— Est-ce que c'est une bonne idée ?

— De… euh… faire connaissance ?

Il effleura des doigts l'attache de son soutien-gorge.

— Sincèrement, je pense que j'en ai dit beaucoup plus que toi.

En souriant, elle effleura son cou de l'ongle, jusque derrière son oreille. Il se crispa.

— Tu sais que ce n'est pas ce que je veux dire.

— Si tu crois que je peux réfléchir, riposta-t-il, tu te fais des idées.

Il la souleva du sol et laissa son corps se mouler contre le sien.

— Je suis un homme, tu sais.

Il crispa la mâchoire et s'ordonna de la relâcher, mais il en était incapable. Elle avait noué les bras autour de son cou et se pressait encore plus étroitement contre lui. En lui caressant tendrement la tempe, elle dit :

— Je pense que tu avais raison. Laissons nos corps poursuivre cette discussion.

Il se tenait à un carrefour où clignotaient deux panneaux : « fais-le » et « ne le fais pas ». Le second chemin lui garantissait un état d'excitation perpétuel et le premier, une douce délivrance – assortie d'un engagement qu'il n'avait jamais pris ni voulu prendre auparavant.

La promesse était là et n'attendait que lui. Le poids de Therese dans ses bras était moindre que celui de cette promesse, mais il la désirait tellement… Il voulait tout : la délivrance, une histoire, peut-être l'amour.

Bon sang… Il tenait une femme magnifique dans ses bras et il pensait au lendemain et au jour d'après.

Elle prit appui sur le sol pour se soulever et noua les jambes autour de sa taille. Dans le mouvement, sa petite jupe élastique remonta sur ses cuisses. Elle lui sourit avant de plaquer sa bouche sur la sienne et de faire tourner sa langue autour de la sienne.

Il ne fallut que deux secondes pour que son corps soit prêt pour elle. C'était comme si elle avait lu dans ses pensées et qu'elle lui avait soufflé la réponse.

Il ne se demandait plus ce qu'il devait faire. Elle lui avait dicté son choix en posant son derrière presque nu contre la peau de son avant-bras.

Il fit quelques pas vers la chambre, mais son fauteuil était plus près. Il s'y assit et Therese s'écarta à contrecœur pour s'agenouiller de part et d'autre de ses cuisses.

— Aide-moi un peu, dit-elle.

Elle croisa son regard et éclata de rire. Il n'avait pas assez réfléchi à l'inconfort du fauteuil, et cela devait se lire sur son visage. Elle se pencha en avant et se mit à s'escrimer sur la fermeture Éclair de sa jupe. Une position qui rapprochait ses seins du visage de Wade.

Un homme ne pouvait pas éternellement supporter de voir un décolleté aussi près de lui sans broncher.

Il sortit du fauteuil aussi rapidement que possible et, malgré sa hâte, parvint à soulever Therese dans ses bras au lieu de la laisser s'écraser sur la moquette. Il fonça dans le couloir, prêt à la déposer sur le lit et à savourer sa peau délicieuse, centimètre carré par centimètre carré. Mais dès qu'il posa un pied dans la chambre, il s'arrêta net.

— Ça ne va pas du tout.

Therese rejeta la tête en arrière, les yeux étincelants, et éclata de rire.

— Je suppose que tu n'as pas d'autre lit ?

Jack avait sorti tous ses habits de la penderie et les avait laissés sur le lit défait.

— Ma chambre est mieux rangée, d'habitude. Promis.

— Ce n'est pas grave.

— C'est Jack ou un autre de mes collègues qui est venu chercher des vêtements pour les porter chez toi, dit-il en la posant par terre.

— J'ai plutôt l'impression qu'ils se sont vengés de toi, dit-elle en lui tournant le dos. Tu veux bien défaire ma jupe ? Il y a un crochet à la taille.

Il obéit et la regarda tirer sur la jupe, qui tomba à ses pieds. Quand elle se pencha pour la ramasser, il contempla, fasciné, son derrière en forme de cœur qu'encadraient deux bandes de dentelle.

Elle plia sa jupe et la posa sur la commode, à côté de son chargeur de téléphone, avant d'ôter son haut assorti. Wade ne pouvait arracher son regard à sa peau dorée et à ses sous-vêtements en dentelle, ornés de petits nœuds sur les hanches et entre les seins.

Elle se racla la gorge.

— Plus tôt nous aurons déplacé toutes ces affaires,

plus tôt nous pourrons… en revenir là où nous en étions. À moins que tu préfères retourner dans le fauteuil.

Il secoua la tête. Pas question qu'ils retournent dans le fauteuil. Et pas question non plus qu'ils remettent toutes ces affaires à leur place. Il replia la couverture par-dessus les habits et posa le tout par terre.

— C'est une façon de régler le problème, dit-elle.

Il avait ôté sa chemise avant qu'elle ait fini sa phrase. Ensuite, ce fut le tour de ses bottes, qu'il jeta sur la pile de vêtements.

Les trois triangles de dentelle lui faisaient signe d'approcher. Le tourmentaient. Testaient les limites de son contrôle. Il ne pouvait sans doute pas les arracher. Le geste aurait été trop… brutal.

Mais mon Dieu, comme il avait envie de se glisser sous ces triangles !

15

Wade tendit le bras et saisit la main de Therese en sautant sur le lit. Elle tomba avec lui en gloussant de rire comme une adolescente, ou plutôt comme une étudiante nerveuse. Pourtant, elle n'était pas nerveuse. Elle adorait seulement être avec lui, en dépit des circonstances.

Il l'attira tout contre lui et elle posa la tête sur son bras. Le ventilateur accroché au plafond envoyait un souffle frais sur sa peau.

Soudain, elle se sentit mal à l'aise, et bien moins téméraire que quand elle s'était déshabillée. Elle esquissa un geste pour couvrir une partie de son corps, mais se ravisa. Avec cet homme, elle allait être audacieuse, prendre l'initiative. Elle posa un bras en travers de son torse et, imitant le mouvement des pales du ventilateur, dessina un cercle sur sa peau, en descendant lentement vers son ventre.

Il inspira vivement et emprisonna sa main dans la sienne.

— Tu as les doigts gelés !

Il lui frotta le dos de la main, l'immobilisant juste au-dessus de la ceinture de son jean.

— Hé, mais tu es encore bien trop habillé. Ce n'est pas juste, dit-elle en tirant sur la boucle de sa ceinture.

— Tu as raison.

Il se leva d'un bond et ôta son jean et ses chaussettes aussi vivement que s'ils avaient été en feu.

À moins qu'il ait été lui-même la proie des flammes. En tout cas, elle était vraiment heureuse que ce ventilateur la rafraîchisse. Il s'assit sur le lit pour enlever son boxer. En voyant ses ecchymoses, elle faillit être ramenée à la réalité.

Alors, elle se redressa à demi et s'appuya sur les coudes pour mieux le regarder. Il la rejoignit enfin, et leurs corps s'enchevêtrèrent. Émerveillée, elle goûta le contact de sa peau nue.

La douce chaleur qui l'enveloppait devint brûlante quand la bouche de Wade s'ajouta à sa peau pour explorer tout son corps. *Presque* tout son corps. Ils étaient encore séparés par ces fichus sous-vêtements.

— Est-ce que tu as la réponse à ta question ? demanda-t-il avant de caresser ses seins à travers la dentelle.

— Laquelle ? parvint-elle à demander.

— Est-ce que c'est une bonne idée, ou non ?

Il l'embrassa sur le ventre, jusqu'au nombril.

L'idée était plus que bonne : elle était géniale. Elle aurait aimé garder son sérieux et savourer chacune de ses caresses, mais elle éclata de rire – autant parce qu'il la chatouillait un peu que parce que, avec lui, elle se sentait bien.

— Oh ! Cette… Cette question-là.

Mon Dieu. Comment pouvait-elle encore parler, et même réfléchir, avec ce qu'il était en train de faire ?

Il continua à embrasser et explorer sa peau, sans plus poser de questions. Son corps tout entier se mit à vibrer, et toute réflexion lui devint impossible. Plus rien n'existait sinon les sensations. Il passait ses mains sur son ventre et ses hanches, effleurait le bord de sa culotte en dentelle, caressait ses flancs et ses fesses, et recommençait. Quand il passa les pouces sous son soutien-gorge, elle prit ses mains pour les faire glisser sur ses avant-bras. Alors, il la souleva afin de pouvoir mordiller ses tétons à travers la dentelle. Il embrassa, mordilla, lécha, jusqu'à ce que…

— Assez ! cria-t-elle. Assez.

Elle le repoussa et il roula sur le dos. Elle s'assit et défit son soutien-gorge, qui lui faisait l'effet d'un véritable instrument de torture. Ensuite, elle le laissa tomber sur le lit et regarda son partenaire, craignant de l'avoir vexé.

Comme il souriait sans vergogne, elle lança :

— Tu as fait exprès !

D'un geste vif, elle s'assit à califourchon sur ses cuisses, le clouant sur le lit. Elle avait pensé le chatouiller jusqu'à ce qu'il crie grâce, mais se ravisa en se rendant compte de la position dans laquelle ils se trouvaient.

Le rire de Wade mourut et il laissa échapper un long souffle rauque. Il tendit les mains vers ses seins, mais elle se pencha vers lui. Il inspira vivement avant de retenir son souffle et la laissa prendre le contrôle de leurs gestes.

Quand il suivit du bout des doigts le bord de sa culotte en dentelle, elle ferma les yeux afin de ne rien laisser voir des émotions qui la submergeaient. Les mains de Wade se posèrent de part et d'autre de sa taille et sa respiration se fit plus rapide. Elle ouvrit les yeux. Les paupières closes, il la pressait contre lui en ondulant des hanches.

Comment pouvait-elle être sur le point de jouir alors que, techniquement, ils n'avaient pas… ? Il crispa la mâchoire en la plaquant toujours contre lui. Elle caressa son torse et autorisa son corps à se fondre dans le sien.

L'explosion qui la secoua fit appel à toute son énergie, toute sa concentration. Wade continua à bouger pour prolonger l'éruption. Terrassée par l'émotion, elle s'effondra sur son torse.

Elle voulait qu'il ressente la même chose. Elle commença à ôter sa culotte, mais il immobilisa ses mains.

— Attends, dit-il d'une voix rauque. Il nous faut... sur ta gauche.

Il était toujours tellement vigilant. Bien sûr qu'il leur fallait une protection. Elle roula sur le côté et tendit le bras vers la table de nuit. Il attendit sans bouger. Il semblait faire un effort pour contrôler le rythme de sa respiration.

Elle sourit. Maintenant, c'était elle qui allait le rendre fou.

Il était déjà tellement proche de la délivrance qu'elle se demanda combien de temps il tiendrait si elle... Mais il était inutile d'y réfléchir. Il suffisait d'agir.

Elle lui enfila le préservatif et se mit de nouveau à califourchon sur lui. Mais cette fois, elle se laissa glisser sur ses cuisses en effleurant son ventre du bout des doigts, la tête penchée vers l'avant de façon que ses longs cheveux lui caressent le torse. Il les rassembla dans une main et leva un doigt pour lui intimer d'arrêter.

— Therese, supplia-t-il dans un murmure. Pardonne-moi.

Sensations et émotions la balayèrent quand il la fit rouler sur le dos. L'instant d'après, ils ne formaient plus qu'un. Mais ils n'en avaient pas fini. Pas encore.

Bien qu'il ait imploré son pardon, il ne semblait pas pressé. Elle sentit son corps se tendre et palpiter au-dessus d'elle, autour d'elle, en elle. Dire qu'elle avait cru connaître le summum du plaisir, quelques instants plus tôt...

Il bougea en elle jusqu'à la transporter en un lieu où elle était rarement allée. Et, après un long et tendre baiser, ils s'immobilisèrent.

Le moment qu'elle venait de vivre était merveilleux, et elle le garderait tout près de son âme pendant très longtemps. Elle s'assoupit avec la douce pensée d'un avenir empli de possibilités.

Quand elle se réveilla, la pièce était baignée dans la lumière du crépuscule. Elle avait dormi pendant une heure. Elle resta allongée et contempla le ventilateur en essayant de ne pas vraiment penser à ce qu'elle voulait, ni à son espoir que sa mission auprès de Rushdan Reval se termine bientôt.

— Wade ?

Elle le secoua doucement par l'épaule.

— Nous devrions sans doute nous lever.

— Est-ce que tu as dormi ? demanda-t-il.

— Un peu. J'ai trop de choses en tête.

Au lieu de se lever, il se tourna sur le ventre et posa la tête sur son épaule. Il avait une vue imprenable sur ses seins, mais il avait déjà refermé les yeux. Après tout, il avait dormi moins de deux heures depuis la veille.

— Mon Dieu, est-ce que nous sommes seulement samedi ?

— Hum, confirma-t-il. Tu as faim ?

— Je meurs de faim.

— Je propose que nous nous douchions et que nous commandions italien. Tu aimes les pâtes ? Tu n'as pas peur de quelques glucides, n'est-ce pas ?

— J'adore les glucides et j'adore manger italien.

— Super.

Il se mit à jouer avec ses cheveux, qu'il ramena sur son visage.

— Mon Dieu, comme tu sens bon. Ça me donne encore envie de toi.

— C'est gentil. Je pensais que je sentais l'écurie.

— Non. Tu sens la crème glacée à la pêche.

— C'est mon shampooing. Pêche et crème.

Il cessa de bouger et se rendormit. Elle attendit quelques minutes avant de lui faire doucement lâcher ses cheveux et d'essayer de se dégager.

— Je suis réveillé, dit-il.

Il releva la tête mais la reposa aussitôt sur sa poitrine pour l'embrasser.

— Je vais demander à Heath de passer prendre quelque chose chez Mariano, au coin de la rue. Il faut qu'il jette un œil au téléphone que Sal nous a donné.

— En ce cas, je ferais sans doute mieux de me lever.

Elle essaya une fois encore de se dégager, mais Wade se mit au-dessus d'elle d'un mouvement vif, les mains posées de part et d'autre de son corps.

— Tu es sûre d'avoir faim ?

Il s'empara de sa bouche et leurs langues s'entremêlèrent comme le faisaient leurs jambes. Ils s'embrassèrent profondément, passionnément, tandis que leurs corps bougeaient de nouveau sur un rythme ancestral.

Ils avaient tellement de choses à préparer, à découvrir… Mais ce serait pour plus tard. Cela faisait trop longtemps qu'elle attendait ce genre de contact humain.

Alors, quoi qu'il puisse lui donner, quel que soit le temps que cela dure, quoi qu'il se passe entre eux, elle ne pouvait qu'espérer que cela se reproduirait, encore et encore.

16

Wade avait un poids sur l'estomac, et les pâtes qu'il avait commandées pour leur dîner n'étaient pas en cause. Mais sans qu'il comprenne comment, quelque chose avait changé.

Il était amoureux.

Ce matin, il avait reçu une raclée pour protéger Therese. Mais maintenant… L'instinct protecteur qui l'emplissait pouvait finir par représenter un problème. Heath lui avait déjà jeté un regard sans équivoque.

Son collègue et ami s'était mué en coursier. Il était apparu avec un repas italien et tout le matériel dont il avait besoin pour cloner le téléphone prépayé que leur avait donné Sal. En prime, il leur avait fait part de ce qu'il pensait de cette coopération inédite entre leurs deux agences.

Mais personne n'avait encore la moindre idée de ce que Rushdan Reval, Public Exposure ou tout autre acheteur pouvait réellement accomplir avec l'algorithme. Tout le monde était dans le flou. Une fois le téléphone cloné, le FBI, la Sécurité intérieure et les Texas Rangers pourraient écouter leurs conversations, lire leurs messages et obtenir leur localisation en temps réel.

Le temps que Sal leur avait laissé était écoulé depuis longtemps. Toutes les trois minutes, Therese prenait le téléphone qu'il leur avait donné, l'allumait et le reposait aussitôt entre eux, sur le plateau TV. Aucun message. Aucun appel.

Quand Heath fut reparti, Wade ressentit pleinement la gêne qui semblait flotter maintenant entre eux et faillit par deux fois lui demander ce qui n'allait pas. Mais un obstacle majeur l'en empêcha : ils étaient au travail. Ils ne pouvaient se permettre aucune distraction supplémentaire.

Et pourtant… Quand elle rejeta ses cheveux par-dessus son épaule, il eut envie d'enrouler une mèche folle autour de son doigt et de l'attirer vers lui pour l'embrasser.

Il était bien difficile de ne pas se laisser distraire par Therese. Toutes ses pensées tendaient vers le même point : trouver de bonnes raisons pour ne pas l'entraîner une deuxième fois jusqu'à son lit. L'idée lui semblait excellente mais, pour le moment, ils devaient s'occuper de Reval et retrouver l'algorithme avant qu'un groupe de terroristes domestiques l'achète. Un algorithme dont personne ne connaissait la dangerosité.

Du moins, il ne la connaissait pas, et il n'avait pas eu le temps d'approfondir la question. Depuis qu'il avait retrouvé Therese la veille, sa seule préoccupation avait été de survivre une heure de plus.

— D'après toi, en quoi consiste la nouvelle version de l'algorithme ? demanda-t-il, brisant le silence. Il y a six semaines, il était censé pouvoir provoquer une panne sur le réseau électrique de toute une ville.

— Le terme le plus utilisé sur le *dark web* pour décrire ses effets est celui de « chaos ».

— Et qu'est-ce qui plongerait dans le chaos ?

— Des gens payés beaucoup plus cher que moi n'ont que des théories, fondées pour la plupart sur les raisons qui pourraient pousser des terroristes à vouloir mettre la main sur un algorithme sophistiqué. Nous avons interrogé tous les membres de Public Exposure, en vain. Leur chef n'a pas voulu parler et les autres ne savent rien.

— Reval n'est-il qu'un intermédiaire ? demanda-t-il.

Elle secoua la tête.

— Quand il est allé en prison, j'ai cru que ma mission était finie. Mais j'ai quand même continué à travailler avec ses hommes pour régler quelques détails. Ensuite, vous avez arrêté le chef de Public Exposure, il y a six semaines. La rumeur s'est répandue que le créateur de l'algorithme cherchait un nouvel acheteur. Jusque-là, Reval n'avait rien à voir avec cette histoire.

— Pourquoi y est-il mêlé maintenant ?

— Comme je faisais toujours officiellement partie de la bande de Reval, le FBI gardait un œil sur lui. Ils l'ont relâché en espérant qu'il organiserait la transaction et la Sécurité intérieure a poussé plusieurs acheteurs potentiels dans sa direction en arrêtant les autres.

Elle haussa les épaules.

— Mais je n'ai pas réussi à découvrir les détails de la transaction, ni ce que peut exactement faire cette nouvelle version de l'algorithme. Rushdan cache bien son jeu.

— Et tu penses en apprendre plus quand tu sauras pourquoi il a besoin de moi.

— C'est ce que j'espère, oui, dit-elle en croisant les doigts des deux mains. Mon équipe a enquêté sur tous ses contacts connus, mais n'a abouti qu'à des impasses.

— Est-ce que l'informaticien qui a récupéré mon casier de mineur est dans le coup ? Comment allons-nous le trouver ?

— Nous n'allons pas le trouver.

— Comment ça ? Ce devrait être assez facile de récupérer des renseignements dans le bureau de Reval, et tu dois bien avoir un mandat qui te permet d'obtenir la liste de ses appels. Nous pouvons sûrement découvrir une trace écrite.

— Ce n'est pas notre travail.

Elle haussa les épaules d'un geste résigné.

— Attends une minute…

Il devait mal comprendre. Quelle était donc leur mission, si ce n'était de mettre Reval derrière les barreaux pour de bon ?

— Mon objectif – ma priorité – est de trouver le programmeur qui a développé l'algorithme. Si nous n'y parvenons pas, que nous empêchions ou non le spectacle qu'ils ont prévu pour Dallas n'aura pas la moindre importance.

— Spectacle ?

— C'est le terme que Rushdan a utilisé récemment. Mon unité est certaine que c'est ainsi qu'il désigne l'attaque terroriste qui est programmée.

— À Dallas ? Est-ce que les rangers et la police locale sont au courant ?

— Je ne sais pas. La prévention et le nettoyage ne font pas partie de mon travail.

Elle consulta une nouvelle fois le téléphone prépayé.

— Attends… Qu'est-ce que tu viens de dire ?

Il secoua la tête, incapable d'assimiler ses paroles.

— En ce cas, quelle est ta mission, au juste ? Je pensais que nous devions faire tomber la bande de Reval et empêcher que quiconque utilise l'algorithme.

— J'ai essayé de te le dire avant, Wade. Bien sûr, je veux mettre Rushdan Reval derrière les barreaux. Mais la justice pourrait fermer les yeux sur ses petits délits s'il leur donne le créateur et le développeur de l'algorithme.

— Ses petits délits ? répéta-t-il, incrédule. Ses activités criminelles dépassent l'échelle locale. Et chercher à me tuer, ou à tuer d'autres personnes, n'est pas ce que j'appelle un « petit délit ».

— Tu sais très bien ce que je veux dire. Pour moi, il n'est qu'un moyen d'atteindre mon objectif : retrouver l'algorithme et les programmeurs qui l'ont créé. J'espère seulement y parvenir avant que la transaction ait eu lieu.

« Je ». Tout son discours s'était fait au singulier, ce qui le blessa comme jamais rien auparavant. Quand elle était venue se blottir contre lui, dans ce bar, c'était pourtant pour échapper aux hommes de Reval…

D'habitude, il se moquait pas mal qu'on reconnaisse ou non le travail qu'il avait accompli. Surtout depuis qu'il était coincé derrière un bureau pendant que ses collègues arrêtaient un tueur en série, découvraient des taupes au sein du FBI et sauvaient la vie d'analystes fédéraux – un service demandé par une femme qui avait failli le faire tuer.

C'était parce qu'ils formaient une équipe – dont il faisait partie – qu'ils avaient résolu ces affaires, et il avait cru que c'était parce que Therese et lui formaient un tandem qu'ils avaient progressé dans cette enquête. Bon sang… Que venait-elle de toucher ? Ses sentiments, ou son ego ?

Quoi qu'il en soit, il fallait qu'il se reprenne.

— Je pensais que je t'aidais à retrouver l'algorithme, dit-il. En arrêtant Reval avant qu'il le vende, nous empêchions par la même occasion les terroristes de passer à l'acte.

— Cela ne se passera peut-être pas ainsi.

Elle regarda le téléphone, se leva et alla jusqu'à la fenêtre.

— Il faut que tu te fasses à cette idée.

— Je comprends. Tu es sur cette affaire depuis tellement longtemps que tu as du mal à accepter d'avoir eu besoin d'aide, ou qu'il pourrait y avoir une autre façon de procéder.

Elle plissa les yeux, perplexe.

— Moi, j'ai eu besoin d'aide ? Et j'aurais du mal à l'accepter ? Oh ! vraiment ?

Elle croisa les bras et pinça les lèvres.

Zut.

— Je voulais seulement dire que si tu travailles avec moi et les Texas Rangers, nous aurons une chance d'accélérer un peu le processus. Et tout plan peut changer.

— Et qu'est-ce que tu crois ? Que je veux retirer tout le crédit ? Continuer à jouer les bimbos et à laisser Rushdan et ses hommes me reluquer et me peloter ?

— Ce n'est pas ce que j'ai voulu dire, protesta-t-il.

— Oh ! je vois. En ce cas, tu dois penser que j'aime travailler sous couverture, ou que j'ai peur que les membres de ma famille m'adressent de nouveau la parole si je leur explique ce qu'il se passe vraiment. Qui sait ? Ça m'amuse peut-être de me demander s'ils seront fiers de moi quand ils sauront ce que j'ai fait ces trois dernières années, au lieu de continuer à croire que j'ai été virée de l'école de police après avoir triché à un examen.

— C'est vache. Je ne savais pas que ta famille n'était pas au courant.

Il était sincèrement désolé pour elle. Il reconnaissait chez elle une réaction qui lui était terriblement familière, bien qu'il ne l'ait jamais vue chez personne. Sur le visage de Therese passa l'ombre des sentiments qui l'avaient agité pendant les premières années qu'il avait vécues auprès de Fred.

— Je n'ai pas besoin de ta pitié. Ce n'est qu'un travail.

— C'est vrai. Ce n'est qu'un travail.

Il espérait qu'elle parlait de la mission et non de ce

qui s'était passé dans la chambre. Parce que ce moment avait mis sa vie sens dessus dessous et qu'il avait bien du mal à ne penser qu'au travail.

Elle s'assit sur l'accoudoir de son fauteuil et reprit, plus posément :

— Le FBI et la Sécurité intérieure veulent attraper le gros poisson, Wade. Certains des petits seront rejetés à la mer.

— Autrement dit, ils ont déjà prévu de proposer un marché à Reval, comme la dernière fois, quand il a échappé à la prison bien qu'il ait donné l'ordre à ses hommes de me tuer.

— Je n'ai rien à voir avec cette décision, et toi non plus.

— Pourquoi suivre tout ce processus, au lieu de l'arrêter tout de suite et de lui faire avouer le nom du programmeur ?

— C'est ce que nous avons décidé de faire il y a six semaines. Mes supérieurs sont prêts à s'accommoder des conséquences.

— Même si des civils innocents sont victimes du « spectacle » que préparent les clients de Reval ?

— Rends-moi un service, s'il te plaît… laisse tomber.

Il posa les doigts sur sa tempe, là où le sang palpitait, au-dessus de son œil blessé.

— Encore un service ? Je ne sais pas si c'est possible, Therese. Puisque tu as gardé un œil sur moi, tu dois savoir que les services que je te rends me coûtent cher.

Sauf que personne ne savait à quel point sa vision périphérique s'était dégradée, pas même les médecins. Il avait tellement peur d'être mis sur la touche qu'il n'était jamais retourné la faire tester et n'avait rien dit à personne.

— Je sais très bien ce qu'il t'est arrivé et je comprends ta frustration. Mais il faut que tu essaies de voir la situation dans son ensemble : l'algorithme est plus important que toi, ou que moi.

— Je ne comprends pas, Therese. Pourquoi devons-nous choisir ?

Elle secoua la tête.

— Nous parlons d'une catastrophe nationale. Nos envies et nos préférences sont dérisoires. Je voulais te prévenir que Rushdan Reval pouvait conclure un marché, rien de plus.

Le téléphone s'était mis à sonner pendant qu'elle parlait. Elle décrocha et mit le haut-parleur. Wade la regarda faire, conscient que leur conversation avait été interrompue au plus mauvais moment.

— Il te veut au club, ordonna Sal. Tout de suite.

— Sal ? Passe-moi Rushdan.

Elle avait pris sa voix de bimbo, celle qui enjôlait les hommes jusqu'à ce qu'ils fassent ce qu'elle leur demandait.

— Allons, Rushy, reprit-elle. Je sais que tu écoutes.

— Viens immédiatement, répondit cet homme répugnant. J'ai un travail pour toi. Laisse le téléphone à ton copain. Les affaires progressent.

— Mais nous n'avons pas encore l'argent, objecta-t-elle. Il ne faut pas que je te l'apporte ?

— Je n'ai jamais eu besoin de cet argent, répondit Reval. Je voulais seulement être sûr que le ranger Wade était sincère et ne nous en voulait pas d'avoir essayé de l'éliminer l'année dernière.

— En ce cas, je vais le garder, intervint Wade. Comme ça, mes débiteurs me ficheront la paix.

— Pas de problème. Mais tu ne l'as pas encore gagné.

Reval émit une espèce de suçotement écœurant.

— Rushy, s'il te plaît… Ne le mets plus à l'épreuve.

C'est trop risqué. Si tu nous disais seulement ce que nous devons faire ?

À l'écouter, on aurait pu croire qu'elle était sincère. Mais son langage corporel révélait combien elle haïssait cet homme. Elle était douée, vraiment douée. Mais qu'avait-elle en tête ?

— Nous sommes allés au champ de courses comme tu nous l'avais demandé, et nous avons passé le reste de la journée à attendre. Je ne peux pas passer mon temps à regarder du golf à la télé, Rushy, mon bébé. J'ai des choses à faire. Tu ne me paies pas pour jouer les baby-sitters.

— En parlant de ça… J'ai une autre mission à te confier, Therese.

— Il faut que je passe chez moi pour me changer. Je serai là dans une heure. Est-ce que cela te convient ?

Wade se leva en cherchant une raison de l'accompagner. Ne comprenait-elle pas qu'ils ne devaient pas se séparer ?

— Ce sera parfait. Et, ranger Wade ? dit Reval.

— Oui ?

— Ne cherchez pas à suivre Therese. Quand je vous enverrai les instructions, votre trajet sera minuté depuis chez vous. Et je sais où vous habitez.

Il raccrocha.

— Bon sang, qu'est-ce que c'était que ça ? demanda Wade.

— Mon boulot.

— Je croyais que ton boulot était de trouver l'algorithme.

— Mon boulot est de faire tout ce que Rushdan Reval me demande afin de trouver l'algorithme et les programmeurs.

— Tu ne peux pas y aller. Pas comme ça.

Il tendit la main vers elle, mais elle attrapa son sac et dit :

— Quand on m'appelle, j'y vais. C'est mon rôle.

— Je peux le rappeler et exiger que tu restes avec moi. Nous formons une équipe.

Elle arqua l'un de ses jolis sourcils et prit ses clés de voiture dans son sac.

— S'il y a une chose que j'ai apprise en travaillant sous couverture, c'est qu'on est seul. Il faut que tu t'y fasses.

L'instant d'après, elle était partie. Et si elle disparaissait de sa vie une fois de plus ? Et si Reval… ? Il ouvrit la porte si brusquement qu'elle rebondit contre le mur et il sortit sur le porche.

— Attends !

La surprise qu'il lut sur le visage de Therese lui apprit qu'elle ne s'était pas attendue à ce qu'il la suive. Pourtant, il l'avait suivie, même s'il ne savait pas trop comment gérer leurs différends. Mais il était sûr d'une chose : il ne voulait pas que cette femme ressorte de sa vie.

— J'ai fait le vœu de protéger les habitants du Texas, et je ne fais jamais de promesse à la légère. Je ne peux pas rester les bras croisés en sachant qu'une menace se dirige vers quelqu'un. Je dois arrêter cette menace, et me préparer pour la suivante. Autrement dit, je ne pense pas pouvoir faire ce que tu me demandes.

— Ne t'inquiète pas pour ça, Wade. Nous ne formons pas vraiment une équipe, mais c'était amusant de faire semblant. Je vais gérer ça à ma façon. Je peux me débrouiller seule.

Elle continua de marcher vers sa voiture.

— N'oublie pas de surveiller tes arrières, mon cœur, ajouta-t-elle. Je ne serai pas là pour le faire.

Elle ouvrit la portière en lui souriant et s'installa au volant comme si tout était pour le mieux dans le meilleur des mondes. Wade ne put que la fixer, abasourdi. Au cours des quinze minutes qui venaient de s'écouler, son cœur avait été arraché de sa poitrine, y laissant un trou béant. Il avait l'impression qu'il ne serait plus jamais le même.

Mais elle, pourquoi paraissait-elle aussi insensible ?

17

Les mains de Therese tremblaient si violemment qu'elle dut s'y reprendre à plusieurs fois avant de parvenir à mettre la clé dans le contact. Elle aurait tout donné pour pouvoir rester terrée dans son appartement. Pour la première fois, elle avait vraiment peur d'affronter Rushdan. Rien ne lui avait jamais été aussi pénible que de partir de chez Wade – sauf affronter les membres de sa famille après avoir quitté l'école de police de San Antonio, couverte d'opprobre.

— Je déteste ça ! cria-t-elle en frappant le volant.

Quand elle avait décidé de devenir policière, elle avait perdu tous ses amis de lycée et d'université. Malgré ses excellents résultats à l'école de police, elle ne s'en était pas fait de nouveaux. Au début, elle n'avait pas souffert de devoir quitter ses connaissances pour devenir agent infiltré. Mais ensuite, sa vie n'avait plus été fondée que sur des mensonges – et il lui était de plus en plus difficile de se souvenir qu'il existait une réalité, bien différente.

Personne ne connaissait la vérité hormis ses officiers traitants, qui changeaient chaque année. En ce moment, il s'agissait de Steve Woods et de Megan, qui avait fréquenté la même classe qu'elle à l'école de police. Mais ils ne savaient pas qui elle était vraiment.

Et maintenant, Wade. Cela faisait longtemps qu'elle

voulait être franche avec lui. Maintenant, il savait. Alors, pourquoi avait-elle encore l'impression de lui mentir ?

À quoi s'était-elle attendue ? À ce qu'il lui témoigne de la gratitude pour avoir consenti autant de sacrifices ? À de l'empathie ? Même une simple exclamation admirative aurait été préférable à son silence et à son regard empreint de pitié.

Elle laissa tomber sa tête sur ses bras. Elle avait envie de pleurer, mais elle n'en avait pas le temps. Il ne lui restait qu'une demi-heure pour rejoindre Rushdan au club.

Heureusement, le dénouement approchait. Bientôt, elle pourrait cesser de s'apitoyer sur son sort. Elle gagna rapidement la zone la plus sordide du quartier de Deep Ellum, non loin de Second Avenue. Le Reveille n'était pas le tripot le plus sombre et humide du coin… mais presque.

Elle se gara dans le parking gravillonné et remarqua que plusieurs des réverbères étaient en panne, une fois de plus. Ce n'était pas bien grave, mais quand elle coinçait les gamins qui s'amusaient à casser les ampoules à coups de pierre, elle ne se privait pas de leur dire ce qu'elle en pensait. Bientôt, elle n'aurait plus à s'en occuper.

Elle consulta la montre qu'elle avait mise en plus de ses nombreux bracelets. Elle était à l'heure. Soudain, elle saisit un mouvement du coin de l'œil, sur sa gauche. Sal. Fidèle à son personnage, elle fit mine de ne rien avoir remarqué.

Elle se renfonça dans son siège quand il se montra enfin. Bon sang, comme elle avait envie de rabattre enfin le caquet de ce type ! Elle puisa dans le désespoir qui l'avait gagnée au moment de quitter son appartement pour produire un petit cri étouffé.

— Mon Dieu, Sal ! Tu m'as fichu une de ces frousses !

Elle savait que le bras droit de Rushdan ne cherchait

qu'à l'intimider, et qu'elle devait le laisser faire, rester fidèle à son personnage. Heureusement que c'était bientôt fini… Elle se raccrocha désespérément à cette pensée.

Elle chercha le camion de Wade des yeux, en s'avouant malgré elle qu'elle avait espéré qu'il serait là. Même si elle regrettait de l'avoir embarqué dans cette histoire, elle voulait qu'il soit à ses côtés.

Elle était vraiment bouleversée et complètement perdue, et son appréhension lui brouillait les idées. Non, elle n'avait pas besoin que Wade la protège. Là n'était pas la question. Elle avait seulement envie qu'il soit auprès d'elle. Elle voulait travailler avec lui.

— Le patron attend, et tu sais qu'il n'aime pas attendre.

Sal tira une bouffée sur sa cigarette et la jeta par terre. Elle tendit la main vers le 9 millimètres qu'il braquait sur elle et répondit :

— Je suis venue aussi vite que j'ai pu. Range ce truc. Un coup pourrait partir et blesser quelqu'un.

Elle activa l'alarme de sa voiture et se dirigea vers le club, en marchant prudemment dans le gravier avec ses talons de dix centimètres. Elle avait toujours traité Sal ainsi depuis que Rushdan l'avait fait monter en grade, deux ans plus tôt.

Soudain, un violent coup dans le dos la fit tomber à quatre pattes. Un pied botté se posa aussitôt entre ses omoplates, l'empêchant de se relever.

Son visage avait heurté la dalle de ciment, devant l'entrée de service du club, mais elle sentait la morsure des gravillons dans ses paumes et sur ses genoux.

Sal appuya son pied un peu plus fort et lui enfonça le canon de son revolver dans la nuque.

— Écoute-moi bien, espèce de traînée. Je sais qu'il y a quelque chose de louche. Tu mènes peut-être le patron à la baguette, mais tu vas me témoigner un peu plus de respect. Sinon…

Sal bougea son arme, et ses cheveux s'enroulèrent autour du canon.

— J'expliquerai au patron que tu as eu un accident.

— Du respect. Compris. Je peux me lever, maintenant ?

La vibration qui parcourait son corps était tellement violente qu'elle était certaine que Sal pouvait l'entendre. Il lui était déjà arrivé de penser que ses mains tremblaient de colère mais quand il l'aida à se relever, elles tremblaient réellement. Peut-être n'était-il pas plus mal de lui montrer qu'il l'avait terrorisée.

Elle tituba et s'agrippa à contrecœur à son avant-bras pour ne pas retomber dans le gravier. Il éclata de rire.

Pourvu que ce soit moi qui passe les menottes à ce fumier.

Il ne lui ouvrit pas la porte, comme elle s'y attendait. Elle tourna la poignée et découvrit que la porte était fermée à clé. Son ventre se noua et elle faillit céder à la panique quand elle attrapa ses clés. L'attaque de Sal l'avait vraiment terrifiée.

— Que va penser Rushdan de tout ça ? demanda-t-elle.

Sa voix était égale et assurée, mais ce n'était encore qu'un mensonge. Le contact du canon contre sa peau l'avait plus secouée qu'elle voulait l'admettre.

— Tu n'as qu'à lui poser la question, rétorqua Sal.

Oh mon Dieu ! La soirée de la veille se répétait. Et cette fois, elle ne pouvait pas courir jusqu'à Wade pour implorer son aide. Elle devait affronter Rushdan en espérant qu'il empêche Sal de la tuer.

Toujours sous la menace du revolver, elle entra dans le club où Rushdan, entouré des jeunes serveuses, tenait sa cour. À cette heure de la soirée, il était normal qu'il n'y ait pas encore de clients. Par contre, le gérant aurait dû être présent… et elle ne le voyait nulle part.

Seules les filles étaient là. Elle jeta un coup d'œil à la porte d'entrée et remarqua le verrou.

Sal croisa les bras et se planta devant l'entrée de service. Personne ne quitterait ce bar sans l'autorisation de Rushdan.

Les jeunes femmes n'avaient pas compris qu'elles étaient retenues en otages. Elles bavardaient, flattaient le propriétaire, rivalisaient pour attirer son attention dans l'espoir d'obtenir de l'avancement. De la remplacer, peut-être ?

Oh ! mon Dieu… Elle avait fait leur jeu. Ce n'était pas par accident qu'elle avait surpris la conversation téléphonique au cours de laquelle Rushdan avait dit qu'il lui fallait un membre des forces de l'ordre dans son équipe, afin que le « spectacle » ait lieu. Ensuite, sous la menace des deux hommes que Rushdan avait lancés à ses trousses, elle s'était jetée droit dans les bras de Wade.

Il savait tout, et il l'avait piégée. Il s'était servi d'elle. Même si elle haïssait cet homme, elle devait reconnaître qu'il était intelligent. Et maintenant, il avait réussi à les séparer.

Elle ne savait pas quelle était la mission qu'il avait confiée à Wade, mais une chose était sûre : elle ne serait pas là pour s'assurer qu'il retrouve l'algorithme et les programmeurs, au lieu de simplement déjouer l'attentat. Et il lui suffisait de regarder Rushdan pour comprendre qu'il ne lui permettrait jamais de le rejoindre.

— Assois-toi, Therese. Bois un verre avec moi.

— Qu'est-ce qu'il se passe, Rushy ?

Son cœur battait aussi vite que filaient ses pensées.

— Tu le sauras bien assez tôt. Sal, va chercher mon téléphone spécial.

Il claqua des doigts comme s'il appelait un serveur. Le bruit rendit toute sa concentration à Therese. Toutes ses pensées s'évaporèrent quand elle identifia l'expression de Rushdan. Son regard étincelait de fureur. Pourquoi ?

Sal sortit du club par l'avant et un nouveau sbire, qu'elle ne connaissait pas, prit sa place au fond de la salle.

— Je pensais que tu avais une mission spéciale à me confier.

Comme il fixait ses paumes éraflées en souriant, elle posa lentement les mains sur ses genoux afin qu'il ne pense qu'à l'instant présent, et non à la veille. Mais les deux types qu'il avait lancés à ses trousses – que ce soit pour la tuer ou pour la forcer à rechercher la protection de Wade – se tenaient devant la porte d'entrée.

— Parce qu'une soirée en ville, en ma compagnie, n'est pas quelque chose de spécial ?

— Bien sûr que si. Mais si tu as réservé ce bar pour la soirée, pourquoi demander aux serveuses de rester ? Je peux aller moi-même te chercher tout ce que tu voudras.

— Elles ne partiront pas d'ici.

Sa voix vibrait d'une colère rentrée. Le vernis se craquelait, laissant transparaître la noirceur de cet homme – ce qui n'arrivait que très rarement.

— Est-ce qu'elles… Rushy, on dirait presque… des otages.

Non. Elle refusait que ces femmes soient en danger parce que Rushdan soupçonnait quelque chose.

— Aussi longtemps que ton petit ami fait ce qu'on lui dit, elles ne sont que mon alibi.

— Mais je peux tenir ce rôle. Tu n'as pas vraiment besoin d'elles.

— Ne mets pas ma patience à l'épreuve, Therese. Si tout le monde reste dans le rang, personne ne sera blessé.

La lueur menaçante qui étincelait dans ses yeux démentait ses paroles : ces femmes étaient réellement ses otages, et elle seule s'en rendait compte. Elle avait toujours su que Rushdan n'hésiterait pas un instant à se débarrasser d'elles toutes – surtout si Wade échouait – mais maintenant, elle en avait la confirmation.

Et si le Texas Ranger écoutait sa conscience, ou sa soif de vengeance ? S'il mettait ses collègues au courant des projets de Rushdan ? Cinq vies dépendaient de lui, et il ne le savait même pas !

Si seulement elle lui avait tout expliqué avant de partir… En voulant préserver sa fierté, elle avait peut-être signé leur arrêt de mort.

18

« Rends-toi à l'entrée privée de l'aéroport de Love Field. Tu y recevras des instructions. »

Super. Qui l'y rejoindrait ? Therese, ou Sal ?

Au volant de son camion, Wade dépassa lentement l'entrée en cherchant des yeux une éventuelle embuscade. Il ne vit rien, ni personne. L'entrée lui semblait bien déserte, mais c'était peut-être normal pour un samedi soir.

Il se gara de l'autre côté de la rue et chercha à voir les renforts. Toutes les agences impliquées dans cette opération devaient avoir écouté la conversation téléphonique au cours de laquelle on lui avait donné des instructions, et il savait que le major Clements ne le laisserait pas agir sans renforts. Il ne lui restait plus qu'à espérer qu'ils seraient là quand il aurait besoin d'eux.

Deux hommes rôdaient dans l'ombre, aux abords du bâtiment le plus proche. L'un d'eux était le grand type qui l'avait frappé deux fois, dans l'immeuble de Reval. L'autre portait des lunettes et serrait un ordinateur portable contre son torse. Wade leva les mains en l'air et attendit que les deux hommes lui indiquent la direction qu'il devait prendre.

La chance était-elle de son côté ? S'agissait-il du mystérieux programmeur que Therese tenait tellement à arrêter ? Il dut réprimer un sourire.

— Est-ce que vous allez me dire ce qu'il se passe ?

— On devrait peut-être vérifier qu'il n'a pas de micro, dit le grand type.

— Nous n'avons pas le temps, répondit son complice en avançant vers le portail. Allez, viens.

— Qu'est-ce que je dois faire ? On ne m'a pas dit…

— Seulement nous faire entrer et nous escorter jusqu'à l'un des avions de ton agence, répondit le type à lunettes.

— Minute… Si tu parles du département de la Sécurité publique, je ne sais pas où il gare sa flotte. Je n'ai pas ce genre de renseignements.

Il fallait qu'il en sache plus.

— Ne t'occupe pas de ça. Fais-nous entrer, c'est tout.

— Facile à dire. Il faut que je parle à votre patron.

— M. Reval n'est pas disponible. Fais ce qu'on te demande.

L'homme retroussa sa chemise, dévoilant la crosse d'un revolver.

— Est-ce que tu cherches à m'intimider ? demanda Wade.

Il se passa la main dans les cheveux et reprit :

— Pour entrer, je vais devoir m'enregistrer, et je ne pourrai le faire qu'une fois. Votre patron aimerait sans doute le savoir.

— Tout a été prévu, Hamilton. Fais-nous juste passer ce portail et ces gardes, ordonna le petit binoclard.

Wade haussa les épaules. Il n'avait toujours pas la moindre idée de ce qu'il allait se passer. S'il devait descendre ces deux types, il le ferait. Therese serait peut-être furieuse… Tu parles ! Elle serait folle de rage, et mettrait sans doute un terme à leur relation naissante. Mais il ne pouvait pas laisser ces deux clowns lancer une attaque sur Dallas.

Puisqu'il n'avait aucune preuve irréfutable, il allait devoir improviser – et donc, attendre d'en savoir plus avant de prendre une décision. Ce n'était pas un prétexte pour que l'opération se déroule comme le souhaitait Therese, mais un choix. Et pourtant, il se sentait coupable à l'idée de lui voler toute la gloire qui lui revenait de droit.

Quand ils atteignirent le portail, Wade montra sa plaque au vigile, un gamin débordant d'enthousiasme – en masquant à dessein son nom sous deux doigts.

— Bonsoir, dit-il. Ça ne vous dérange pas qu'on jette un œil dans notre hangar ?

Il ne savait même pas si les rangers en avaient un.

— Pas du tout, répondit le jeune homme en prenant le registre et un stylo. Il me faut seulement vos noms.

— Justement… Nous préférerions ne laisser aucune trace, à cause des journalistes.

— Mais je pourrais avoir de gros ennuis.

Wade posa une main sur l'épaule du gamin.

— Dès que cette affaire sera réglée, je promets de revenir pour mettre votre registre à jour et faire savoir à votre supérieur combien votre aide nous a été précieuse.

— Ça serait vraiment gentil de votre part. Le hangar est assez loin, mais vous pouvez prendre la voiturette.

— Tu es quelqu'un de bien, petit, répondit le grand type. Merci.

— De rien. Voilà la clé.

Le grand type prit la clé tandis que Wade remettait sa plaque dans sa poche. Les deux hommes s'assirent sur la banquette avant et le grand démarra en trombe.

— Ralentis, Nico, dit le binoclard. N'attire pas l'attention sur nous.

— C'était facile, répondit l'autre.

Effectivement. Même jeune et sans expérience, un vigile n'aurait jamais dû se montrer aussi accommodant.

— Bien trop facile, même, marmonna Wade.

— Prends les choses comme elles viennent, Hamilton.

Nico se tourna vers lui et oublia de braquer. La voiturette se mit à tanguer.

Wade se retourna. Dans sa guérite, le gamin avait décroché le téléphone et parlait en tendant le doigt vers eux. *Bien vu, petit.* Mais la chance l'abandonnait. À l'autre bout de l'aérodrome, des faisceaux lumineux perçaient déjà l'obscurité.

— Il faut s'éloigner de la voiturette. Tout de suite !

Nico pila et bondit de son siège en dégainant son arme.

— Range ça et va derrière ce hangar, ordonna Wade.

Ils coururent jusqu'à la paroi métallique, que Nico heurta en faisant assez de bruit pour réveiller un mort – ou du moins alerter la police de Love Field. Quant au binoclard, il haletait comme s'il venait de courir un marathon.

— Occupe-toi de ces flics pendant que nous faisons ce que nous avons à faire, ordonna-t-il.

Mais il était hors de question que Wade perde ces hommes de vue. Il fallait qu'il sache ce qu'ils comptaient faire avec cet ordinateur.

— Non.

Il empoigna le col de la chemise du type à lunettes.

— Dis-moi ce qu'il te faut.

— Je ne peux pas.

— Si tu me l'avais dit dès le début, nous ne serions pas dans ce guêpier. De quoi as-tu besoin ? Qu'est-ce que tu veux faire ?

Les lumières des lampes torches approchaient. Nico –

le grand type à qui Wade devait un coup de poing dans le ventre – essaya de lui faire lâcher prise.

— D'accord, dit l'autre. Il faut que je teste un programme.

— Donne-le-moi. Je m'en charge. Vous me ralentissez.

— Je… je ne peux pas.

— Tu préfères qu'on aille tous en prison ? Si vous aviez été francs avec moi, j'aurais tout planifié. Et bien mieux que vous.

Il relâcha le col de l'homme et recula.

— Si je vous donne aux flics, j'arriverai peut-être à m'en tirer sans être inquiété.

Nico arma son revolver, mais il commit l'erreur de vouloir jouer les durs en restant trop près de Wade. Tout ce qu'il y gagna fut un coup de coude dans le ventre et, quand il se plia en deux, un coup de poing dans le nez.

Il lâcha son arme et se prit le visage dans les mains en gémissant.

— Désolé, mon vieux, mais je t'en devais un, commenta Wade.

Il s'agenouilla et cacha le revolver dans sa botte.

— Les instructions, ordonna-t-il. Vite. Et ensuite, filez. Si les flics vous prennent, ils ne pourront vous accuser que de violation de propriété. Reval n'aura aucun mal à vous faire sortir.

Il s'empara de l'ordinateur, et le binoclard protesta.

— Tu ne peux pas faire ça ! Tu n'as pas mes compétences.

— Regarde-moi, intima Wade. Qu'est-ce qu'il te faut ?

Dans son visage ensanglanté, les yeux de Nico étincelaient de fureur. Néanmoins, il plongea la main dans sa poche et en sortit une feuille de papier. Le binoclard le regarda en secouant la tête et en marmonnant. À l'entendre, en plus d'être un flic, Wade était stupide.

Wade s'élança, le papier dans la main, et s'arrêta au coin du bâtiment. Les voitures de police s'étaient séparées et partaient dans deux directions distinctes. Quant aux hommes auxquels il avait fait passer le portail, ils avaient disparu.

Il lut le papier en plissant les yeux et vit qu'il s'agissait d'une liste. La première ligne donnait l'ordre aux deux crétins dont il s'était débarrassé de l'attendre au portail ouest de l'aéroport.

Le binoclard ne semblait pas être le programmeur… Pas de chance. Wade espérait maintenant ne pas se faire prendre par les policiers qui passaient la zone au peigne fin. Il s'accroupit au coin du mur et, protégeant ses yeux de la lumière avec la feuille de papier, aperçut le bâtiment 6.

Il s'élança et, en parvenant à éviter d'être pris dans le faisceau des lampes torches, arriva enfin au bâtiment 6. Il se cacha entre les poubelles et une petite haie, avec l'impression de jouer une scène d'évasion dans un film sur la Seconde Guerre mondiale.

L'algorithme ne pouvait pas se trouver dans cet ordinateur. Les instructions ne faisaient mention d'aucun fichier à transférer. Quand les agents se furent éloignés, il entra dans le bâtiment.

— Restez où vous êtes, lança une voix.

— Ne bougez pas.

— Pas un geste !

Un éclat de rire résonna dans l'obscurité.

— Tu sais que j'ai toujours voulu dire ça.

Ces trois voix familières étaient comme une musique à ses oreilles. Peut-être que sa chance ne l'avait pas abandonné, après tout.

19

Therese et les quatre serveuses occupaient l'une des tables, près d'une fenêtre. Les habitués qui trouvaient porte close venaient frapper au carreau, mais elle se bornait à leur sourire en haussant les épaules, comme si elle ne savait pas plus qu'eux ce qu'il se passait.

Rushdan avait reconnu qu'elles lui servaient d'alibi pendant que Wade s'acquittait de la tâche qu'il lui avait confiée. Il faisait sauter le téléphone « spécial » que lui avait apporté Sal dans ses mains, mais il ne l'avait pas encore utilisé.

Il le rangea enfin dans la poche de sa veste avant d'en sortir un autre, parfaitement identique, d'une autre poche. C'était peut-être avec ce téléphone « spécial » qu'il restait en contact avec le programmeur. Il fallait qu'elle s'en empare.

— Je meurs de faim, annonça Julie Anne. Dis, Therese, est-ce que tu penses que nous pouvons commander une pizza ?

— Je suis pour, ajouta Rachel.

Therese se leva et rejoignit son patron à sa table.

— Est-ce que nous pourrions commander une pizza, ou demander à l'un des hommes d'aller nous en chercher une ?

Comme il lui tournait le dos, elle n'avait pas remarqué

qu'il était au téléphone. Il fit volte-face et la gifla violemment du dos de la main, sans qu'elle puisse esquiver le coup. Un gémissement de douleur lui échappa, mais elle se ressaisit aussitôt. Il n'avait pas seulement voulu lui faire mal, mais aussi l'intimider. Il s'apprêta à la gifler de nouveau, mais elle leva le bras pour parer le coup.

— Je ne vais pas te dire ce que tu as à faire, rugit-il. Si les flics mettent leurs sales pattes sur cet ordinateur, je te tuerai moi-même.

Les yeux de Rushdan étaient immenses, son visage écarlate et tellement bouffi qu'on aurait dit qu'une piqûre d'épingle pouvait le faire exploser.

Si seulement elle avait eu une épingle…

Elle se rendit compte trop tard que son bras était toujours levé, protégeant son visage. Elle n'était pas censée maîtriser ce genre de rapidité et de compétence pour parer un coup. Tout en se frottant la joue, elle se força à laisser retomber son bras. L'un des hommes qu'elle ne connaissait pas régla le problème en le saisissant.

— Pourquoi est-ce que tu m'importunes, Therese ? demanda Rushdan. Tu n'arriveras à rien, sauf à m'énerver.

Il retourna à sa conversation téléphonique et elle dégagea son bras.

— Les filles ont besoin d'aller aux toilettes. Et puisque nous devons rester ici, est-ce que nous pouvons au moins commander une pizza ?

— Je n'ai pas le temps pour ça ! Ton idiot de petit copain est incapable d'accomplir les missions que je lui confie. D'abord l'argent et maintenant ça ! Je m'attendais à quelque chose mais là, c'est trop.

Rushdan se mit à faire les cent pas le long du comptoir en pestant. Il lança son téléphone à l'un de ses hommes et ordonna :

— Appelle-le. Tout de suite.

C'était la première fois que Therese le voyait aussi furieux. Ses plans devaient être tombés à l'eau, et elle ne voyait qu'une explication : Wade avait trouvé un moyen d'empêcher l'attentat. Elle savait qu'il était prêt à tout, y compris à griller sa couverture, pour faire tomber Rushdan, alors elle devait se tenir prête à le voir débouler dans le bar pour arrêter tous ceux qui s'y trouvaient.

— Est-ce que je peux faire quelque chose ? demanda-t-elle timidement en s'éloignant de quelques pas.

— Apporte-moi un whiskey. Un bon, pas le truc infect qu'on trouve derrière le comptoir.

Rushdan n'en but pas moins ce qui restait dans son verre.

— Il va falloir que j'aille dans la réserve, remarqua-t-elle.

D'un signe de la tête, Rushdan l'autorisa à quitter la salle. Elle dut contourner Sal, qui montait la garde dans l'étroit couloir menant aux toilettes, mais l'homme ne broncha pas. Elle entra dans la réserve et y prit le whiskey du patron.

Minute… Elle avait pensé que Rushdan la maltraitait parce qu'il savait que Wade et elle étaient des agents infiltrés. Mais en ce cas, il aurait dû s'attendre à ce que Wade n'accomplisse pas sa mission. Bon sang… Elle comprit soudain que Wade était en train de poursuivre la mission qu'elle avait commencée. Voilà qui expliquait la perplexité de Rushdan.

En sentant son portable dans sa poche, elle fut tentée d'appeler Wade. Mais elle se ravisa. Il y avait quelque chose de louche. Jamais Rushdan ne dévoilait son jeu comme il venait de le faire.

Elle décida donc de patienter. Elle ignorait ce qui se préparait, mais son instinct lui soufflait qu'il ne s'agissait pas du « spectacle ». Elle allait donc se borner à veiller sur les filles, à faire en sorte qu'elles aient leur pizza… et à croiser les doigts pour que Wade ne choisisse pas la voie la plus facile, celle de l'arrestation, et ne se laisse pas entraîner par sa soif de vengeance.

Elle emporta la bouteille et prit un verre propre derrière le comptoir avant de s'approcher de Rushdan, qui regardait son téléphone comme s'il passait un appel vidéo.

— Rapporte-moi l'ordinateur, Hamilton, si tu ne veux pas que Therese…

Rushdan tendit le téléphone vers elle et Sal lui décocha une droite dans le ventre. Elle lâcha le verre et s'effondra sur le sol. La bouteille de whiskey vola en éclats.

— Ne la touche pas, espèce d'ordure !

Wade ? Non, il n'était pas ici. Il était au téléphone.

Elle n'avait pas besoin de jouer la comédie. Elle n'avait pas vu le coup partir, et il avait ébranlé tout son corps. Julie Anne se précipita auprès d'elle et l'aida à s'asseoir sur une chaise. Il lui fallut plusieurs secondes avant de pouvoir de nouveau respirer normalement.

Ce n'était pas la première fois qu'on la frappait et, à en juger par la réaction des serveuses, pas la première fois non plus qu'elles assistaient à ce genre de spectacle. Elles se blottirent toutes quatre dans un coin de la salle, mais elles parurent un peu moins inquiètes en comprenant que ce soir, ce serait Therese qui serait la cible des coups.

Elle comprenait maintenant pourquoi ces femmes étaient ici. Leur présence garantissait à Rushdan qu'elle filerait droit. Quant à elle, elle était à la fois une otage et le moyen de pression pour contraindre Wade à obéir.

Elle se tourna vers Julie Anne.

— Apporte-moi deux torchons, s'il te plaît.

Julie Anne obéit, aussi discrètement que possible.

Therese la comprenait : Sal se tenait tout près, prêt à bondir. Quand la jeune femme lui eut donné les torchons, elle lui fit signe de retourner s'asseoir avec les autres. Tout en s'épongeant le visage et le cou, elle repéra les positions qu'occupait chacun des hommes.

Rushdan lui fourra un verre dans les mains.

— Ça te fera du bien, ma chère.

Incapable de feindre le calme, elle but d'un trait le mauvais whiskey qu'il lui avait servi. Ensuite, elle le regarda droit dans les yeux… et y vit le mal absolu.

— J'aurais dû tuer ce salopard quand il s'est pointé hier soir. Comment ai-je pu croire qu'il pouvait m'être utile ?

Il arpenta la salle pendant quelques secondes avant de la regarder droit dans les yeux.

— Je me pose la même question à ton sujet.

Il la gifla de nouveau. Sa tête fut projetée sur la gauche mais cette fois, elle se concentra et sa respiration demeura régulière. Au moins, ses deux joues seraient aussi rouges et enflées l'une que l'autre.

— Mets-la dans la voiture, ordonna Rushdan en prenant une liasse de billets dans sa pince. Quant à vous, deux cents dollars de pourboire devraient vous aider à vous taire.

Au moins, les filles seraient saines et sauves. Sal voulut la forcer à se lever, mais elle ne bougea pas. Elle respirait profondément en se retenant de frotter ses joues brûlantes. Elle se méfiait, bien sûr… Mais surtout, elle voulait entendre tout ce qu'allait dire Rushdan. Et une fois dans la voiture, ce serait impossible.

Est-ce que c'était Wade qui avait appelé Rushdan, ou l'inverse ? Elle se força à réfléchir. Oui. Rushdan avait crié à quelqu'un d'appeler Wade. Que s'était-il passé pendant les précieuses minutes qu'elle avait passées dans la réserve ?

— Je t'ai dit de la mettre dans la voiture, répéta Rushdan, d'une voix qui avait retrouvé son calme habituel.

Sal la prit par le coude, mais elle se dégagea.

— Je peux marcher seule, lança-t-elle. Il y a des années que je marche seule. Même quand je porte des talons.

Elle se leva, se cogna la hanche contre une table et réprima un petit cri de douleur.

Rushdan finit de payer les filles et les fit sortir par la porte de devant. Aucune d'elles ne s'arrêta pour prendre son sac sur le comptoir.

Therese voulut les appeler, mais elle était incapable de parler. Elle avait déjà bien assez de mal à mettre un pied devant l'autre. Le coup de poing de Sal – ou le verre de whiskey – l'avait peut-être plus sonnée qu'elle l'avait cru.

Rushdan la saisit par le coude et la força à se retourner. Ses talons glissèrent et elle manqua tomber.

— Tu es un peu pompette, Therese ? demanda-t-il dans un éclat de rire.

Elle voulut acquiescer, mais sa vision se brouillait. Il y eut des éclairs, et le monde plongea dans les ténèbres. Elle comprit que Wade n'allait pas débouler pour la sauver.

Mais la nuit venait à peine de tomber.

— Vous ne pouvez pas aller plus vite ? demanda Wade.

C'était la cinquième ou sixième fois qu'il posait la question depuis qu'il avait vu Therese se faire frapper.

— Créer un faux qui ressemble au vrai n'est pas aussi simple qu'on pourrait le croire en me regardant.

Le spécialiste informatique du FBI se remit à pianoter sur son clavier, et Jack posa une main sur l'épaule de Wade.

— Je sais que c'est pénible, mais il fait de son mieux.

— Il m'a dit que j'avais une heure, et il me faut une demi-heure pour arriver là-bas.

— Reval ne va rien lui faire, dit Jack.

Mais il grimaça. Ils avaient tous vu la violence du coup.

— Tu as raison, répondit Wade. Ses hommes s'en chargeront à sa place.

Il fixait son téléphone, où l'heure d'arrivée estimée par son application « cartes » changeait sans cesse.

— Ce genre de pensées va t'empêcher d'agir, dit Heath depuis le fauteuil de bureau où il s'était installé. Crois-en mon expérience.

— Ainsi que la mienne et celle de Jack, ajouta Slate.

Wade remit le téléphone dans sa poche. Reval n'allait pas le rappeler – et il ne ferait sans doute aucun mal à Therese. Pas avant qu'il arrive avec ce fichu ordinateur, en tout cas. Et à ce moment-là… Peut-être qu'il les tuerait tous deux.

Heath avait raison. Ce genre de pensées lui brouillait l'esprit, lui faisait oublier sa formation et risquait de faire capoter tous les plans visant à garantir que Therese et lui aient la vie sauve.

— Vous savez, les gars, j'apprécie vraiment votre soutien. Mais est-ce qu'il faut vraiment que vous restiez tous ici ?

— Tu as de la chance que le major Clements ait dû rester au quartier général. Tu es peut-être impatient, mais lui, il demanderait pourquoi tout ceci n'a pas été fait plus tôt.

La réponse de Jack déclencha leur hilarité. Wade reprit son sérieux et regarda ces hommes, qui étaient ses meilleurs amis.

— Il faut que je vous demande quelque chose, les

gars. Qu'auriez-vous fait si les deux autres types s'étaient montrés ?

— On les aurait arrêtés, répondirent-ils à l'unisson.

Le silence tomba dans la pièce. Ses trois amis et collègues, les bras croisés, étaient tous bien plus inquiets qu'ils ne le laissaient paraître. Jamais aucun d'entre eux n'avait travaillé sur une affaire de cette importance. Wade n'avait pas besoin de le dire à voix haute, parce qu'ils le savaient tous.

Therese n'avait pas exagéré : le « spectacle », comme le nommaient les acheteurs potentiels sur le *dark web*, pouvait générer une catastrophe semblable à celle du 11-Septembre. Par contre, elle s'était trompée en disant qu'elle ne faisait partie d'aucune équipe. Parce qu'une énorme équipe travaillait à résoudre cette affaire, à laquelle appartenaient les trois hommes qui patientaient à ses côtés et l'empêchaient de perdre les pédales.

— Tu devrais peut-être répéter une dernière fois le plan de l'équipe d'intervention, dit Heath, brisant le silence.

— Je l'ai en tête, répondit Wade.

— Ça ne peut pas faire de mal, objecta Slate. N'oublie pas que Heath ne se rappelait pas lequel d'entre nous il avait envoyé pour retrouver sa fille.

— Il a raison, dit Jack en lui donnant une tape dans le dos. Ça ne peut pas faire de mal. Quand le spécialiste ici présent en aura fini, il y aura sur cet ordinateur de faux horaires d'atterrissage pour les avions privés prévus à Love Field et sur les aéroports secondaires de la région. Nous ne possédons que les noms des acheteurs de Reval et leurs horaires d'arrivée.

— Je ne comprends pas pourquoi il lui faut ces horaires. Les acheteurs vont sans doute le contacter.

Wade n'avait rien trouvé à redire quand ils lui avaient

fourni l'information et exposé leur raisonnement. Mais maintenant qu'il y réfléchissait, les pièces du puzzle ne collaient pas.

— Peut-être qu'il n'a pas les informations précises, dit Jack. À moins qu'il ait peur qu'un concurrent vienne faire capoter la transaction. Tu vas peut-être l'amener à te donner ses raisons.

— Mais s'il a les horaires exacts et se rend compte que ceux-ci sont des faux ?

— En ce cas, nous viendrons te sauver, ta princesse et toi.

— Il vaudrait mieux pour toi que Therese ne t'entende pas la qualifier de princesse, ou même de dame en détresse, plaisanta Slate en repliant le bras pour faire saillir son biceps. Est-ce que tu as vu ses muscles ? Je suis sûr qu'elle va bien, vieux.

L'air pensif, Heath leva soudain le doigt et dit :

— Je vais demander à l'informaticien de vérifier un truc. Je reviens.

Cette expression – ou en tout cas le processus intellectuel qu'elle trahissait – les avait sauvés à plus d'une reprise. Si elle le sauvait ce soir, elle sauverait également Therese.

— Et vous, qu'allez-vous faire pendant que je risque ma vie ?

— Notre boulot, répliqua Slate, impassible.

— Ne t'inquiète pas pour nous, ni pour l'équipe d'intervention, ajouta Jack. Nous surveillons tes arrières, comme tu l'as toujours fait pour nous.

Ces mots étaient lourds de sens, plus qu'il l'aurait cru. Bon sang… C'était une chose que Therese n'avait jamais connue. Depuis trois ans, elle était complètement seule, sans amis, sans famille, sans collègues. Il comprenait un peu mieux pourquoi elle s'était éloignée aussi facilement de lui, cet après-midi.

Mais peut-être qu'il se trompait, et que cela n'avait rien eu de facile.

Tandis que lui, il avait ses collègues des Texas Rangers, ceux qui l'avaient cloué au mur pour l'empêcher de sortir de ce bureau après avoir vu Sal frapper Therese. D'ailleurs, deux d'entre eux lui barraient toujours le chemin de la porte.

Il consulta de nouveau son téléphone dans l'espoir de parvenir à se concentrer, mais il en était incapable. Il ne pouvait penser qu'à Reval.

Cela faisait longtemps qu'il voulait le faire tomber. Et cette fois, ce fumier ne conclurait pas d'accord. Il était prêt à se présenter devant autant de juges et de procureurs qu'il le faudrait pour s'en assurer.

L'année passée, après avoir failli mourir dans une explosion, il avait ressenti une colère essentiellement dirigée contre lui-même : en agissant seul, il avait laissé les hommes de Reval prendre l'avantage sur lui. Il avait pensé qu'il s'en était remis, jusqu'au jour où il avait appris que Reval était sorti de prison.

Voilà pourquoi il s'était mis à rechercher Therese, il y avait de cela six semaines. Plus ou moins consciemment, il se doutait qu'en la trouvant, il trouverait Reval. Un jour, il lui dirait qu'elle avait eu raison de le questionner sur ses vraies motivations.

Reval allait tomber. Pour de bon, cette fois. Pas question d'accord, ni de conditionnelle.

Mais avant, il voulait régler ses comptes avec lui – et faire regretter à Sal d'avoir frappé sa petite amie.

20

Quand Therese se réveilla, une atroce migraine lui vrillait les tempes. Elle était allongée dans le noir, sur un canapé, dans le bureau de Rushdan. Elle était seule – et ne voyait aucune caméra de surveillance. Où pouvait-il ranger ses documents importants ? Les seuls tiroirs de la pièce étaient ceux de la bibliothèque.

Il y avait forcément un coffre-fort quelque part mais, après trois ans de mission, elle ne savait toujours pas où. Quant à son téléphone spécial, pour reprendre ses mots, il devait toujours être dans sa poche.

Elle se leva lentement et marcha d'un pas mal assuré jusqu'au cabinet de toilette. Elle verrouilla la porte et examina sa lèvre fendue et ses joues légèrement décolorées. Elle entendait le gargouillis de l'aquarium dans l'autre pièce.

— Tu as une mine affreuse, dit-elle à son reflet.

Elle nettoya rapidement le sang qui avait coagulé sur son visage et se passa les doigts dans les cheveux. Le cabinet de toilette de Rushdan était aussi chichement décoré que son bureau. Aucun sous-verre à briser, aucune statue massive à lancer sur un éventuel assaillant. Rien que le strict nécessaire.

— « Il en faut peu pour être heureux… »

Elle retourna s'asseoir en fredonnant la chanson de

Disney qui avait surgi dans son esprit. Elle préférait ne pas examiner la pièce. Elle n'était pas certaine que ses jambes la portent, et c'était trop dangereux. Mieux valait attendre le retour de Rushdan et jouer la comédie de l'obéissance.

Mais elle se sentait si bizarre… Comme si elle flottait. Non… Elle avait plutôt l'impression qu'un poids l'empêchait de se lever. Comme si on l'avait droguée.

Ce qui expliquait qu'elle ait perdu connaissance aussi rapidement.

Tout en fredonnant, elle continua donc à chercher un éventuel coffre-fort des yeux. Il se trouvait forcément ici, puisque Rushdan n'avait pas d'autre bureau. Mais sa migraine l'empêchait de se concentrer.

La chanson qui s'était immiscée dans sa tête et refusait d'en sortir la ramenait chez elle, à San Antonio. Comme elle était la plus âgée de la fratrie, c'était elle qui gardait ses frères et sœurs quand leurs parents travaillaient tard ou sortaient. Ils regardaient beaucoup de ces films qui incitent les enfants à chanter avec les personnages. Les paroles de la chanson tournoyant toujours dans son esprit, elle ferma les yeux.

Soudain, elle se retrouva projetée dans le siège passager d'une voiture – la Camaro de son petit ami de l'époque. Elle avait dix-huit ans, ils venaient d'avoir un accident, et elle était coincée sur son siège. Il faisait nuit noire. Ils roulaient sur une route de campagne déserte quand un cerf avait traversé, juste devant eux. La voiture avait quitté la route.

Wade.

Elle ne le connaissait pas à l'époque, et elle n'avait appris son nom qu'en le lisant dans le journal. Il faisait partie de la police de l'autoroute du département de sécurité du Texas. C'était la seule fois de sa vie que quelqu'un était venu à son secours, et jamais elle n'avait oublié son visage. Elle l'avait revu deux ans plus tard, quand il avait rejoint la compagnie B des rangers et depuis, elle avait toujours suivi sa carrière.

Si elle n'avait pas eu le béguin pour cet homme qui était devenu son héros, jamais elle ne serait entrée à l'école de police, jamais elle n'aurait été recrutée pour cette mission. Donc, en un sens, tout était la faute de Wade. Sa lèvre fendue, sa migraine, le danger qu'elle courait… *Oui, tout.*

Elle partit d'un rire hystérique, incoercible.

— Allons, Therese. Réveille-toi, ma chère.

Elle s'arracha au demi-sommeil agité dans lequel elle était tombée. Rushdan avait posé la main sur son épaule. Sal, sur son revolver.

— Tout va bien, ma chérie ?

Elle était sa chérie, maintenant ? Et puis quoi encore ?

— Tout va bien. Un mauvais rêve, c'est tout.

Elle glissa sur le cuir blanc pour s'éloigner de lui avant de se souvenir de l'existence du téléphone. Où était-il ? Toujours dans la poche de sa veste ? Ou dans un coffre-fort ? Il leur fallait ce téléphone ! Mais avant qu'elle ait pu se rapprocher de Rushdan, il se leva et marcha vers son bureau.

— Tu es restée inconsciente pendant longtemps, Therese. Je ne te croyais pas aussi… fragile.

Il massa le dos de ses mains et ordonna à Sal :

— Laisse-nous.

Elle attendit que celui-ci ait refermé la porte avant de dire :

— Tu adores faire ça.

— Oui. J'adore donner des ordres et regarder tout le monde s'affairer en espérant rester dans mes bonnes grâces.

— Être le grand homme, marmonna-t-elle.

— N'aie pas peur de t'exprimer, Therese. Rien de ce que tu diras ne changera la nature de notre relation.

Il fallait qu'elle se concentre, et qu'elle change de sujet.

— J'ai peur de la réponse, mais… est-ce que Wade est de retour ?

— Nous allons bientôt les rejoindre, lui et les autres. Au fait, il a échoué. Je ne sais pas comment il a pu réussir au champ de courses mais à l'aéroport, il s'est complètement planté.

— L'aéroport ? demanda-t-elle d'une voix étranglée.

— Oui. C'était amusant de voir ce que vous deux et les autorités saviez précisément sur le « spectacle ». On dirait que toute une force d'intervention a été rassemblée en mon honneur.

Un téléphone apparut entre ses doigts.

— Au fait, voilà ce que tu voulais. Ce téléphone contient tous mes contacts importants, ceux d'acheteurs potentiels et de vendeurs, ainsi que des archives et d'autres documents secrets… Allons, Therese… ne fais pas cette tête.

— Quelle tête ?

Sa bouche et sa gorge étaient soudain affreusement sèches.

— Tu es désespérée. Je le vois à ton regard, et au pli qui s'est creusé sur ton front. Ne t'inquiète pas, Thérèse, ma chérie. Je t'aime bien, et tu m'as été d'une grande aide pendant des années. Mais parce que tu m'as trahi, la fin que je te réserve sera tout sauf rapide et indolore. Au contraire, elle sera longue et humiliante, et tu me supplieras de te laisser rejoindre ton ami ranger dans la mort.

Longue et humiliante… Tu me supplieras de rejoindre… dans la mort. Les mots résonnaient dans sa tête endolorie. Rushdan remit le téléphone dans sa poche, se dirigea vers la porte et sortit. Comme elle s'élançait vers lui, il recula d'un bond – et Sal, qui était posté dans le couloir, dégaina son arme.

— Pardon, pardon, dit-elle en attrapant la main de son patron, d'un geste lent. Je lui ai fait confiance et j'ai été bernée, tout comme toi.

— Ne nie pas, mon cœur. Tu l'as aidé à s'introduire dans mon cercle. Et il ne m'a jamais berné.

— Il a pris contact avec moi il y a des semaines et m'a raconté une histoire à faire pleurer dans les chaumières. Je n'avais aucune raison de douter de lui. Et vendredi soir, il s'est mis en quatre pour m'aider.

Elle se couvrit les yeux d'une main et prit une inspiration tremblante.

— Je ne sais pas comment j'ai pu me laisser abuser à ce point, Rushy.

— Fais-lui la piqûre, ordonna Rushdan en quittant la pièce.

Mais sa main s'était attardée sur le bouton de la porte. Était-elle parvenue à le faire douter de sa culpabilité ?

Non. Aucune chance.

Les instructions envoyées à Wade sur le téléphone prépayé lui ordonnaient de se rendre au nord de Dallas. Il emprunta la voie express, ce qui lui permit de rattraper une partie du temps qu'il avait perdu pendant que le spécialiste du FBI fouillait l'ordinateur.

Grâce à Heath, ils avaient compris que cet ordinateur

n'était d'aucune utilité à Reval. Ce n'était qu'une ruse, un moyen de les occuper, la brigade d'intervention et lui. Et Reval ? Que faisait-il pendant ce temps ?

Il tuait Therese, vendait l'algorithme et gagnait un pays duquel il ne pourrait pas être extradé.

La brigade d'intervention était restée à Dallas en attendant un indice qui lui permettrait de savoir comment protéger les villes de l'agglomération. Quant à ses amis rangers, ils le suivaient en hélicoptère. Grâce au téléphone cloné, ils recevaient toutes les instructions en même temps que lui.

Si personne ne l'abattait dès son arrivée et qu'il pouvait amener Reval à parler, ils transmettraient toutes les informations au reste de l'équipe. Ils savaient tous que leur plan comportait beaucoup trop de lacunes et de « si » pour qu'ils soient tranquilles. Et une inconnue demeurait : Wade pourrait-il se maîtriser si Therese était morte ?

Franchement, il n'en savait rien. Il avait beau se répéter qu'il ne devait pas y penser, que tout irait bien, qu'il serait capable de finir le travail qu'elle avait commencé, il demeurait réaliste. S'il la trouvait morte, cela pouvait tout changer.

En suivant les indications du GPS, il tourna à gauche et s'arrêta sur le bas-côté de la route. Il s'était attendu à trouver un vieil entrepôt délabré, et il découvrait un bâtiment illuminé comme le parking d'une galerie commerciale.

— Pourquoi diable est-ce que Reval m'a fait venir ici ?

Il s'adressait à son équipe, bien qu'il ne puisse pas entendre leur réponse.

— Cet endroit est flambant neuf. Au moins, l'hélico aura la place de se poser. Il y a un grand parking et le bâtiment est au milieu des champs, complètement isolé. On se voit de l'autre côté, les gars.

Il entra dans le parking et recula jusqu'à la porte d'entrée.

Il ouvrit le coffre-fort où il rangeait son revolver et jeta ses clés dans le porte-tasse. S'ils ressortaient vivants du bâtiment, cela faciliterait peut-être leur fuite.

L'ordinateur à la main, il se dirigea vers la porte, qui n'était pas verrouillée. Une sonnerie électronique retentit. Sous l'œil attentif des caméras de surveillance, il s'engagea dans le couloir désert qui desservait des bureaux.

— Il y a quelqu'un ? demanda-t-il en poussant de l'épaule la dernière porte du couloir.

La pièce était vide, comme le reste de l'entrepôt. Soudain, une voix s'éleva.

— Continue tout droit.

— Ils attendent dans le bureau, ajouta une autre voix.

Les deux hommes qui avaient parlé émergèrent des ténèbres. L'un d'eux le fouilla pendant que l'autre pointait une arme automatique sur son torse.

— Ouvre la porte et entre, dit enfin le premier homme en le poussant vers l'avant.

Effectivement, une porte était percée dans le mur qui lui faisait face. Il l'ouvrit d'une main hésitante et découvrit une réplique parfaite de la pièce dans laquelle il s'était trouvé le matin même. Rushdan Reval était assis derrière son bureau. Sal se tenait près de la porte. Les deux hommes qui les avaient pris en chasse la veille se trouvaient de part et d'autre d'un aquarium vide de tout poisson.

Quant à Therese, elle était assise sur le canapé, la tête rejetée en arrière, comme si elle dormait. Elle semblait inconsciente.

— Maintenant que je suis ici, la fête peut commencer, dit-il en tendant l'ordinateur devant lui.

Le type à lunettes qu'il avait rencontré à l'aéroport entra

à son tour et prit l'ordinateur. Il le posa sur le bureau, pressa quelques touches et secoua la tête.

— C'est bien ce que nous pensions. De fausses infos, et pas de traceur. Vous voulez toujours qu'il le fasse ?

— Je pense qu'il s'en sortira très bien, si nous lui fournissons une raison suffisante, répondit Reval.

Il agita la main vers Therese.

Oh ! non...

21

L'esprit de Wade était empli d'une seule interrogation : qu'avait fait Reval pour neutraliser Therese ainsi ? Ensuite, il se demanda ce que le criminel avait prévu pour eux. Pourquoi les avait-il amenés ici, dans ce coin reculé du comté de Denton ?

Reval quitta le confort de son fauteuil et reprit :

— Je suppose qu'un enquêteur aussi talentueux que toi veut savoir pourquoi j'ai besoin de lui.

— Vous pouvez le dire.

— L'accès, l'accès, l'accès.

L'homme approcha du canapé et s'appuya sur l'accoudoir, près de Therese.

— Je veux entrer quelque part et en ressortir sans être repéré.

Il leva un doigt et le type à lunettes traversa la pièce pour venir se planter face à Wade.

— Donnez-moi le téléphone qui vous a servi au champ de courses, dit-il.

Wade obtempéra. Le jeune homme prit le tournevis accroché à sa ceinture, ouvrit le téléphone et en ôta la batterie et la carte SIM. L'un des « si » de leur plan venait de se produire : Wade était coupé de son équipe. Ses collègues demeureraient sourds et aveugles jusqu'au moment où ils auraient atterri et installé une surveillance.

— Et maintenant, dis-moi ce que la Sécurité intérieure sait de mes plans.

— La Sécurité intérieure ? répéta Wade. Je ne travaille pas avec ces gens-là.

Reval gifla Therese. Sa tête fut projetée vers la gauche, mais elle n'eut aucune réaction.

— Mauvaise réponse, ranger Wade. Comme je n'en tolérerai pas beaucoup d'autres, tu ferais mieux d'être sincère.

— Vous l'avez droguée. Que lui avez-vous donné ?

— Tu comprends mon dilemme, n'est-ce pas, Hamilton ? reprit Reval. Je suis certain que tu n'es pas venu seul jusqu'ici. Mais j'ai encore un problème...

Il tendit ses mains ouvertes vers Therese.

— Je dois savoir si son unité est au courant de mes projets.

— Vous n'avez aucune raison de lui faire du mal. Elle ne m'a rien dit.

— Oh ! mais elle n'a pas mal. Elle ne sent rien... pour le moment, du moins.

Il sortit une seringue de la poche de son veston.

— Mais si tu préfères en être certain, il suffirait d'une petite injection pour qu'elle ne souffre plus jamais. C'est ce que tu veux ?

Reval souleva le bras de Therese. Wade ne doutait pas qu'il n'hésiterait pas à mettre sa menace à exécution.

— D'accord, d'accord, dit-il. Je vous crois. Mais sincèrement, je ne sais pas de quoi vous parlez. J'ai fait ce que vous vouliez à Love Field, et je vous ai rapporté l'ordinateur.

— Alors, pourquoi as-tu autant de retard ?

Il rapprocha l'aiguille du bras de Therese.

— Je... Les flics ont fouillé tout l'aéroport à cause de

vos hommes et j'ai dû me cacher. Je suis venu ici dès que j'ai pu. Que voulez-vous que je dise de plus ?

Bon sang. Il ne parvenait pas à croire à son propre mensonge.

— Si nous essayions de la réveiller ?

Reval se redressa et fendit l'air d'un doigt épais. Sal et son acolyte approchèrent.

— Je ne sais rien, dit Wade. Rien du tout.

L'informaticien de Reval était-il en mesure de dire que le FBI avait examiné son ordinateur ?

— Ne me fais pas perdre mon temps, Wade. Nous ne sommes pas en train de négocier, reprit Reval. Dis-moi ce que je veux savoir. Mais tu as raison sur un point : Therese mérite mieux qu'une mort par overdose.

Un autre signe, et Sal et son acolyte vinrent se poster de part et d'autre de Therese.

— Attendez ! Je ne sais pas ce que vous ont dit les deux crétins que vous avez envoyés à Love Field, mais j'ai suivi vos instructions. Je ferai tout ce que vous me demanderez.

Son cœur battait la chamade. Ils s'apprêtaient à torturer Therese, et il n'avait aucun moyen de l'empêcher, ni d'alerter ses collègues. Et elle n'avait toujours pas repris connaissance.

Les deux hommes prirent Therese sous les aisselles et la traînèrent jusqu'à l'aquarium vide. Wade ne s'aperçut qu'il était à hauteur de taille que quand la tête de Therese bascula mollement vers l'avant et que ses longs cheveux tombèrent dans l'eau agitée de remous.

— Arrêtez ! Qu'est-ce que vous voulez que je vous dise ? Si les rangers savaient quelque chose, je ne serais pas ici.

— Allez-y, ordonna Rushdan.

Ils soulevèrent Therese et lui plongèrent la tête sous l'eau.

— Elle va se noyer ! Est-ce que vous essayez de la tuer ?

Quand Therese commença à se débattre, Sal la laissa prendre une courte inspiration avant de lui replonger la tête sous l'eau.

— Allons, Reval. Cette histoire ne concerne que nous. Si vous ne me croyez pas, mettez-moi la tête sous l'eau plutôt qu'à elle.

Sur un signe de Reval, Sal empoigna les cheveux de Therese et tira. Elle recracha de l'eau et inspira avant de tourner la tête. Les effets de la drogue que lui avait administrée Reval commençaient à se dissiper.

Comme elle cherchait à se dégager en donnant des coups de pied, les deux hommes recommencèrent, encore et encore, sans jamais lui laisser le temps d'inspirer à fond. Agrippé au bord du canapé, Wade retenait sa respiration en même temps qu'elle.

Reval claqua enfin des doigts et Sal la redressa sans ménagement en empoignant ses longs cheveux. Elle reprit lentement ses esprits et haleta :

— W… Wade ?

— Reval, bon sang, arrêtez ! J'ai fait ce que vous aviez demandé. Si c'est l'argent que vous voulez, je vous l'apporterai demain, à la première heure. Mais arrêtez ça.

Les deux hommes lâchèrent Therese, qui s'écroula sur le sol. Wade la regarda chercher à récupérer en respirant laborieusement.

Pendant ce temps, Reval arpentait nonchalamment la pièce. Il fit tourner son téléphone entre deux doigts et le tapota sur son menton.

— Voilà le marché, Hamilton. Je n'ai aucune confiance

en toi, et Therese aussi aurait dû se méfier. Si elle n'est pas un de ces sales flics infiltrés – et quand je repense à ces trois dernières années, je suis presque sûr que si —, elle me porte la poisse. Quoi qu'il en soit, je dois me débarrasser d'elle.

— Son téléphone, chuchota Therese.

— Qu'est-ce qu'il y a, mon cœur ? demanda Reval.

Il se pencha vers elle et empoigna ses cheveux pour la forcer à relever le visage.

— Tout… est sur le téléphone. Ne t'occupe pas de moi.

— Eh bien, voyez-vous ça ! lança Reval. On dirait bien qu'elle est vraiment flic et prête à se sacrifier pour le bien de ses concitoyens. Et toi, ranger Wade ? Vas-tu continuer à prétendre que tu n'es pas infiltré et que tu ne fais pas partie de la brigade d'élite qui a été rassemblée pour empêcher la tenue de mon spectacle ?

Les deux hommes relevèrent Therese et lui remirent la tête sous l'eau, en prenant soin de tourner son visage vers Wade. Ses yeux étaient exorbités, ses longs cheveux ondoyaient autour de son visage. Malgré sa terreur, elle parvint à retenir son souffle. Mais quand Reval claqua des doigts, Sal se fendit d'un sourire cruel et appuya encore plus fort sur sa tête, à tel point que ses pieds décollèrent de la moquette trempée. Sa tête touchait presque le fond de l'aquarium quand une nuée de bulles s'échappa de sa bouche.

Wade n'allait pas la laisser mourir, pas comme ça. Pas à cause de lui.

— D'accord ! Arrêtez ça !

— Et ?

— Je vous dirai tout ce que je sais. Mais laissez-la respirer.

Reval attendit encore une longue seconde avant de

faire signe à ses hommes de ressortir la tête de Therese de l'eau. Wade se leva d'un bond, bouscula les deux bandits et allongea Therese sur le sol pour lui presser le ventre.

— Mon Dieu, elle ne respire pas.

Il fallait qu'il lui fasse recracher l'eau qu'elle avait dans les poumons.

Il s'apprêtait à commencer un massage cardiaque quand les deux hommes s'emparèrent de lui. Il parvint à se libérer et pressa la poitrine de Therese, une fois, deux fois, avant que les deux hommes l'en empêchent.

— Assez ! cria Reval en dégainant son arme et en tirant dans le plafond.

Ses hommes s'arrêtèrent net et Wade put enfin s'occuper de Therese.

Elle se mit à tousser et tourna la tête sur le côté en vomissant de l'eau. Quand les deux hommes empoignèrent Wade de nouveau, il se dégagea et écarta doucement les cheveux collés sur le visage de Therese en essayant de la convaincre que tout irait bien.

Il l'aimait tant qu'il était prêt à tout pour qu'elle reste en vie. Il avait sa réponse : quoi qu'il arrive, c'était toujours elle qu'il choisirait.

— Son… son téléphone, parvint-elle à murmurer.

Elle n'eut pas besoin d'en dire plus. Les renseignements dont ils avaient besoin se trouvaient sur le téléphone que Rushdan Reval avait dans la poche. Wade l'aida à s'asseoir et posa les yeux sur les pièces éparses du téléphone prépayé. Les hommes de la compagnie B n'auraient aucun moyen de savoir ce qui allait se passer.

Quoi qu'il arrive, seuls Therese et lui pouvaient arrêter cet homme et les terroristes qui voulaient l'algorithme.

Quand elle lui avait dit de quoi il avait besoin pour

y parvenir, il avait bien cru que c'étaient les dernières paroles qu'elle prononcerait jamais. Et il avait compris qu'il aurait tout avoué à Reval pour empêcher cela.

— Et maintenant, ranger Wade, dis-nous tout sur la brigade d'intervention que le gouvernement a envoyée pour gâcher mon petit spectacle.

22

Cela faisait une demi-heure qu'ils attendaient, ou peut-être plus. Therese avait perdu la notion du temps.

Les hommes de Rushdan leur avaient confisqué montres et téléphones avant de les enfermer dans ce faux bureau. Au moins, il y avait un cabinet de toilette. Wade l'avait aidée à se rincer les cheveux dans le lavabo pour les débarrasser des odeurs de whiskey et de poisson.

— À quelle heure es-tu arrivé ?

— Après 22 heures.

Il était confortablement installé dans le coin du canapé, les yeux fermés.

— Je ne comprends pas comment tu peux dormir.

— Je ne dors pas. Tu arrives très bien à m'en empêcher.

— Comment peux-tu te détendre ainsi ?

Il se redressa, cligna vivement des yeux et se passa les doigts dans les cheveux. Il était tout ébouriffé. Dans d'autres circonstances, elle aurait trouvé que c'était mignon.

— D'accord. Je vais m'asseoir pour que tu penses que je suis bien réveillé.

Zut… *C'était* mignon. Elle cessa de faire les cent pas et se planta devant lui.

— Il faut que tu arranges tes cheveux.

— Qu'est-ce qui ne va pas ?

— Ils sont tout ébouriffés.

Il lui saisit la main et l'attira sur ses genoux.

— Maintenant, tu peux les arranger comme tu veux.

— Ce n'est pas le moment, Wade.

— Bien sûr que si. Je ne veux pas me disputer avec toi, Therese. Même si tu es folle de rage contre moi, je ne céderai pas.

— Je ne suis pas folle de rage. Je…

Elle couvrit ses joues meurtries de ses doigts et chuchota :

— Pourquoi n'essayons-nous pas de sortir d'ici ?

— J'ai vu l'extérieur de cette bâtisse. Elle est cernée par des hommes armés et même si nous parvenions à abattre l'un des murs, nous n'aurions aucun endroit où nous cacher.

Il écarta ses doigts de son visage.

— Mais…

— Tu as failli mourir ce soir, mon cœur. Je n'aurais pas… Je veux dire…

Il toussota deux fois et la serra contre lui.

— Je ne suis pas morte, chuchota-t-elle en posant la tête sur son épaule. Dans combien de temps tes collègues vont-ils venir défoncer cette porte ?

— Quand ils péteront les plombs parce que je ne suis pas là pour les calmer, répondit-il tout bas. Ils vont trouver un moyen de découvrir ce qu'il se passe. Et ensuite, ils attendront les ordres de ton patron.

— Ils veulent prendre le programmeur.

— Et aucun d'entre eux ne sait qu'ils pourraient trouver son nom dans le téléphone de Reval.

— C'est vrai.

Elle se recula à contrecœur pour le regarder droit dans les yeux, en cherchant à décrypter ses pensées. Mais après ses trois années de travail solitaire, elle n'y parvenait pas. Cependant, et même s'ils avaient du temps devant eux, elle ne pouvait pas revenir sur leurs divergences d'opinions. C'était trop dangereux.

— Je devrais sans doute..., dit-elle en se levant. Tu comprends, s'ils entrent... Oh attends, tes cheveux.

Wade se recoiffa des deux mains, au moment où la porte s'ouvrait.

— C'est l'heure, grogna Sal. Les mains derrière le dos.

Ils furent tous deux menottés et conduits à l'extérieur, par la porte de derrière. Wade lui avait dit où ils se trouvaient, en soulignant qu'il ne comprenait pas le choix de cet endroit. Quand ils sortirent, ils eurent l'explication : un hélicoptère.

— Nous allons faire un atterrissage d'urgence à l'aéroport de Dallas-Fort Worth. Grâce à ta plaque, mes hommes pourront avoir accès aux programmes dont ils ont besoin. Quand nous aurons fini, nous décollerons et vous laisserons faire ce que vous voudrez.

— C'est tout ? Vous pensez qu'il suffira que je montre ma plaque et que personne n'appellera mes supérieurs pour avoir une confirmation ?

— À toi de les en empêcher, répondit Reval.

Il monta dans l'hélicoptère et s'installa à côté du pilote.

— Parlons franchement. Si je n'ai pas ce que je veux, Hamilton, toi non plus.

— Vous la tueriez ?

— Tu sais très bien que oui.

Sal leur mit du scotch sur la bouche avant de les faire monter à leur tour et de les sangler étroitement dans leurs sièges.

Dans la faible lueur dispensée par les instruments, Therese regarda Wade. Il balayait des yeux la petite bulle dans laquelle ils étaient assis. Elle était coincée entre lui et le type aux lunettes. Sal se trouvait de l'autre côté de Wade.

Quand l'hélicoptère décolla et se mit à tanguer, une vague nausée la gagna. C'était la première fois que cela lui arrivait, sans doute à cause de la drogue que lui avait administrée Rushdan – et du désespoir qui la consumait.

Mais quand Wade tapota son pied nu pour attirer son attention, elle le regarda dans les yeux et retrouva un peu de courage. Il baissa les yeux vers son harnais avant de les poser sur le pilote, en faisant légèrement jouer ses épaules. Cette fois, elle n'eut aucun mal à lire dans ses pensées : il voulait faire s'écraser l'hélicoptère.

Un crash empêcherait l'attentat, et tuerait sans doute tous les occupants de l'hélicoptère. Elle secoua la tête. Non. Il leur fallait le programmeur. Bien sûr, l'un des membres de leur équipe retrouverait peut-être le téléphone sur le corps de Rushdan mais en l'absence d'instructions, le programmeur aurait sans doute déjà disparu dans la nature.

Wade inclina la tête et elle lui dit à l'oreille :

— Trop risqué. Non.

Malgré le scotch et le vacarme produit par l'hélicoptère, il comprit le « non ». Elle l'espéra, du moins.

Elle ouvrit grand la bouche pour décoller le scotch sur sa lèvre inférieure et son menton avant de frotter son visage contre l'épaule de Wade pour en soulever le coin. Il fit de même, jusqu'à ce que le scotch soit suffisamment décollé pour lui permettre de parler. Comme sa partie supérieure n'avait pas bougé, personne ne pourrait le remarquer.

— Est-ce que tu m'entends ? lui demanda-t-elle à l'oreille.

Il acquiesça et tourna la tête vers elle.

— Nous n'allons donc pas nous écraser dans une glorieuse explosion ?

Elle secoua la tête. Elle avait été prête à mourir dans cet aquarium mais tomber du ciel comme une pierre, pleinement consciente de ce qu'il se passait… Peut-être que la drogue lui avait suffisamment obscurci l'esprit tout à l'heure pour qu'elle abandonne tout espoir, mais maintenant que Wade était auprès d'elle, c'était différent.

— Nous allons trouver un moyen de nous tirer de là sans nous tuer, dit-elle, et elle en était convaincue.

Wade haussa un sourcil et jeta un regard vers le pilote. D'un signe de la tête, elle attira son attention.

— Je sais à quoi tu penses, dit-elle. Mais il faut s'adapter aux circonstances.

Il fronça les sourcils d'un air interrogateur avant de se pencher vers elle.

— Ton petit numéro de télépathie ne marche pas. J'attends.

Il approcha l'oreille de ses lèvres.

Le vol jusqu'à DFW était trop court pour qu'elle ait le temps de lui expliquer les pensées qui avaient traversé son esprit tandis qu'elle luttait pour retrouver son souffle. Et ils étaient un peu trop attachés. Elle aurait aimé l'embrasser et lui dire combien elle était heureuse d'être encore en vie.

Mais il était inutile d'aborder ce sujet, de lui dire ce qu'elle ressentait – surtout pour lui. À moins que… Aurait-elle une autre occasion de le faire ?

— D'accord, je ne lis pas dans les esprits. Je voulais seulement te dire combien j'étais heureuse de t'avoir trouvé hier soir. Je suis désolée de t'avoir embarqué dans cette histoire, mais tu ne peux pas savoir à quel point je suis soulagée de ne pas être seule.

Il acquiesça, mais ne fit pas mine de vouloir répondre.

— Tu sais, en réalité, notre première rencontre remonte à très longtemps, poursuivit-elle.

Le jeune homme qui était assis à côté d'elle sortit un stetson blanc du sac de sport posé à ses pieds.

— Nom de Dieu ! s'exclama Wade, assez fort pour que les autres l'entendent.

D'un geste brusque, le binoclard recolla le scotch qui leur couvrait la bouche. Pour la première fois, Therese vit qu'il portait une chemise blanche, un pantalon et des bottes de style western. Une étoile argentée était épinglée sur son torse. La plaque de Texas Ranger de Wade.

Une fois qu'il aurait mis le stetson, les gens croiraient…

Alors, pourquoi Reval ne les avait-il pas tués à l'entrepôt ? S'il les gardait en vie, c'était parce qu'il comptait encore se servir d'eux… Mais de quelle façon ?

L'hélicoptère changea brusquement de direction avant de commencer à descendre en décrivant une spirale. Bien qu'il fasse nuit noire, elle devina qu'ils étaient tout près de DFW. Le pilote feignait un problème nécessitant un atterrissage d'urgence, qui leur permettrait d'introduire leurs armes dans le périmètre de l'aéroport.

Qu'il s'agisse d'une mise en scène ou non, elle avait l'impression d'être dans un wagon de montagnes russes pris de folie.

L'homme assis à côté d'elle ôta son casque, se coiffa du stetson et arma son revolver.

Après quelques secondes interminables, l'hélicoptère se posa rudement sur le tarmac. Rushdan descendit le premier et ouvrit la portière, du côté de Sal. L'homme habillé en Texas Ranger arracha le scotch qui couvrait leurs bouches et défit la ceinture de Therese avant de la tirer hors de l'hélicoptère. Elle s'étala par terre, à plat ventre. Sal fit subir le même sort à Wade qui tomba à côté d'elle.

Le pilote avait coupé le moteur de l'hélicoptère, autour duquel flottait une odeur de brûlé. Là encore, ce n'était qu'un faux-semblant.

— Si l'un de vous dit un mot, l'autre sera abattu, lança Rushdan.

Mais Wade, qui était tout près d'elle, chuchota :

— Si nous nous étions rencontrés, Therese, je m'en souviendrais. Alors, qu'est-ce que tu as voulu dire ?

Elle faillit éclater de rire devant l'incongruité de la question, mais elle garda le silence. Un pied botté posé dans son dos la clouait au sol – et elle savait que s'il l'entendait, Rushdan tuerait Wade sans une once de remords.

Quand les pompiers arrivèrent, le faux Wade lança :

— Salut, la compagnie ! Désolé pour cette agitation.

Wade poussa la jambe de Therese.

— « Salut, la compagnie » ? C'est bien le genre de chose que je ne dis jamais.

23

Wade avait été mis en position agenouillée. S'il avait voulu informer quelqu'un de ce qu'il se passait, il ne l'aurait pas pu. Mais il n'y avait personne à informer. Puisque l'hélicoptère n'était pas en flammes, les pompiers de l'aéroport étaient repartis. Il y avait bien des agents, mais il était séparé d'eux par deux voitures de patrouille.

Reval était parvenu à s'introduire dans l'aéroport comme il le voulait. Pendant que le pilote restait près de l'hélicoptère, l'informaticien qui se faisait passer pour Wade – ce dont il aurait à répondre – montait la garde, armé d'un revolver et d'un fusil. Ils avaient réussi à le séparer de Therese, qui était maintenant assise à l'arrière d'une voiture de patrouille.

— Je regrette de vous accaparer ainsi, mais notre transport n'arrivera pas avant encore quinze minutes, expliqua Reval.

— Aucun problème, monsieur l'adjoint, répondit l'agent.

Le reste de leur conversation fut noyé par le vacarme produit par des avions-cargos qui roulaient sur une piste toute proche. Reval serra la main de l'agent et rejoignit l'informaticien.

— Quand partent-ils ? demanda le binoclard. Nous n'avons plus beaucoup de temps.

Reval lui prit le fusil et l'appuya sur sa hanche.

— La voiture dans laquelle se trouve Therese va rester ici. Dès que l'autre s'en va, tu passes à l'action.

— Compris.

Wade tira sur ses menottes. Il ne savait pas quel scénariste avait inventé qu'on pouvait facilement se libérer d'une paire de menottes en se luxant le pouce, mais ce devait être un fou. Il avait beau essayer, rien n'y faisait.

Quand la seconde voiture démarra, l'informaticien dégaina son revolver et s'apprêta à mettre sa cible en joue. Il semblait tellement calme que Wade devina qu'il avait suivi une formation militaire. Aussi discrètement que possible, il ramena l'un de ses pieds vers l'avant, prêt à bondir.

Le dernier agent de police se tourna vers l'informaticien, qui pointa aussitôt son arme vers lui.

— À couvert ! hurla Wade.

Mais il était trop tard. L'agent s'effondra alors que Wade se jetait sur le bandit. Ce dernier tituba mais parvint à reprendre son équilibre avant que Wade ait pu l'envoyer au sol.

Ce fut lui qui se retrouva couché sur le dos, le canon du fusil enfoncé sous le menton.

— Range ça et relève-le, Andrew, dit Reval.

Il enfonça encore un peu plus le canon dans sa chair, le forçant à étirer le cou.

Le binoclard, qui s'appelait donc Andrew, releva Wade et lui décocha un bon coup de poing dans les reins.

— Tu ne peux sauver personne, Hamilton.

— Allons, Andrew… S'il fait ce qu'on lui dit, il pourrait sauver Therese, répondit Reval en désignant la voiture de patrouille de son fusil.

Pour ramener l'attention des deux hommes sur lui, Wade demanda :

— Pourquoi avez-vous besoin de moi ? Je ne suis pas spécialement pressé de quitter ce monde, mais Andrew semble penser que ce chapeau lui va très bien.

— Fais en sorte qu'il ait ce dont il a besoin, et il y a une chance pour que je vous laisse partir tous les deux.

— Vous pensez vraiment que je vais croire ça ?

— En tout cas, elle a l'air de le croire. Je ne comprends pas comment tu as pu la convaincre de me trahir, après ce qu'il s'est passé l'an dernier. Elle a toujours été tellement loyale.

Il devait laisser Reval penser que c'était effectivement ce qui s'était produit. Si le criminel apprenait que Therese était en mission d'infiltration depuis trois ans, le sang coulerait encore plus tôt.

— Laissez-la partir et je vous donne ma parole que je ferai tout ce que vous voudrez.

— Ta parole n'a aucune valeur pour moi. Et je ne veux pas la laisser partir, répondit Reval en coinçant le fusil sous son bras pour se curer les dents de l'ongle de son petit doigt. Soit tu gagnes sa liberté, soit elle vient avec moi. Penses-y pendant que tu aideras Andrew.

— Au moins, laissez-moi lui dire au revoir.

— Pas question, intervint Sal, derrière eux. Nous devons en finir. Nous avons perdu trop de temps en discussions.

Mais Reval agita la main vers la voiture de patrouille.

— On dirait que tu tiens vraiment à notre Therese… Vas-y, mais fais vite.

En protestant assez bruyamment pour que Wade l'entende malgré le vacarme produit par un avion de fret, Andrew déverrouilla la portière arrière. Therese voulut descendre, mais il l'en empêcha en posant une main sur son épaule.

— C'est donc le moment de nous dire au revoir ?

— Je continue à croire que cette histoire de première rencontre n'est qu'un bobard.

— Vraiment ? C'est tout ce que tu as à me dire ?

Elle partit d'un petit rire, malgré le fait qu'Andrew la repoussait dans la voiture.

— Toi d'abord, encouragea-t-il.

— D'accord… Je t'aime. Reste en vie.

— Tu me dois une explication, cria-t-il quand Andrew claqua la portière.

Il aurait pu déclarer qu'il l'aimait, lui aussi. Les mots frémissaient dans son cœur et sur le bout de sa langue. Mais il n'avait pas voulu le lui dire ainsi, en un tel moment. Peut-être qu'il l'aurait dû, parce que, en lui disant qu'elle l'aimait, Therese lui avait rendu tout son courage – celui qu'il avait perdu sans s'en apercevoir.

Elle appuya le front contre la vitre et ses longs cheveux retombèrent de part et d'autre de son visage. Si seulement elle avait relevé la tête, établi un contact visuel avec lui… Mais elle se détourna et appuya la tête sur le dossier de la banquette.

Le sang de Therese se ruait dans ses veines et lui faisait tourner la tête. Elle l'avait dit. Elle avait avoué son amour dans les circonstances les moins romantiques qui soient, alors qu'elle était prisonnière.

Elle cligna rapidement des yeux pour repousser ses larmes. Non, elle n'allait pas pleurer, même si l'amour de sa vie ne lui avait pas répondu qu'il l'aimait aussi. *Cligne. Cligne. Cligne.*

En outre, ils avaient des choses bien plus importantes à régler. Comme se libérer et empêcher un groupuscule terroriste de commettre un attentat, par exemple.

Rushdan Reval ouvrit la portière conducteur et lança, à l'adresse de Sal et du jeune :

— Vous avez vingt minutes, tous les deux. Déployez et retournez au hangar 4. Andrew, tu sais que nous ne t'attendrons pas.

Déployer quoi ?

— Ne t'inquiète pas, répondit Andrew. C'est tellement facile que je pourrais le faire les yeux fermés.

Déployer quoi ?

L'algorithme, bien sûr ! Andrew devait être le programmeur. Comme elle avait déjà cherché à se libérer en tirant sur ses menottes, ne parvenant qu'à se blesser les poignets, elle regarda tout autour d'elle. Mais elle ne vit aucun objet susceptible de lui être utile, que ce soit dans la voiture ou sur elle. Elle n'avait même pas de chaussures !

Andrew poussa Wade, mais vers où ? Il restait beaucoup trop de questions sans réponse. Et elle ne se faisait guère d'illusions : il y avait peu de chances pour que Rushdan la laisse partir après l'avoir entendue avouer qu'elle travaillait avec Wade… et qu'elle l'aimait.

Il lui fallait la clé des menottes, mais elle ne savait même pas où la chercher. C'était le jeune – Andrew – qui les lui avait passées. Mais peut-être Rushdan avait-il gardé la clé.

Il s'installa au volant et le pilote monta à côté de lui. Bizarre. Quant à Andrew et Wade, ils coururent jusqu'à un groupe de bâtiments.

— Où allons-nous ? demanda-t-elle à travers le grillage qui séparait la banquette des sièges avant.

— Nous partons. Pour de bon. Après ce *spectacle*, nous n'aurons plus besoin de monter des combines minables pour gagner de l'argent. Mes clients sauront ce que nous pouvons faire et verseront la somme que je leur demanderai.

— Nous ne repartons pas dans l'hélicoptère ?

— Pourquoi, ma chère ? C'est tellement plus agréable de voler dans un jet privé. Surtout vers l'Amérique du Sud. Tu t'y plairas beaucoup.

— Tu ne vas pas me tuer ?

Ils n'allèrent pas bien loin. Ils traversèrent seulement un grand parking, qui longeait le bâtiment dans lequel Wade et le jeune homme étaient entrés. Il faisait trop sombre pour qu'elle puisse lire ce qui était inscrit sur ce bâtiment mais, quand Reval la fit descendre de voiture, elle leva la tête et vit une tour.

Il s'agissait sans doute d'une tour de contrôle réservée au guidage des avions privés et de fret. En pénétrant dans ce système, Rushdan pourrait accéder au réseau de contrôle du trafic aérien principal de DFW.

— Tu vas faire s'écraser des avions ? Est-ce que tu es fou ?

— Selon tes critères, sans doute.

Il l'entraîna vers une petite porte que le pilote venait de déverrouiller.

— S'il te plaît, Rushdan, ne fais pas ça. Tellement de gens pourraient mourir.

— Moi ? Mais je ne vais rien faire, sinon vivre une vie de rêve au Costa Rica, ou à Buenos Aires... Ou peut-être au bord de la Méditerranée. Je ne suis pas encore fixé.

Il se suçota les dents, produisant le son répugnant qu'elle connaissait bien, et un large sourire s'épanouit sur son visage.

Andrew n'était pas en forme. Quand il défit les menottes de Wade, ce fut en soufflant, en haletant et en jurant.

Il attendit qu'un vigile ouvre la porte pour lui poser le stetson blanc sur la tête.

— Il n'est pas vraiment à ma taille, commenta Wade.

— On s'en fiche. Dis au vigile que nous sommes ici pour remettre un mandat.

Le gamin sortit une feuille de papier de sa poche arrière.

— Ne t'inquiète pas. Il a l'air vrai, et il est destiné à l'un des hommes qui sont de service ce soir.

— Et s'il refuse de nous laisser entrer ?

Andrew tapota le revolver qu'il portait à la hanche.

— Il faudra que tu le convainques, ou il mourra. Et ensuite, bien sûr, ce sera le tour de ta petite amie.

— Tu te prends pour un dur ? lança-t-il. Abattre un flic comme tu l'as fait tout à l'heure est l'acte d'un lâche.

Le gamin prit la mouche comme Wade s'y attendait, mais la porte s'ouvrit avant qu'il ait pu dégainer son arme. Andrew montra le faux mandat au vigile, mais sans mot dire.

— Je suis le Texas Ranger Wade Hamilton et voici mon équipier, dit Wade. Nous sommes ici pour remettre un mandat à…

— David Liteman, compléta Andrew en agitant le papier.

— Avant que vous éleviez une quelconque objection…

Wade avança d'un pas en ôtant son chapeau trop petit.

— Nous savons qu'il s'agit d'une situation très inhabituelle. Mais nous n'aurions pas eu l'autorisation de pénétrer sur les lieux si tout n'avait pas été réglé. D'accord ?

— Quelqu'un aurait dû me prévenir. Personne ne me dit jamais rien, maugréa le vigile. Mais après tout, qu'est-ce que je sais du protocole ?

Wade entra dans la pièce, suivi d'Andrew. Il pouvait neutraliser le gamin à tout moment. Ce n'était pas seulement une question de force, mais aussi d'expérience. Contrairement à Andrew, il saurait quelle occasion saisir.

Pour tout dire, il aurait même pu le désarmer au moment où ils passaient la porte.

— Est-ce qu'il est en haut ? demanda Andrew.

— Oui. Où croyez-vous qu'il travaille ? Ici, à mon bureau ? L'ascenseur est là-bas, au coin, mais si vous préférez qu'il ne vous voie pas arriver, prenez l'escalier.

Le vigile tendit le doigt par-dessus son épaule et Andrew heurta le dos de Wade. Encore une occasion de le désarmer. Un seul coup de poing, et le gamin serait dans les pommes. Mais il se borna à attendre qu'il se retourne et le suivit jusqu'à l'escalier.

Oui, gamin. C'est moi qui te suis, pas le contraire.

Une fois dans l'escalier, Andrew sembla se rendre compte qu'il faisait une cible facile. Il attendit que Wade le dépasse et laissa ensuite deux marches entre eux.

— À quoi as-tu besoin d'avoir accès ? demanda Wade. Devons-nous aller jusqu'à la salle de contrôle ?

— Il me suffit d'un accès informatique, dans n'importe quelle pièce.

— Comme dans le bureau du superviseur ?

Il désigna l'écriteau accroché juste en dessous de celui qui annonçait le premier étage.

— Ça devrait marcher.

— Au fait, où as-tu eu cette idée de malware ? demanda-t-il en ouvrant la porte qui donnait sur le palier. Tu es vraiment futé à ce point, Andrew ? Je ne dis pas que tu n'as pas l'air intelligent. Mais ce n'est pas le genre de chose qu'on fait seul, est-ce que je me trompe ?

— Intelligent ? répéta le gamin en s'arrêtant sur l'avant-dernière marche. Je suis offusqué par cette description. Il m'a fallu moins d'une minute pour accéder à ton casier judiciaire, bien qu'il soit confidentiel. Par contre, développer cet algorithme a réclamé des années. La complexité de son potentiel de décryptage dépasse l'entendement. C'est dingue.

— Tu l'as développé tout seul ? C'est difficile à croire.

Andrew dégaina son arme et fit signe à Wade d'avancer.

— Ne rêve pas… Pourquoi toutes ces questions ?

— Hé, petit, je ne connais rien aux virus informatiques et à tous ces trucs-là. Ce n'est pas ma tasse de café.

Il haussa les épaules et posa le pied dans le couloir du premier étage.

— Café ? On dit « ma tasse de thé », espèce de cow-boy ignorant.

Andrew abaissa son arme. Pour un homme avec autant d'expérience que Wade, c'était une occasion de plus. Et comme il savait maintenant qu'Andrew était l'unique programmeur…

Il lança le stetson vers le gamin, dont le réflexe naturel fut de l'attraper. Il se saisit aussitôt de son bras et tourna le canon du revolver vers l'arrière. Il le plaqua ensuite contre la porte demeurée ouverte, lui donna un violent coup de coude sous le menton et entendit le revolver tomber au sol.

Ensuite, pour faire bonne mesure, il lui décocha deux coups de poing au plexus solaire et le gamin s'effondra face contre terre, évanoui. Il le retourna, le saisit par le col et le traîna sur le lino pour le mettre dans l'ascenseur.

— Peut-être, mais je ne bois jamais de thé, déclara-t-il.

Il le fouilla rapidement mais ne trouva qu'une clé USB, qu'il mit dans sa poche. Quoi qu'il lui en coûte, sa dernière chance de sauver Therese était de laisser ce type sous la garde du vigile, malgré son incompétence.

Quand il sortit le gamin de l'ascenseur, le vigile se leva.

— Bon sang, qu'est-ce qu'il s'est passé ? Est-ce qu'il est tombé ?

Il y avait un bureau vide, juste avant l'escalier. Un endroit parfait pour enfermer ce terroriste.

— Écoutez, je n'ai pas le temps de vous expliquer. Appelez le 911 et mettez cet homme dans une…

— Aidez-moi, geignit Andrew.

Avant que Wade ait pu terminer sa phrase, un coup vint frapper sa tempe, chassant toute parole, toute pensée cohérente. Il n'avait rien vu venir. Rien.

24

Fichu point aveugle… Wade se tordait de douleur sur le sol glacial. Sa vision était trouble. Et il avait mal.

— Ici Randy Allister, de la tour nord-ouest. J'ai besoin d'aide. Je ne plaisante pas. J'ai un vrai problème.

Wade voulut se redresser, mais ses bras refusaient de lui obéir.

— Demandez-leur d'être discrets, dit-il. La vie d'une femme en dépend.

Mais il ne savait pas si le vigile l'écoutait.

Randy Allister arpentait la pièce d'un pas vif, l'arme dans une main, sa radio dans l'autre. Wade parvint à se mettre sur le dos et le vigile sembla se déplacer plus rapidement – à moins qu'ils ne soient deux. Il leva les mains dans l'espoir de l'apaiser.

— Écoutez-moi, s'il vous plaît.

Il couvrit son œil gauche de la main, et il n'y eut plus qu'un vigile.

— Randy, il faut que j'aille au hangar 4.

— Vous n'irez nulle part, mon vieux. Je vous ai neutralisé.

— Vous avez neutralisé un authentique Texas Ranger. Mais j'oublierai tout si vous me laissez aller au hangar 4.

— Pas question. En vous attrapant, j'ai peut-être sauvé ma place.

— Parce que vous n'auriez jamais dû nous laisser entrer ?

— Oui, c'est ça. Ils l'oublieront quand ils verront que je vous ai attrapé.

Wade se frotta la tempe. Sa vision commençait à s'éclaircir.

— J'en doute, dit-il. Je ne fais pas partie des méchants.

— Ne l'écoutez pas ! cria Andrew en essayant de se lever pour s'éloigner de lui.

— Je vais vous dire ce que nous allons faire, Randy. Nous allons rester tous les deux ici, sous votre garde, pendant que vous décrochez le téléphone et que vous demandez aux flics d'aller inspecter le hangar 4.

S'il ne pouvait pas arriver jusqu'à Therese, d'autres policiers y parviendraient peut-être.

— Non ! cria Andrew. Ne faites pas ça ! Il… Il essaie de vous piéger. Il a abattu l'un de vos collègues, de sang-froid. Je l'ai vu. Le corps est toujours par terre, dehors.

Pendant la diatribe d'Andrew, Wade s'était lentement rapproché du mur – et du bureau. Il ne voulait pas blesser le vigile, mais il fallait qu'il rejoigne Therese.

— Vous allez rester ici tous les deux jusqu'à ce que les policiers du DFW arrivent, décréta le vigile. Ils verront bien lequel de vous deux ment et lequel dit la vérité.

— Écoutez, Randy… Je veux seulement que vous demandiez à vos collègues de ne pas utiliser le gyrophare. Je ne vous causerai aucun ennui, c'est promis.

Il coinça ses mains derrière sa tête et Andrew fit de même.

— Il a raison, Randy, dit-il. Si vous sauvez la vie de cette femme, vous serez un héros. Si les terroristes voient des policiers, elle mourra.

— Des terroristes ? répéta Randy. Quel genre de terroristes ? Quelque chose va sauter ?

Il se mit à arpenter nerveusement la pièce en marmonnant le mot « terroriste » à chaque pas. La migraine de Wade commença à croître de façon exponentielle.

— Prévenez-les par radio.

— Non ! cria Andrew. Ne l'écoutez pas. Ils vont la tuer.

Wade profita de ce que le vigile regardait Andrew pour retrousser la jambe de son jean. Il avait glissé l'arme du vigile de Love Field dans sa botte. Il s'était tellement habitué à sa présence qu'il avait fini par l'oublier, jusqu'au moment où il s'était retrouvé allongé près de Therese, sur le tarmac.

Avec un peu de chance, aucun des deux hommes ne le verrait sortir le revolver. Mais ces deux derniers jours, la chance n'avait pas vraiment été de son côté.

La radio grésilla dans la main du vigile, qui baissa les yeux. Wade profita de cette diversion pour sortir l'arme. Quant à Andrew, il se leva d'un bond et se jeta vers les chevilles du garde, pieds en avant. Quand il se redressa, il tenait un revolver à la main.

Wade se leva et, masquant son mauvais œil d'une main, chercha la radio du regard. Andrew émit un grondement, baissa la tête et chargea. Sous la force de l'impact, ils furent projetés contre une fontaine à eau, mais parvinrent tous deux à ne pas lâcher leur revolver.

Ils étaient de nouveau par terre, et se tenaient mutuellement en respect. Autrement dit, ils se trouvaient dans une impasse.

— Trouvez votre radio, Randy ! cria Wade sans cesser de pointer son arme sur Andrew.

Comme le gamin braquait la sienne sur le vigile, il ajouta :

— Ne fais pas ça. Pose ce revolver.

Le garde commença à avancer, à quatre pattes. Andrew pointa son arme vers son dos, puis vers la tête de Wade.

— Je l'ai !

Une détonation résonna dans les oreilles de Wade. Sous la force de l'impact, le pauvre vigile fut projeté de côté. Il ne fallait surtout pas qu'Andrew tire de nouveau.

Wade pressa la détente de son arme… et fit mouche.

Andrew s'effondra. Ses yeux sans vie, écarquillés, fixaient Wade comme s'il ne comprenait pas ce qu'il s'était passé.

— J'ai été touché, psalmodiait Randy. Oh mon Dieu, j'ai été touché.

Wade se leva, arracha le revolver aux doigts crispés d'Andrew et s'approcha du vigile. Il lui prit la main et la posa sur la blessure.

— Appuyez comme ceci. Bien. Quelqu'un a sans doute entendu les coups de feu et va descendre vous aider.

— Est-ce que vous êtes vraiment des terroristes ?

Wade se saisit de la radio et se pencha pour récupérer sa plaque, qui était accrochée à la ceinture d'Andrew.

— Cet homme était un terroriste, oui. Et ceci m'appartient.

Il ouvrit la porte de l'épaule en parlant dans la radio.

— Ici le Texas Ranger Wade Hamilton. À toutes les voitures qui se dirigent vers DFW nord-ouest : coupez les gyrophares et les sirènes. Terroriste présumé dans le hangar 4, avec un otage. Je suis à pied et armé. Envoyez une ambulance à la tour. Agent à terre. Je répète, agent à terre.

— Abandonnez la mission, Hamilton, répondit une voix qu'il reconnut. L'unité arrive.

Mais même si Steve Woods faisait partie des décisionnaires, il n'avait aucune idée de ce qu'il se passait réellement.

Wade laissa tomber la radio et masqua son mauvais œil. Il ne savait pas quel hangar était le 4 mais, juste de l'autre côté du parking – qui était assez large pour que deux 747 s'y croisent —, il aperçut une voiture de patrouille vide.

Il fallait qu'il rejoigne Therese. Alors, il se mit à courir.

Therese s'appuya sur le vieux bureau relégué dans un coin du hangar exigu, dont l'avion occupait la quasi-totalité. Depuis qu'ils y étaient entrés, Rushdan et le pilote ne l'avaient pas menacée.

Et ils ne l'avaient pas vue attraper un trombone, avec lequel elle essayait maintenant de crocheter ses menottes, dans son dos. Sur l'horloge accrochée au-dessus de la porte, les secondes s'égrenaient. Quand vingt minutes se furent écoulées, elle se demanda si les deux hommes avaient oublié sa présence. Elle l'espérait, en tout cas.

— Qu'est-ce qu'il va se passer si le gamin ne réussit pas ? demanda le pilote en ôtant les cales qui bloquaient les roues de l'avion.

— Il réussira. Cet algorithme est son chef-d'œuvre. Et s'il ne réussit pas, c'est qu'il sera mort en tentant sa chance.

Rushdan s'appuya contre les marches de l'avion.

— C'est bien ce qui me fait peur, commenta le pilote. Il a la gâchette facile.

— Il lui arrive de… s'enflammer, c'est vrai.

— Il est presque 9 heures. Est-ce qu'on va attendre ?

— Non. J'ai tout ce qu'il me faut. Testée ou non, ma copie de l'algorithme va me rapporter des millions.

Il éclata de rire.

— D'ailleurs, je lui ai dit qu'il avait vingt minutes. Si nous attendons plus longtemps, les autorités risquent de découvrir l'erreur qu'il a commise, à côté de l'hélicoptère. Vas-y. Ouvre les portes et filons d'ici.

Le pilote pressa un bouton et les portes commencèrent à s'ouvrir lentement.

— Et n'oublie pas Therese, ajouta-t-il avant de gravir les marches.

D'un geste de la main, le pilote lui fit signe d'approcher. Comme elle le dévisageait sans bouger, il ordonna :

— Avancez.

— Ne faites pas ça. Rien ne vous oblige à m'emmener.

— Le patron veut que vous l'accompagniez. Maintenant, montez et attachez votre ceinture.

— Ça ne va pas être facile, avec ces menottes.

— Bien tenté, répliqua l'homme. Le patron s'en chargera. Ça lui donnera un prétexte pour s'approcher de vous. Allons, venez.

Il la poussa rudement vers l'avion et elle monta l'escalier. Les marches métalliques lui blessaient les pieds et elle avait bien du mal à conserver son équilibre, entravée comme elle l'était, mais elle parvint à embarquer et s'installa dans le siège le plus proche de la porte.

Mon Dieu, comme elle détestait se sentir aussi impuissante… ou désespérée. Il n'était pas dans ses habitudes de s'apitoyer sur son sort, mais jamais elle ne s'était sentie aussi seule et perdue qu'en ce moment. S'ils décollaient…

Le pilote monta à son tour et s'assit dans le cockpit.

— C'est tout ?

— Qu'est-ce que tu veux dire, ma chère ? répondit Rushdan, avec autant de désinvolture que s'ils parlaient de la pluie et du beau temps.

Il rejoignit le pilote à l'avant.

— Tu vas partir et m'emmener ? Pourquoi ?

— J'ai attendu patiemment que tu reprennes tes esprits,

Therese, mais ce ranger t'a complètement embobinée. Il doit être l'incarnation de l'homme parfait, tel que toute fille le voit dans ses rêves… Je comprends pourquoi il te plaisait. Je peux te pardonner.

— Me pardonner ?

— Tu es à moi, maintenant. Tu m'appartiens. Où que j'aille, tu me suivras.

Il revint à l'arrière et s'assit face à elle.

— Tu es fou, chuchota-t-elle. Je n'appartiens à personne, et surtout pas à toi.

— Je ne suis pas d'accord. Quand nous serons en Amérique du Sud, tu dépendras de moi pour tout : eau, nourriture, vêtements, protection. Et là, tu me remercieras.

— Je ne te remercierai jamais, espèce de malade. Qui remercierait son ravisseur ?

Un bruit retentissant, à l'extérieur de l'avion, attira leur attention.

— Ce doit être Sal ou Andrew. En fin de compte, tu ne voyageras pas seule en cabine.

Il y eut d'autres bruits… C'était des bruits de lutte. Wade devait les avoir retrouvés. Elle se pencha vers le hublot dans l'espoir de voir ce qu'il se passait. Un bruit métallique résonna : quelqu'un venait d'être projeté contre la porte du hangar.

— Sal ? Andrew ? hurla Rushdan. Qu'est-ce qu'il se passe ?

— Remontez l'échelle, patron, hurla le pilote depuis le cockpit. Il faut qu'on file d'ici.

La famille de Therese Ortis lui avait appris, depuis son plus jeune âge, à se débrouiller seule. Jamais elle ne dépendrait des lubies d'un homme, surtout d'un homme aussi malsain, aussi atroce que celui-ci. Son regard croisa celui de Rushdan avant de se poser sur l'escalier, qui n'avait pas été remonté.

L'avion sortit lentement du hangar, et la cabine ne fut plus éclairée que par la faible lueur des instruments. Rushdan voulut attraper sa ceinture pour la sangler à son siège, mais elle s'avança vivement et immobilisa ses mains.

Ça va faire mal.

25

L'avion avait quitté le hangar et traversait maintenant l'immense parking. Wade s'apprêtait à bondir sur l'escalier quand quelqu'un lui fonça dedans. Cette fois encore, il n'avait rien vu venir.

Sal s'était jeté sur lui. D'un coup de pied, Wade le repoussa. L'homme revint aussitôt à la charge, et le revolver lui échappa. Ils tombèrent sur le sol en ciment et roulèrent jusqu'à ce que la paroi métallique les arrête.

Wade se retrouva au-dessus de Sal, ce qui lui permit de décocher le premier coup de poing. Le petit sourire narquois de l'homme avait disparu. Il repoussa Wade des deux mains, projetant sa tête contre le mur. En faisant abstraction de la douleur, Wade se jeta sur lui pour le plaquer au sol.

L'avion roulait toujours. Quand il passa devant eux, Wade vit Reval par la porte – et Therese par le hublot.

Sal roula sur le sol pour se dégager. Wade comprit qu'il voulait monter dans l'avion.

— Pas si vite !

Il le tira par les jambes, mais l'homme se mit à donner des coups de pied pour le garder à bonne distance. Ensuite, il parvint à se relever et, les yeux plissés par la colère, essuya du dos de la main le sang qui gouttait de sa bouche. Son sourire narquois était de retour.

— Tu veux une revanche ? le nargua-t-il. Approche. Je vais t'apprendre une chose ou deux.

Wade s'abstint de répondre à la provocation. Il fallait qu'il empêche cet avion de décoller, et qu'il sauve la vie de Therese. Mais cet homme lui barrait la route.

Il serra les poings avant de se détendre et de réguler sa respiration. Quand il eut retrouvé toute sa concentration, il attendit que Sal fasse un pas vers lui.

— Tu crois pouvoir me battre ? reprit l'homme en sautillant devant lui, comme s'ils avaient tout leur temps.

Wade ne quittait pas son adversaire des yeux. Il contra son premier coup de pied et lui en décocha un à son tour, suivi de deux coups de poing qui atteignirent Sal en plein plexus solaire. L'homme recula, ce qui lui permit d'amortir les coups en partie, et chargea aussitôt.

Wade ne vit pas venir le crochet du droit qui le sonna juste assez pour le faire tituber, ce qui laissa à Sal le temps de s'élancer vers l'avion.

Rushdan devait avoir vu dans quelle direction Therese portait son regard parce qu'il esquissa un geste pour la retenir. Elle se leva à demi et enfonça l'épaule dans son torse adipeux jusqu'à ce qu'il soit retombé dans son siège, les jambes écartées.

Elle les enjamba et s'appuya contre la porte. Déjà qu'elle avait failli tomber en montant… Comment allait-elle descendre maintenant que l'avion roulait ? Comme ses mains étaient menottées derrière elle, elle ne pouvait s'agripper à rien. Et pourtant, l'avion allait continuer à prendre de la vitesse. C'était tout de suite qu'elle devait descendre.

Deux hommes luttaient à l'extérieur du hangar. Elle reconnut Wade quand il décocha un coup qui atteignit son adversaire dans les côtes. Mais l'autre riposta d'un coup de pied sur l'arrière de la cuisse de Wade, qui dut poser un genou à terre.

— Therese ! cria-t-il entre deux grognements. Descends de l'avion ! Tout de suite !

L'autre homme – elle avait reconnu Sal – prit quelque chose de brillant à sa ceinture.

— Il a un couteau ! hurla-t-elle.

Elle ne pouvait pas attendre qu'une meilleure occasion se présente : il n'y en aurait pas. Elle entendit Rushdan souffler derrière elle, et comprit qu'il s'était relevé. Elle descendit les deux premières marches, jeta un regard par-dessus son épaule et vit qu'il tendait une main vers elle.

Abandonnant le combat, Sal s'élança vers l'avion. Therese descendit une marche supplémentaire… et Sal tendit le bras vers la rampe.

Encore une marche. Juste une. Ensuite, elle devrait sauter. Mais soudain, elle bascula en arrière et se retrouva allongée sur les marches. Rushdan avait empoigné ses cheveux et la tirait vers lui. Elle se mit à crier.

L'avion avait fini de négocier son virage et accéléra. Les menottes s'étaient coincées entre deux des marches mais, à force de tirer et de se tortiller, elle parvint à les dégager – et à arracher ses cheveux des mains de Rushdan.

Elle se redressa, glissa et s'écrasa sur le ciment, entraînant Sal dans sa chute. Le temps qu'elle ait repris ses esprits, il était à califourchon au-dessus d'elle et brandissait son couteau.

Elle roula sur le côté, dans l'espoir de protéger sa poitrine autant que possible. Une douleur intolérable la transperça. Son hurlement oblitéra tous les autres sons.

Ensuite, un rugissement de colère pure résonna auprès d'elle. Sal se releva d'un bond en arrachant le couteau à la plaie. Cette fois, la douleur fut encore plus atroce. Elle hurla de nouveau et se tordit en clignant des yeux pour contenir ses larmes.

— Ça va ? demanda Wade en encadrant son visage de ses mains. Tu es en train de perdre beaucoup de sang.

— Attrape-le, dit-elle entre ses dents serrées.

— Les renforts s'occuperont de lui.

Il s'agenouilla auprès d'elle.

— Il me faut quelque chose pour comprimer la blessure.

Il ôta sa chemise, la roula en boule et la coinça sous le bras de Therese en ajoutant, d'un ton léger :

— Mais ne va pas t'imaginer que je te fais des avances.

Chaque fois qu'elle ouvrait les yeux, elle voyait les flashs lumineux produits par les gyrophares des véhicules d'urgence. Il fallait à tout prix que Wade se lance à la poursuite de Rushdan.

— Ça va aller, dit-elle.

Elle ne put retenir un gémissement avant d'ajouter :

— Vas-y. Ils ne le connaissent pas. Il est complètement fou.

— Il n'ira nulle part, ma chérie. L'avion est encerclé. Zut, personne ne peut nous voir. Il me faut pourtant de l'aide pour t'enlever ces menottes.

— Il a une copie de l'algorithme, dit-elle en serrant les poings pour essayer de canaliser la douleur. Il faut que tu la trouves.

— Reste avec moi, Therese. Tu prétends que nous nous sommes déjà rencontrés, mais tu ne m'as toujours pas dit où.

Si Therese n'avait pas eu besoin d'aide, jamais Wade ne l'aurait laissée seule, gisant devant le hangar. Il courut jusqu'à l'avion et, appuyé sur le capot de l'une des voitures qui l'avaient intercepté, reprit son souffle pour dire :

— Mon équipière est blessée. Appelez une ambulance. Il y a un homme armé d'un couteau, aux alentours de ce hangar.

— Vous êtes Hamilton, des rangers ?

— Oui. Est-ce que vous pouvez me ramener jusqu'à elle ? Vous avez une clé de menottes et une trousse de premiers soins ?

— Votre équipe est presque arrivée.

— Je ne peux pas attendre, mon vieux.

Ce fut le moment que Rushdan choisit pour lancer, depuis l'avion :

— Salut ! Nous sommes prêts à nous rendre, mais uniquement au ranger Hamilton.

— Et merde…

Therese avait besoin de lui. Quant à Rushdan Reval, il était fou, comme elle l'avait dit. À quoi servirait-il qu'il monte dans cet avion et le mette en garde à vue ?

À sauver des vies, peut-être. Et s'il ne tentait pas sa chance, jamais Therese ne le lui pardonnerait. Il le savait.

Il entraîna le policier de DFW à l'écart.

— Prenez cette voiture, allez chercher mon équipière et emmenez-la à l'hôpital, quoi qu'elle dise. Compris ?

— Oui, monsieur.

— Il me faut vos menottes et votre arme.

— Ranger Hamilton ? cria Reval.

— Je ne peux pas…

— Si ! coupa Wade.

Il dut prendre sur lui pour ne pas empoigner l'agent par le devant de sa chemise.

— S'il vous plaît, reprit-il, d'un ton plus calme. Je remets la vie de mon équipière entre vos mains.

L'officier tendit à Wade ce qu'il avait demandé, se hâta de monter dans la voiture et démarra comme si l'avion était sur le point d'exploser.

Oh ! bon sang… Et si l'appareil était piégé ?

26

Wade glissa le revolver à l'arrière de son pantalon et enfila le gilet pare-balles que l'agent lui avait lancé avant d'avancer, les mains levées, vers la porte de l'avion.

— Je suis là, lança-t-il. Vous pouvez sortir et vous rendre. Ôtez votre veston et mettez les mains sur la tête pour nous montrer que vous n'êtes pas armé.

— Wade, dit Reval. Je n'irai pas jusqu'à dire que ça fait plaisir de te voir vivant, mais entre donc.

— Certainement pas, rétorqua Jack, qui se tenait à la droite de Wade.

— Je confirme, certainement pas, renchérit Slate, à sa gauche.

Quant à Heath, il pointait un fusil vers le nez de l'avion. Il fit un signe de la tête et le pilote coupa le moteur avant de poser les mains sur la tête.

— C'est le moment de te joindre à la fête, Reval, lança Wade.

Il fallait qu'il parvienne à le faire descendre et qu'il trouve la seconde copie de l'algorithme. Mais il était moins concentré sur cette mission que sur l'ambulance qui s'était garée à côté de la voiture de patrouille, près du hangar 4. Il devait en finir au plus vite afin de pouvoir s'occuper seulement de Therese.

— Vous êtes cernés, dit une voix dans un mégaphone. Avancez jusqu'à la porte avec les mains sur la tête.

Wade fit un pas, mais Jack et Slate le tirèrent en arrière.

— Non, Wade, dit l'un d'eux.

En esprit, il était auprès de Therese. Il posa les yeux sur ses mains ensanglantées. L'unique responsable de toute cette histoire était cet homme.

— Si elle meurt…, gronda-t-il d'une voix vibrante de colère.

Cette fois, il avança avant que ses collègues aient pu le retenir.

— Descends de là, sale lâche !

Il s'arrêta au pied de l'escalier, une main sur la corde qui servait à le remonter, un pied sur la première marche. Rushdan Reval apparut, les mains levées. Il ne souriait plus.

— Descends, ordonna Wade.

— Je viens. Ne les laisse pas m'abattre.

Reval prit tout le temps de négocier prudemment les marches, beaucoup plus prudemment que Therese avait pu le faire. Si son chemin n'avait pas croisé celui de Sal, elle s'en serait peut-être sortie avec quelques plaies et bosses, au lieu d'une blessure à l'arme blanche.

Quand Reval atteignit la dernière marche, Wade le fit se tourner vers lui et leva le poing.

— Si quelqu'un avait dû t'abattre, cela aurait été moi.

— Du calme, mon pote, dit Jack en immobilisant sa main droite. Je m'en charge maintenant. Toi, va voir ta copine.

Jack menotta Reval avant de le fouiller et, d'un geste sec, de tirer sur le col de son veston pour restreindre encore plus ses mouvements.

— Où est-il ? cria Wade.

Tout le monde, y compris Reval, demanda à l'unisson :

— Quoi ?

— Il a une copie de l'algorithme, expliqua-t-il. Therese m'a dit qu'elle était dans l'avion. Et il a un autre téléphone sur lui, où sont enregistrés les numéros de tous ses contacts dans le milieu terroriste.

Il se tourna vers Reval :

— Alors, où est-il ?

Bon sang, il avait hâte de pouvoir partir d'ici.

Jack ne trouva qu'un téléphone. Mais Therese avait été formelle : il leur fallait le « téléphone spécial » de Reval.

Steve Woods, le supérieur de Therese, avança.

— On va s'en occuper, dit-il.

— Son autre téléphone est sans doute caché quelque part dans cet avion, dit Wade. À votre place, je le chercherais moi-même.

— Vous avez raison, répondit Steve en confiant leur prisonnier à un autre ranger.

Ensuite, il frappa Wade dans le dos.

— Bon boulot. On se voit à l'hôpital.

— Elle a perdu beaucoup de sang, intervint Heath. L'agent dit qu'ils vont la transférer à Baylor Grapevine. On y va ?

À l'autre bout du parking, les urgentistes étaient en train de sangler Therese sur un brancard. Wade sentit une main se poser sur chacune de ses épaules : celle de Heath, et celle de Jack.

— Elle va s'en sortir, dit l'un d'eux.

Wade fut incapable de répondre. La blessure était grave, mais il fallait qu'elle survive, parce qu'ils formaient une bonne équipe. Il le savait, et elle semblait le penser elle aussi.

Les portes de l'ambulance se refermèrent et l'ambulance

s'éloigna à toute vitesse, gyrophare et sirène en marche. Il ne pouvait qu'espérer qu'elle était encore en vie…

Soudain, la pensée qu'elle pouvait mourir le frappa de plein fouet. Ses genoux fléchirent. Si ses amis n'avaient pas été là pour le soutenir, il se serait effondré sur le sol.

En faisant de son mieux pour masquer son émotion, il dit :

— Emmenez-moi loin d'ici.

— Bien sûr, vieux. On a une voiture qui nous attend.

Ses amis l'escortèrent jusqu'à un véhicule. Pendant le trajet jusqu'à l'hôpital, l'un d'eux lui ôta son gilet pare-balles et lui tendit un T-shirt. Le major Clements, qui les attendait à l'entrée des urgences, l'informa que le vigile de la tour allait bien. Il recevrait un blâme, mais il survivrait.

— Elle va s'en sortir, Wade, ajouta Clements.

Dans le brouillard d'hébétude qui le cernait, il commença à croire lui aussi qu'ils s'en sortiraient tous les deux. Et si sa blessure à l'œil l'empêchait de travailler sur le terrain, tant pis. Aussi longtemps que Therese serait auprès de lui, la vie serait merveilleuse.

Mon Dieu, il était vraiment amoureux de cette femme… Ils se connaissaient à peine, mais il en savait assez sur elle pour être certain que c'était la femme qu'il lui fallait.

Therese allait survivre. Il méritait bien d'avoir un peu de chance. Ils le méritaient tous les deux.

— Il était temps que tu te réveilles, paresseuse.

Le visage de Wade emplit le champ de vision de Therese.

— Cela faisait des années que je n'avais pas dormi aussi profondément, malgré la douleur, répondit-elle. Quelle heure est-il ?

Ils étaient tous deux en vie. Wade approcha une paille

de ses lèvres et elle prit une grande gorgée d'eau fraîche qui lui sembla presque aussi délicieuse que le contact du bras nu de Wade contre sa peau. Elle le frotta de la main, en un geste de réconfort.

— Tu ferais mieux de me demander quel jour nous sommes, dit-il. Tu as dormi pendant deux jours.

Il gratta son menton, qui était hérissé de barbe naissante.

— Tu vas guérir, reprit-il. Le couteau de Sal a évité tous tes organes vitaux.

— Ce n'est pas l'impression que j'ai.

Elle avait voulu plaisanter, mais sa voix était rude.

— Je m'en doute. Mais avant que tu me persuades de reprendre notre petit jeu de questions-réponses… ou avant que l'infirmière arrive et me mette à la porte… tu aimerais sans doute savoir ce qu'il s'est passé après que tu as perdu connaissance.

— Je n'ai pas perdu connaissance.

— Je te promets que si.

Il l'embrassa rapidement sur les lèvres et se redressa en prenant sa main dans la sienne.

— Reval s'est rendu et ils ont attrapé Sal alors qu'il essayait d'escalader la clôture en barbelés de l'aéroport. Steve a fouillé l'avion et y a trouvé le téléphone où figurent tous les contacts ainsi que l'algorithme. J'avais la copie d'Andrew, et Reval jure qu'il n'y en a pas d'autre. Bien sûr, la priorité de la Sécurité intérieure est de s'en assurer.

— C'est bien, mais…

— Andrew m'a dit lui-même qu'il était l'unique programmeur, ce que la Sécurité intérieure vérifie également. Apparemment, cet algorithme n'était rien de plus qu'un code de décryptage hautement perfectionné, conçu dans le but de prendre la main sur les stations de contrôle du trafic aérien. Si des terroristes s'en étaient emparés, ils auraient pu faire s'écraser plusieurs avions, ou pire encore. Mais Andrew a échoué. Il a tiré sur le vigile de la tour et j'ai dû l'abattre.

— Pouvons-nous revenir à ce qui est important ?

— Je te donnerai tous les détails plus tard. Tout ce que tu as besoin de savoir pour le moment, c'est que Reval va passer beaucoup de temps derrière les barreaux. Cette fois, il n'y aura pas d'accord.

— Je suis heureuse que nous ayons réussi à atteindre nos deux objectifs. Maintenant, tu es mon débiteur…

Elle s'interrompit devant son regard perplexe.

— Tu ne te souviens pas de notre première dispute ? demanda-t-elle, étonnée qu'il ne comprenne pas. Allons… Tu voulais qu'il aille en prison et moi, je voulais le programmeur.

— Oh oui. J'ai l'impression que cela fait toute une vie que nous avons eu cette discussion. Toute ta vie, plus précisément.

— Je n'allais pas mourir, chuchota-t-elle, pas au moment où j'avais enfin l'occasion de vivre. Et en parlant de ça… C'est ton tour.

Le visage de Wade se fendit d'un grand sourire. Il savait exactement de quoi elle parlait.

— Et toi, tu as une histoire à terminer. Tu parles d'un mélo ! Juste au moment où tu me dis que nous nous sommes rencontrés il y a des années, tu te fais enlever.

Il prit sa main et y déposa un baiser.

— Toi d'abord, ordonna-t-elle.

— Pardon. Voyons… Quand nous sommes-nous rencontrés ? À l'époque où je faisais partie de la police de la route, peut-être ? Est-ce que je t'ai donné une contravention ?

— Non. Tu m'as sortie d'une voiture accidentée, près

de San Antonio. C'était il y a neuf ans. Le 31 mai, pour être précise.

— Bon sang… Ça fait longtemps. Tu n'étais encore qu'une gamine. Et c'est parce que tu t'étais renseignée sur moi que tu savais où j'habitais ?

— Jamais je n'aurais fait ça, mentit-elle.

— Je parie que si, Therese Ortis. Je parie que si.

Il l'embrassa sur les lèvres et se redressa pour dire :

— Je regrette d'avoir oublié cette rencontre. Pourquoi ne m'as-tu rien dit ? Est-ce que tu avais peur que je me souvienne que… je ne sais pas, moi, que tu avais des bagues orthodontiques, par exemple ?

Une infirmière entra dans la chambre et se mit à écrire sur un tableau blanc avant de dire :

— Je pensais bien vous trouver ici, ranger Hamilton. Il faudrait que vous soyez dans votre chambre de temps en temps pour qu'on puisse vous examiner.

— Mais, Debbie, elle vient tout juste de se réveiller ! geignit-il théâtralement en clignant de l'œil à l'adresse de Therese.

— Oh mon Dieu, vous êtes réveillée ! C'est fantastique. Je biperai votre médecin dès que j'aurai pris vos constantes.

L'infirmière passa le brassard du tensiomètre autour du bras de Therese, mais sans cesser de regarder Wade.

— Je suis sérieuse, ranger Hamilton. Les médecins commencent à envisager de vous sangler sur votre lit. Il faut que vous retourniez dans votre chambre, maintenant.

Elle posa les mains sur les hanches, mais sans paraître plus autoritaire pour autant.

— Sa chambre ? demanda Therese.

— Nous le gardons en observation, expliqua l'infirmière.

— J'ai une petite commotion cérébrale. Rien de grave.

Debbie sourit à Therese et compléta :

— Et pourtant, il est ici depuis deux jours.

— Vraiment ?

— Oui, mais il ne s'est rien passé d'intéressant pendant que tu te reposais. Et puisqu'on me met à la porte aujourd'hui, je pourrai officiellement venir dormir dans le fauteuil de ta chambre.

Pensait-il vraiment qu'elle s'inquiétait plus pour la façon dont s'était déroulée l'opération que pour lui ?

— Je reviendrai dès que l'équipe de jour m'aura examiné sous toutes les coutures.

Il se leva et l'embrassa tendrement sur le front, puis sur les lèvres.

— Et cette fois, ne va nulle part sans moi.

Il sourit et sortit de la chambre avant qu'elle ait pu ajouter un mot.

L'infirmière gonfla le brassard en secouant la tête.

— Cet homme est bien trop têtu pour…

— Au fait, dit-il en passant la tête par l'entrebâillement de la porte. Je t'aime, moi aussi. Je suis même prêt à acheter un canapé.

Fidèle à sa parole, Wade retourna dès qu'il le put dans la chambre de Therese, avec son téléphone portable. Elle ne se rendait pas compte qu'elle était arrivée à l'hôpital dans un état critique. Un jour, il le lui dirait. Mais aujourd'hui, ils allaient se contenter de savourer le fait qu'ils étaient tous deux en vie.

Quand elle se réveilla de nouveau, elle dit, d'une voix pâteuse :

— Tu as l'air différent.

— Oui. Les infirmières ont pensé que je te plairais plus

si je me lavais. J'ai eu beau leur dire qu'il était impossible que je te plaise plus, elles ont insisté.

— Un brin de toilette ne me ferait sans doute pas de mal, à moi non plus. Je dois être affreuse.

— Comme j'ai décidé de ne jamais te mentir, ma chérie, je dirais que tes bleus sont plutôt moches. Mais ça ne me dérange pas.

Il passa le pouce sur son épaule, qui était recouverte par une ecchymose violet foncé.

— Mais les infirmières ont peut-être eu raison de me convaincre de faire ma toilette. Alors, j'ai demandé à mes hommes de passer prendre quelques affaires chez toi.

— Je ne sais pas si je suis prête pour ça.

— Allons, ma chérie. Deux belles surprises t'attendent. Tu voudras être coiffée pour les voir.

— Ça ne peut pas attendre ?

— Tu as environ une heure.

— Wade ? Qu'est-ce qu'il se passe ?

— J'ai eu une longue conversation avec l'agent Woods. Il a convenu que ta carrière d'agent infiltré était terminée maintenant que nos photos sont passées à la télé et dans les journaux.

— Et… ?

— Et certaines personnes qui te sont chères ne vont pas tarder à te rendre visite.

Les yeux de Therese s'emplirent de larmes.

— Tu as appelé ma famille ?

— Pas moi, non, mais je m'attribue une partie du mérite.

— Il a menacé beaucoup de gens pour parvenir à ses fins, intervint Steve, qui se tenait à la porte. Si tu ne veux pas les voir, c'est à lui que tu dois t'en prendre.

— Oh ! mais je veux les voir, chuchota-t-elle. Merci, Wade.

— Venez, Wade, reprit Woods. Les infirmières attendent.

Wade embrassa tendrement une Therese rayonnante et quitta sa chambre à contrecœur. Une fois dans le couloir, il fourra les mains dans les poches de son jean et s'adossa à un pilier. Steve le rejoignit.

— Merci d'avoir fait venir la famille Ortis, lui dit Wade. Vous n'auriez pu trouver meilleure façon de la remercier pour tous les sacrifices qu'elle a consentis pour son pays.

Il tendit la main à Steve, qui la serra avant de répondre :

— C'était le moins que nous puissions faire. Au fait, j'ai entendu dire que vous n'étiez pas au mieux, physiquement ?

Wade baissa la tête et fixa le sol.

— En effet. J'ai subi des dommages permanents à l'œil gauche. Un poste va se libérer à la compagnie B.

— Ils vont vous transférer ?

— Non, j'ai démissionné.

— Vous avez quelque chose en vue ?

Wade releva la tête.

— Est-ce que c'est une proposition ?

— Pour tout dire, la Sécurité intérieure pensait vous en faire une, ainsi qu'à Therese.

— Je ne sais pas. Je viens juste d'acheter un canapé.

Steve sembla perplexe.

— Vous pourrez l'emporter quand vous déménagerez.

— Sincèrement, j'aimerais rester assis au bord d'une piscine pendant un moment, si c'est ce que Therese veut elle aussi. Vous voyez, je n'ai aucune envie de renoncer à elle.

— Et je vous comprends. J'ai fait cette erreur il y a longtemps. Je l'ai laissée partir… Le pire jour de ma vie.

— Mais vous êtes marié maintenant, n'est-ce pas ?

— En effet. Mais c'est votre histoire, et vous avez le temps d'y réfléchir.

Steve lui serra de nouveau la main et s'éloigna dans le couloir.

Les infirmières ressortirent enfin de la chambre de Therese en laissant la porte ouverte. Le téléphone de Wade vibra au même moment : sa famille venait d'arriver. Il ne lui restait plus beaucoup de temps.

Il frappa, et Therese s'assit dans son lit.

— Ils montent, lui annonça Wade. Ils auraient dû arriver hier, mais il leur a fallu une journée de plus. D'après ce que m'a dit Heath, l'un de tes frères cadets fréquente Washington State.

— Je sais, dit-elle en souriant. J'ai suivi le parcours de toutes les personnes que j'aimais.

— Tu es donc une harceleuse.

Il grimpa sur le lit à côté d'elle.

— Tu as oublié ce que je t'ai dit ? Toi, tu étais le héros pour lequel j'avais le béguin.

Elle agita les doigts pour lui demander de lui prendre la main, ce qu'il fit.

— Je préfère ça, taquina-t-il.

— Et si nous décidions que c'est notre petit secret ?

Elle posa un doigt sur ses lèvres.

— Je ne dirai jamais rien à personne. Mais je me livrerai au chantage de façon régulière.

Il se pencha pour l'embrasser longuement, comme il rêvait de le faire depuis des jours. Elle l'enveloppa de ses bras pour l'attirer vers elle et quand leur baiser prit fin, ils étaient dans les bras l'un de l'autre. Il aurait pu rester ainsi pendant des heures pour se reposer enfin, maintenant qu'elle était réveillée et hors de danger.

Mais sa famille, que Jack était lui-même allé chercher à

l'aéroport, allait arriver. Il s'assit et se demanda comment lui annoncer qu'il avait dû démissionner. Pourtant, il avait l'impression qu'elle ne lui en tiendrait pas rigueur et qu'elle le soutiendrait, quoi qu'il décide de faire du reste de sa vie.

— Au fait, j'ai commandé un canapé.

— Vraiment ? C'est ce qui est le plus important pour toi, en ce moment ?

Il abandonna ses manières charmeuses et la regarda droit dans les yeux. Pour une fois dans sa vie, il essaya d'être vraiment sérieux.

— Je n'avais jamais eu de raison d'en acheter un avant. Alors oui, c'est plutôt important.

— Dis-moi, Wade Hamilton, est-ce que tu es en train de me demander de sortir avec toi ?

— Eh bien… Maintenant, j'ai un canapé sur lequel nous pourrons nous peloter.

Elle noua les bras autour de son cou, l'attira contre elle et l'embrassa de nouveau.

— Il ne nous reste plus qu'à adopter un chien.

— Certainement pas. C'est un canapé en cuir véritable. Pas question d'avoir un animal.

Épilogue

Six semaines plus tard

Le cœur de Wade battait tellement fort qu'il était certain que les gens assis à la table voisine pouvaient l'entendre. Jamais il n'avait été aussi nerveux. Bientôt, il serait trop tard pour changer d'avis – mais de toute façon, il ne voulait pas changer d'avis.

Pourtant, il était terrifié par ce qui l'attendait. Dans quoi diable s'était-il laissé embarquer ?

— Ça va ? demanda Therese en lui prenant la main par-dessus la table. Est-ce que tu préfères rentrer à l'hôtel plutôt qu'aller au cinéma ?

— Non. Ça va. Désolé. J'étais juste en train de réfléchir.

— Ça se voit. Tu sais, si tu es fatigué, ça ne me dérange pas de rentrer. Tu m'as amenée à Fort Worth pour un week-end merveilleux et invitée ici pour un dîner sophistiqué…

Elle pressa sa main plus fort.

— Est-ce que tu as de quoi payer la note ? Tu n'as pas oublié ton portefeuille, au moins ?

Il dégagea sa main, sortit sa carte de crédit de son portefeuille et la tendit en l'air pour attirer l'attention du serveur. Therese se renfonça dans sa chaise et essuya une dernière fois ses lèvres sensuelles avec sa serviette.

— De toute façon, je n'ai pas besoin d'un dessert.

— Est-ce que tu as vu quelque chose qui te plaisait ?

Il avait à peine fini de parler quand le pied de Therese heurta le sien. Il articula « Aïe », mais il n'avait pas eu mal.

— Non, idiot. J'ai envie de rentrer, moi aussi.

Elle cligna de l'œil.

Le serveur arriva et repartit, muni de sa carte, et Wade reprit la main de Therese dans la sienne. Tout allait bien. Très bien, même. Ils avaient eu bien besoin de ce week-end avant de commencer la formation de la Sécurité intérieure.

Ils avaient passé tout leur temps libre ensemble, mais entre la clôture de l'affaire, les témoignages devant le grand jury, les paperasses, les lettres de candidature et les entretiens, ils s'étaient à peine vus. Il comprenait qu'elle ait envie de rentrer à l'hôtel.

Mais d'abord…

Ils sortirent du restaurant et prirent le chemin de l'hôtel, main dans la main.

— Mais qu'est-ce que tu as ?

Elle lâcha sa main pour s'accrocher à son bras.

— Est-ce que tu t'inquiètes pour la formation ? Ils ont dit eux-mêmes que ton problème de vue ne serait pas un handicap pour un travail d'analyste.

Il haussa les épaules et marmonna un « oui ». Elle relâcha son bras. Sa déception était palpable.

Bon sang… Il avait la gorge nouée et ses genoux menaçaient de se dérober sous lui. Il était incapable de maîtriser sa nervosité. S'il ne procédait pas avec la plus grande prudence, il allait faire capoter le plan qu'il avait si soigneusement élaboré.

Il ferait peut-être mieux de lui parler, tout simplement. Les petites amies de ses meilleurs amis – Vivian, Kendall et Megan – lui avaient juré que toutes les femmes aimaient le genre de surprise qu'il lui réservait, mais… si elles s'étaient trompées ?

Il saisit la main de Therese, lui leva le bras et la fit tourner au milieu du trottoir. Elle éclata de rire. Il recommença, encore et encore, jusqu'à ce que son angoisse se dissipe.

Une minute plus tard, ils arrivèrent sur Sundance Square, au milieu des fontaines qui étincelaient d'un éclat doré. Megan, Vivian et Kendall lui avaient dit que c'était le cadre idéal pour prendre des photos. Parce qu'il était essentiel d'immortaliser cet instant. C'était ce que voulaient les traditions modernes.

Les traditions ?

Il n'avait jamais eu pour habitude d'en suivre, mais il le voulait maintenant, même si Therese n'avait jamais dit un seul mot à ce sujet – ce qui avait amené le major et Fred à le mettre en garde.

Il repéra leurs amis, qui étaient tous là – les femmes se cachant derrière leurs compagnons respectifs. Mais la femme qu'il aimait ne semblait rien avoir remarqué. Elle était bien trop fascinée par le spectacle des enfants qui couraient sur la place en slalomant entre les jets d'eau. Elle ne pensait qu'à son bonheur – que ce soit à l'idée de voir le film dont elle avait parlé, ou de retourner à l'hôtel.

Il eut envie de la soulever de terre et de la jeter sur son épaule pour courir jusqu'au camion. Si elle disait non ? Mon Dieu… Et si elle disait oui ?

Avant d'avoir eu le temps de s'embrouiller encore un peu plus les idées, il mit un genou à terre. Des passants le montrèrent du doigt. Des mères éloignèrent leurs enfants qui pataugeaient dans la fontaine. Et Therese se retourna pour le dévisager, une main plaquée sur la bouche.

— Wade ? Est-ce que tu…

— Pourquoi est-ce que tout le monde me regarde ? On ne peut plus se gratter la jambe ?

Il retroussa la jambe de son jean et plongea la main dans sa botte pour indiquer à leurs amis que le moment était venu pour eux d'approcher. Therese n'avait toujours pas remarqué les membres de sa famille, qui étaient assis un peu en retrait.

Elle se détourna en soufflant longuement, et il en profita pour attraper la bague qu'il avait glissée dans sa chaussette. Il la passa à son petit doigt avant de remettre en place la jambe de son pantalon.

— Oh ! mon Dieu, dit-elle par-dessus son épaule. J'ai bien cru que tu allais me demander…

Il ne se releva pas. Le bras tendu, il exhibait une bague de fiançailles que tout le monde voyait, sauf la femme à laquelle elle était destinée. Ce ne fut que quand une mère qui portait un enfant dans ses bras tendit le doigt que Therese s'arrêta et se retourna lentement.

Ses yeux magnifiques étaient écarquillés et le bout de ses doigts effleurait ses lèvres, qui dessinaient un O parfait. Son regard rencontra celui de Wade avant de se poser sur la bague, puis de remonter vers son visage. Ses yeux s'emplirent de larmes.

— Est-ce que c'est une mauvaise idée ? demanda-t-il à mi-voix. Est-ce que tu préfères que je la remette dans ma botte ?

Si elle devait lui dire non, ce n'était pas la peine que tout Fort Worth l'entende, en plus de leurs familles et de leurs amis.

— Therese ?

Elle cligna des yeux et les larmes dévalèrent son visage.

Il avait envisagé beaucoup de scénarios, mais jamais il n'aurait cru qu'elle pleurerait. Il voulut se relever pour sécher ses larmes, mais il resta comme paralysé, un genou en terre, en se faisant l'effet d'être un parfait imbécile. Tous les doutes que ses amis avaient chassés après qu'il avait acheté cette bague revenaient le hanter.

— Attends !

Elle tendit les mains pour l'empêcher de bouger.

— Si tu as une question à me poser… j'ai peut-être une réponse.

N'avait-il vraiment rien demandé ?

— Bon sang… Therese Ortis, veux-tu m'épouser ?

— C'est demandé si gentiment… Comment pourrais-je refuser ?

Elle sourit et tendit la main vers lui. Il glissa la bague à son doigt, se releva pour l'embrasser, et ses amis les entourèrent aussitôt, lui donnant des tapes dans le dos et accueillant Therese dans leur cercle.

Elle recommença à pleurer quand elle vit sa famille, accompagnée de Fred et de sa femme. Tout le monde était présent pour ce moment tellement important. Pour la première fois de sa vie, Wade se sentit réellement béni.

— Tu nous as fait peur pendant une minute, dit Jack.

— J'ai été complètement prise de court.

Elle sourit de nouveau, mais Wade cherchait encore à se remettre du choc provoqué par sa réponse et ses pensées étaient trop embrouillées pour qu'il puisse dire quoi que ce soit. Il ne pouvait que ressentir la perfection du moment.

Il serra Therese dans ses bras et la fit tournoyer.

— Je t'aime, lui chuchota-t-il à l'oreille. Tu n'es pas seule dans la vie. Je surveillerai toujours tes arrières.

— Je t'aime moi aussi. Tu es le meilleur équipier que j'aie jamais eu.

— Le seul que tu aies jamais eu, corrigea-t-il. Et pour ceci…

Il embrassa le doigt où étincelait le diamant.

— Le seul dont tu auras jamais besoin.

Retrouvez prochainement,
dans votre collection

BLACK ROSE

Obscurs pressentiments, d'Amanda Stevens - N°633

LES DISPARUES DU LAC ECHO - 2/3

Dans les eaux noires du lac, un corps a été retrouvé. Qui a tué le Dr Nance, cet homme aimé de tous ? Pour Nikki Dresden, médecin légiste, retrouver le meurtrier est un devoir envers celui qui l'a aidée à se reconstruire après la disparition de ses amies, quinze ans plus tôt. Mais peut-elle compter sur l'aide d'Adam Thayer ? Adam qui, pour de mystérieuses raisons, a quitté la police de Dallas et est revenu au pays après des années d'absence.

Réunis dans la tourmente, de Barb Han

Admiratif, séduit, Nate écoute le récit de Chelsea. Courageuse, déterminée, elle a fui un patron qui la harcelait pour venir s'installer à Jacobstown avec Skylar, sa fillette de quatre ans. Mais le sort semble s'acharner sur elle. En effet, son ex-mari qui l'a abandonnée après la naissance de Skylar est arrivé en ville et prétend avoir des droits sur sa fille. Révolté, Nate décide qu'il les protégera, envers et contre tout…

Pour protéger sa fille, de Nicole Helm - N°634

« Maintenant, c'est *toi* qui dois la protéger… » Interloqué, Cody fixe Nina. Et soudain il comprend : si Nina a fui le ranch, des années plus tôt, c'était pour échapper aux menaces de son propre père, un dangereux criminel. Et, si elle est de retour aujourd'hui, c'est pour cesser sa cavale désespérée et mettre Brianna en sécurité. Brianna, cette adorable fillette dont Cody ignorait qu'il était le père…

Sous le signe de la peur, de Marie Ferrarella

Sexy, beau parleur, machiste… Pour Kenzie, Hunter Brannigan représente tout ce qu'elle déteste. Pourtant, c'est bien avec lui qu'elle va devoir mener l'enquête sur la « veuve noire » qui séduit et tue des célibataires âgés et solitaires. Méfiante vis-à-vis de celui qu'elle a considéré d'emblée comme un vulgaire play-boy, Kenzie révise peu à peu son jugement au point de tomber amoureuse du séduisant lieutenant…

Secrète révélation, de Carol Ericson - N°635

Jamais Sue Chandler n'avait imaginé que son chemin croiserait à nouveau celui de Rex Denver... Rex, qu'elle a été contrainte de quitter quatre ans plus tôt et qui, en réapparaissant soudain, risque de compromettre dangereusement sa vie d'agent secret. Rex, qu'elle aime encore et à qui elle va avoir le plus grand mal à cacher son secret le plus intime : l'existence de ce petit garçon dont il est le père...

Le silence de la neige, de Rachel Lee

Impressionnée, inquiète, Cat Jensen s'écarte pour laisser passer l'homme qui vient d'entrer en trombe dans son bureau. Pour quelle raison cet inconnu se montre-t-il si menaçant ? Puis il s'explique, et elle comprend que c'est la douleur qui justifie son attitude. Car son frère, un journaliste d'investigation qui a quitté depuis peu Baltimore pour s'installer dans les montagnes, vient d'être tué, et il a décidé de mener lui-même l'enquête. Avec ou sans le concours de Cat, adjointe du shérif, et au mépris de toutes les règles et de tous les dangers...

Une fugitive à aimer, de Linda O. Johnston - N°636

Qui est vraiment Polly Black ? Depuis qu'il l'a sauvée d'un grave accident de voiture et l'a aidée à accoucher en urgence, le Dr Reeve Snyder ne cesse de s'interroger. Car Polly semble cultiver le mystère autour d'elle. Qu'a-t-elle à cacher ? Se pourrait-il qu'elle fuie quelqu'un, ou quelque chose ? Et qui est le père de son bébé ?

Dangereuse proximité, de Julie Miller

Une lettre. La troisième qu'elle reçoit en quelques jours. Le commissaire Shauna Cartwright est désemparée : se pourrait-il, comme le lui affirme l'auteur anonyme, qu'elle se soit trompée deux ans plus tôt, et qu'elle ait fait emprisonner un innocent dans l'affaire de meurtre sur laquelle elle enquêtait alors ? Résolue à en avoir le cœur net, elle demande à Eli Masterson de l'aider à rouvrir le dossier.

Retrouvez prochainement,
dans votre collection

BLACK ROSE

Je serai là pour toi, de Justine Davis - N°637

Un garde du corps ? Bien qu'elle ait été agressée deux fois en une semaine, Lilith refuserait cette surveillance si elle ne lui était imposée par son patron. Car c'est au séduisant Tony Alvera que la mission a été confiée. Tony, un collègue de l'agence de protection où elle travaille. Tony, l'homme qui l'attire depuis si longtemps, et qu'elle s'est jusque-là efforcée d'éviter...

Une inavouable tentation, de Cynthia Eden

Cale est-il toujours en vie ? L'inquiétude n'a pas quitté Veronica depuis que son frère a disparu. Voilà pourquoi elle s'est résolue, malgré ses réticences, à demander son aide à Jasper Adams, un collègue de Cale. Jasper, ce play-boy arrogant qui lui a clairement fait comprendre, dès leur première rencontre, que les femmes comme elle ne l'attiraient pas...